造花の蜜

人造花之蜜

連城三紀彥 著

王蘊潔 譯

名家盛讚——

幸福的時光綁架

【作家】鍾文音

在懸疑的時空推演裡，《人造花之蜜》卻給了讀者不同於推理小說的元素：愛情、家族、小說一開始就顯現作者連城三紀彥的細膩：「在結婚三個月後，她無法繼續忍耐那雙手在床上的粗暴，開始隱約覺得把自己的一生託付給那雙手或許是一場錯誤。」這像是愛情小說的文字語言，卻常出現在連城三紀彥的小說裡，獨顯出的細膩質地，更是這本小說的底蘊色系。「如果我拼命，你願意相信我嗎？」「自從迷失了真正的父親後，我就在夢中不斷追求理想的父親形象。」陷入在「交付贖款」與「人質」的綁架時間沙漏裡，小說讓分分秒秒流逝的卻是各種情思與家族黑暗的顯影……

人造花何以能製造甘蜜？這就是小說想要揭諸的層層面紗。可堪玩味的是小說裡的三件綁架事件，各有各的家族與感情秘辛，充斥你暗我明或你閃我進的重重解密關卡，讀到最後我們才恍然大悟，讀者被作者綁架了，被吸引進故事的機關裡，跟著參與了一趟精心設計的種種慾望旅程。

人造花之蜜？人造即是贗品，何以華麗的人造花卻能滴下一滴真正的甘蜜？閱讀即是對文本與作者的解密。小說如華麗迷宮，閱讀這本小說是一種幸福的時光綁架！

連續翻轉的人工美感

【日本推理評論家】玉田誠

故事前半部描寫了以詭異形式展開的誘拐案到交付贖金的過程，懸疑味十足，它和後半部的風格差異也值得矚目。後半以穩重的筆法揭開意外的真相，也交代了人物的半生故事，妖豔、吸睛的犯人在連城抒情性十足的文字中立體了起來；相較之下，故事前半沒有後來的耽美，速度感貫穿其中，而且事件的構圖往往因為登場人物的一句話就徹底改變，手法亮眼。後半的部分吻合一般人對連城推理小說的印象（「花葬」系列即是典型），我覺得很有味道，但故事前半那可用「強勢」來形容的連續翻轉散發出了人工美感，更是深得我心。

魔術般的手法帶出了人性劇場，再結合「故事前後半形成對比」的故事結構——這本小說可說是讓人醉心於高度騙術的傑作。除了連城的書迷之外，我也推薦給喜歡道尾秀介、希望享受「被作者擺弄的快感」的年輕讀者。

日本知名部落客大力推薦

故事開頭的綁架場景的真相（意外性）已經非常強了，沒想到讀完綁架場景還剩下這麼多頁數，真是不可思議。

這是名留「綁架推理」小說史的大傑作！

——【推理小說的點點滴滴】威士忌碰碰

情節安排細膩，描寫力極強，我敢說這是作者近期的一大傑作！

小說結尾留下的情緒餘味令人佩服，只能說六十多歲的人還能寫出這麼有魄力的好作品，想必創作慾絲毫沒有減少吧。

——【NEW HIGUCHI CLUB】Gouren

為了製造超脫常理的事件，連城老師的作品總是會將犯人的心理狀態描寫得極為獨特，而且篇幅偏長，幾乎可說超脫了推理小說的範疇；這也是他文筆的可看之處。能接受這風格的人，一定會覺得《人造花之蜜》是驚喜連連的傑作。

——【JDC公佈欄】**圓桌騎士**

導讀——

連城三紀彥與《人造花之蜜》

【推理評論家】傅博

《人造花之蜜》是連城三紀彥於二〇〇八年十月出版的最新作品，全書約四十萬字，是一部從頭至尾敘述三件連續綁架事件的巨篇。

在日本，綁架事件是重大犯罪，而以綁架為主題，或是取材自綁架事件的推理小說之出版，是在松本清張主導的社會派崛起（一九五七年）之後。

現實社會的綁架對象是兒童，其目的是向兒童的家族索取贖金，犯人拿到贖金即放人，不然即撕票。可是，綁架小說的架構並不這麼簡單。

如高木彬光的《綁架》（一九六一年出版）中，綁架犯決定要犯案時，先到法庭旁聽綁架案審判，研究此案的犯人為何失敗，引以為鑑設計一套完全犯罪，然後按計畫實施，可說是採取倒敘推理小說形式。

又如生田直親的《綁架一九七X年》（一九七四年出版），是寫關西財界龍頭的女兒在婚宴中被綁架，犯人自稱無政府主義軍團。龍頭付了三億元贖金，因犯人集團的內鬥，女兒與贖金落入走江湖的小劇團手中，團長雖然歸還三億元，卻留下人質，公開向政府提出幾件要求，是一部社會派懸疑小說。

相對地，天藤真的《大綁架案》（一九七八年出版）是以幽默的筆調諷刺愚蠢的綁架犯人。紀州第一的百億富婆被三名不太聰明的小流氓綁架，小流氓欲向富婆家屬要求五千萬元贖金，富婆卻說：「你們把我當作什麼？……不要看輕我，我沒這麼便宜。」自己提高贖金到一百億元，然後自己主導綁架全盤，如要求電視公司播放贖金的授受場面……等，奇想百出，是一部傑出的楷模推理小說。

僅從上述三部作品就可看出綁架小說的多樣性，如綁架手法有經過仔細計畫才實施的，也有粗糙的；人質有兒童、新娘、老太太；贖金的授受方法多不平凡。何況五十多年來，日本所發表的綁架小說有五十部以上（平均每年出版一部），可想像其多姿多彩。

《人造花之蜜》的故事與眾不同，一共敘述三件連續綁架事件（以下涉及謎團，讀者最好讀畢全文後再讀下文）。

三年前，小川香奈子（三十二歲）與富裕的牙科醫師山路將彥離婚，帶著當時兩歲的圭太回娘家，現在在父親經營的印刷廠處理業務。廠裡有一名員工叫川田很疼圭太，圭太也和他關係很好。由於三年來香奈子都不許山路與圭太見面，所以圭太不認識父親。

二月二十八日上午，香奈子接到一名男人的電話，只說他已綁架圭太，之後再聯絡，就掛斷了電話。香奈子立刻打電話到幼稚園確認，負責的老師回答：剛才不是妳自己來接小孩回去了嗎？不是說圭太的祖母被虎頭蜂螫了，已叫救護車送醫？香奈子莫名其妙，叫川田駕車到幼稚園詢問清楚。老師說：妳剛才就穿著這件粉紅色毛衣，與車內的青年駕著那輛白色轎車來接走小孩啊？香奈子無可奈何，只好報警。

警視廳派處理綁架事件的專家橋場警部過來，他帶著一群刑警在香奈子家客廳裝設監聽器材。不久後，犯人再次來電，詢問香奈子要付多少贖金，並問及是否已經報警，警方負責人是不是橋場警部，由此看來，犯人對這次綁架案下了不少工夫。經過幾次電話溝通後，犯人指定人質與贖金的交換時間為翌日正午，地點為東京鬧區澀谷車站前的十字路中央，原因令人費解，可見犯人對這次綁架案很有把握。

以上只是故事的開頭。幾乎與這件綁架案同時，另外還有一起綁架案在水面下進行，陰陽作戰是否能成功？

一年後的二月二十八日，仙台發生完全模仿澀谷的綁架事件，犯人集團又是如何奪取贖金？作者準備一場翻天覆地的結尾，必定讓讀者拍案驚奇。

《人造花之蜜》曾經獲得二〇一〇年度的「這本推理小說真想看！」大獎。本獎是由日本兩大歐美推理小說專門出版社之一的早川書房於二〇〇七年創辦，發表在每年十一月底出版的《這本推理小說真想看！》年刊上。大獎的選擇方式是：以前年十月一日至該年九月三十日之間，所出版的廣義推理小說單行本為對象，分為「海外」、「日本」兩部門，集計作家、評論家、翻譯家等人所推薦的（每人三本）好書來決定。

連城三紀彥另有一部綁架小說《人間動物園》（日本於二〇〇二年出版，皇冠文化即將出版），內容與《人造花之蜜》迥異，以琦玉縣的地方都市為背景，在大雪中，都市交通失去機能，一戶人家的幼女被綁架，因被害者家裡被犯人事先裝設監聽器材，無法報警，幼女的母親如何與犯人鬥智？結尾的真相也令人拍案驚奇。

連城三紀彥：本名加藤甚吾，一九四八年一月十一日於名古屋市出生。一九七二年早稻田大學政治經濟學部畢業後，在大映電影製作公司跟導演學習電影創作，之後為了研究劇本寫作，留學法國一年，回國後在姊姊於名古屋市創辦的補習班當老師。

一九七八年以〈變調二人羽織〉獲得第三屆幻影城新人賞，登龍推理文壇。
一九八〇年以〈忘川殉情〉獲得第三十四屆日本推理作家協會賞，確立推理作家地位。
一九八三年以短篇集《宵待草慕情》獲得第五屆吉川英治文學新人賞。
一九八四年以短篇集《情書》獲得第九十一屆直木賞。
一九九六年以《隱菊》獲得第九屆柴田鍊三郎賞。

連城三紀彥自一九七八年出道以來已三十餘年，出版過六十多部小說，其中大約三分之二是推理小說，三分之一是愛情小說。兩者的寫作形式雖然不同，但是，對連城三紀彥來說，其最大的主題就是人生的「愛」與「恨」。

目次

騙人的蜜蜂

正準備從自動門走進超市時，圭太突然甩開了母親的手，小嘴裡吐出一句話。

「花掉了。」

聽起來像是這樣的一句話。

超市門口有一個兒童遊樂場，用花台隔出的空間內設置了獅子和大象造型的木馬。花台內盛開著各式各樣的花卉，但在這個寒冬季節，紅色、黃色等五彩繽紛的花當然都是人造花。

應該是有一朵人造花掉下來了吧。

香奈子這麼想著，沒有理會兒子看向那個方向的視線，重新握起他的手，拉著他走進了超市。

她剛才去幼稚園接回上週剛滿五歲的圭太，回家時順便到超市買菜。對此刻的香奈子來說，還有其他比人造花更重要的事。

一走進超市，香奈子立刻轉過頭，看著玻璃門外、超市前方的停車場。

週四的正午過後，停車場內空空蕩蕩的，但有一輛不起眼的國產車特地停在距離店門最遠的角落。香奈子的視線集中在那輛車上。

一定就是剛才在距離超市二十公尺處超越香奈子他們的那輛車。

「怎麼了？」

圭太瞪著黃色帽子下的一對大眼睛，仰頭問站著不動的母親。

「不，沒事。」

香奈子搖了搖頭，但目光還是無法離開那輛車子。

十分鐘前，當她牽著兒子的手離開幼稚園時，好幾次都察覺背後有人跟蹤，她頻頻回首，但人行道上沒有發現任何看起來像在跟蹤的人。

如果是在車上……

如果跟蹤者坐在車道上緩緩行駛的車內……

車道和人行道在超市門口交會，那輛車超越了他們，駛入了停車場。香奈子不由得對這輛車提高了警覺。

她想起剛才在幼稚園附近也看到一輛相似的車子。似乎有一雙眼睛躲在貼了隔熱貼紙的暗色車窗內，目不轉睛地盯著我們母子……香奈子有這種感覺。

開始沉落的冬陽把停車場鐵絲網的陰影灑在車身上，包覆了整個白色車體。

不知道是否因為車子看起來像一隻被網住的白色動物，香奈子覺得它有犯罪的影子。

但香奈子立刻告訴自己：「我想太多了。」

「媽媽，怎麼了？」

圭太的小手拉了拉香奈子身上的短大衣，似乎在催促說：「趕快去買菜啦。」

「對不起，今天要買什麼呢？」

香奈子問，但圭太沒有回答，想要躲在母親的身後，似乎在害怕些什麼。

「那個人怎麼了？」

圭太從香奈子大衣下襬探出的雙眼看著不遠處的水果賣場。

那裡站了一個中年女人，一臉不悅地看向這裡……

她的左手拿了一個蘋果。

她把蘋果拿在手上輕拋著，就像左投手在投球之前摩拳擦掌的樣子。香奈子總覺得她好像很生氣，真的打算把蘋果丟過來……趕緊反手把兒子推到身後，自己也往後退了一步。

那個女人立刻露出滿臉笑容。

「真巧啊。」

說著說著，她那硬塞進綠色套裝的肥胖身體緩緩走向香奈子。套裝的顏色接近光之三原色的那種綠，讓人覺得除了臉部濃妝艷抹以外，她的身體也染上了濃厚的一層塗料。

「山路太太，妳怎麼會在這裡？」

聽到她酸溜溜的語氣和沙啞的聲音，香奈子終於想起那是她在世田谷度過四年半悲慘婚姻生活時，住在隔壁的家庭主婦，如果沒記錯，她叫小塚君江。

「我朋友住在小金井這裡，今天剛好來這裡找她，正打算來這裡買伴手禮……對了，山路太太，我記得妳之前曾經說，妳娘家就在這一帶。啊，妳已經不是山路太太了，真對不起。」

她一如往常，只顧自己喋喋不休。

之前住在世田谷奧澤時，她每次看到香奈子都以一臉誇張的笑容迎上去，很想窺探牙科醫生一家人在漂亮的紅磚外牆內的生活。香奈子在正式離婚之前，沒有告訴任何人就帶著當時兩歲的圭太離開了婆家，眼前這位老鄰居顯然對香奈子離婚的經過和目前的生活都充滿了好奇。

香奈子很後悔來超市。雖然事出偶然，但畢竟遇到了不想遇見的人……偶然？真的只是偶然嗎？

如果是這個女人開著白色車子跟蹤自己，然後搶先一步走進超市呢？

她無法從容地思考從腦袋角落浮起的，泡沫般的念頭。

「話說回來，妳為什麼突然離開那個家？」

君江直截了當地問，完全沒有拐彎抹角。

「我婆婆沒有說嗎？」

「我聽說了一些……不過，那種事應該是胡說八道吧？」

「那種事？」

「她說妳結婚前就另結新歡，孩子也是那個男人的種……」

「太離譜了，」香奈子沒有聽她說完就搖了搖頭，「她居然鬼話連篇……」香奈子說話的聲音也高了八度。

君江像海綿般的笑容吸收了香奈子憤怒的表情。

「妳別擔心，我知道。遇到那種婆婆誰受得了？我很同情妳。」

婆婆經常平白無故偷瞄香奈子……香奈子每次都有一種蛞蝓爬過臉上似的濕黏感覺，如今，君江也用相同的眼神看著她……

這個女人也信不得。香奈子暗自想道，但回過神時，自己已經開始怒氣沖沖地訴說離婚的真相了。她和以前一樣，總是不知不覺地受這個女人的影響……雖然說到一半時察覺到自己又重蹈覆轍，但嘴巴卻像裝了機關槍，一個勁地繼續說不停。

「我瞭解。」

君江附和了好幾次，聽到香奈子用嘆息結束了訴說後，也跟著嘆了一口氣。

「我就知道。」

君江又接著說：「因為妳走了兩、三個月後，就有一個妖嬈的女人搬了進來。我當時就和秋本太太猜到是這麼一回事了……因為如果錯在妳的話，那個婆婆絕對不會讓妳把孩子帶走。」

香奈子之前就聽說山路和那個女人再婚了，所以並不驚訝。

「但是，把無辜的妳趕走，自己當人家的續弦，也不可能有好結果。所以，最後他們不是也離婚了嗎？」

聽到這句話，香奈子不禁臉色大變。

「咦？妳不知道嗎？妳不知道妳先生……對不起，妳前夫又離婚的事嗎？」

「……什麼時候？」

「我記得是去年秋天左右。因為突然很久沒看到她，我委婉地問了妳婆婆，妳婆婆很乾脆地說：『她走了，和香奈子一樣。』還說：『我向來不管年輕人的事，所以也不清楚是什麼原因。』明明她就是罪魁禍首……」

她用浮腫眼皮下的小眼睛偷瞄著無言的香奈子說：「妳離開差不多快三年了吧？妳的前夫家也發生了很多事。妳兒子是不是叫圭太？他也長大了……剛才和妳在一起的是圭太吧？」

不等香奈子回答，她又說：「其實根本不需要問，他現在長大了，和山路先生越來越像。小時候因為不太像爸爸，所以說妳是和別人偷生的這種胡說八道還有一點可信度。現在看，根本不可能搞錯。」

雖然她的話聽起來像諷刺，但香奈子充耳不聞。

「圭太……」

她慌忙四處張望，卻不見兒子的身影。

君江還想說什麼，香奈子卻推開菜籃似地把她推到一旁，衝向超市深處。

「圭太……小圭。」

她呼喊著兒子的名字，在店內四處尋找，卻仍然不見兒子的蹤影。食品架宛如一道道牆般連在一起，熟悉的超市彷彿變成了迷宮。

香奈子平時經常用「圭圭」、「小太」等不同的暱稱叫圭太，但她想到叫「小圭」時，圭太的反應最積極，所以不停地叫著這個名字。

幾名店員也協助她一起尋找，卻不見圭太的身影。

香奈子又回到門口附近，小塚君江呆立在原地。

她說起話來巧舌如簧，但肥胖的身體一看就知道很遲鈍。圭太失蹤，她也有責任，卻完全無意幫忙尋找……香奈子很生氣，但她此刻無暇理會這種事。

這時，停在停車場角落的那輛車剛好關上車門，引擎幾乎在同一時間發動。匆促倒車後，轉了一個大彎離去，輪胎和地面摩擦產生了刺耳的聲音。

是那輛白色的車子。在車門關上之前，香奈子似乎聽到了小孩子的慘叫聲……不是似乎，她真的聽到了。

「那輛車子……」

香奈子叫了一聲，用手推開自動門後跳了出去，衝向停車場的出口，追著那輛迅速駛離的車子。

好幾名店員都跟在她身後，其中一人慢條斯理地叫著：

「啊，媽媽……這個孩子。」

小孩子的笑聲同時傳來，香奈子趕緊停下腳步。回頭一看，圭太就在她剛才衝出來的那道門旁。

圭太縮成一團，坐在幼兒用的大象木馬上。

「怎麼了？你怎麼可以自己跑來外面？」

香奈子忍不住一面大聲斥責一面跑過去，用手掌把圭太的頭和帽子一起包覆起來。渾身的緊張頓時鬆懈，眼淚差一點流出來。

「因為鼻子掉下來了。」

圭太喃喃說道，香奈子這才發現他手上握了一根棒狀的東西，但並沒有馬上意識到和豎笛差不多長，形狀有點像英文小寫字母「l」，尾端彎起的那根棒子是大象的鼻子。香奈子重新打量後，才發現漆著藍色油漆的大象木馬沒有鼻子。不知道是否有人故意折斷的，鼻子根部發白，露出了材料的顏色。

原來進超市前，圭太不是說人造花，而是說大象的鼻子❶「掉了」。

周圍在不知不覺中圍起了人牆，連警察也來了。

「發生什麼事了？」

警察在巡邏時剛好經過。

隨著制服警官威風凜凜地出現，眼前的狀況終於演變成了「事件」。

「沒事，因為這孩子突然不見了……對不起，為這種小事驚動大家。」

由於太丟臉了，香奈子比剛才更加慌亂，圭太也快哭出來了。

❶日文中的「花」和「鼻子」的發音相同，都讀作hana。

「但是……」

巡警似乎對眼前的狀況無法釋懷，香奈子深深鞠了一躬。「真的沒事，只是因為最近家裡接到不出聲的電話，我感覺有人在監視我們，才會以為這孩子遭人綁架了……太好了，幸好不是綁架。」

沒想到這番話反而引發了巡警的好奇。

「不出聲的電話？」

巡警制服帽子下的雙眼亮了起來。

「不，可能只是對方打錯電話了……真的沒事。」

香奈子連連鞠躬，打算逃也似地回到店裡。

小塚君江站在離人牆數步的地方，她好像在等香奈子，想說什麼話。香奈子沒有正眼看她，就衝進了店內。

「下次妳有機會來世田谷，記得來我家走走。」

自動門阻隔了君江慌忙在門外對香奈子說的話。

香奈子放下手中抱著的圭太後轉頭，對玻璃門外的君江微微欠了欠身。但在那一剎那，吸引香奈子目光的不是以前的鄰居，而是在老鄰居身後緊盯著自己的巡警。

巡警中等身材，不胖也不瘦，長相平凡，五官也沒有特徵，他的臉似乎也成為了制服的一部分，但香奈子從制服帽簷下的那雙平凡眼睛中看出：他似乎沒有把自己當成孩子的母親，而是當成了罪犯……把自己當成了綁架兒童的綁匪。

這是一月二十七日所發生的事。不久之後，最令警方感興趣的是這對母子離開超市走回家的將近十分鐘內，母子之間的談話。

在那令人心驚膽跳的綁架騷動後，他們在超市內逛了二十分鐘左右，走出超市時已經將近四點。三十二歲的母親拎著超市的袋子，另一隻手緊緊握著兒子的手，從超市走向和車站反方向的路。

小孩子揹的背包裡放著這天購物中最重的東西。那是一顆和小孩子的頭差不多大小的大哈密瓜。

騷動後，香奈子在逛超市時，最先被幾乎從貨架上溢出來的特賣哈密瓜吸住了目光。

「哈密瓜會不會重？」

他們走在一排銀杏樹下，聊起了哈密瓜。背包勾勒出哈密瓜的弧度，沉甸甸地震動著。

圭太搖了搖頭，納悶地問：

「今天為什麼買哈密瓜？」

「當然是買給你吃啊。」

「為什麼？我可以吃嗎？小小孩吃哈密瓜不是會生病嗎？」

香奈子苦笑著。因為她之前不想讓圭太吃哈密瓜，所以編了這個謊言。

「那是因為……」她吞吐了一下，「那是因為你明年就上小學了，已經不是小小孩了。」

哈密瓜是前夫最愛的食物。只要有人送哈密瓜，他總是一個人吃掉一半以上。雖然當時他年近三十，但每次都狼吞虎嚥，讓果汁像口水一樣在嘴邊直流……圭太在兩歲之後就沒見過父親，照理說，應該不記得父親吃哈密瓜的樣子，但在他三歲生日，第一次切一塊和大人相同大小的哈密瓜給他時，他吃起來的樣子和他父親一模一樣，令香奈子不由得渾身發毛。圭太有一對像女生一樣可愛的大眼睛，但在吃哈密瓜吃得津津有味，瞇起眼睛時，簡直是他父親的翻版……宛如用手術刀割出兩條裂縫的眼睛冰冷無情。

那天之後，香奈子就推託說小孩子吃哈密瓜太奢侈，不讓圭太吃。

但是，剛才在超市看到便宜的哈密瓜時，她突然改變了主意。難道是因為圭太平安無事，心情放鬆的關係？

香奈子打算把前夫的臉和哈密瓜一起趕出腦海，但也僅止於「打算」而已，無法真正做到。

剛才聽小塚君江說丈夫的再婚也以離婚收場，內心不禁有點慌亂。在騷動結束後回到超市時，她覺得內心深處對前夫的黯淡記憶突然化成了哈密瓜，出現在自己眼前。

香奈子已經有兩年沒碰哈密瓜了。

久違的哈密瓜拿在手上沉甸甸的，但心情反而輕鬆起來。

圭太似乎也一樣。

走在回家的林蔭道上，圭太不時把空著的手伸到背後，哄小孩似地晃著背包裡的哈密瓜。

「但不是你一個人吃，要和外婆、阿篤他們一起吃喔。」

「我知道，我知道。」

聽到母親的叮嚀，圭太模仿外公的口頭禪，給了大人味十足的回答，之後突然又回頭用幼稚的撒嬌聲音發問：「媽媽，妳剛才為什麼對警察那麼說？」

「說什麼？」

「媽媽，妳不是說，幸好不是綁架……嗎？綁架不是被陌生人抓到車上，帶去其他地方去嗎？之前看電視時，妳跟我說過。」

「對啊……你還記得。」

圭太抬起一雙大眼睛看著母親，一臉得意地說：「所以，那不是綁架嗎？」

「哪一個？」

「剛才的……在超市的時候。」

香奈子停下了腳步。

「剛才？你是說你剛才跑不見的事嗎？」

圭太仍然一臉得意地用力點頭。

「那不是綁架……小圭只是在坐在大象的木馬上玩，不是嗎？」

圭太輕輕搖了搖頭。

「不是。我走到外面時，有一個不認識的叔叔叫我，然後抱著我，把我塞進車子裡。」

說著說著，他兩道淡淡的、還留著稚氣的眉毛皺了起來，露出嚴肅的表情。

香奈子聽不懂他說的話，注意力被圭太臉上的成熟表情吸了過去。

「你在騙媽媽吧？還是在開玩笑？」

香奈子想要笑，但笑容卡在嘴角，舒展不開。

圭太不會說這種謊，他只是實話實說……原以為風波已經過去，沒想到又用這種方式冷不防地反擊，香奈子一時間無法理解兒子說的話。

「我沒有說謊。」

圭太搖了搖頭。他不只是搖著頭，而是搖著整個身體……不，難道他想起了當時的恐懼，忍不住渾身發抖嗎？

「但是，如果你被人抓到車上，又是怎麼逃走的？」

「我咬了那個叔叔的手，跳下車子。」

「但是為什麼？為什麼你沒有跑來找媽媽，反而跑去玩大象木馬？」

「我不是去玩。因為大象的鼻子斷了，壞叔叔如果追過來，我就可以用大象的鼻子打他，因為大象的鼻子很像球棒。」

然後，他就看到自動門打開，很多人從超市衝了出來。

香奈子在不知不覺中蹲了下來，看著圭太的眼睛說話。看到母親仍然無法完全相信的眼神，圭太也像鏡子反射般，投以相同的眼神。他在說出這件事時，也無法相信真的發生了這種事。

「那個人把你抓到那輛停在停車場角落的白色車子上嗎？」

面對香奈子的問題，圭太搖了搖頭。

他似乎想要回答不知道。他告訴香奈子：當時他走出自動門，看到男人的大腳慢慢靠近，結果整個人都被抱了起來……男人把他抱在手上時，把他的臉按到自己的脖子上，所以他不知道周圍的情況。

男人把圭太塞進後車座，關上了車門，用手機不知道和誰聊了一下，掛斷電話後，想把圭太移到副駕駛座。圭太趁著被塞進副駕駛座的那一剎那，用力咬了那個男人的手一口，趁他愣了一下時逃走了，所以根本來不及注意那輛車子停在停車場的哪一個位置。

這些事都是香奈子回家之後才聽圭太說的，在林蔭道時，她認定綁架犯開的就是那輛可疑的車子，那輛車子果然從他們母子離開幼稚園時就尾隨在後……

在林蔭道時，香奈子最後問圭太：「這麼重要的事，你為什麼沒有在超市說，現在才說？」

「因為……」圭太嘟著嘴，露出不服氣的表情，「因為妳說不是綁架啊。」

「那是因為……」香奈子結巴起來，「因為媽媽根本不知道那個不認識的叔叔想要做什麼啊。」

「可是，就算我不認識，媽媽也應該會認識啊。」

「媽媽怎麼會認識？你在說什麼啊，你不是清楚看到了他的臉嗎？」

「看得不是很清楚……」

那個男人似乎沒有把臉遮起來。圭太的確看到那個男人的臉兩、三次，雖然都只是一瞥而已。

「但你不認識那個叔叔，不是嗎？」

「嗯。」

圭太點點頭，但顯得很沒有自信。

「那媽媽怎麼可能認識。」

說完這句話，香奈子突然驚覺，有一個男人自己很熟悉，但圭太幾乎不認識……

圭太再度點頭，彷彿看到了浮現在母親腦海中的那個男人的臉。

「那個人說：『我是爸爸』，他說他是我爸爸。」

圭太停頓了一下，像彈珠般的雙眼發亮。

「但是，媽媽以前說過，綁匪都愛說謊，所以絕對不能相信他們的話。」

所以，圭太才咬了綁匪的手逃走了，然而，他的小腦袋搞不清楚到底發生了什麼狀況，才會在回家的路上這麼問香奈子。

「媽媽，妳沒有看到那個叔叔嗎？也沒有看到他打算把我帶走嗎？」

「當然沒有看到，所以現在才會嚇一跳啊。」

「是喔。」圭太只嘀咕了這句話，沒有再說什麼，他充滿稚氣的雙眼卻似乎在問：「那個人真的是爸爸嗎？爸爸長什麼樣子？」

香奈子不知該如何回答，將視線從他的臉上移開。

即將沉落的落日餘暉在圭太的背後聚集，宛如洪水，行道樹的枯枝拉出長長的影子……突然有一陣風吹來，吹散了光線，粗大的樹枝影子如同魔鬼的手般張牙舞爪，隨時想要抓住圭太的身體。

那個男人的手。

香奈子在內心低吟。

曾經是她前夫的那個男人的手，就像岩片般粗大結實，和牙醫這個職業和白淨的窄臉毫不相稱。

只有在想起前夫的手時，香奈子才會覺得自己也該對離婚這件事負責。在結婚三個月後，她無法繼續忍耐那雙手在床上的粗暴，開始隱約覺得把自己的一生託付給那雙手或許是一場錯誤。

他的手散發出一種危險的味道，令人聯想到兇器。比起身為醫師治病救人，這雙手更適合撫摸女人、進行犯罪……香奈子以前也曾經這麼認為。

然而，假如今天打算帶圭太離開的果真是他的父親山路將彥，將彥的行為能夠稱為犯罪嗎？

雖然周圍人都知道香奈子和丈夫離婚的事，但幾乎沒有人知道「圭太即使看到自己的父親也不認識」這事實。

只有香奈子和圭太兩個人知道這件事，其他家人，甚至是圭太的父親本人也不知道。將彥應該認為，離婚的前妻至少會給兒子看自己的照片。

大家都以為圭太認識他的父親，所以除了他的親生父親以外，沒有人會對圭太說「我是你爸爸」……

圭太口中的「綁匪」是他父親山路將彥的可能性相當大。

既然這樣，今天超市發生的事既不是「事件」，更稱不上是「犯罪」。

離婚後，將彥曾經多次打電話要求「希望見見圭太」，但香奈子一再拒絕……將彥很瞭解前妻的頑固，也許只能採取這種強勢手段。

想到這裡，香奈子稍稍鬆了一口氣。既然這樣，就沒必要報警了。從圭太口中得知綁架未遂事件時，香奈子臉色大變的原因之一是：一旦報警就會引起不必要的麻煩，因為香奈子還沒有和任何家人提起和她離婚有關的某件事。

她很擔心一旦鬧到警局，家人和其他人就會瞭解真相。

反正圭太平安無事，如果可以，香奈子不希望報警。她打算對圭太封口，也不打算把今天發生的事告訴家人。無論父母還是兄長，至今仍然把香奈子當成小孩子，他們一定會整天討論這件事，囉哩囉嗦地為她出主意。當然，她信賴的大嫂是例外。

如果綁匪是將彥，就有足夠的理由不報警，也不必向家人提起這件事。

雖然綁匪也可能另有其人，但其他的所有可能性都會給香奈子帶來麻煩，所以她很希望將彥就是綁匪。

最後，她對圭太說：

「也許他真的是你爸爸，所以你不要向任何人提起剛才發生的事，不然會引起麻煩的。」

等你稍微長大後，媽媽會告訴你爸爸的事。如果你想見爸爸，媽媽也會讓你們見面，媽媽向你保證。」

圭太乖巧地點點頭，但隨即搖了搖頭說：「我才不見想他，爸爸會做那麼可怕的事，我討厭他。」

他在說話的時候雙眼低垂，看著自己從腳下延伸出來的陰影。他搖了搖背上的背包，好像在說哈密瓜比爸爸更重要，但他的表情仍難掩落寞。

香奈子看到兒子敏銳地察覺到自己的心情，忍不住對他又愛又憐。他雖然還是小孩子，卻這麼堅強地回答。

「你肚子是不是餓了？我們趕快回家吃哈密瓜。」

香奈子嘴上這麼說，卻把圭太的身體拉向自己，雙手緊緊抱著他，在內心發誓：「我絕對不會讓這個孩子離開我，任何人都別想奪走他，不管是將彥，還是將彥的母親。當然，還有綁匪……」

「如果超市那件事是將彥幹的，他有沒有想過妳去報警的話該怎麼辦啊？」

當天晚上，香奈子趁哥哥帶著小孩子洗澡，把白天發生的事說給一起在廚房洗碗的大嫂聽。大嫂汀子停下正在進行垃圾分類的工作聽她說完，然後在泡茶的時候，首先提出了這個疑問。

「妳想一想，如果小孩子突然不見了，任何人都會擔心孩子是遭到綁架，就去報警。如果今天妳沒有找到圭太，應該也會馬上報警吧？難道將彥沒有想到這個後果嗎？」

汀子嘴巴這麼說，但她不像在發問，而是在自言自語。

「對喔，但是……」

香奈子無言以對。

「喔，我知道了。」

汀子搖了搖頭，喝下一口茶，開始回答自己剛才提出的疑問。

「我猜他打算把圭太帶上車後，立刻打手機給妳，說『不用擔心，我只是帶他回家住幾天』。結果圭太逃走，事情鬧大了，他只好落荒而逃……」

汀子把原本看著虛空某一點的視線移回到小姑臉上問：「怎麼樣？是不是很有這種可能？」

香奈子點點頭，看著眼尾上揚，一臉聰明相的大嫂，再度慶幸自己沒有獨自煩惱，鼓起勇氣把這件事告訴大嫂是對的。

離婚後，香奈子回到在武藏小金井開印刷工廠的娘家，目前和父母、兄嫂同住。比起有血緣關係的三個家人，她最相信原本是外人的大嫂，無論遇到任何事，都會最先找大嫂商量。

熱中於新興宗教的母親觀念很傳統，認為對丈夫的外遇問題只要睜一隻眼閉一隻眼就好，至今仍然對香奈子的離婚很不諒解；父親經營這家瀕臨破產邊緣的印刷工廠，勉強養活十名員工，沒有餘力照顧離婚跑回娘家的女兒和外孫，認為女兒太任性，才會走到離婚這一步；至於哥哥，他很擔心位在工廠隔壁的住家會越來越擁擠，所以極力反對離婚。不知道是否因為同樣身處媳婦立場的關係，最支持香奈子的居然是這位大嫂。

當初也是大嫂汀子贊成她離婚後回來娘家。

雖然一方面是因為香奈子回娘家後，她就可以讓結婚前開的鋼琴教室重新開張，但兩人畢竟同處媳婦的立場，只有她能夠理解香奈子在婆家所受的委屈。兄嫂有一個兒子篤志，比圭太大一歲，今年即將上小學，和圭太的感情比親兄弟更好。

他們的嬉笑聲不時從浴室傳來，汀子看了一眼浴室的方向問：

「妳真的把將彥所有的照片都撕破、丟掉了嗎？」

汀子的個性乾脆，看她苗條的身材很難想像她的男人婆脾氣，就連汀子也對香奈子在離婚時徹底清算過去的方式感到驚訝。

「香奈子，妳做事太乾脆了。結婚後，妳說這裡已經不是妳的家，照理該回娘家時妳也從來不回家。離婚後，又說和前夫家不會再有任何瓜葛……妳明知道圭太很想見他父親，卻故意當作不知道吧？妳可以為了圭太付出一切，但在將彥的事上，一點都不願意讓步。」

大嫂這麼聰明，果然覺得這場離婚劇有蹊蹺……

香奈子不禁在心裡這麼想道，但也只能苦笑著不發一語。

「將彥也很奇怪，剛離婚時他不是經常打電話來，要求和圭太見面嗎？之後就突然不再打了……妳說是因為他再婚的關係，但事到如今，為什麼又來做這種事？」

汀子說完之後又補了一句：「假設今天的事是將彥所為的話。」

「我剛才沒有告訴妳嗎？聽說他和再婚的對象離婚了……我想可能是因為這樣，他才又突然開始想念圭太。」

「是這樣嗎？」汀子意味深長地笑了笑，這時隔壁客廳的電話響了。

已經是晚上十點多了。

聽到這麼晚還有人打電話來，姑嫂兩人驚訝地互看了一眼。香奈子正打算起身時聽到母親痛苦地咳嗽的聲音，她好像接起了電話。

香奈子回到娘家後，客廳就變成了父母的臥室。母親今晚有點感冒，所以一早就睡了，這通電話吵醒了她。

電話似乎是父親的酒友打來的。

「他今天加班，還在工廠那裡，你打電話去那裡找他吧。」

母親說完，掛上電話，又繼續睡覺。

等到隔壁房間沒什麼動靜後，香奈子才問：「大嫂，妳剛才想說什麼？」她擔心隔牆有耳，壓低了嗓門。

「假設今天的綁架未遂事件的綁匪是將彥，也許綁架目的不是為了圭太，而是妳……」

「什麼意思？」

「搞不好將彥對妳舊情難忘，圭太只是重燃妳愛火的火柴……妳呢？難道沒有這個意思嗎？」

「什麼意思？」

「他想和妳破鏡重圓啊。」

聽到這句話，香奈子用力揮手一笑置之，「沒有，完全沒有，我真的不想看到他。如果他做這種事，反而更讓我討厭他。」

「反正目前也無法百分之百斷定今天的綁匪就是將彥……」

汀子說完站了起來，但似乎忘了自己為什麼站起來，杵在原地。

「而且，我總覺得有女人參與這件事。剛才那通電話讓我想起一件事，就是從上個星期開始經常接到無聲電話。妳不是說，有可能是將彥打的嗎？」

這時，她似乎終於想起自己為什麼起身了。她走向冰箱，拿出紙盒牛奶，放在石油暖爐旁。兩個孩子快洗完澡了。

「香奈子，妳難道沒有從電話中感受到什麼嗎？沒有感受到女人的氣息嗎？」

或許是因為有在彈鋼琴吧，大嫂的耳朵特別敏感，可以在聲音中感受到色彩和味道。大嫂接到無聲電話的次數和香奈子不相上下，她似乎在沉默背後隱約傳來的音樂聲中，嗅到了女人的味道。

「那不是古典音樂嗎？可能是在高級餐廳之類的地方打電話？」

聽到香奈子這麼說，汀子仍然一臉無法釋懷的表情。

「話是沒錯，但是……妳不覺得無聲電話和今天發生的事有關嗎？或許是因為這樣，我在今天的事中也感受到『女人』的味道。」

香奈子點了點頭。

小塚君江身上那套套裝的綠色深深烙在她的眼中。她不認為君江只是偶然出現在那裡，今天的事一定和君江有某種關係……

香奈子把這個心中的想法說了出來。

「對啊，今天的事可能和將彥沒有關係，而是這個叫君江的女人和其他男人聯手策劃的。圭太是有錢人家的少爺，那女人應該很清楚山路家的底細。」

喜歡那種鮮豔綠色的女人，完全有可能做這種可怕的事。香奈子皺著眉頭頷首同意。

「如果要說瞭解山路家底細的女人的話，還有其他幾個。」

大嫂繼續說道。

「將彥的媽媽？」香奈子問。

「對，還有將彥續弦後又離婚的那個女人，我覺得之前的無聲電話最有可能是那個女人打的……但還有一個人。」

「誰？」

大嫂汀子瞇起眼睛，緩緩抬起手，指著香奈子的臉。雖然她的臉上帶著微笑，但食指的尖端彷彿帶著冰冷的針。

「大嫂，妳懷疑是我嗎……那個無聲電話的事。」

「因為就某方面來說，妳最瞭解山路家的底細。」

「這也……」

香奈子還來不及搖頭否認，汀子就笑著搖頭。

「當然，我沒有懷疑妳，因為妳在家的時候也曾經接到無聲電話，但是……」

她停頓了一下。

「但是……妳現在雖然不再是將彥的妻子了……但還是將彥的共犯。我是這麼認為的。」

「……什麼意思？」

香奈子反問時，隔壁傳來母親不耐煩的聲音。

「汀子，過來一下，汀子。」

汀子走出廚房，不一會兒就對母親說了聲：「對不起。」走回來時，她聳著肩膀說：「媽被剛才的電話吵醒後，說我們說話吵得她睡不著覺。」

但事實上，兩人從剛才就一直壓低嗓門說話。因為討論的是不想被別人聽到的事。

「只是工廠的聲音太吵吧？大嫂，妳該說話的時候要說幾句，我媽根本是在找妳麻煩嘛。」

汀子無視小姑的話，看著窗戶。

工廠窗戶的燈光透過流理檯上方的玻璃窗滲了近來。工廠和住家相差幾公尺而已，豎耳傾聽就可以聽到先前沒注意到的聲音：夜風和工廠的輪轉機發出的呻吟。

「媽覺得我們竊竊私語的聲音太吵，工廠的聲音她已經聽慣了，根本已經充耳不聞了。」

說著說著，汀子突然回頭看著香奈子。

「對了，那個無聲電話搞不好也有相同的情況，雖然除了音樂以外，還有其他的聲音，但我們沒有注意到。」

汀子說，她可能是從那個沒有意識到的聲音中感受到「女人」的氣息。

「香奈子，下次再打來時，妳也注意聽一下。」

香奈子更在意汀子說她是「共犯」那句話，但即使她問：「那句話是什麼意思？」大嫂也說：「沒特別的意思，就當我沒說吧。」

這時，浴室傳來大哥的聲音：「我們快洗好囉。」大嫂迎向丈夫的聲音和孩子的笑聲，走出了廚房。

香奈子翌日再度和大嫂商量，最後決定先不報警，靜觀其變，這一陣子絕對不讓圭太離開自己的視野。為了避免引起不必要的騷動，除了不報警，也不向任何家人提起這件事，只叮嚀幼稚園的老師說：「昨天回家的路上，有一個可疑的男人試圖接近圭太，請老師也多加注意。」

雖然也有叮嚀圭太不要向別人提起這件事，但似乎是多此一舉。圭太比其他孩子更天真，當天晚上就恢復了往日的笑容，似乎早就忘記了白天發生的事。他的笑容也讓香奈子忘記了在超市發生的奇妙事件。

之後，沒有再接到無聲電話，日子比以前更加平靜。騷動之後就沒有再接到無聲電話，不是更加證明圭太的綁架未遂事件和無聲電話有密切的關係嗎？香奈子越來越相信綁匪是前夫，一度決心去世田谷調查，但二月中旬發生的一件事讓她打消了這個念頭。

她偶然在電視的新聞報導中，看到了前夫家的房子出現在鏡頭前。

那是一則老人在斑馬線上被車子輾過的新聞，在拍攝現場時，順便照到了奧澤的高級住宅區，山路家和鄰居小塚家一起出現在畫面上。久違的氣派大門和漂亮的紅磚圍牆有一種拒人千里的冷漠，香奈子深深體會到，那裡已經變成自己無法高攀的另一個世界。

雖然她立刻決定再也不去世田谷，但同時不得不承認，對圭太來說，那裡並不是另一個世界。無論香奈子怎麼否認，圭太仍然有權利住進那棟豪宅，過著優渥的生活。她不知道因為自己的關係，剝奪圭太過好日子的權利是不是正確的決定。

香奈子必須再度重新思考圭太和他父親之間的關係。

這件事成為一月底在超市發生的綁架騷動唯一的後遺症，除此以外，沒有留下任何漣漪，日子反而比以前過得更平靜。東京這一年的冬天雖然比往年冷，但在二月的最後一週，天氣突然暖和起來。

連續好幾天都像春天般晴空萬里。

白天氣溫超過二十度，即使脫下大衣仍忍不住冒汗，顯然已經不像是初春程度的天氣了，電視的氣象報告也說今年的氣候異常。在往年還很寒冷的這個季節裡，照理說該令人欣喜的溫暖也隱藏著一種危險的味道。這不尋常的溫暖，成為在二月最後一天發生的事件的預兆。

一月底之後，像小動物般深潛到地底深處冬眠的事件，被突如其來的春天叫醒了。

二月二十八日，星期一。

那一天，香奈子像往常一樣迎接了早晨的到來，八點半搭員工開的車子送圭太去幼稚園，回家途中，宛如來自初夏的陽光隔著擋風玻璃照進車內，她的額頭微微滲著汗。黏滋滋流不停的汗水讓心情有點煩悶，但她作夢都不可能想到，幾個小時後，她和圭太將被捲入重大事件，自己將會流一身更煩悶的汗水……也沒有想到，這種異常氣候也與犯罪有密切關係。

香奈子回家後，整個上午都在忙家事，不時抽空去印刷工廠幫忙。

工廠十二點半開始午休，十名員工中有六個人是單身，必須為他們準備午餐。

接到電話時正是正午，香奈子正在廚房為了準備午餐，和時鐘上的分針和秒針搏鬥。

「來了，來了……」

香奈子回應著聲聲催促的電話鈴聲，三步併作兩步地衝到客廳，準備伸手接起矮櫃旁的電話。她用圍裙擦了擦濕手，拿起電話。她還來不及把聽筒放在耳邊，電話中就傳來了對方的聲音。

「喂，這裡是大島幼稚園……」

對方在電話中自我介紹說：「我是高橋。」

高橋老師是圭太就讀的櫻花班的導師，是年僅二十三、四歲的年輕女老師。她說話的聲音很平凡，沒有任何特徵，所以香奈子沒有絲毫的懷疑。不，她根本來不及懷疑。

「請問是圭太的媽媽嗎？剛才圭太被蜜蜂叮到了。」

高橋因為緊張，聲音有點沙啞、慌張，香奈子好不容易才搞清楚狀況，最後問了一句：

「在八王子市民醫院嗎？我知道了，我馬上趕去。」她說完用力掛上電話，卻無法立刻付諸行動。

巨大的打擊讓她的身體僵住了，就連呼吸也快停止了。她用力深呼吸，讓新鮮空氣進入體內後，在廚房的後門趿上拖鞋衝出後門，跑向數公尺外的印刷工廠辦公室。

父親正在和業者說話，似乎在談重要的事，父親皺著眉頭，但她已經管不了那麼多，像連珠砲般地說：「爸爸，剛才接到幼稚園的電話，說圭太被虎頭蜂叮到了，目前很危險，已經叫了救護車，送去八王子的醫院，可不可以找人開車載我去？」

「虎頭蜂？」

父親訝異地反問，隨即發現女兒的神色不同尋常，自己也慌亂了起來，準備衝出辦公室。香奈子在父親的身後問：「可以請川田幫忙嗎？如果是川田，圭太應該也比較安心。」

這時川田剛好從辦公室旁的廁所走出來。川田二十五、六歲，三、四年前開始進入印刷廠工作，他用掛在工作服腰間的毛巾擦著洗過的手，聽到圭太有生命危險，立刻露出比香奈子更擔心的表情說：「那要趕快去……」

他立刻向老闆借了鑰匙，讓香奈子坐上停在辦公室外的廂型車，自己坐上駕駛座……五分鐘後，車子已經行駛在通往八王子的國道上了。

雖然車速維持在差點就要達到速限的程度，但因為不時遇到紅燈，時間一分一秒還是浪費掉了。川田看到香奈子心浮氣躁，故意找她聊天，試圖化解她的緊張。

「這個季節居然有虎頭蜂，真不尋常。」川田說。

「那些傢伙冬天都躲起來，最早也要到五月左右才開始活動。」

從小在信州長大的川田稱有劇毒的虎頭蜂為「那些傢伙」，聽說他因為家庭關係很複雜，所以離家出走來到東京。他不太願意聊家裡的事，只知道他在長野市郊區的鄉下長大。他身材消瘦，外形和城市的年輕人沒什麼兩樣，素燒土器般的膚色和素燒人偶般的五官仍然帶著純樸，香奈子很早就對他產生了好感。

圭太也很願意和他接近，之前曾經多次請他去幼稚園接送圭太，假日會和圭太一起玩打棒球，代替了父親的角色。

此刻，川田也比身為母親的香奈子更擔心圭太的事。

陽光灑滿擋風玻璃，車內像溫室般悶熱，川田額頭上焦躁的汗水簡直是噴出來的。

「喔，我知道了，」川田用手擦了擦汗，「新聞報導說，目前的異常氣候和五月的天氣差不多……聽說不知道哪裡的櫻花還開了花。」

他打開窗戶，很在意沉默不語的香奈子。

「川田，你很瞭解蜜蜂嗎？」

車子再度行駛時，香奈子終於開了口。

「對，因為我老家的鄰居家裡有一個倉庫，天花板上有和小孩子身體差不多大小的蜂窩。我讀高中時也曾經有一次被叮到，真的超痛的。」

「不知道圭太忍不忍得住痛。」香奈子擔心地嘆了一口氣，「你當時也有生命危險，被救護車送去醫院嗎？」

「不，我只是去附近的醫院領藥擦了一下……被叮到的地方腫起來了，痛了兩、三天，之後癢得不得了，一個星期後才消失。」

「所以說，即使被虎頭蜂刺到，也不是每個人都會有生命危險嗎？」

「對，我只被叮了那麼一次。第一次被叮通常不會有什麼大礙……如果被叮兩、三次，體內就會產生抗體，或者說是發生毒物反應，引起嚴重的過敏，甚至可能有生命危險……圭太之前也被叮過嗎？」

「不，這是第一次。」

下一秒，兩個人都望著對方。

川田用眼神問：「真的嗎？」香奈子搖了搖頭表示真的沒有。

「不要說是虎頭蜂了，他從來沒有被蜜蜂叮過。」

「但是，剛才聽妳說，他全身發抖，情況很危急，所以被送去八王子的大醫院……」

「幼稚園老師說，附近的診所沒有特殊的藥，所以……」

「……」

川田放慢了車速。

「那通電話真的是幼稚園打來的嗎？通常老師在撥打一一九之後，會馬上聯絡媽媽，只要媽媽立刻趕去幼稚園，就可以一起坐上救護車。」

兩個人同時回頭，面面相覷……他們都察覺到同一件事了。

「的確有點不太對勁。」

香奈子大叫「停車！」的同時，川田已經把車子靠向路肩了。

香奈子從圍裙口袋裡拿出手機，打去幼稚園。

「呃，我是圭太的母親，請問老師……高橋老師在嗎？」

她努力告訴自己要鎮定，但還是一口氣說完成串的話。

「我就是高橋。」

「……怎麼會？」

聽到電話中傳來的聲音，香奈子只能搖頭。

她不知道目前聽到的聲音屬不屬於剛才打電話到家裡的人，但高橋人還在幼稚園，而且親自接了這通電話，就代表剛才那通電話是假的。

「圭太的媽媽嗎？目前的情況怎麼樣？」

「情況怎麼樣？什麼情況？」

「被虎頭蜂叮到的事……」

對方也有點不知所措，沒有繼續說下去。

「誰被叮到？不是圭太被虎頭蜂叮到了嗎？妳剛才打電話時，不是這麼告訴我的嗎？」

「誰打電話？」

「妳啊，高橋老師，就是妳啊。」

「怎麼可能……」

這次輪到對方說不出話了。

川田露出擔心的眼神看著香奈子，她用沙啞的聲音呆然告訴他說：「剛才那通電話果然不是幼稚園的老師打來的。」

「那圭太呢？現在人在幼稚園嗎？」

聽到川田的這句話，香奈子才終於回過神，慌忙對著手機問了相同的問題。

「不在啊，他不是和媽媽在一起嗎？剛才媽媽不是開車來把他接走了嗎？說外婆被蜜蜂叮到，目前生命垂危。」

香奈子無法聽到最後，有什麼東西在她的眼前一閃。不對，不是眼前，是記憶中的那個徽章發出了閃光……警徽。那個警徽是神奇影印機的按鍵，它影印出了一個月前的事件。

一個月前，在超市發現圭太不見時感受到的恐懼和焦急捲土重來，上次因為太模糊而無法看清的字，這一次看得一清二楚。

嗎？」

她看清了「事件」這兩個字，也看到了「綁架」這兩個字。

香奈子覺得意識融化在刺眼的光線中，最後只問了一句：「去接圭太的是白色車子

香奈子完全不知道自己之後是怎麼到幼稚園的。

她知道川田從呆掉的自己手中接過手機，向幼稚園老師瞭解了情況，也知道他立刻掉頭，在回小金井的路上，向她重複了好幾次老師說的話。窗外迅速向後移動的風景映入眼簾，卻無法進入她的意識。川田的話在傳入她耳朵的同時，也不知道被什麼東西消了音。

來到幼稚園門口，和衝出來的園長和幾位老師站著說話時，她的腦袋才終於繼續運作。

「門外有一輛白色的車子……」年輕的高橋幾乎快哭出來了。

「果然是白色的車子。」香奈子回答道。

一個男人從車子的駕駛座上走了下來。從圭太所在的教室可以看到做為遊樂場的寬敞庭院後方的正門，那個男人穿越庭院，走到面向露台的窗邊時，高橋主動打開了落地窗。男人急急忙忙地自我介紹說：「我是小川圭太的家人。」然後說他外婆被虎頭蜂叮到，目前生命垂危，想把圭太一起帶去醫院。高橋在其他老師的協助下，急忙為圭太收拾好東西，牽著圭太的手，匆匆走出了大門。男人已經坐在駕駛座上，另一個女人打開車門等在那裡。

「快……趕快。」

女人把圭太抱上後車座，自己也坐上了車子。車子幾乎同時發動了。

那是正午前兩、三分鐘之內發生的事。

「我們是在十二點十分左右離開工廠，既然是正午之前……代表那些人把圭太帶上車，

離開這裡後，立刻打了電話給媽媽。」

聽到川田的嘀咕，淤積在香奈子身體某處的血液頓時衝上了腦袋。

「我不是提醒你們，可能有可疑的男人想要接近圭太，請你們多留神嗎？還叮嚀你們不要把圭太交給我以外的人。」

香奈子突然歇斯底里的聲音讓年輕的班導師嚇了一跳，驚慌失措的園長說：「趕快報警。」

「但是……」香奈子搖了搖頭。

聽到香奈子這麼說，高橋也好像在輪唱般跟著說：「但是……」然而，兩人口中的「但是」意義完全不同。

香奈子不想報警，是因為眼前狀況根本是一個月前那場騷動的翻版，帶走圭太的很可能是他的父親。不，他的父親會大費周章地做這種事嗎？這是如假包換的綁架案。綁匪在一個月前失敗後，重新研擬了周詳的計畫，這次才會成功……

雖然香奈子心裡這麼想，但還是很想在報警之前打電話問圭太的父親，確認不是他幹的，她還來不及說明，班導師高橋就突然大聲地說：「但是……這不是綁架案。」

香奈子身穿一件領口有蝴蝶結的粉紅色毛衣，高橋看到蝴蝶結隨著她的心跳起伏著。

「妳在說什麼啊？這當然是綁架案。」

園長斥責道。她似乎認為高橋想要逃避責任，接著又說：「已經這種時候了，妳不要再找藉口。妳之前不是保證不會把圭太交給媽媽以外的人嗎？」

高橋聽了園長這句話，用力點頭。

「我遵守了約定，所以才說這不是綁架案。」

她的目光仍然停留在香奈子胸前的蝴蝶結上。

「妳在說什麼莫名其妙的話……」

高橋聽到園長的話，用力搖頭說：「我才覺得莫名其妙。」接著她挺直身體，抬眼正視香奈子。

二月最後一天所發生的這起綁架事件中，最令香奈子感到恐懼的不是數十分鐘前，她在前往八王子的車中得知此事的那一刻，也不是兩個小時後，在家裡接到歹徒的第一通電話的時候，而是圭太的班導師高橋老師在幼稚園門口對她說出以下這句話的瞬間——

高橋似乎豁出去了，用鎮定自若的聲音說：「我不是把圭太親手交到媽媽……交到妳的手上了嗎？」

她接著說：「正午之前，開車來接圭太的不就是這個男人和妳嗎？你們的長相和服裝我都記得很清楚，不可能搞錯。圭太媽媽，妳那時候也穿了這件毛衣，我覺得很好看，還在想下次要問妳在哪買的……但你們為什麼換了一輛車又跑來幼稚園，然後說這些莫名其妙的話？」

香奈子驚訝得說不出話，園長臉色大變，用嚴厲的聲音問：「高橋老師，妳打算用這種胡說八道來掩飾自己的疏失嗎？」

香奈子也終於把卡在喉嚨的話吐了出來。

「對啊，我為什麼要綁架圭太？我是他的媽媽。」

她向前走了一、兩步，走到高橋面前，用充滿怒氣的聲音說：「真是的，這種時候還說這麼過分的謊……」

「我沒有說謊，」高橋一臉嚴肅地搖頭，「絕對是妳……絕對是媽媽。我有其他的證人，更確切的……」

「誰？其他老師嗎？」

園長看著在場的幾名老師。

「不，學校的老師中，應該只有我看到了那個女人……」

「那還有什麼證人？」

高橋抬起垂下的雙眼，正視園長。

「圭太！」她說話時有點發抖，但聲音很清晰，「圭太是最好的證人。」

「圭太無法成為證人，他還是小孩子，而且遭人綁架了。」香奈子說。

「正因為是小孩子，所以才不可能認錯自己的媽媽。」高橋的語氣中帶著怒氣，「如果不是妳來接圭太，他一定會跳下車逃走。一個月前，在超市發生類似的事件時，圭太不是順利逃走了嗎？媽媽，妳之前也在電話中對我說：『圭太這麼機靈，應該不會有什麼問題，但為了以防萬一，還是請你們多留神』……」

香奈子面對高橋老師突然的反擊不知所措，再度啞口無言，川田說：「是不是圭太沒看清楚那個女人的臉？車子不是馬上就開走了嗎……？」

「不，」高橋瞪著川田，「雖然只有短短的幾秒鐘，但圭太和那個女人，還有駕駛座上的男人眼神交會，也說了話。我親眼看到，親耳聽到的……」

「駕駛座上的男人……」

川田用食指指向自己，似乎在問：「是我嗎？」

川田覺得荒謬至極，想要笑出來，但看到高橋堅定的眼神，笑容就弱化成了臉頰肌肉的微微抽搐。

眼前的事態必須分秒必爭。園長正打算回去打電話報警，香奈子制止了園長：「請等一下。」

她伸向園長微胖身體的手透露出焦急。

是不是前夫帶走了圭太？香奈子仍然無法排除這個疑問。如果是將彥做出這種荒唐的事，一旦報警，給我帶來的麻煩比將彥更大……香奈子這麼想道。

「不，沒事。」

香奈子立刻搖了搖頭。因為上個月在超市發生那起事件時沒有報警，才會發生今天的事，必須趕快挽回事態……

「請你們趕快報警，我打電話回家看看，也許家人接到了電話……」

不等香奈子說完，園長就急匆匆地跑進去了。其他老師也跟在園長身後走了進去，大門口只剩下高橋一個人。她似乎還想說什麼，但香奈子不理會她。比起眼前的女人，她覺得腦海中浮現的綁匪身影更加近在眼前……影子的手伸向自己的脖子，粗糙的觸感很生動，不像是幻覺。香奈子用手機撥電話回家時，忍不住全身發抖。發生了這麼可怕的事件，成為唯一目擊證人的幼稚園班導師卻說了一堆莫名其妙的話……短短幾十分鐘就糟蹋了平凡的一天，讓人踏進宛如噩夢般的迷宮……

香奈子打電話到印刷工廠的辦公室，但沒有人接聽。她又打去母親正在休息的住家，也沒有人接。

川田看到香奈子不知所措的樣子，提醒她說：

「要不要打老闆的手機？老闆最近好像已經習慣用手機了，隨時都帶在身上。」

香奈子不等他說完，就按了手機的按鍵。

鈴聲響了，立刻有人接起了電話，但香奈子對著電話「喂、喂……」了半天，對方也沒有回答，然後掛上了電話。父親開始用手機不久，難道操作錯誤，不小心掛了電話？但剛才的確有人接了電話，電話彼端也傳出聲音……

「媽媽。」

香奈子覺得好像在電話中聽到了小孩子的低喃，但應該是自己的幻聽。搭車來幼稚園的途中，圭太的聲音就不斷在身體中迴響……「媽媽，媽媽」的聲音不斷從身體深處湧現……

「怎麼了？」

「電話又斷了。」

「要不要用我的手機打打看？」

川田拿出手機，但香奈子對他搖了搖頭，「你可不可以打電話給世田谷的牙科醫生？」

「牙科醫生？」

「對，牙科醫生，我前夫是牙科醫生，你不是知道嗎？」

川田那素燒人偶般的眼睛觀察了香奈子數秒後問：

「妳的意思是說，那位醫生會為了見兒子，會採取這種類似犯罪的強硬手段嗎？」

「……」

「香奈子，妳是不是在懷疑妳前夫帶走了圭太？」

香奈子對川田的敏銳直覺感到驚訝，但還是點了點頭。香奈子不禁想起川田和圭太的境遇相似……雖然川田沒有多說，但他父親好像很早之前就在外面有女人，在他的親生母親早逝後，那個女人成為他的繼母，進入了他家……這應該就是他離家出走的原因，雖然川田一臉老實相，但搞不好很擅長處理人際關係，尤其是男女關係。

樣的人。

「但是，」香奈子立刻搖了搖頭，「我不知道是不是他幹的，因為我也搞不清楚他是怎

香奈子嘆著氣，川田問了她牙科醫院的電話和醫生的名字。

「是不是只要假裝是病人，問那個醫生在不在醫院就好？」

川田在說話的同時，按下了電話號碼。

「喂，你好，我傍晚預約了看診……」

川田開始演戲。

「請問今天休診嗎？不，因為我一個小時前，在車站前看到山路醫生，擔心今天是不是休診……啊，不是他？但我看到的絕對是山路醫生，他開了一輛白色車子，一個小孩子還有看起來像是他太太的女人走下車……真的嗎？是喔，那可能是我看錯了，因為個頭看起來很像是山路醫生……」

對方似乎問他的姓名。

「沒關係，那我傍晚會去看診。」

說完，他慌忙掛上了電話，轉頭對香奈子說：「醫生在午休的十二點半之前都沒有離開醫院。」

香奈子臉上露出失望的表情。

「但不能就這樣斷定醫生是清白的，既然是醫生，可能會僱用別人，自己不動手。」

川田語帶安慰地說，這時園長隨著一陣慌亂的腳步聲回來了。

「警察馬上就會到。」

園長挺直身體，用嚴厲的聲音發號施令。

「警察除了會來這裡，也會派人去妳家，所以希望媽媽馬上回家待命……警方說很可能是綁架，而且可能是以金錢為目的的計畫性綁架案，綁匪應該會和家屬聯絡。」

一分鐘後，香奈子再度坐上川田開的車回家。沿途看到窗外有母子一起走在林蔭道下，都會情不自禁地想起一個月前的自己。圭太揹著裝了哈密瓜的背包，快樂地走在林蔭道上，突然說出「綁架」兩個字，令自己驚訝不已……早知道應該更慎重看待圭太當時說的話……如果當時這麼做，就不會發生今天的事了。後悔和糟糕的想像不斷湧入腦海……圭太的笑容也同時出現在腦海。把哈密瓜放進背包時的興奮表情、從鞦韆上掉下來時，忍耐著疼痛，勉強擠出笑容的小臉蛋、第一次坐雲霄飛車時，被自己的驚叫聲嚇到時的緊張笑容。

不斷浮現在腦海中的笑容令香奈子感到痛苦不已，她想要甩開這些念頭，這時手機接到了印刷工廠的辦公室打來的電話。

「香奈子嗎……圭太的情況怎麼樣？」

是父親。

「沒事吧？因為完全沒有消息，所以有點擔心。」

「我打過電話了，但你沒有接手機。」

「我的手機好像掉了……我從剛才就一直在找手機。」

「但是，剛才……十五分鐘前，你不是接了電話嗎？但馬上又掛掉了。」

「那不是我。看來是我不知道掉去哪裡，有人撿到了……先不管這些，圭太沒事吧？」

短暫的沉默後，香奈子說：「怎麼可能沒事？」她壓抑內心的感情，平靜地說完這句話，哇地哭了起來。心頭巨大的不安化為哭聲和眼淚，一口氣衝出了嘴巴和眼睛。她哭得太突然，正在開車的川田忍不住踩下煞車。

「妳要堅強……現在還沒有百分之百確定是綁架。」

川田安慰著香奈子，從她手上拿過手機，向老闆報告了事情的來龍去脈。他只是簡潔地報告，但話還沒有說完，車子已經逼近印刷工廠的鐵皮圍籬和水泥大門。

父親和兩名員工從辦公室衝了出來，跑到車子旁，摟著香奈子的肩膀，把她扶下車，帶進屋內。兄嫂一臉擔心地來到門口，今年冬天第三度感冒而躺在床上的母親也披了一件開襟衫，從門框內探出身體張望。

母親厲聲斥責道：「妳不堅強怎麼行？妳媽媽當成這樣，圭太才會被人綁架啦。不幸總是會找上軟弱的人！」

川田和老闆一起扶著雙腿發軟的香奈子，語帶袒護地說：「不，這不是香奈子的錯，而且她剛才還……」

但母親的斥責似乎奏了效，香奈子推開父親的手，挺直身體說：「不用擔心。警察馬上就來了，圭太一定會平安回到我們身邊。」

就如香奈子所說的，警官在十五分鐘後就到了，她鎮定自若地接待他們。

警視廳派了轄區警署的六名警官到被害人家中，立刻為客廳和辦公室的電話裝上電話追蹤器。當警方得知圭太的背包裡有寫著母親手機號碼的紙條時，也馬上在香奈子的手機上也裝了一個像錄音機的東西。

名叫劍崎的警部補❷模擬了綁匪打電話來的情況，向香奈子發出各種指示，同時，除了向

❷警察的官階之一。日本警察官階由下而上為巡查、巡查部長、警部補、警部、警視、警視正、警視長、警視監，警視總監。

香奈子瞭解情況，也向川田打聽了案發至今的來龍去脈。

反應敏捷的警部補始終帶著平靜的表情，切中要害地詢問關鍵的問題，避免造成家屬的不安。

「粉紅色毛衣？」

只有問到這個問題時，他露出了銳利的眼神。

「你們說，幼稚園的老師說，把圭太帶走的那對男女中，那個女人身上穿了一件和圭太媽媽一樣的毛衣嗎……？」

他的話音剛落，香奈子還來不及回答，客廳的電話就響了。

現場的空氣頓時緊繃起來，但負責電話的刑警面不改色地探頭看著顯示號碼的螢幕說：「是世田谷區的號碼。」說完，按下了錄音機的按鍵。前一刻比任何人都安靜的香奈子臉色大變。

「3412、03……」

香奈子不需要聽刑警報完所有的電話號碼，就看著人在房間角落的川田，輕輕點了點頭。

「這是一個叫山路的男人打來的，我的前夫……」

香奈子告訴彎下身體看著電話的劍崎警部補。

「我們在三年前離婚了……所以……」

「他是圭太的父親？」

警部補雙眼發亮。

「對……但是真奇怪，他為什麼在這種時候打電話來？他已經一年多沒和我聯絡了。」

「可能和綁架案有關。」

也許是電話鈴聲讓他感到心急如焚，他說話的速度也加快了。

「綁匪可能很瞭解你們的家庭情況，向小孩子的父親要求贖款……」

「呃……我反而懷疑是他找人綁架了圭太。」

「總之，先接電話再說。」劍崎的目光看向電話，「如果妳不知道怎麼回答，我會告訴妳。」

說完，他揮了揮早就準備好的紙筆。

香奈子重重地吐了一口氣，鼓起勇氣，伸手拿起電話。

「喂，這裡是小川家。」

短暫的沉默後，傳來一個男人的聲音。

「原來是妳。」

香奈子聽到這幾個字，立刻想起前夫缺乏個性的聲音，和這種冷淡的問話方式很搭。或者說，這種不屑一顧、拒人千里的態度是他聲音中唯一的個性。

然而，香奈子的聲音更加冷漠。

「你突然打電話來，有什麼事嗎？」

「喔，我只是想確認一件事……妳那裡是不是發生了什麼事？呃，是有關圭太的事……」

他略帶遲疑的說話方式和冷漠的聲音很不相稱，香奈子用眼神問劍崎：「可以對他說實話嗎？」

劍崎點了點頭，做出了「可以」的手勢。

「你怎麼知道圭太的事？」

沉默，香奈子的不安越來越強烈。

「剛才，有一個自稱是芝木的男人打電話來診所……說圭太被人綁架了。」

將彥回答後，又繼續說道：「聽妳說話的語氣，圭太真的遭人綁架了嗎？」

「對。」

電話彼端傳來咂嘴的聲音，然後突然變成了怒罵：「妳到底在搞什麼？妳說我沒有資格做父親，所以把孩子佔為己有，說什麼孩子留在我身邊太危險……正因為妳很有自信地說自己有能力帶好這個孩子，我才會在無奈之下放棄圭太。」

雖然知道山路很慌亂、著急和氣憤，但從他沒有抑揚頓挫、像文字排列般的聲音中感受不到任何感情……宛如電腦合成的怒罵聲。香奈子不耐煩起來，很想對他說：「正因為你是在這種時候會說這種話的人，我才會和你離婚。」但還是把話吞了回去。

「請你詳細說明一下你接到的電話，現在沒有時間討論其他事。」

聽到將彥說話的氣勢，香奈子很擔心他會說出她最害怕的「那件事」，香奈子最無法承受的事。不知道是否聽到香奈子努力保持冷靜的聲音，情緒受到了感染，將彥的聲音也稍稍恢復了平靜。

「先不談這些，妳有沒有報警？」

香奈子用目光徵求劍崎的指示。

劍崎點了點頭，指了指自己，又做出拿電話的手勢，意思是「讓我直接和他談」。

「當然報了警，現在警官就在我旁邊，想和你直接談一談。」

「所以，警方的人已經聽到我的聲音了嗎？」

香奈子沒有聽他說完，就把電話交給了劍崎。

劍崎對著電話簡單地自我介紹後說：「請你先把電話掛起來，綁匪可能會打到這個電話，我會用手機回撥。」

劍崎掛上電話，從口袋裡拿出手機後，來到走廊上。

「喂？你好……你兒子可能遭到了綁架，目前我們在等綁匪電話，同時盡可能多蒐集相關資訊。請問打電話到診所的那通電話是怎麼回事？」

緊張感籠罩客廳內，無論刑警還是家屬都屏氣豎耳聽著劍崎在走廊上的說話聲……

「那我晚一點再和你聯絡。」

五分鐘後，劍崎掛上電話後回到客廳，告訴香奈子：「有一個陌生男子打電話給妳先生……不，是妳前夫，告訴他『圭太遭人綁架了，你前妻家已經亂成一團。如果你不信，可以打電話去問一下。』」

然後，又問：「對方自稱芝木，可能是芝麻的芝，也可能是之乎者也的之，有誰認識這個人嗎？」

香奈子和在客廳的其他家人都紛紛搖頭。

「妳前夫……呃，山路先生接到那通電話後，半信半疑地打電話來確認。」

劍崎看著牆上的時鐘，環起雙臂。「他還說，一個小時前還接到另一通奇怪的電話。」

「什麼意思？」其他刑警問道。

「有一個男人打電話去問今天診所是不是休診……還信口雌黃地說，在車站前看到醫生帶著太太和孩子走下車……」

香奈子尋找著川田的身影，前一刻還在的川田不見了，可能回工廠了。香奈子想解釋說：「那是在幼稚園的時候，我叫川田打的。」但她隨即改變了主意，因為她更想知道另一個問題的答案。

「那個叫芝木的男人是綁匪嗎？」

「應該八九不離十吧。雖然那通電話不到十秒鐘，但可以由此掌握有關綁匪的重要線索。」

這時，香奈子的大嫂剛好從廚房送茶到客廳。大哥史郎協助她一起端茶，把其中一杯茶送到劍崎手上時問：「什麼意思？」

「這代表綁匪對肉票的家庭狀況很瞭解，也知道圭太父母離婚的事，」他看了一眼客廳褪色的石膏牆和滿是污漬的天花板，「也知道該向誰索取贖款。」

說完之後，他才發現自己的失言，故意抓了抓頭。

「不好意思，我失言了。目前還不知道綁架的目的是否為了金錢……如果綁匪要求贖款，家屬是否能夠籌到錢這件事不僅對綁匪很重要，對我們警方來說，也是重要的問題。」

「刑警先生，你的意思是說我家沒有錢嗎？」

站在香奈子身後的父親探出身體問。他氣呼呼的，太陽穴抽搐著。

「我不是這個意思，所以才為自己的失言道歉。」

警部補再度鞠躬道歉，但香奈子的父親無視他的道歉。「和泡沫經濟時相比，工廠的情況的確差很多了，但最近還是有很多客人說家庭用影印機印出來的東西品質不夠好，所以增加了不少客人……」

大哥史郎打斷了父親的話。

「爸爸，現在不是談這些的時候，警察只要調查一下就知道我們工廠快倒閉了。」

「我並沒有隱瞞……只是這位刑警說話太過分了，所以我才向他解釋，我家並沒有那麼缺錢……」

「爸爸，難道你還沒有發現就是因為你這種逞強的個性，才會把工廠逼到這一步嗎？今天早上，坂田先生不是也到工廠大呼小叫，說如果不把貨款結清，就無法再供應紙張……一旦紙張的供應出了問題，工廠就無法營運下去。事到如今，你還在逞強，趕走坂田先生……你到什麼時候才會醒悟，才會知道這種逞強的個性反而會把自己逼上絕路？」

香奈子忍不住制止激動大喊的大哥。

「大哥，現在是討論這種事的時候嗎？請你把圭太的性命放在第一位。」

「我當然有放在第一位，所以更應該按刑警所說的，承認我們家根本無力籌措高額贖款。香奈子，到了緊要關頭，妳會去拜託將彥吧？即使是上億的贖款，山路家應該也拿得出來。」

「這……」

香奈子低下頭，不敢正視大哥的眼睛。

「沒有理由不拜託他。圭太也是將彥的兒子，況且，妳之前一心想要離婚，所以幾乎沒有向他要求贍養費。」

「因為……」

香奈子不知如何回答，之前大哥也曾為這件事指責她，她每次都找理由反駁。

「這和贍養費沒有關係。我有為錢的事造成你的困擾嗎？我都有幫忙家事，也會去工廠幫忙。」

贖款成為導火線，引發了家庭糾紛。幾位刑警手足無措，只能默默旁觀。這時，在走廊上的大嫂出面制止：「別再吵了，現在都什麼時候了。」

汀子剛把開始咳嗽的婆婆送回裡面的房間休息。

「我娘家可以幫忙籌贖款……香奈子，先不必擔心這種事，現在只要擔心圭太的安全就好。」

「好。」香奈子點點頭。這時她的父親從她肩後方探頭問：

「汀子，我去年去妳家時，妳爸爸明確告訴我，妳家沒有錢可以借我……」

史郎搶在汀子之前接過了話題。

「爸爸，你去向汀子的父親借錢嗎？你怎麼沒告訴我……什麼時候？」

「不，不是特地去借錢，只是在聊天的時候順便問了一下。」

史郎沒有聽完父親的解釋就大聲咆哮：

「你到底去借多少錢？你怎麼不為我的立場想一想，居然做這麼丟臉的事！」

雖然從兄妹吵架演變成父子相爭，但汀子始終保持冷靜的表情說：「我爸爸告訴我，他判斷您還沒有到走投無路的地步，所以才會拒絕。如果您真的周轉困難，下次會借錢給您……這次發生這種事，他應該願意拿錢出來。」

然後，她面帶微笑地對香奈子說：「別擔心。而且，即使妳不拜託，山路家也會主動要求付贖款的。」

「我剛才想說的就是這個意思。」

沉默了好一陣子的劍崎警部補說道。他同意汀子的意見，用力點頭。

「我認為綁匪一開始就打算向山路先生家要錢，所以才會在綁架之後就馬上打電話通知山路先生……我是這麼解釋綁匪打電話去診所的動機。」

但香奈子的父親更關心媳婦剛才說的話。

「汀子，妳娘家真的有錢嗎？」

史郎咂著嘴，忍不住嘆氣。

「爸爸，你就是因為這種性格，所以始終無法放棄泡沫經濟時代的夢想，結果反而把工廠搞垮了。你這麼愛錢，刑警先生會以為是我們為了向山路家或是汀子家的娘家要錢，故意演出這場鬧劇。」

沒想到父親很乾脆地點頭說：「對，沒錯。刑警先生一開始就這麼懷疑，剛才他說我們家很窮時，言下之意就是說：『這是你們在自導自演。』所以我才會生氣。」

劍崎發現怒氣突然轉到自己身上，苦笑著抓了抓頭。

「不，我完全沒有這個意思。只是剛才你們提到拖延付款的事，我有一個疑問。呃，關於今天早上來這裡，和你發生口角的那個叫坂田的人……可不可以請你詳細介紹一下？」

「他是紙品公司的業務員，」史郎代替父親回答，「他說我們沒有及時付款，公司會追究他的責任，所以很生氣……難道你懷疑他是綁匪？」

「不，只是問一下以防萬一。那個業務員知道圭太的父親很有錢嗎？」

「應該知道，」這次由父親回答，「大約一年之前，他還曾經一臉諂媚地笑著說：『如果香奈子有意再婚，希望我也有機會。』」

說到這裡，他似乎想起了什麼，叫了一聲：「啊，對了！坂田在這裡的時候……」他把手伸進口袋說：「我曾經拿出手機，想打電話到坂田的公司……」

他做出拿出手機的動作，目不轉睛地看著空空的手掌。他皺著眉頭，不難看出他正拚命回想當時的情況。

「因為和坂田談不出結果，所以我打算直接和他上司交涉，但後來又覺得是白費口舌……我記得當時放在辦公室的桌子上。」

他搖了搖頭，似乎想不起其他事。警部補可能聽不懂其中的意思，露出納悶的表情，香奈子向他解釋：

「我父親從今天早上開始就找不到他的手機。呃，請問你在懷疑坂田先生嗎？」

「不，只是隨口問問而已，沒有特別的意思……」

劍崎警部補發現香奈子似乎還有話要說，就問她：「有什麼事嗎？」

香奈子覺得父親遺失手機一事還有個地方讓人在意，但猶豫了兩、三秒後，她搖了搖頭說：「不，沒事。」

這時，劍崎的手機響了，似乎是警察署向他傳達指示。劍崎去走廊上講電話，最後在電話中報告了神秘男子打電話給圭太的父親山路將彥的事，才回到客廳。

「署裡已經成立了特別搜查總部，警視廳派了擅長偵辦類似事件的人員，很快就到了。我們會投入大量警力，因應可能發生的各種情況，請你們放心。」

目前已經有將近三十名刑警開始在幼稚園附近明察暗訪，並追查那輛白色車子的去向。

「警方這麼大規模偵辦，萬一被綁匪知道不是很危險嗎？」史郎嘀咕說：「大部分綁匪不是都會威脅說：『不許報警，一旦報警，就別想再見到小孩子』嗎？」

劍崎點點頭。

「這次的綁匪在大白天肆無忌憚地擄人，也打電話通知了肉票的父親，應該猜到家屬會報警。」

「那些綁匪也未免太囂張了。」

汀子在走廊上說。四坪大的客廳內，刑警和家屬總共七個人圍在中央的桌旁，還有不少桌子上放不下的機器，幾乎把整個房間都擠滿了，汀子剛才就一直站在走廊上，靠在背向後院的玻璃門上。

「居然假扮成香奈子去幼稚園……如果幼稚園的老師或是圭太指著她說：『妳不是媽媽』，他們到底打算怎麼收拾？」

「不知道該說是大膽還是手法粗糙，說不定只是隨機犯案，因為剛好穿了一件很相像的毛衣，所以順利騙過了幼稚園老師……搞不好只是這樣而已。」

劍崎抱著雙臂搖了搖頭，似乎在說：「不，事情沒這麼簡單。」然後，他發現香奈子再度欲言又止，又問了一次：「有什麼事嗎？」

香奈子看著警部補手上的手機，點了點頭說：「是有事。」她終於下定決心說出來了，但這時大嫂又插嘴：「我認為絕對不是偶然，綁匪一定有周詳的計畫。香奈子，妳把一個月前在超市發生的事告訴警官了嗎？……就是那次綁架未遂的事。」

「不，還沒有。」

香奈子在搖頭的同時，劍崎立刻緊張地問：「綁架未遂？」

香奈子花了十分鐘，把一個月前超市發生的事告訴了刑警。

「這麼重要的事，妳為什麼不早說？」

劍崎重重嘆了一口氣，皺著眉頭吐出這句話。他立刻命令下屬的年輕刑警向警視廳報告這件事。

「兩次都是白色的車子，應該是同一票人所為。他們花了一個月的時間重新研擬計畫後再度挑戰……」他自言自語地說道。「但是，在超市那次的手法也很大膽，居然趁媽媽稍不留神就立刻下手。」

劍崎又繼續問：

「圭太不認識他的父親，是確定的嗎？之前……呃，山路將彥先生有沒有可能悄悄和圭太見面，並叮嚀他『絕對不能告訴媽媽』？」

香奈子用力搖了兩次頭。

「絕對不可能。」

劍崎咂了一聲，發出呻吟。

沉重的沉默籠罩，客廳的空氣頓時凍結。但是比起警部補的沉默，在場的所有人更在意桌上電話的沉默。

刑警為客廳的電話裝上錄音機時，也把電話從角落移到桌子上了，如今它宛如主角般出現在房間的正中央。

事實上，比起刑警和肉票的母親，可能隨時會傳來綁匪聲音的電話更名副其實地成了客廳的主角。雖然只是一部平凡的白色電話，但隨著沉默的持續，這主角一秒一秒變得更巨大、更沉重，大家只能無助地看著它……

香奈子最先耐不住這份沉默。

「爸爸，你剛才提到手機，你是在坂田先生離開後才發現手機不見了嗎？」

她終於鼓起勇氣問了一直掛念的事。

「對，怎麼了？」

「是坂田先生離開多久之後？」

「應該是他剛離開就發現了……怎麼了？妳懷疑是坂田拿走我的手機嗎？」

「沒有，只是……」

香奈子吞吞吐吐，客廳內所有人的視線都集中在她身上。

「因為，我從剛才就覺得，會不會是綁匪拿走了爸爸的手機。」

「為什麼？」

父親納悶的同時，劍崎也問：「為什麼？」

「回家的路上，我打電話到你的手機，結果有人接聽。我剛才不是有說嗎？你還記得嗎？雖然只是一下子而已，但我好像聽到有人在電話中叫『媽媽』，也覺得像是圭太的聲音……好像電話就在圭太附近，圭太察覺到是我打的電話。」

直覺告訴刑警們這番話很重要，因此他們屏住呼吸，等待香奈子說下去。

「喔，喔，那現在再打一次看看。」聽了香奈子的話，父親從喉嚨擠出這句話。

「好。」

香奈子拿出電話，正打算撥打登記在手機上的父親電話時，劍崎伸手制止了她。

「請等一下。即使有人從辦公室把妳父親的手機拿走，那個人真的有可能是綁匪嗎？最好先冷靜下來想一想。果真如此的話，代表綁匪是熟人。伯父，今天早上除了那個叫坂田的人以外，還有沒有其他人出入事務所？」

「呃，坂田離開後大約兩個小時，十二點左右，還有一個叫增村的客人上門。我在和增村說話時，香奈子衝了進來，說圭太被蜜蜂叮到了……但這兩個小時期間，我多次離開辦公室，工廠的人和相關的人可以自由出入。辦公室沒有放錢或是值錢的東西，即使沒有人在也不會鎖門。」

「外人也可以自由進出嗎？」

「對啊，大門也整天都開著。」

劍崎再度抱著手臂，看著工廠的方向問：

「今天員工的情況呢？」

「所有人都像平時一樣正常來上班。」

他立刻用老闆的聲音回答，在劍崎問出下一個問題時，他就搖了搖頭。

「不，我們工廠的員工不可能做出綁架這麼可怕的事，沒有一個人會做這種事。」

說完，他回頭看著川田，想要徵求他的同意。

稍早前取代汀子站在走廊上的川田對老闆點了點頭。

「呃，剛才聽到綁匪的車子是白色時，我就想到一件事。」

他有所顧慮地小聲對著客廳說：

「今天早上大約十點左右，我看到門外停了一輛陌生的車子，白色的……」

他的話還沒說完，汀子就在房間角落說：「我也看到了那輛車子。」

她說，那輛車子靜靜停在那裡，有一半被大門遮住了，不知道車內有沒有人。

「我和香奈子一起去八王子時，那輛車子已經不見了。」

川田說。

「那輛車子的確很可疑。」

汀子自言自語般看著半空，視線移到香奈子穿的粉紅色毛衣上。

「我猜綁匪一定監視了我們家，所以知道香奈子穿的毛衣顏色，去幼稚園之前在某個地方買了相似的毛衣。」

香奈子提出異議：「高橋老師說不是相似而已，而是一模一樣。這是我在渋谷的百貨公司買的，並不是到處都買得到的。」

大嫂無視香奈子的話，微微挺起身對警部補說：「總之，我認為應該馬上打電話。」

「我知道，但目前大家都很激動，所以我希望大家稍微冷靜一下。」

劍崎說道，但他自己似乎也很混亂，用手摸著額頭。「就算綁匪有在車上監視這個家好了，為什麼要做潛入辦公室這麼危險的事？」

「也許對綁匪來說，這並沒有什麼危險。」

回答這句話的是汀子。

「無論是之前在超市發生的綁架未遂，還是跑去幼稚園擄人，那些綁匪似乎根本不怕被人看到……」

「什麼意思？妳有什麼根據嗎？」

警部補一臉不耐地說，似乎對這家的媳婦很愛插嘴感到不悅。

「我沒有什麼根據，只是直覺，請你不要用那麼嚴肅的表情看著我。」

「既然這樣，妳就閉嘴。」汀子的丈夫怒聲喝斥，似乎說出了警部補的心聲，「外行人亂插嘴會妨礙警方辦案，只要浪費一秒鐘，就可能危及圭太的生命。」

「所以我才說要趕快撥電話給那支消失的手機啊。雖然我的直覺不可靠，但至少要相信香奈子的直覺……因為她是圭太的媽媽。」

不等汀子說完，警部補就大聲說：「知道了。」

然後，轉頭對香奈子說：「請妳打電話到妳父親的手機。」

但又立刻改變了主意。

「不，先用我的手機打。我可以假裝是談生意的事，看對方怎麼出招……呃，伯父，請問你的手機號碼是？」

香奈子的父親可能不知道自己的手機號碼，無力地搖了搖頭，香奈子代替父親告訴劍崎儲存在自己手機上的號碼。

「090854……」

劍崎警部補移動手指，撥完最後一個數字後，把手機放在耳邊，神情緊張地看著香奈子，但隨即皺眉頭說：

「通話中。」

不，他只是準備說這句話而已，還來不及開口電話鈴聲就響了，打破了室內緊繃的寂靜。

是放在房間中央的市內電話響了。香奈子彷彿被鈴響咬到般輕叫出聲，劍崎覺得自己說不定誤撥了這個家裡的電話，準備確認自己手機上的號碼。

但坐在電話前的刑警先一步探頭看了顯示號碼的螢幕，用亢奮的聲音報告事態有多緊急：

「是劍崎先生剛才撥的電話號碼，是從伯父的手機打來的……」

室內頓時充滿緊張氣氛。

劍崎聽到電話鈴聲後站了起來，雙手制止了其他人的動靜。

「香奈子小姐，請妳接電話。」

香奈子不加思索地點了點頭，但似乎渾身僵硬，連手指都無法動彈。

劍崎右手拉著香奈子的手走向電話，另一隻手拿起連在錄音機上的監聽器，放在耳邊。

「盡可能拖延時間。」

劍崎壓低嗓門說道。雖然不需要追蹤綁匪的電話，但希望能夠讓綁匪多說幾句話。

香奈子拍著臉頰，彷彿在自我激勵，深呼吸後拿起了電話。

沉默。

「喂……」

香奈子先發出聲音，但沒有聽到任何回答。

「喂……喂……？」香奈子連續叫了好幾聲。

「是小川先生的府上嗎？」

香奈子叫了好幾次後，終於傳來一個男人的聲音。聲音很普通，但香奈子的耳朵似乎感受到從聽筒深處滲出來的黑暗，只是她仍然無法完全排除這是撿到父親手機的人打來的可能性。

香奈子抱著一線希望回答：「是的。」下一秒鐘，她的希望也破滅了。

「我要找圭太的媽媽。」

對方說。

這句話證實了這是一起綁架事件……然而，香奈子沒有時間絕望。

「我就是。」她回答說，「圭太人在哪裡？」她的嘴唇發抖，但說話時口齒清晰，連她自己都很驚訝。

「就在旁邊……等一下就會讓他講電話，在此之前，要先請教一件事。」

「好。」

「妳報警了嗎？」

香奈子不知道該怎麼回答，慌忙看著身旁的警部補的眼睛，看到警部補點頭，她回答說：「對。」

「所以，即使現在威脅妳『不許報警』也來不及了。」

他半開玩笑地說。香奈子的腦海中掠過男人苦笑的嘴唇，但她只能想像嘴唇的樣子，無法根據聲音想像對方的長相。

男人的聲音沒有個性，也難以分辨是年輕人還是上了年紀。不，如果仔細聽應該可以把握特徵，但香奈子腦筋一片混亂，只覺得「他說話的方式很普通、很平常」。

「這麼說，刑警就在旁邊嗎？」

香奈子從警部補的眼神中看到了「ＹＥＳ」的答案，回答說：「對。」

「可不可以請他來聽？這樣就不必多囉嗦了。」

電話中的聲音這麼說道，但又隨即改口：「啊不，不必了，反正他可以聽到我的聲音，不必叫他來聽。」

男人說話的語氣很輕鬆，難以想像他犯的是綁架這麼重大的犯罪，這反而製造出不同於電視劇的真實感，使香奈子越發不安起來。

「請問，圭太呢？請讓圭太講電話。」

香奈子訴說的聲音好像隨時就快哭出來了。

「好，我馬上讓他聽，但妳這麼慌亂會讓小孩子感到不安，希望妳稍微克制一下。」

「……好。」

接著，聽到了腳步聲，男人說：「快來聽電話，是媽媽。」

「媽媽。」

電話中傳來的激動聲音，正是圭太的聲音。

「圭太，沒事吧？」

香奈子不加思索地問話，但圭太沒有回答。

「沒事？……沒事？」

她一次又一次地問。她剛才就在想，如果圭太接電話，她要說這個、說那個，但現在只說得出這句話。而圭太似乎說不出話，香奈子只聽到他沉重的喘息聲。

「沒事……媽媽，不要擔心。」

香奈子問了幾次後，圭太終於回答了。雖然是圭太的聲音，但聽起來格外稚嫩。原來他的聲音這麼可愛……雖然才幾個小時沒有見面，聽在母親耳裡卻好像已經闊別多年般惹人憐愛。

「會不會冷？肚子餓不餓？」

她腦海中浮現的都是和綁架事件無關的話。香奈子用全身的力氣握緊電話，另一隻手抓住毛衣的胸口，克制內心湧起的情緒。

但電話中只傳來「沒事」和輕聲呼喚「媽媽」的聲音。

聽在母親的耳中，圭太的聲音好像越來越弱，而且越來越遠了。

香奈子於是越說越大聲。

「你馬上就可以回家了，別擔心，只要你乖乖的，真的馬上可以回來。」

然後又對他說：「不用擔心，旁邊不是有一個叔叔嗎？只要聽那個叔叔的話，馬上就可以回家了。」

這時，她再也忍不住了，嘴裡發出「嗚嗚」的哭聲。這時，圭太似乎想說什麼。

「媽媽，我跟妳說……」

然而，下一秒就變成了男人的聲音。

「已經夠了吧？就這樣。」

他似乎想要掛電話。那個男人會把圭太帶走的……香奈子忍不住這麼想。

「請等一下。」

香奈子緊巴著電話中男人殘留的氣息不放。

「怎樣才能讓圭太回來？我願意做任何事，請你不要傷害圭太……那孩子很膽小。」

香奈子說話的聲音好像動物在吼叫，但並沒有打動綁匪。

「我們可沒有傷害那個孩子。」

他回答的聲音好像在唱歌般輕鬆，似乎根本沒把香奈子和警察放在眼裡。

「剛才不是讓妳聽到他的聲音了嗎？我打這通電話是要讓妳知道他很好。」

「哪有……他害怕得快要哭出來了。」

聽到這句話，男人回答說：「這是因為……」

奇怪的聲音隨即傳來，男人捂住了電話，聽不到他說話的聲音。數秒之後，那個聲音消失，電話也掛斷了。

「喂、喂……喂、喂……圭太，小圭。」

香奈子仍然拚命對電話叫喊，警部補制止了她。香奈子把電話交給警部補，好像失去了希望，也失去了支柱般當場哭倒在地。

大嫂衝了過來，摟著香奈子的肩膀，激勵她：「現在不是哭的時候，妳要堅強……」

香奈子的肩膀起伏著，撐起身體，勉強點了點頭。

「我打電話過去……」

她立刻伸手準備拿電話。

「請等一下。」

正在和其他刑警說話的劍崎立刻制止了她。

「香奈子小姐，妳有沒有聽到綁匪最後說什麼？好像被高壓電線的噪音干擾，聽不太清楚。」

香奈子搖了搖頭。

「那再聽一遍，我覺得可能是指示下一次如何聯絡……」

警部補的話還沒說完，剛才的錄音就開始播放了。

「喂……喂？」

錄音機中傳來香奈子的聲音，比實際說話聲更具有真實感，室內頓時回到了數分鐘前。

「媽媽。」

聽到圭太的聲音，香奈子再度忍不住握緊拳頭，手臂幾乎快痙攣了。

最後，當綁匪打算掛電話時，香奈子哭著說：「圭太很膽小，請你不要傷害他。」殘酷的短劇進入高潮時，警部補用手圈住了貼在擴音器上的耳朵，似乎擔心漏聽一個字。

「我們可沒有傷害那個孩子，剛才不是讓妳聽到他的聲音了嗎？」

「哪有……他害怕得快要哭出來了。」

「這是因為……」

在綁匪說話的同時，傳來馬達聲似的「嗡嗡」低鳴聲，蓋過了男人說話的聲音。

「讓我再聽一下最後的部分，把音量放大。」

劍崎命令道。

室內再度響起綁匪的聲音和低鳴聲。每次重複，那個聲音就將潛藏其中、難以捉摸的危險孕育得更加龐大，增幅了每個人內心的不安。

電話掛斷，錄音帶也同時結束。

「他是不是說……」

探出身體細聽的汀子說：

「『那是因為妳讓這孩子感到害怕。』」

所有人都訝異地看著汀子，香奈子打破了緊繃的寂靜。

「害怕我？圭太害怕我這個媽媽？」

不知道是否因為太驚訝了，她的聲音沒有感情，似乎忘記了剛才還在哭哭啼啼。

「沒錯，」負責監聽電話的刑警出示了播放錄音帶時做的筆記唸了出來：「『那是因為妳讓這孩子感到害怕。』」

「綁匪的確這麼說，之後又說：『一小時後再打電話。』然後就掛上了電話。」

「他不是說『再打電話』，而是說『再打電話給我』吧？我聽起來是這樣。」

聽到汀子這麼說，負責監聽電話的刑警慌忙重聽了最後的部分。兩次、三次……

「他的確說『再打電話給我』。」

他用佩服的眼神看著汀子，劍崎也說：「大嫂的耳朵真靈光。」

他誇張的語調中除了佩服以外，還夾雜了一絲挖苦。他似乎並不欣賞愛插嘴的外行人。

汀子的丈夫史郎或許察覺到警部補的想法了，他說：

「她以前讀音樂大學，所以在聽力方面很有自信。」

說完，用「妳別再多話」的眼神責備妻子，但汀子無視他的責備，又立刻開口說：

「而且，我對剛才的電話有印象。」

「綁匪的聲音嗎？」

「不，不是綁匪的聲音……」

汀子看了一眼香奈子，沒有繼續說下去。香奈子用極其冷漠的眼神看著榻榻米，似乎在想什麼事。汀子也沉默起來，似乎陷入了沉思，她的丈夫輕輕嘆了一聲，終於鬆了一口氣。

「其他人呢？……有沒有人聽過綁匪的聲音？」

聽到劍崎的發問，所有人都搖了搖頭。劍崎看了一眼手錶，命令其中一名刑警：「一個小時後就是將近四點……趕快去向搜查總部報告。」

他的話音未落，走廊上就傳來一個聲音。

「呃，」蹲在走廊角落的川田戰戰兢兢地開了口，「剛才電話最後的聲音……是不是翅音？」川田剛才回去工廠，又找機會回來這裡。

「翅音？」

「對，就是昆蟲飛來飛去的聲音。」

「喔，你是說拍動翅膀的聲音。」警部補說。

「對，像是蚊子，不，應該是更大的昆蟲，類似蜜蜂之類……對，蜜蜂。那就是蜜蜂的翅音。」

劍崎偏著頭，似乎在說：「怎麼可能？」然後，親自按下了錄音機的重播鍵。這一次，所有人都聚精會神地聽著剛才被視為干擾的聲音。

「的確很像昆蟲拍動翅膀的聲音。」

年輕刑警說，劍崎點了點頭。

或許是因為有了自信，川田的聲音變得很有氣勢。「以前我曾經被虎頭蜂叮過，痛得不得了……在被叮之前聽到的翅膀聲音至今仍然無法忘記。至今仍然會作噩夢，夢中雖然看不到蜜蜂，卻會被這種聲音威嚇，驚醒過來。」

這時，川田發現香奈子變了臉，立刻住了嘴。香奈子幾乎是在同一時間輕聲一叫：

「別說了。想到綁匪用蜜蜂威脅圭太……所以圭太的聲音才會那麼害怕，我……」

川田慌忙道歉，「對不起，都怪我說了這些無聊的事。因為綁匪打電話到這裡和幼稚園時，都用虎頭蜂這個藉口，我對這件事耿耿於懷，所以才會覺得很像蜜蜂的聲音。這個季節不可能有蜜蜂。」

他蹲在走廊上的身體縮得更小了。

「問題就在這裡，」劍崎說：「這個季節不應該會有虎頭蜂，被人識破的機率很高，綁匪為什麼要說這種謊……我也很在意這個問題。」

「也許對虎頭蜂有異常的執著……」

回答這句話的是汀子，她不理會劍崎對她露出「又來了……」的眼神，繼續說道：「我現在想起自己為什麼覺得對綁匪和香奈子的電話有印象了。一個月前經常有打到家裡的無聲電話，某次接起來時我聽到相同的聲音，也覺得是蜜蜂……但又覺得在這種嚴寒季節不可能有蜜蜂。這麼說來，果然是蜜蜂飛的聲音，剛才電話中的聲音也是……」

幾個刑警有點畏縮地看著好像被什麼東西附身般，瞪著虛空喃喃說話的汀子。汀子無視他們的視線，自言自語地說：「會不會是綁匪的周圍有一隻蜜蜂……拚命在尋找隱藏在綁匪身上的蜜？」

「沒錯吧？」

紅色贖款

下午四點整，小川香奈子和綁匪第二次通話。第一次通話後，來自警視廳的橋場有一警部取代了劍崎，擔任現場指揮，在三點五十九分時要求香奈子在電話前待命。

四十五歲就成為搜查一課課長的他梳著三七分頭，穿著合身的西裝，所有行動也都像用尺規量出來般正確無誤，尤其在時間方面有著異常的潔癖。他的右手戴了一支一看就知道是高級名牌的手錶，但他花幾十萬圓買這支名牌錶並不是為了誇示自己的優秀，而是追求誤差只有一秒的半永久性正確度。橋場看著這支白金色手錶，在三點五十九分四十五秒時讓香奈子拿起了電話。

對方拿的是手機，所以有十一個號碼。他親自按下電話的每一個按鍵，彷彿是隨著手錶的秒針倒數計時，鈴聲響起後，對方立刻接起了電話，他用眼神向香奈子示意開始通話。

這時，剛好是四點整。

「喂。」

香奈子對著電話說道，這一次很快聽到了男人的聲音。

「真準時啊。」

電話中的聲音這麼說道。在思考男人為什麼說這句話之前，她更注意細聽說話的人是否和之前那通電話一樣。

「要不要叫那個孩子來聽電話？他正在隔壁房間睡覺，要叫醒他嗎？」

一派輕鬆的說話口吻證明他就是之前打電話的那個男人。

「圭太平安嗎？」

「我去叫醒他，妳自己聽就知道了……不，他剛睡不久，叫醒他太可憐了。剛才他還很開心地打電動玩具……啊，對了，妳可以親眼看一下，等一下我用這個手機拍照後傳過去……呃，這個手機上儲存了妳的手機號碼，等一下我會傳給妳。」

「好……麻煩你了。」

雖然對綁匪說這種話很奇怪，但香奈子無暇考慮這個問題。

「我該怎麼做？」

「怎麼做？……要做什麼？」

「請你提出要求，我要怎麼做，你才願意把圭太還給我。」

回答香奈子的是一陣沉默。寂靜持續了幾秒鐘，香奈子以為電話掛斷了，於是，直截了當地問：「我要付多少錢？」

「多少錢？妳是指贖款嗎？」

男人這麼問道，好像很納悶香奈子為什麼會問這種問題，但香奈子也無暇思考這個問題……在上一通電話結束時，她哭了一陣子，心情稍微平靜下來，但想到這通電話攸關圭太的生命，還是忍不住感到慌亂和焦急。

「當然，我該準備多少錢？」

男人打斷了她的話。

「我並沒有要求金錢。」

他裝糊塗的聲音中夾雜了一絲乾笑，似乎在嘲笑香奈子和刑警。

香奈子不知道該如何回答。

球從意外的方向飛來，她當然會揮棒落空。

「如果我要錢，第一通電話就會提出要求。不光是金錢，我們沒有任何要求。」

「那麼……既然這樣，怎樣才能把圭太還給我？」

「如果他說要回家，隨時可以帶他回家。其實他是自願來這裡的。」

「怎麼可能？」

香奈子認真地反駁，綁匪冷笑以對。

「不過，如果妳想要付錢，那就另當別論了。不，不能說是付錢……換一種方式說，如果妳想給我錢，那就另當別論了。」

香奈子和橋場警部互看了一眼。雖然綁匪用輕鬆的語氣說了這句像是半開玩笑的話，但香奈子很清楚，這是綁匪談話的核心。警部在便條紙上迅速寫了「多少錢」幾個字，出示在香奈子面前，香奈子點了點頭。綁匪的這番話再度激起了她內心的怒氣，她反而平靜下來。

「所以，我才在問到底要付多少錢。」

說完之後，她又立刻改口說：「不，是要奉送給你多少錢。」

男人吃吃笑著。

「我才想問這個問題，既然妳決定要送錢給我，金額當然也由妳決定……妳到底要奉送給我多少錢呢？」

香奈子覺得一陣寒意穿過背脊。隱藏在輕鬆口吻背後的危險刀具突然露出刀刃，發出暗光，掠過了她的背。

和綁匪交涉已經五分鐘了。

不，這能稱為交涉嗎？不過是綁匪在調侃被害人家屬和警察，將他們玩弄於股掌之間罷了……要不然，就是這個綁匪異於常人。他不是為錢綁架，而是為了想像家屬和警方驚慌失措、方寸大亂的樣子，樂在其中。香奈子握緊電話，覺得這種人更可怕。當然，她沒有足夠的時間體會這份恐懼。她繼續和綁匪談了十分鐘，對方說的話比之前更令香奈子感到匪夷所思。四點十五分，綁匪說：「下一次三個小時後，七點準時打電話給我。」然後就掛上了電話。

「真是令人百思不解的綁匪。」

橋場警部看了一眼手錶後抬起視線，用最精簡的話總結了對電話的感想和對綁匪的憤怒。他似乎很想早一秒發現更多的線索，在掛上電話的十幾秒後，就開始播放電話錄音了。他特別重複聽了後半十分鐘的內容。每次重複聽，就會增加一個又一個的疑問。

「還是請你決定吧，怎麼可能由家屬決定贖款……」

香奈子說。

「我不是說那不是贖款了嗎？我可沒有威脅妳要用錢來交換小孩子。」

男人的聲音聽起來有點浮躁。雖然他措詞很客氣，但似乎也發現自己不小心透露出罪犯的聲音，下一剎那，再度恢復了調侃的輕鬆口吻。

「金額真的由妳決定就好，如果妳一毛都不想給我也沒有關係。當然，我相信妳也有難處，即使想要給我很多錢，也可能沒有足夠的能力……在下一次通話前，你們好好商量一下，決定具體的金額。知道嗎？要『大家』一家商量喔，不要自己一個人決定，不妨大家一起討論。」

「……」

「啊，對了，警視廳的橋場警部在妳那裡嗎？」

香奈子不知所措，沉默了幾秒鐘。橋場立刻在她身旁用手指做出ＯＫ的動作，示意她回答「ＹＥＳ」。

「……在啊。你怎麼知道橋場警部在這裡？」

「呵呵。」

男人悠然笑了笑，又接著說：「我接這通電話時，聽到了廣播的整點報時。妳還記得我對妳說『真準時』嗎？在上一通電話時，我只說是一小時後，妳卻在四點整分秒不差地打過來，簡直就像是整點報時，所以絕對是對時間很講究的人發出了指示……我之前曾經聽說警視廳有一個這樣的人。聽說那個警部的身體裡埋了一個時鐘，論時鐘的精準度，更勝於他手上的瑞士手錶……啊，但是不用叫警部來聽電話，我只要找圭太的媽媽……因為那個孩子是自願跟我走的，所以我只是暫時代妳照顧而已。我還想問妳什麼時候要接他回家呢。如果和警官通電話，我簡直就變成了綁匪。」

「……」

「但是……即使我這麼說，妳仍然懷疑我是犯下綁架案的兇惡罪犯的話，只要聽那位警部的指示就行了，因為在偵辦綁架案方面，他是全日本最厲害的警官……這幾年間，曾經解決了兩起重大的綁架案。五、六年前，不是曾經發生一個黑道大哥的兒了遭人綁架的事件嗎？結果發現綁匪並不是黑道人士。大家都認為是黑道內訌，只有那位警部從一開始就發現犯案手法並非道上人士，最後終於解決了那起綁架案。另外一起事件，就是前年在東京鐵塔交付贖款而引起話題的綁架案，結果發現綁匪是那個小孩子學校的班導師，簡直就像連續劇一樣……解決那起綁架案的也是在妳家的警部先生。東京鐵塔事件中，警方在那個孩子即將被殺的千鈞一髮之際攻堅成功，救了那孩子一命。他的能力太強了，難怪他升遷的速度也像在搭直升機。尤其像妳家那樣情況複雜的家庭，一旦遇到了綁架案，只有靠他來解決了，也可以找他討論贖款的問題。話說回來，我並沒有要求贖款，所以在這次的事情中，警視廳頂尖的金頭腦也沒有用武之地。」

男人自顧自地說著。

「這真的不是綁架案，橋場警部根本派不上用場，簡直是在浪費國民的納稅錢，這才是更大的犯罪吧。」

綁匪明知道警部在監聽，仍然大放厥詞。

「這當然是綁架。」

香奈子終於開了口，聲音很尖銳。她已經忍無可忍，剛才的不安都變成了憤怒。

「無論你再怎麼掩飾都沒用，你騙幼稚園老師說圭太的外婆被蜜蜂叮到了，硬是把圭太帶走，難道還不是綁架嗎……？現在卻這樣胡言亂語。」

香奈子一口氣說完這席話，下一剎那才回過神看著警部的臉。因為她刺激了綁匪，擔心造成警部的困擾，沒想到警部露出平靜的笑容點點頭，似乎在說「沒問題」，但他握著監聽器的手十分用力，可以感受到他在擔心的同時，也在等待綁匪回應香奈子的憤怒。

但是，錄音中無法看到香奈子和警部的臉色。香奈子說完那番話後，有四秒的沉默。

四秒後，綁匪再度開了口。

「是妳在胡言亂語吧，我硬把他帶走？去幼稚園接孩子的不是妳自己嗎？」

「才不是我。是有人偽裝成我，欺騙了幼稚園老師……我猜是你的同夥。」

「哼……幼稚園的老師這麼好騙嗎？還是老師根本不怎麼認識妳？聽說她每天會看到妳兩次。」

「……」

「世上怎麼可能有這麼蠢的綁匪，偽裝成母親去接小孩？是妳自己去接了小孩，再送到我手上的，不是嗎？」

「送到你手上？我怎麼可能把兒子交給不知道是何方神聖的男人？」

「不知道是何方神聖？……我是那孩子的父親。妳不知道嗎？上個月，我和他在超市見了面。」

再度陷入了沉默。

香奈子說不出話，五秒鐘後，她對著電話說：「請你不要再用這種不負責任的謊言來調侃我。只有山路將彥有資格說他是圭太的父親，你不是將彥，聲音就不一樣。」

「是嗎？」

男人再度吃吃笑了起來。

「妳不是不承認山路將彥是小孩子的父親嗎？所以那孩子需要新的爸爸……從上個月開始，我主動扮演了這個角色。總之，你們趕快決定要給我的金額……好吧，那就三個小時後，七點準時打電話給我。」

話音剛落，就傳來手機掛斷的聲音。

那是精密機器發出的最後嘆息。

第四次的播放隨著這個金屬嘆息聲結束，橋場警部盯著手錶片刻，似乎在思考什麼事，最後終於抬起頭看著香奈子。

「聽了綁匪的話多次後，我有一個疑問，所以想要請教一下，」他雖然開了口，但似乎仍然帶著一絲猶豫，反而把嘴抿得更緊了。一個小時前，他們初次見面時，他自我介紹說：「我是那種無論去哪裡，都會走最短距離的人，在別人眼中可能顯得操之過急，但還請你們盡量配合我的速度。因為這種案子不允許浪費一秒鐘。」眼前的態度卻很迂迴委婉。

然而，他看著香奈子的視線沒有一絲猶豫，用力直視的眼神的確是最短距離。

香奈子猜到警部想要問什麼，所以下定了決心，鎮定自若地說：

「任何問題你都可以問。」

「剛才那絕對不是圭太父親的聲音吧？」

「對，絕對……不是山路的聲音……你已經知道我和山路離婚的事了吧？」

「對，剛才聽說了，但我還不知道你們是怎麼結婚的。」

香奈子注視著警部的臉說：「我之前在山路開的牙科醫院當護士。」回答之後，移開了視線。

雖然她知道不該移開目光，但她不敢正視警部咄咄逼人的視線。

「別看我這樣，我很有能力，對山路來說，只是不用花錢僱用了一個能幹的護士。在鬧離婚時，我婆婆明確地對我這麼說……」

香奈子說到這裡，沒有繼續說下去。橋場警部想要問的並不是這個問題……她很清楚這一點。

「警部先生，你想問的不是結婚的事，而是生孩子的事吧？是不是想問，圭太的父親是不是山路……或是他的親生父親是否另有其人？」

警部遲疑了一下，但立刻點頭。

「只是不排除有這種可能，綁匪在剛才的電話中說他是圭太的『爸爸』，會不會是這個意思……？」

他的回答很迂迴，很沒有男子氣概。

「絕對不可能，我有比驗ＤＮＡ更明確的證據。」

香奈子在手機螢幕上秀出圭太的照片。

那是掛上電話五分鐘後，綁匪如約傳來的照片。圭太枕著像是沙發扶手的地方睡著了……不，真的只是睡著而已嗎？

這一個小時內，香奈子看了圭太的睡臉好幾次，每次都懷疑圭太是不是被注射了什麼藥物，所以才渾身無力地躺著，為此心如刀割。圭太向來抿成一直線的嘴唇不自然地呈現出弧度……不像是作了愉快的夢所以露出微笑的樣子。

「他長得和山路很像，尤其睡覺的表情更是一模一樣，所以了，即使不驗血型或是ＤＮＡ也可以斷定他就是山路的兒子。」

香奈子把手機交給警部，但隨即產生了另一種不安。她走到警部身旁，探頭看著他手上的手機。

「圭太是不是死了……況且，寄睡覺的照片過來太奇怪了。會不會因為已經死了，所以無法讓我聽到他的聲音，只能假裝他睡著了。」

說完之後，她渾身抖了一下，似乎被自己的話嚇到了。

「別擔心，妳看一下他的右手。」

圭太握緊的右手剛好放在心臟附近，警部用手指著他右臂呈現的Ｖ字。

「如果人死了，不可能這樣用力握拳，手臂的彎曲也可以感受到力量……所以圭太絕對還活著。」

警部平靜而有力的聲音似乎安撫了香奈子，她稍微鎮定下來。

「真的……好像握著什麼東西。到底握著什麼呢？」

她自言自語道。

「妳有沒有山路先生的照片？」

警部問，他似乎回到了山路將彥是否真的是圭太父親的問題上。

「沒有……」

「一張也沒有？」

「對，全都撕掉了。」

「婚禮時的照片也沒有嗎？」

香奈子搖了搖頭，嘴角發出嘆息般的笑聲。

「警部先生，原來你也會明知故問。離婚之後，照片是最沒有意義的東西。」

「不……我以為你們家人可能還留著照片。」

香奈子再度無力地搖頭，環視著房間內。橋場警部一到這裡，就把香奈子和警方相關人員以外的人都趕出了成為綁架案最前線的客廳。父親說：「我有緊急的工作要做，也可以順便散心。」之後就回去工廠工作了，改當橋場輔佐的劍崎去向員工瞭解情況。大嫂去廚房準備晚餐，大哥陪著母親，在不影響辦案的情況下數度走進客廳，瞭解偵辦進度。

「所以，圭太從來沒有見過父親嗎？既然沒有照片，代表他也不知道他父親長什麼樣子嗎？」

「對。」

香奈子簡短地回答後，避開警部冷漠的視線，看向了走廊。警部的眼神看起來像是在說：「不讓圭太知道山路長什麼樣子，是因為山路根本不是他的親生父親吧……」

冬夜漸漸籠罩庭院，客廳內不知道什麼時候開了燈，走廊上的玻璃門反射出客廳的樣子。燈光無法穿過黑夜，只能在玻璃上複製房間的樣子，卻如同印刷失誤般模糊不清。香奈子和三名刑警的身影宛如影子般淡薄，單調的客廳好像沒有人的空房間。

不，不是四個人，還有另一個人……

橋場警部說，「最低限度」是他人生和辦案的原則，一個小時前，他把像蚊子或蜜蜂般聚集在客廳的礙事者統統趕走，使隱藏在這起事件背後的某個男人的影子暴露在光天化日之下，不，是這個房間的電燈下。那是沉睡在香奈子身體深處的男人的影子……

警部準備開口說話時，大嫂搶先一步在走廊上說：

「呃，沒必要找照片了，去工廠的辦公室就可以看到山路先生。」

大嫂汀子告訴他們，山路將彥在十分鐘前抵達了，正在辦公室向父親和劍崎警部補瞭解事件的經過。

「怎麼樣？可以叫他過來嗎？」

汀子問香奈子，然後用眼神問了橋場相同的問題。

「如果圭太媽媽不介意的話，我希望可以向他瞭解一些情況。」

香奈子打斷了橋場的話，拚命搖著頭。

「不要，絕對不要。」

「香奈子，都已經到了這個節骨眼，刑警先生也這麼說了，況且還有贖款的問題。」

「錢的事，如果有需要，我會去拜託所有的朋友籌到錢。他和這件事完全沒有關係，叫他回去吧。」

和綁匪通話的餘波才剛平息，香奈子的情緒再度激動起來。

「但是……」

大嫂的話還沒說完，一個怒氣沖沖的聲音說：「都已經這種時候了，還在說這種話。」一個身穿白色大衣的男人推開汀子的肩膀走了進來。香奈子一下子沒有認出比三年前發福了一圈、五官散發出幾分威嚴的男人就是自己的前夫。

「什麼叫和我沒有關係？我是圭太的父親，妳闖下這種大禍，還有為人母親的資格嗎？」

他在說話的同時衝進了客廳，整個人像是即將吞噬香奈子身體的巨浪，用力舉起了手。警部從背後跳到將彥身旁，抓著他的手制止了他。

「警部先生，不要制止他。」

香奈子大聲叫著，迎向被警部架著身體，拚命掙扎的將彥。「你打我啊，警方就會知道你是一個多麼可怕的人……你希望大家都認為我沒有當母親的資格，就可以把圭太佔為己有，才會綁架圭太……是你花錢找人綁架了圭太。無論你說什麼，我都是圭太的媽媽，只有我有當父母的資格。」

香奈子一口氣說道。看到怒目圓睜、一臉兇相的前妻，將彥似乎嚇到了。

「我綁架圭太？」

將彥的聲音好像空氣從紙氣球的裂縫中洩出來般無力。

「你們難道不是圭太的父母嗎？」

橋場警部放開了將彥，平靜而有力地說道。簡潔的斥責首先在將彥身上發揮了效果。

將彥無力地癱坐在榻榻米上。

「我為了來這裡連工作都丟下了。雖然我們離了婚，但相信只要父親和母親齊心協力對抗綁匪，圭太一定可以活著回來的……」

他說話時神情嚴肅，好像在激勵自己。

「事到如今，虧你還敢說什麼齊心協力。雖然你覺得我擅自把那個孩子帶離了你家，但是你逼我走到這一步的。」

香奈子繼續反駁，但聲音已經沒有了剛才的氣勢。

警部看到他們的怒火漸漸平靜，開口說道：

「我剛好也有事要問圭太爸爸，你先聽一下錄音……」

他重新播放了和綁匪通話的錄音。將彥整個人像石膏般僵硬，全神貫注地聽完所有的內容。警部接著問他：

「你之前有沒有聽過綁匪的聲音？」

他緩緩搖頭。比起綁匪的聲音，他似乎更在意談話內容。他皺著眉頭，似乎重複聽著留在耳朵深處的綁匪聲音。

警部再度張嘴，但在問下一個問題之前，香奈子遞上自己的手機說：「這是綁匪寄來的照片。」

將彥從香奈子手上搶過手機，出神地看著小孩子沉睡的照片，充滿感慨地說：「三年了，他都長這麼大了。」

香奈子正打算開口，將彥搶先問警部：「關於贖款，綁匪真的認為隨便我們付多少嗎？」

「應該只是說說而已。綁匪可能以為只要不語出威脅，就不構成犯罪，但這次的事件絕對可以用綁架罪加以逮捕。他們可能覺得萬一遭到逮捕，可以利用這一點請法官酌情減輕刑責吧。」

「這也未免太荒唐了，」汀子在客廳角落插嘴說，「表面上說不威脅，但其實隱藏了更可怕的威脅。」

「對，這就是綁匪最大的目的。所以，不妨把『隨便多少錢』理解為『不是普通的金額』……在七點通話時，如果我們提示的金額比綁匪預料的低，他應該會用巧妙的方式抬高價碼，但不會出言恐嚇。為了有所準備，可不可以請教一下，你打算支付多少金額？」

突如其來的問題令將彥手足無措，他先看了一眼前妻，彷彿她面無表情的凝重臉上寫著贖款的金額……他巡視了在場的刑警，然後將視線停在汀子的臉上，最後，無可奈何地搖了搖頭。

「一千萬……不，兩千萬的話……」

他還沒說完，就嘆了一口氣。

聽到他的嘆息，有一個嗓音發出冷笑聲。將彥將視線移向嗓音的方向……看到前妻撇著嘴角發出冷笑。

「兩千萬？圭太的性命只值這點錢嗎？」

香奈子激動地搖頭。她的頭髮散亂在額頭上，但瞪著將彥的雙眼一動也不動。

「你口口聲聲說愛圭太，根本就是說謊。你只愛你自己，綁匪應該綁架你，那樣的話，你會願意為自己付更多的贖款。」

香奈子語帶挖苦的說話方式再度激怒了將彥，他生氣地問：「那到底要付多少？」

「所有財產，從存款到股票，還有房子和土地，統統付出去……這樣我就會認為你真的愛圭太。」

將彥輕輕搖頭，不以為然地說：「莫名其妙……」

三年前曾經是夫妻的男女，眼中冒著怒火相互瞪眼。汀子開口勸導：「香奈子，妳這麼說，別人會以為是妳……不，會以為我們全家自導自演這齣綁架鬧劇，想要騙取將彥的財產。在圭太回來之前，你們可不可以暫時休戰？」

將彥率先移開了視線，用像小孩子鬧彆扭般的口吻回答。

「對啊。先聽聽警部先生的意見，如果警部先生認為有必要這麼做，我可以為了圭太放棄所有財產。」

警部看著將彥的眼睛，明確地告訴他：「不，沒這個必要。雖然我不知道你所有財產的金額是多少……山路先生，如果決定兩千萬的話，你可以很快張羅到錢嗎？」

「對。」

「那就在接下來的電話中提出這個金額，之後再根據綁匪的回答……」

「關於這件事，」將彥可能因為剛才太激動而渾身發熱，當場脫下了身上的大衣，轉頭看著警部。「七點通話時，我希望由我和綁匪談判……聽剛才談判的情形，我覺得綁匪根本在要香奈子。」

警部點了一下頭，但隨即搖頭。

「不，還是交由香奈子小姐談判，因為綁匪似乎覺得和香奈子小姐談比較輕鬆，他可能會在大意時露出馬腳。」

警部無視將彥不滿的表情，看了一眼手錶低喃：「還有兩個小時十一分鐘……」後院傳來風聲呼嘯，似乎在回應警部的低喃，玻璃窗發出神經質的聲音，使夜晚的黑暗產生龜裂……但這是當天晚上最後的風。白天的溫暖消失無蹤，寒意突然襲來，就連風也凍結了。接下來的兩個小時又十一分鐘，小川家陷入了沉重無風的凍結狀態。

警部向香奈子和她的前夫瞭解之前的狀況，數度和搜查總部聯絡，但偵辦工作毫無進展。

案發後不久，就有一名神秘男子打電話到山路診所，告知護士綁架的事。那名護士聽了錄音帶中綁匪的聲音，證實那和打電話到診所的神秘男子是同一個人，但至今仍然無法得知綁匪打電話通知將彥的明確原因。

香奈子說「不想等著乾著急」，便走去廚房準備晚餐，坐在客廳角落的將彥一臉不悅地叼著戒菸菸嘴，每隔兩、三分鐘，就毫無意義地看手錶確認時間。

「如果你想抽菸沒關係，畢竟現在是特殊狀況。」

警部這麼對他說，但他應了一聲：「不用。」繼續心浮氣躁地咬著戒菸菸嘴。

只有香奈子大哥和大嫂的獨生子篤志不受凝重的氣氛影響。得知表弟圭太遭到綁架後，他雖然不像平時那麼調皮，但或許不太瞭解綁架的可怕，還是獨自拿著最近新買的警車玩具在走廊上玩得不亦樂乎。母親汀子斥責他：「都這種時候了，你安靜一點。」但香奈子說：「就讓他吵一下吧，這樣會覺得圭太和平時一樣，正在和他一起玩，反而感到安心。」於是，篤志獲准自由活動。

篤志抬頭看著客廳，和將彥視線交會時，納悶地偏著頭。

橋場警部的雙眼宛如發現獵物的老鷹般迅速警覺起來。

警部用溫柔的笑容掩飾著銳利的眼神，走向篤志。

「這個房間裡有什麼奇怪的東西嗎？」

他蹲下身體問篤志。

「……他是圭太的爸爸嗎？」

篤志充滿稚氣的視線好像鐘擺般，在警部的臉和山路將彥的臉之間晃動。

「對啊，怎麼了？」

回答的是將彥。他似乎對篤志欲言又止的樣子產生了興趣，但是，當將彥想要靠近時，篤志害怕地躲到警部的身後。

「圭太的爸爸有什麼問題嗎？」

警部問。「沒有……」篤志搖了搖頭，但從他不時偷瞄將彥的眼神，就知道「好奇怪」這個念頭在他的小腦袋裡盤旋。

「圭太是不是告訴過你有關於他爸爸的事？呃，你叫篤志吧……他有沒有告訴過你？」

這個問題似乎問到了要害，篤志用力點頭。

「可不可以告訴我，他對你說了什麼？」

「……」

「你知道圭太現在很危險嗎？叔叔為了救圭太，很想知道圭太最近說了什麼、做了什麼。你告訴叔叔的事也許可以協助叔叔把圭太找回來，所以，可不可以告訴叔叔？」

篤志猶豫片刻後說：「那個……他說，他爸爸來見他……」

警部將目光看向將彥，問篤志：「圭太的爸爸來看他嗎？」

「嗯，因為他第一次看到爸爸，所以很高興。他說，雖然和他夢裡的爸爸不太一樣，但感覺人很好。」

聽到他的回答，將彥輕輕搖頭，小聲對警部說：「我沒見過他，一次也沒有。」

篤志躲到警部的身後，似乎想要逃避將彥的視線。「但是，這個人不是圭太的爸爸。和圭太跟我說的爸爸不一樣……完全不一樣。」

篤志充滿稚氣的圓眼睛盯著將彥的臉。警部問：「是不是臉長得和圭太告訴你的『爸爸』的樣子不一樣？」

「嗯。」篤志立刻點頭。

「圭太說的『爸爸』是怎樣的人？」

這一次，篤志搖了搖頭，似乎拒絕回答這個問題。

「你不用害怕，即使你說這位叔叔不是圭太的爸爸，他也不會罵你……」

篤志搖頭打斷了警部的話。

「我不是聽說的，而是看到的。」

篤志說。

「你看到的？看到他『爸爸』長什麼樣子嗎？」

「嗯。」

「在哪裡看到的？」

篤志指向圭太房間所在的二樓。

「你在二樓看到他『爸爸』嗎？」

警部也豎起了食指，兩根手指好像父子般指向天花板。警部苦笑起來，立刻發現自己會錯了意。

「是不是照片?有圭太『爸爸』長相的……」

走廊上的聲音回答了這個問題。

「畫。」

拿著托盤的香奈子不知道什麼時候站在門檻前。她剛才端茶過來，聽到了警部和篤志的對話。客廳內所有人的視線都集中在香奈子身上……下一秒，小聲慘叫和巨大聲響同時響起。

香奈子手上的托盤掉在地上。五只茶杯雖然沒有打破，但熱茶四濺，其中一個茶杯好像瞄準了將彥的大腿般直直掉在榻榻米。

「多危險啊！」

香奈子無視將彥的大聲抗議，在走廊上跑了起來。「大嫂，請妳幫我收拾一下。」她在說話的同時，傳來衝上樓梯的聲音……很快又變成了下樓梯的聲音。

她推開正用毛巾擦著榻榻米上茶水的大嫂衝進客廳，把手上的畫紙遞到篤志面前。

「小篤，圭太是不是說這張畫是他『爸爸』?」

看到篤志點頭後，她向警部解釋：

「一個月前，圭太畫了這張畫，貼在床頭的牆壁上。」

然後，又自言自語地說：「我以為是圭太喜歡的特攝影集中的男演員。」

用蠟筆畫的男人臉輪廓呈橢圓形，有一個等腰三角形的鼻子，嘴唇像弦月，是小孩子特有的簡單化畫法。

眼睛的形狀像柿米菓，都用灰色塗滿了，難以分辨眼珠和眼白。畫面主要由冷色調藍色系構成，不免有一種落寞感，但不知道是因為臉部斜上方畫了太陽，還是像弦月的嘴唇露出親切笑容的關係，整張臉有一種親切感。

一個月前，香奈子發現了這張畫，曾經問：「圭太，這張畫是你喜歡的假面騎士的演員嗎？」

「不是。」

圭太搖了搖頭，沉默起來，隔了很久才嘟著嘴說：「不是假面騎士，是噴射騎士。」

當時，香奈子雖然覺得圭太的長時間沉默和生氣有點奇怪，但並沒有深究，如今聽了篤志的話，終於恍然大悟……

原來圭太是在畫自己的父親。

「小篤，圭太畫這張畫，告訴你他『見到爸爸』，是不是一個月前？……就是大家一起吃哈密瓜那天晚上，或是那天前後。」

聽了香奈子的話，篤志想了一下，點點頭說：「嗯。」

香奈子看著橋場警部，把一月底圭太差一點遭到綁架的事告訴了他。

「圭太雖然沒有對我說，但似乎覺得那個男人真的是他爸爸。」

「不，他一定希望那是他爸爸，因為妳的關係，他對父愛太飢渴了，結果變成希望綁匪是自己的爸爸……」將彥聽了香奈子的話，斜眼看著她挖苦道。

警部眼看著他們又要開始爭辯，急忙插嘴說：「這麼說，畫上的男人就是綁匪。」

「無論如何，終於可以證明我的清白了，」將彥說，「畫上的男人沒有戴眼鏡，頭髮也比我短。」

畫中的男人理著以前的人所謂的「三分頭」，頭上冒出很多短短的頭髮，好像插花用的針山。

警部點點頭問：「山路先生，想請教你一下以防萬一，你是否記得一月二十七日下午人在哪裡？」

「不在場證明嗎？」

將彥苦笑了一下，拿起放在一旁的大衣，從內側口袋裡拿出記事本，迅速地翻閱起來。

「那天一點之前，我都在診所看診，兩點到三點半，參加了在日比谷的飯店舉行的牙醫聚會。之後，又急忙趕回診所，四點開始繼續看診，根本沒時間來這裡……有很多證人，你們可以去查。」

「不，只是確認一下。」

警部沒有多問，這時汀子重新泡了茶端上來。

「我之前也看過這幅畫，」她對香奈子說：「我一直以為是川田，妳不覺得和川田一模一樣嗎？」

「是喔……經妳這麼提醒，一個月前，川田的頭髮好像也是這麼短。」

「圭太不是很黏川田嗎？我一直以為他把川田當成父親。」

「川田是……？」警部打斷了這對姑嫂的話，「是不是今天載香奈子小姐去八王子醫院的那一位？」

「對。」

「我剛好有事想要問他……他還在工廠嗎？」

警部發問時，準備站起來。

「我去叫他過來。」

汀子制止了他，隨即走出客廳……不到一分鐘就走回來說：

「川田剛好去車站了，好像急著買什麼東西。」
「川田就是剛才在辦公室的那個男人嗎？感覺好像剛從鄉下來東京……」
聽到將彥輕視的口吻，香奈子故意壞心眼地說：「對啊，所以心地很善良，圭太很喜歡他。」
「我看喜歡他的不是圭太，而是妳自己吧。」
將彥看著前妻的臉，眼鏡後方的雙眼冷漠而帶著一絲執著。
「真希望川田趕快回來，雖然我不知道自己是不是喜歡他，但他在的話，的確令人感到安心。」
香奈子故意伸長脖子看著門口。
快到七點時川田才回來。警部和三個小時前一樣，看著手錶的秒鐘，要求香奈子在電話前待命。
「川田剛回來，說要把這公仔送給圭太。」
大嫂把以飯糰為主食的晚餐送上來時，也把放在托盤角落的人偶交給香奈子。那是特攝影集劇中人物的塑膠公仔，就是圭太說的「噴射騎士」。
川田誠惶誠恐地在大嫂身後探出頭說：「前天，圭太說想要這個，我和他約定領薪水時就買給他……圭太聽了很高興，所以我在想，可不可以拍下照片後傳給他。」
父親工廠員工的這份親切令心力交瘁的香奈子深受感動，但看到將彥冷漠的眼神，這份感動也很快就消失了。
警部有點不耐煩，因為川田的善意讓他的計畫延誤了幾十秒。
「那就在電話結束之前告訴綁匪，請他轉告圭太，川田送他的公仔和大家都等著他平安歸來……」

為了分秒必爭，警部一口氣說完這番話，把電話塞到香奈子手上，親自撥了綁匪手機的號碼……對方在七點準時接起電話，他便用眼神示意香奈子開始說話。

「喂，我是圭太的母親，呃……圭太還好嗎？」綁匪接起電話後不發一語，讓香奈子對電話說出了這句話。和綁匪的第三次交涉以這種方式拉開序幕，五分鐘後，正確地說，是五分四十秒後，電話再度被綁匪掛斷。又過了一分鐘，警部播放了當時錄下的談判內容，充滿寂靜的室內再度響起香奈子的聲音。

「喂，我是圭太的母親，呃……圭太還好嗎？」

「當然，之後我不是傳了他的照片過去嗎……現在情況怎麼樣？」

「你是說贖款的事嗎？」

「什麼啊……什麼意思？」

「就是錢的事，之前說要奉送給你的。」

「喔，妳是說這個。你們決定多少金額呢？」

「……圭太的爸爸說，如果是兩千萬，他可以張羅……」

「圭太的爸爸……那是誰啊？我才是他的爸爸。」

香奈子不知所措地陷入沉默，綁匪笑了起來。他似乎很享受調侃香奈子的樂趣。

「算了，誰是他爸爸都無所謂……重要的是，誰拿錢出來。」

錄音帶中的聲音繼續說道。

「呃，妳剛才說兩千萬，可以馬上準備現金嗎？」

「你請等一下，我馬上就問。」

「……原來山路醫生也在旁邊。」

「對……呃，山路說，可以馬上張羅到一千萬，另外一千萬要等明天早上九點以後。」

「九點是指銀行開門的時間嗎？」

「對，但如果等不到明天，會設法在一、兩個小時內籌到另外一千萬……只要今天把錢交給你，圭太就可以在今天回家吧？」

「等一下。那孩子剛才吃了晚餐就想睡覺，今晚就睡在這裡，所以等到明天也無妨……不過，我還沒有說這個金額ＯＫ。」

「……」

「兩千萬有點……」

「那我們還要付多少。」

「還要付多少……聽起來好像我在恐嚇妳。我只是想說兩千萬太多了。這樣吧，一千萬怎麼樣？這個金額感覺比較爽快。」

「……」

「當然，如果你們堅持兩千萬，我也沒有意見，我並不是不滿意……這一點你們要記住，也要記住我說只要一千萬。」

「……好。無論如何，都不能讓圭太今天回家嗎？」

「不行。等一下我會把他想睡覺的樣子寄給妳，妳看了之後，就會知道現在送他回去實在太可憐了。」

「好……那明天早上幾點？」

「不要早上，正午過後吧，那就剛好二十四個小時，感覺很爽快……可以嗎？」

「可、可以。……地點呢？」

「由你們決定吧，可以選擇你們最方便的地點。」

「這……」

香奈子說不出話。一陣沉默，彷彿錄音帶已停止播放……正確地說，沉默維持了九秒。

「怎麼了？有什麼為難之處嗎？」

綁匪納悶地問，可以想像他偏著頭的樣子。不知道他是在演戲，還是真的不瞭解香奈子沉默的意思。

「請你決定地點。」

「為什麼？」

「因為沒聽說過有什麼綁架案是由肉票家屬決定交付贖款地點的……」

「到底要我說多少次，這不是綁架案，而是你們想要拿錢給我。所以當然要由你們決定交錢的地點。」

香奈子再度無言以對，沉默了七秒……橋場警部立刻在便條紙上潦草地寫了幾個字，香奈子照本宣科地問：

「我可以和警方商量後再決定嗎？」

「好啊，請警部先生和他的同事趕快決定，我們和你們一樣，也要做很多準備工作。」

「你是認真的嗎？」

「那當然。我當然知道眼前的狀況讓你們誤以為我是綁匪……一旦遭到逮捕上法庭，可能會被判處死刑。誰會用自己的性命開玩笑？」

「但是……」

「有時間說『但是』就趕快做決定吧。小孩子已經累得眼皮都睜不開了……他在拜託妳，在說『媽媽，快一點』。」

「……但是，」

綁匪咂了一下嘴，突然很不耐煩地說：「好，算了，就我來決定吧。在熱鬧的地方，也方便警察派人混在人群裡監視……好，那最好在渋谷，就在渋谷車站前的Scramble十字路口，妳就把錢放在斑馬線交會的地方。不管是皮包、購物袋，還是紙袋都可以，裡面裝一千萬。」

五秒鐘的沉默後，香奈子問：「圭太呢……要怎麼把圭太交還給我？」

「這個嘛……時間就決定在中午十二點半。你們可以根據橋場警部的手錶，在十二點三十分準時出現在渋谷車站前的Scramble十字路口正中央。我會讓圭太站在那裡。不，這樣說不對，他是會自願站到那裡去……媽媽，也就是妳把圭太帶走，然後把一千萬圓放在那裡，不要忘記。」

「……」

香奈子沉默了十一秒，綁匪毫不掩飾內心的焦躁問：「怎麼了？妳在和警部討論嗎？」

「嗯……不……我想確認一件事，是圭太回到我身邊之後，我才把錢放在那裡嗎？」

「對啊，這有什麼問題嗎？」

「……不，呃……只是……」

「妳真囉嗦。不必想太多，只要照我說的去做就好。要不要我再說一遍……不，你們反正有錄音，不需要再重複了，那明天見囉。我等一下會關機，妳再怎麼打也是白費力氣。」

「請等一下，讓我聽聽圭太的聲音……如果不行，就傳一張他的照片……」

對方掛斷電話的輕微聲音打斷了香奈子的話，這就是第三通電話的始末。

重播結束後，橋場警部對圍在桌旁的三名刑警說：「有誰知道綁匪為什麼指定這麼離譜的交付贖款方式？」

「為什麼離譜？」

香奈子的大哥在房間角落問。

「我在最後請香奈子小姐向綁匪確認，綁匪不是說，圭太回到香奈子小姐身邊後，才把贖款放在那裡嗎？也就是在接到肉票後再交錢……這麼一來，這筆錢的性質就不是贖款。雖然前後只差兩、三秒，但錢是在接到小孩子前還是之後交給對方這一點極其重要。在孩子得救後，被害家屬怎麼可能乖乖交付贖款？即使只相差幾秒也一樣，綁匪卻提出這麼離譜的要求。這樣的話，根本不需要綁架小孩子……不必犯下綁架案。」

警部說完，一名刑警說：「會不會是他腦筋不靈光，才會做出這麼愚蠢的指示？剛才決定交付贖款地點時，感覺好像是臨時決定的……有時候，歹徒的言行並沒有經過深思熟慮，反而是警方在偵辦時想太多，導致無法釐清真相。」

轄區警署中年刑警似乎在挖苦警視廳的菁英警部，但警部斷然否定了他的意見。

「不，這不可能。綁匪不僅聰明絕頂，而且研擬了周詳的計畫。我想，不需要我一一列出證據來證明這一點。」

警部以牙還牙。

「決定在渋谷車站的十字路口交付贖款，也不是臨時想到的，而是事先就決定的。問題是，在大白天的渋谷馬路正中央，綁匪到底打算怎麼……」

警部說著說著，看向站在他身旁的香奈子。香奈子從剛才就用雙手捧著手機。通話結束至今已經十分多鐘，綁匪仍然沒有把圭太的照片傳過來……香奈子的雙手和眼中都透露出內心的焦躁。

「圭太媽媽，我想請教妳一個和圭太有關的問題。如果有人要求圭太『一個人走去前面的十字路口中間，乖乖站在那裡』，他有能力做到嗎？」警部問。

「可以，去年曾經有一次讓他一個人去車站……」

突如其來的金屬聲打斷了她的說話。

香奈子雙手中的手機像動物般蠕動，發出慘叫聲。香奈子渾身抖了一下，想丟掉手機，但下一剎那，便緊緊握在手中。

「是綁匪傳來的。」

香奈子緊張地嘀咕一句，立刻打開簡訊畫面。警部和中年刑警從兩側探頭張望，中年刑警說：「這是之前那張照片吧，新傳來那張呢？」

「不，這就是新傳來的那張，的確和剛才那張完全一樣。」

警部的話還沒有說完，香奈子就叫了起來：「不要！」

她的叫聲撕裂了室內的夜晚空氣。

「……我兒子果然已經死了。」

香奈子再度從喉嚨深處發出絕望的聲音，「圭太已經死了。」但是，她用力搖頭，似乎想要否定自己說的話。

「之前那張照片再給我看一下。」

她無視警部的要求，不停搖頭。橋場警部從她手上拿過手機，迅速活動手指，找到了第一張照片，但是，兩張照片極其相似，簡直難以相信畫面有切換……不，不光是相似而已。

兩張照片都是圭太枕在同一張沙發的扶手上睡覺，臉上的表情和睡覺的姿勢都一樣……

警部切換了好幾次畫面，比較兩張照片。前後兩張照片上，圭太脖子彎曲的角度、嘴唇的弧度、肩膀的傾斜、右臂的V字和好像握著什麼東西的右手位置都一模一樣。

只有一個地方例外……

新傳來的那張照片上，圭太的右腿上放了一個像是玩具的東西，但在前一張照片上並沒有那個玩具。

至於圭太的身體，無論身體的線條還是衣服的縐摺都一樣。如果只是睡著，不可能三個小時完全沒有動。即使吃了藥或是打了麻醉，應該也會稍微活動……

由於兩張照片沒有變化，圭太的身體看起來像石膏般硬邦邦的，令人聯想到「死後僵硬」這字眼……

「把這兩張照片傳到總部，請他們調查圭太的身體是否完全沒有動一毫米。」

警部命令年輕的刑警後，對香奈子說：「別擔心，綁匪是智慧型罪犯，不可能輕易奪走孩子的性命。」

「而且，我說香奈子，」汀子插了嘴，「如果圭太果真死了，綁匪在明天之前一定會瞞這件事，怎麼可能馬上傳這種一眼就可以識破的照片給妳？」

「那他為什麼特地寄這種照片……這種看起來好像死了一樣的照片？」

負責錄音的鍋谷刑警難得發表了意見。

「不知道，」警部說，「但這兩張照片可能是在四點打完電話後同時拍的，先寄了其中一張，另一張在三個小時後又重新寄來。」

「所以，為什麼沒有拍新的照片，而是寄三個小時前拍的照片？」

「所以才說不知道啊……」警部用略帶冷漠的視線看著轄區警署的刑警，「沒必要去深究這個問題，造成家屬的不安。總之，圭太絕對還活著，明天中午十二點半會站在涉谷的十字路口……我們只要思考到時候用什麼方法逮捕來取贖款的綁匪，研擬對策就好。」

香奈子似乎沒有聽到警部的話，她無神的雙眼茫然地看著桌上的公仔。

「剛才來不及在電話中提到公仔的事，要不要傳公仔的照片給綁匪？雖說他已經關機了，但或許會寄到，他可能拿給圭太看。」

聽到警部這麼說，香奈子無力地點點頭說：「對啊，既然川田已經買回來了。」

然而，警部伸手拿公仔的手卻停在半空中：「不，也許不需要寄了。」

說著，他拿起香奈子的手機，打開之後，自言自語地說：「圭太腿上像玩具的東西，是不是就是這個公仔？」

「應該沒有錯，已經把照片傳回總部了，喂，誰和總部聯絡一下，請他們把這部分放大後傳回來這裡。」

「沒必要，香奈子，手機借我一下。」

大哥史郎站了起來。刑警都驚訝地瞪大了眼睛，「我家開印刷工廠，這點小事，一下子就可以搞定了。」他拿著手機走出房間，十分鐘後，拿著「看起來像玩具的東西」的放大照片走了回來。

放大二十幾倍後，輪廓變得模糊，但從色彩和各種線條，仍然可以看出和川田買回來的公仔是同一款……於是，他們立刻把川田找來。回到工廠上班的川田走進來時，用毛巾擦著手上的油墨，聽完警部的話頓時滿臉錯愕，面無血色，一眼就可以看出他臉色鐵青。

他似乎誤以為自己遭到了懷疑。

「你不必擔心，我們只是想問你玩具店在哪裡。綁匪把圭太帶上車後，為了安撫他的情緒，很可能問他『有沒有想要什麼東西』，順便去了那家店。」

聽到警部這麼說，川田鬆了一口氣，說出那家位在車站前商店街的玩具店的店名和正確位置。警部正打算派一名刑警前往，但其他刑警提出了異議：

「大部分玩具店應該都可以買到這種公仔……不一定是在這家店買的。」

「不，呃，我想應該就是那家店。」這時，川田提出了異議，「前天，我和圭太一起去看時，那家店裡還有兩個，剛才我去買的時候，只剩下一個了……」

警部點點頭，其中一名刑警走了出去。他穿上大衣，正準備衝出去時，川田叫住了他。

「呃……綁匪可能不是在今天買的……」

「為什麼？」

川田的視線在發問的警部和回頭看他的刑警之間徘徊。

「我和圭太一起在櫥窗外看玩具時，身旁站了一個男人，好像在看同一個玩具。因為他的臉快貼到我的肩膀，所以覺得他可能在偷聽我們的談話……剛才我在買的時候想起這件事，搞不好那個人就是綁匪……綁匪不是之前就開始跟蹤圭太嗎？」

警部點了點頭。

「那個男人長什麼樣子？」

「……不記得了，只記得看起來像是中年上班族……雖然當時覺得很奇怪，但後來就忘了，到剛剛才想起來。」

「是不是和你一樣的短髮？就像圭太畫的『爸爸』？」

川田把手放在額頭上，似乎很努力地回憶，但還是搖了搖頭。

「不，我想不起來。因為當時覺得很討厭，也沒有仔細看他的樣子。不過……我們離開時，我回頭看到他走進店裡，這件事我記得很清楚……」

警部點點頭，對走廊上的刑警說：「玩具店的人可能不記得了，不過還是去問一下。」

然後對川田說：「如果想起什麼，隨時告訴我們，那個人很可能就是綁匪。」

八點過後，去玩具店的刑警才回來，告訴大家：「前天的確賣出一個。」說完，他愁眉不展地搖搖頭，似乎除此以外毫無斬獲。

雖然他說出了圭太的「爸爸」的特徵，但老闆年事已高，只記得客人是一個男人。

「不好意思，你把圭太的畫影印之後，再拿去玩具店問一下，雖然不期待有什麼收穫，但目前只有兩個目擊證人……不，還有一個人。幼稚園的老師也看到了綁匪，目前正在警署協助畫綁匪的肖像，所以把這張畫的影本也傳過去。」

這時傳來廚房後門用力打開的聲音，彷彿是在回應警部的命令。

「刑警先生。」香奈子的大哥叫著，走廊上隨即響起慌亂的腳步聲。

「剛才我在辦公室，接到了綁匪的電話。」史郎喘著粗氣報告。

「打電話到辦公室？」

「不，打到我的手機。因為他只說了幾句話，我還來不及叫你們。」

史郎站在門口繼續說：「他說，七點通電話時忘了說，要我轉告香奈子，明天要穿紅色的衣服……錢要放在紅色的袋子裡。」

「紅色的？」

「對，不管是紅色的皮包或紅色紙袋都可以……他還說，這是今天最後一通電話，請刑警先生可以回去好好休息，為明天做好準備……」

「是不是該透過媒體公佈這起綁架案？」

這天，在搜查總部召開第三次偵查會議的三十分鐘後，一名年輕刑警提出了這個意見。九點十三分。

因為記者會延誤，原本計畫在八點半召開的偵查會議延遲了十三分鐘。在傍晚召開的第二次偵查會議上有人提到：雖然警方和媒體之間已經達成了報導和採訪規範協議，但既然綁匪已經知道警方介入，不如開放媒體報導這起案件。

綁匪似乎對警方的介入樂在其中，也許他不同於以金錢為目的的普通綁匪，希望電視和報紙大肆報導這起案件……

但是，進入這個警署第二年的菜鳥刑警，是基於其他理由才提議公開這起綁架案。他和十幾名警署的刑警負責追查那輛白色車子的下落，並在幼稚園方圓十公里的範圍和被害人住家附近明察暗訪，至今仍然沒有找到任何目擊證人。

手機的收、發話地點可以進行一定程度的範圍鎖定，因此，在這類事件中，追蹤手機往往成為重要的線索，但在這起綁架案中也無法發揮作用。綁匪第一次使用手機聯絡時，發話地點在橫濱市區，第二次由被害人家屬打電話，綁匪的收話地點在千葉的船橋附近，七點那通電話，綁匪的位置又出現在東京都豐島區。

綁匪似乎開車載著肉票四處跑。綁匪寄來的照片中，小孩子躺在看似沙發的地方，但那也可能是車子的座椅。

在綁匪打來的第一通電話中，可以聽到像綁匪腳步聲的聲音，從回音的程度判斷，有可能是大樓的地下停車場。印刷廠員工形容是「蜜蜂翅膀聲音」的那個聲音，也就是第一通電話掛斷前的聲音也許只是其他車輛經過的聲音。綁匪開車四處跑，固然不容易鎖定他所在的位置，但也容易被人看到。只要在晚間新聞中報導這起事件，一定會收到很多目擊消息。

橋場警部對這個意見一笑置之。在年輕刑警發言之前，他才剛從被害人家中趕回來開會。

「如果一下子收到很多的消息會影響偵查工作，而且，過多的消息剛好為綁匪提供理想的藏身之處。」

其他幹員也都同意在明天下午，年幼的被害人小川圭太平安歸來之前，暫時不向媒體公佈這起事件。

綁匪完全沒有威脅或恐嚇被害人家屬，甚至主動降低贖款金額，表現出不同於一般綁匪的善良，但他不時透露出不耐煩的態度，可見那只是假象而已，可以看到背後隱藏的那張帶有不尋常殘忍的罪犯面孔……乍看之下，他似乎樂於這起事件公諸於世，但從他事先徹底調查被害人家庭的狀況，細心周到地消除自己的痕跡來看，他已事先研擬了周密的犯罪計畫，目前正冷酷地加以執行。

在另一個會議室內悄悄舉行的第二次記者會上，警方向記者公佈了綁架案的經過，以及綁匪奇妙的言行。一旦將消息公諸於世，從今晚到明天早上，電視的談話性節目將不斷報導這起事件，警方擔心此舉會不必要地刺激綁匪，導致計畫生變……一旦民眾得知交付贖款的地點在東京人口最密集的涉谷車站前，絕對會有很多看熱鬧的人圍觀，導致交付贖款無法順利。

雖然說起來很窩囊，但在目前的階段，警方和家屬只能期待綁匪順利拿到贖款，使這起綁架案成立。在明天中午十二點半之前，偵查的目的不是逮捕綁匪，也不是守住那一千萬，唯一的目的就是保障小川圭太的生命安全。

一旦綁匪改變計畫，警方的偵查也會受到影響，進而影響到年幼被害人的生命安全。眼下最好的方法，就是要求媒體按兵不動，讓綁匪執行原定計畫……但警方還不清楚綁匪的計畫內容，所以不能按兵不動。

警方很希望在這幾個小時內查明綁匪的真實身分，縮短和綁匪之間的距離，哪怕只是一公尺也好。

「綁匪說『聽到了四點的整點報時』，所以不難猜測他開車四處走……目前恐怕只有在開車的時候最常聽廣播。呃，東京都內各重要地點都已經開始實施臨檢了嗎？」

橋場警部說完之後，又看著坐在自己周圍將近二十名幹員的臉問：

「綁匪的肖像完成了嗎？」

他看了其中一個人遞上的影印紙，微微皺起了眉頭。

「真傷腦筋，這張畫派不上用場。」

橋場的手指彈了一下女人的肖像。他看了另一張男人的肖像，對肖像的臉嘆了一口氣。

「姑且不論這張男人的肖像……女人的臉根本就是被害人的母親嘛。」

細膩的肖像畫不像是素描，簡直就像是小川香奈子的照片。

為什麼會這樣？

橋場不難想像其中的原因。因為幼稚園的高橋老師並沒有看清楚那兩名綁匪，尤其是女綁匪的臉。那個女人下車向她打招呼時，她只對女人身上的粉紅色毛衣留下了鮮明的印象，然後，把平時經常看到的圭太母親的臉和這件毛衣結合在一起……當圭太真正的母親趕到幼稚園時，老師清楚地看到了她的長相，就用明確的線條畫出了記憶中模糊的臉。

一定就是這樣。

「已經確認了被害人母親的不在場證明吧？」

「對，」警署的一名幹部回答，「綁匪出現在幼稚園的五分鐘前，小川香奈子曾經和隔壁鄰居的家庭主婦聊天。即使開車，也不可能花五分鐘就從住家趕到幼稚園……這是劍崎警部補報告的情況。」

劍崎仍然在被害人家裡。雖然綁匪說不會再聯絡，但可能會利用警方大意乘虛而入，所以今晚他和三名下屬一起住在被害人家裡。

聽到劍崎的名字，來自警視廳的警部頓時變得面無表情，好像臉上蓋了一層透明的膜。

「只要開車速度夠快，五分鐘應該可以到。」

他說話的方式似乎在挑剔劍崎的報告。

「不過應該是其他女人，只是穿了相同的毛衣而已。這個毛衣之謎也沒有解決……小川香奈子有情人，而且那個情人和綁匪肖像很相像這件事也令人無法釋懷。」

他把男綁匪的肖像畫出示給所有人看。

雖然五官不太一樣，但髮型和輪廓都很神似川田，而且這張肖像畫更像圭太之前畫的「爸爸」。

橋場也簡潔地報告了香奈子和前夫的爭執，因為剛才在小川家時無法向總部報告。

「即使香奈子有情夫，要說圭太是她和情夫所生的孩子，恐怕有很大的問題，因為圭太的長相顯然繼承了山路將彥的血緣。」

說完之後，他又補充說：「況且……比起香奈子，我更在意另外三個女人。」

按了門鈴。

同一時刻，和橋場一起離開被害人住家的一名刑警正站在世田谷區奧澤的山路家門口，

這名刑警叫澤野泰久。溫和的外形為他加了不少分，在明察暗訪時經常發揮出超群的能力，橋場對他推心置腹，所以派他去調查自己在意的三個女人。

雖說是調查，其實只是上門探聽虛實的非正式調查，因此澤野很傷腦筋，不知道為和對方見面時，要用什麼藉口解釋這麼晚上門的原因，但對講機中應門的女人開口就說：「喔，你是警方人員嗎？我馬上開門。」

她立刻為澤野開了門，似乎覺得警方突然造訪是理所當然的。

她是山路禮子，圭太的祖母，也曾經是小川香奈子婆婆。她說，數小時前從兒子口中得知綁架案後，一直在等待警方上門。

兒子將彥六點多曾經打電話給她說：「目前情況很嚴重，暫時不要打電話給我。」之後就沒有再聯絡，她也不瞭解情況，一個人在家擔心不已。

「請進屋吧。」

雖然山路禮子很客氣地邀澤野進屋，但澤野打算在門口問話。因為橋場在三個女人中，最在意的並非這位山路家的女主人，而是隔壁的鄰居。

橋場只想瞭解關於山路禮子的兩件事，分別是：「這位被害人的祖母是否和這起綁架案有關」，以及「她對綁架案有什麼看法」……

第一個問題很快就找到了答案。

澤野婉拒進屋時，山路禮子說：「但你不是可以順便瞭解一下屋內的狀況嗎？我猜香奈子一定覺得我想要孫子，所以策劃了這起綁架案。」

她因為不瞭解案情的情況而忐忑不安的樣子不像在演戲。

至於「對綁架案有什麼看法」的疑問，在澤野開口之前，她也主動回答了。她和她兒子一樣，皮膚白得令人聯想到醫院牆壁，白皙肌膚的確具備了高級住宅區貴婦的洗練和高雅，但她噘起的嘴卻破壞了這份高雅。

「那是香奈子在胡說八道，她之前也曾經綁架過圭太。」

原以為她是對前任媳婦的痛恨，所以誇大其詞地稱之為「綁架」，但山路禮子是認真的。

「那根本是犯罪，圭太明明屬於將彥和我……不對，應該說圭太明明也算將彥和我的，但她居然瞞著我們，把圭太帶走了。而且也不遵守法院的判決，不讓我們見面，惡劣的程度比綁架更糟糕。」

說完之後，她才發現刑警溫厚臉上的表情嚴肅起來，於是改口問：「現在情況怎麼樣？圭太平安嗎？」

她終於問了這個問題。澤野看到這位看似高貴的中年女人，在關心遭綁架的孫子之前先數了落前任媳婦，忍不住收起了溫和的表情。

「對……綁匪傳來了他睡得很香甜的照片。」

「贖款的問題怎麼樣了？我想，他們家應該拿不出一大筆錢……真可憐。」

隨著話題改變，她也漸漸換上了上流社會人士的說話方式。

「妳兒子去了銀行……準備好贖款後，目前的工作就會暫時告一段落，他會打電話回來，到時候再請妳問他詳細的情況，因為他比我更瞭解事情的經過。」
「好，你應該知道贖款的金額吧？」
「聽說是一千萬。」
「一千萬？是嗎……沒想到這麼少。」
她納悶地說道，目光不經意地掃向鞋櫃上的一大盆花。即使對花卉沒有興趣的澤野也知道那種花的名字。
「好漂亮的蝴蝶蘭。」
澤野說完話立刻把目光移回山路禮子身上。「我有兩個問題想要請教妳……第一個問題，就是關於……妳兒子再婚的對象。」說到這裡，他猛然回頭看向花的方向。數秒鐘前，目光無意中捕捉到的東西終於傳到了他的意識。
「那不是蜜蜂嗎？」
那盆花的細枝上綻滿了淡粉色的花，有一隻蜜蜂停在其中一朵花上……但在寒冬的這個季節，時間又這麼晚了，為什麼會有蜜蜂？澤野定睛細看後，難以相信自己看到的東西，忍不住搖了搖頭。
「雖然那盆花看起來像真的，其實是假花。」
山路禮子的話令澤野更加混亂……蜜蜂停在人造花上？
仔細觀察彷彿是用鈔票製成的、充滿高級感的假花，就可以發現有一種人工的乾澀。密集的花朵好像是一把把小扇子，整體看起來也像一大把扇子，有一隻蜜蜂停在正中央，但即使澤野靠近，蜜蜂也文風不動。

「這隻蜜蜂當然也是假的。」山路禮子察覺到澤野的視線後說道，「還真周到，連蜜蜂都有。」

「這是標本嗎？即使靠這麼近，看起來也像是真的。」

「和花一樣，都是用布和紙做的……隔壁鄰居剛才送來的。聽說隔壁的太太去上了做人造花的課。」

山路禮子主動提起了澤野不知道該如何拜訪的女人的名字。

「請問妳有沒有把綁架的事告訴隔壁的太太？」

「有啊。她上個月說她在小金井的超市巧遇圭太，說那孩子和將彥長得一模一樣……之後，每次見到我都會聊圭太的事。告訴她有什麼不妥嗎？」

「不……」

澤野告訴山路禮子一個月前曾經發生的綁架未遂事件，說今天來這裡也想要向當時在場的「小塚太太」瞭解情況。

「怎麼會這樣？小塚太太完全沒有提到綁架未遂的事……話說回來，發生綁架未遂事件時，香奈子為什麼沒有報警？」

香奈子的前婆婆嘴角露出意味深長的笑容，「刑警先生，這次的綁架案會不會是香奈子一手策劃的？雖然當初她執意要帶走圭太，但後來對長得很像將彥的小孩子越看越討厭，就想要營造綁架案的假象殺人滅口，又可以撈一大筆錢，簡直是一舉兩得……不，就算原本不是她策劃的，她後來也去拜託之前綁案未遂的綁匪了吧。說下次會創造更好的機會，一定要綁架成功。像她那種人就算做出這種事，我也一點都不會感到奇怪。」她又開始說前媳婦的壞話。

「對不起，比起香奈子小姐，我更想知道妳兒子現在的太太的情況。因為我只聽妳兒子提到，他又結婚了。」

「你是問水繪嗎？」山路禮子問。

「呃，對啊……」澤野不置可否地點點頭。

「她在家嗎？」

澤野探頭向屋內張望。雖然感覺不到任何其他人的氣息，但這麼大的房子，即使有兩、三個人在家，恐怕也不容易察覺動靜。

「她去美國了。」

山路禮子在回答時表情僵硬。澤野以為她會問，為什麼想知道現任媳婦的事，渾身緊張起來，但這位婆婆沒有問，一口氣自顧自說了下去，澤野連插嘴的機會都沒有。

水繪和她的丈夫將彥是同業，之前在醫科大學時代相識。結婚後就辭職走入家庭，但將彥打算明年將診所擴大一倍，到時候診所需要兩名醫生才能應付。所以，水繪去洛杉磯的醫院工作一年，學習最新的技術……但澤野覺得這個女人說的話不可信，並沒有百分之百相信。

「所以……水繪太太目前還不知道日本發生了這起事件嗎？」

「對……將彥說，呃……他說不必告訴她。」

澤野不知道她為什麼突然結巴起來，但就在這時，家裡的電話響了。

「一定是將彥打來的。」

禮子急忙衝進屋內，穿著夏衣似的薄襯衫的背影消失在門內，屋內隨即傳來了她的說話聲。

「現在情況怎麼樣?現在也有刑警在我們家。」兩、三分鐘後，她掛了電話，邁著輕快的腳步，沿著擦得一塵不染的走廊走回來，對澤野說：「將彥總算張羅到一千萬，回到他們家了，說今天晚上要住在工廠的辦公室……雖然沒必要住在那裡，但我猜他可能想觀察香奈子的情況。將彥一開始得知圭太遭到綁架時，也懷疑是香奈子在胡說八道。」

澤野離開山路家後，重重嘆了一口氣當作休息，接著立刻拜訪了隔壁的小塚家。相較於山路家氣派的歐式外觀，小塚家採用了日式黑圍牆和即使在夜晚也看得很清楚的橘色瓦屋頂，這棟廉價的房子到處可以看到不協調。室內的燈光照在窗前的花卉圖案窗簾上，窗簾是粉紅加紫色的俗氣色彩……

澤野確認大門旁的門牌上寫著「小塚」後，按了下方的門鈴。

屋內立刻傳來女人應門的聲音。

「不好意思，這麼晚上門打擾。我是警察，想請教一下關於妳家鄰居的事……」

澤野只說了這句話，十秒鐘後，院子門的鐵柵打開了，在家中等候已久的女主人也非常歡迎刑警的出現。

二十分鐘後。

澤野在女主人親切的笑容歡送下走出大門後，立刻用手機聯絡了人在搜查總部的橋場，先報告了山路家的情況。

「我和小塚君江也是在她家的玄關說話。」

然後，他報告了在小塚家經歷的二十分鐘。

「她是一個好奇心非常旺盛的人，讓我有點為難，但也因此對隔壁鄰居家的情況觀察得十分仔細，讓我瞭解到很有趣的情況。比方說，關於一個月前的綁架未遂案，君江只記得圭太突然不見了，香奈子急得像熱鍋上的螞蟻，但完全不知道是綁架未遂事件。她遇見香奈子母子也是偶然，當時她正要去找住在武藏小金井的朋友，那個朋友找她去，說『有事和妳商量』，並不是她主動去的，所以真的是偶然，還告訴我那個朋友的電話，說只要向她朋友確認就知道了，我認為應該可以相信……問題在於山路將彥的再婚對象，名叫水繪，自來水的水，繪畫的繪。去年年底後，她就不再出入山路家。那一陣子，深夜經常聽到隔壁有男女爭吵的聲音，或是玻璃、陶器打破的聲音，君江認為水繪離家出走了，不經意地打聽了一下，但山路禮子總是避重就輕，沒有正面回答……上個月的月底，禮子突然對君江說水繪去美國學習牙科新技術了，就是對我說的那套。但是，君江說太奇怪了。」

澤野把車子停在距離山路家兩公里處的便利商店停車場講電話。入夜之後，寒意滲進骨子裡，東京又恢復了凜冬季節，難以想像白天曾經那麼溫暖。

「山路水繪去美國有什麼奇怪的？」警部問。

「小塚君江在聽說水繪去美國的兩天後，在街上遇到了水繪。雖然只是擦身而過，但她說絕對沒有認錯人。水繪在買東西，不像是從國外回來或是準備出國的樣子。你知道她是在哪裡遇見水繪嗎？就在渋谷，在渋谷車站前Scramble十字路口的正中央。對，就是綁匪指定交付贖款的地點……那只是偶然的巧合嗎？即使這只是巧合，還有另一個啟人疑竇的巧合。山路家和小塚家的玄關都放了一盆蝴蝶蘭的人造花，小塚君江做了兩盆，其中一盆分送給鄰居……這並沒有問題，但兩盆花上都有一隻假蜜蜂停在花瓣上。警部，你有什麼看法？這次的綁匪不是對蜜蜂很執著嗎？」

警部問：「先不管這個問題，小塚家有幾個人？」

「是。有一個兒子，目前正在讀靜岡的大學……兒子不回家的時候，家裡就只有他們夫妻兩個人。君江的公婆還健在，她公公因為罹患老年癡呆症住進了安養院，她婆婆白天會去安養院看他，所以，大部分的時間只有君江和她丈夫兩人在家。她的丈夫前年辭去了貿易公司的工作……雖然是這麼說，但聽起來像是遭到裁員被迫離職的，目前靠父母留下的財產過著自由自在的生活。他比君江大幾歲……差不多四十五、六歲。不，看起來比實際年紀年輕，感覺很有氣勢，腦袋似乎也很靈光。」

「聲音呢？和綁匪的聲音像不像？」

「一點都不像。聽說他好像感冒了，聲音很沙啞。」

「還有其他的嗎？」警部問。

「呃……小塚君江說，小川香奈子在結婚後不久曾經流產。當時還沒有進入安定期，在百貨公司的電扶梯上跌倒了……所以，第二次懷孕順利生下兒子後，百般疼愛，遇到這種事，應該會很難過……總之，君江對鄰居家的事瞭若指掌，但她說和香奈子並不是很熟，想必是君江單方面地打探了很多鄰居家的事。」

「關於小川香奈子的事，我會直接問她本人，你先回來吧。我現在也要去小川家。」

警部掛上電話，澤野立刻發動了車子。

前方車子車尾燈的紅色燈光映照在擋風玻璃的霧氣上，他用手擦拭了一下，擦出的痕跡很像是花的形狀，讓他不禁想起在小塚家看到的那盆蝴蝶蘭。

小塚家那盆蝴蝶蘭的紅色，比放在山路家玄關那盆的更強烈、更激情，停在花瓣上的蜜蜂好像隨時會被火焰吞噬。

澤野語帶奉承地說：「看起來和真花一樣。我還在想，蜜蜂不可能停在人造花上，在隔壁看到時也嚇了一大跳。」

「人造花也可以引來真的蜜蜂。」

一名中年男子從裡面走了出來，雖然他聲音沙啞，口齒有點不太清楚，但他的確是這麼說的。

君江半開玩笑地說：「這是我家老爺。」他穿了一件看起來像是喀什米爾羊毛的柔軟灰褐色開襟衫，臉和高大的身軀都是直線條，感覺就像是鋁合金做成的機器人，高精密度、高性能的機器人……整體的俐落印象和全身都散發出中年歐巴桑味道的君江極不相稱，即使站在一起，也無法想像他們是夫妻。

他們真的是夫妻嗎？澤野有一種奇妙的感覺。

「喔？人造花要怎麼引來蜜蜂？」

澤野假裝好奇地問。

「你不是警察嗎？不妨自己動腦筋想一想？」

中年男子語帶諷刺地說。雖然他的聲音沙啞，但從他妻子背後投來的視線極其銳利，澤野覺得自己被視線化成的針刺了一下。

行駛在凍結般的夜晚道路上，澤野不斷回想起來的不是兩戶人家的女主人，而是小塚家「老爺」投來的第一個眼神，和他之後的嘀咕。

「不過，我可以告訴你，因為很簡單。只要在人造花上塗上真正的花蜜就好。」

他的聲音不像是在對澤野說話，而是在自言自語……他的聲音和鮮艷的花色重疊在一起，像鮮血一樣滲進澤野的腦海。

橋場警部為什麼對假蜜蜂沒有興趣？

在這起綁架案的序章中，蜜蜂扮演了重要的角色。如今，蜜蜂出現在警部特別感興趣的事件相關者的家裡……而且，兩戶人家都有。

警部不時告訴大家，「難以置信的巧合常常發生」，警告大家巧合有多麼可怕，可能會將偵辦工作引向錯誤的方向。難道他認為蜜蜂的事也純屬巧合，所以才會無視嗎？

然而，在這麼寒冷的冬天，很少會有綁匪用「蜜蜂」做為藉口，人造花上用蜜蜂做為裝飾也不平常。兩件不平常的事同時出現，可以輕易忽略嗎？想到這裡，澤野還是搖了搖頭。

警部正是告誡其他同仁，不要陷入這種思考。平時看慣了白色的蝴蝶蘭，那兩盆色彩鮮艷的人造花產生的刺激太強烈，所以才會覺得和犯罪有關吧。

澤野原本對小塚君江的丈夫說的那句話耿耿於懷，這麼想之後，就覺得應該沒必要特地向警部報告。

澤野回來小川家已經將近十一點了。他把車子停在工廠後方，沿著油漆剝落的鐵皮圍籬走向住家方向，再度體會到這起綁架案應是熟人所為，而且是對小川家的情況非常瞭解的人所為。鐵皮圍籬有一部分快脫落了，在寒風中發著抖，可以看到裡面的工廠。廠房搖搖欲墜，即使在夜晚也可以察覺到房子老舊失修，不難感受到工廠的經營陷入艱難，面臨倒閉的危機。

綁匪不可能向這家工廠勒索鉅款。因此，綁匪一定知道小川家和山路將彥之間的關係，更知道將彥願意為了孩子支付鉅款……必須徹底調查小川家的近親才行——雖然他有意識到這一點，但剛才在山路家和小川家卻沒有打聽到什麼重要的消息。

澤野暗自後悔，踏進了小川家的大門。他在九點離開時，工廠內的機器還在運轉，現在已經休息了，燈也熄了，深夜的黑暗和寂靜籠罩了周圍。

只有辦公室的窗戶亮著燈光。不知道是否因為窗戶玻璃上結了露水，燈光帶著淡淡的濕氣，彷彿下著小雨……

辦公室內，山路將彥在幾名刑警的包圍下，坐在沙發中間。不，刑警包圍的不是將彥，而是放在他腿上的紅色皮包。澤野想起自己的妻子也很想要這款帶有金鍊的名牌包。

澤野推門而入時，將彥正拿出皮包裡的紙鈔，放進另一個紅色塑膠皮的拎包內。將彥從腿上的皮包中拿出一綑又一綑的紙鈔，刑警接過後，裝進紅色塑膠皮拎包……

坐在將彥身旁的橋場用眼神向澤野示意「你辛苦了」，然後對其他刑警說：「還是用這個塑膠皮的拎包比較理想。」

拎包高約七、八十公分。

「這個包夠大，看起來裡面好像沒放什麼東西。即使放在十字路口正中央，路人也不會輕易撿走。如果是名牌包，行人馬上就撿走了。」

「嗯，」一名刑警發出呻吟，「這很難說，這麼大的紅色拎包很引人注目，路人應該馬上就會撿走。綁匪難道沒有想到萬一在自己靠近之前皮包就被路人撿走了怎麼辦？」

「也可以反向思考，即使綁匪拿走了，警方也可能以為他只是路人。即使當場被逮到，也可以推託說自己是路人，只是為女人撿起了她掉的皮包。」另一名刑警說。

「但這麼一來，綁匪就必須把皮包交給警方，他根本拿不到錢。這種交付贖款的方式果然不正常，交付贖款地點也是。搞不清楚綁匪的意圖，也不知道指定要紅色皮包的理由……真讓人頭痛。」

橋場一臉冷靜地說。

「因為紅色很明顯，一眼就可以看到。也許只是因為這麼簡單的理由。」

「但那是全東京人口密度最高的十字路口，應該有不少女人拿紅色皮包吧。」

「不，紅色皮包很少見，而且，紅色是即使在遠處也很容易辨別的顏色。」

「真的很少見嗎？這個家裡就有兩個。」

「那只是巧合。因為紅色皮包很難配衣服，所以並不常見。」

「既然那麼少見，就更不瞭解綁匪指定紅色皮包的理由了。如果小川家剛好沒有，不是很傷腦筋嗎……現在只是剛好有而已。」

「也不至於那麼少見，況且，綁匪說紅色的紙袋也可以……只要去車站那裡，應該可以找到有在賣的商店吧。」

橋場無視中年刑警的話，喃喃重複著：「『巧合』嗎？」

他的表情帶著一絲嚴肅。

「怎麼了？」一名刑警問他。

「沒事。」

他在回答時，雙眼盯著山路將彥慎重地抱在手上的塑膠皮布拎包。將彥拿出一綑一百萬的紙鈔，依依不捨地注視著，彷彿在對它們說「再見了」。然後，又放回皮包內。警部對將彥沒有興趣，目不轉睛地凝視著皮包，甚至讓人擔心他的眼睛會不會因此被染紅。

「這麼大的皮包，足足可以放一億圓。」

他再度喃喃說著。「我去向兩名女士瞭解一下情況。」說完，他走去廚房找香奈子和她的大嫂。之後，沒有再提起皮包的話題，但一個小時後，在澤野開車載他回警署的途中，警部說：「綁匪會不會在明天早上臨時提高贖款金額，剛才看到皮包後，我一直有這種感覺。」

橋場告訴澤野，他問了香奈子家裡為什麼會有這個塑膠皮拎包。那個名牌包是香奈子的大嫂汀子在結婚時，她的父母送的，所以並沒有問題，但那個塑膠皮包卻有很大的問題。

「她的回答很令人意外。今年過年的時候，那個紅色塑膠皮包就放在她家門口，裡面除了一張在車站前商店街新開幕的寢具店廣告以外，還放了一個枕頭。她在商店街沒有找到那家店，覺得很納悶，但因為是時下流行的人體工學枕，試用後覺得不錯，就拿回家了。用來裝枕頭的皮包也很漂亮，所以就留了下來……」

澤野知道警部想要表達的意思。

「是綁匪把它和假廣告一起放在他們家門口嗎？所以，他才會知道小川家有紅色皮包？」

「應該是這樣。綁匪做事很周密，很有可能連放贖款的皮包都幫被害人家屬準備好……但問題在於皮包的大小。」

「所以，綁匪要的不只一千萬，而是打算勒索更高額的贖款嗎？」

車子剛好遇到紅燈，澤野從照後鏡看著坐在後車座的警部。

警部點了點頭，「對，我猜他的目的應該是更高、更高的價碼。」

「一億……」

「從皮包的大小研判，不妨認定可能會是這個金額。」

號誌燈變綠了，經過路口後警署的建築物近在眼前，有很多窗戶還亮著燈光，但大門已經深鎖，一片黑漆漆的。澤野繞到建築物後方，停車場有一個可以走進大樓的後門……

「綁匪只提一千萬，只是為了讓偵查人員安心，放鬆警惕嗎？」

澤野在停車時問了最後一個問題，警部在下車前應了一聲：「應該吧。」然後，又把頭伸進打開的車門說：「你感冒了嗎？你等一下去小川家後，叫他們早一點睡覺……今晚應該不會有狀況，如果綁匪會打電話，也是在明天……我猜應該是九點。因為九點之前，銀行還沒有開門，九點之後家屬可能來不及籌錢。」

他說話時，嘴裡不斷吐著白氣。

警部的預測在第二天早上成真了。正如做事嚴謹的警部所預料的，綁匪分秒不差地在九點整打來電話……當然，警部在深夜走進小金井署的辦公大樓時，根本不在意自己筋疲力竭的腦袋想到的預測到底準不準。

汀子和香奈子在凌晨一點左右，才並排鋪好被褥準備睡覺。

雖然躺了下來，但兩個人都無法輕易入睡。

無數的回憶和圭太的哭臉、笑臉都清晰地浮現在腦海……香奈子因為睡不著，所以和大嫂聊起很多往事，希望可以分散自己的注意力，但說著說著就忍不住哭了起來。大嫂汀子也說盡了安慰的話。

「香奈子，我這麼說，妳可能會不高興……不，妳生氣的話，或許可以分散一點注意力。總之，我知道妳會生氣，但還是要說。妳這麼愛小圭是不是因為對將彥還有感情？我好久沒看到將彥了，今天發現小圭簡直就是迷你版的將彥嘛。」

「怎麼可能……」香奈子無力地說，她可能連生氣的力氣都沒有了。

「如果我有一點說中，妳願不願意考慮和將彥復合？因為你們當初離婚，並不完全是因為將彥，妳之前那個婆婆才是最大的原因吧？剛才，我在辦公室外面聽到警部和將彥的談話，聽說他再婚對象離家出走的最大原因，也是因為婆婆……將彥說，如果下次結婚，絕對會和母親分開住……」

汀子剛才為留宿在辦公室的將彥送毛毯時，聽到不知道什麼時候從警署回來的橋場警部正在和將彥說話，就在窗外偷聽了他們的談話。

將彥和再婚對象也離了婚，但為了避免造成母親不必要的擔心，謊稱對方去美國留學了。說到底，離婚的原因就是他母親，他母親和新媳婦也合不來，導致將彥的第二任妻子和結婚前交往的男友重修舊好，離家出走……

聽了這些話，香奈子無言以對。黑夜靜悄悄的。

「聽說她叫水繪，香奈子，妳有見過她嗎？」汀子問。

香奈子最後終於用幾乎快融化在黑暗中的小聲回答：「見過兩、三次。」

「妳不想談她的事嗎？」

「對啊。回想起來，那個女人也很可憐……」

「是啊。」汀子嘆了一口氣，「她有醫師執照，照理說，應該會擁有燦爛輝煌的人生才對。」

然而，她愛上同為醫生的男人，打亂了自己的人生步調。將彥娶香奈子為妻後，她也交了男朋友，努力忘記將彥，卻仍然無法忘懷，最後和將彥舊情復燃。在香奈子離開山路家後，她嫁給了將彥，但最後也離開了那裡，和之前拋棄的男友破鏡重圓。

和曾經分手的男人舊情復燃，之後又和他分手，重回上一個男人的懷抱。她自己當然也要為此負責，但她動盪不安的人生也許比香奈子的人生更加不幸。

「但是，為什麼……？大嫂，妳沒有問嗎？為什麼警部想要瞭解那個女人？」

她不像在問大嫂，而是在自言自語，向自己提問。

「或許是察覺將彥在這件事上有所隱瞞吧？我也有這種感覺。」

「既然這樣……」

香奈子尖銳的聲音微微撕裂了黑暗。

「既然這樣，那個警部會看出我也有事隱瞞嗎？」

「什麼意思？香奈子，妳也隱瞞了什麼對妳不利的事嗎？」

「……」

「該不會是圭太的親生父親？」

沉默繼續在黑夜徘徊，但從香奈子的急促呼吸就能察覺她內心的慌亂。

「這麼問妳可能真的會生氣，但我還是要問。香奈子，圭太真的是妳和將彥的兒子嗎？」

黑暗中沒有任何回答，但可以感受到香奈子屏住了呼吸，黑暗在瞬間凝固。

「不是。」幾秒鐘後，她好不容易擠出這句話。雖然只有一句話，卻是太重要的一句話。

這次輪到汀子慌亂起來了。

「既然這樣，為什麼圭太那麼像將彥……既然圭太不是將彥的兒子，他為什麼願意支付高額的贖款？」

汀子提問，結果自己也找到了答案。

「香奈子，妳結婚的時候，我記得妳公公……將彥的父親身體還很好吧？」

汀子把話問出口，心臟一陣緊縮，立刻後悔自己「說錯話了」。

「對不起，我居然說這麼荒唐的話……」

汀子慌忙道歉，卻聽到香奈子說：「我不知道。」

「我不知道，大嫂，我不知道。」

「妳是說……妳不知道誰是小圭真正的父親嗎？」

「不是，圭太是誰的孩子這一點很清楚……但我不知道該怎麼辦。我剛才驚覺一件事，除了他以外，還有一個人，還有一個人可以對圭太說，他是『爸爸』……還有一個人……」

「什麼意思？那個人是誰？」

但香奈子就只是一再重複「我不知道」這句話。

這時，突然傳來一個奇妙的尖叫聲劃破了深夜的黑暗和寂靜……汀子猛然坐了起來，衝到走廊上。汀子和香奈子睡在二樓靠樓梯的房間，她們以為獨自睡在房間內的篤志作了噩夢。但那個斷斷續續，卻始終沒有停止的聲音是從樓下傳來的……當她們在樓梯上探頭向一樓張望時，發現走廊和客廳都開了燈，和衣而睡的刑警也從紙拉門內探出頭。

聲音是從走廊深處，汀子的丈夫史郎和生病的母親睡覺的房間內傳來的。

「媽……媽。」

史郎叫道。不一會兒，史郎來到走廊上，對幾位刑警解釋：「我媽作了噩夢……沒事。」尖叫聲幾乎在同時停止了。

整棟房子再度陷入寂靜，但即使躺下來後，汀子的耳邊仍然迴響著婆婆的叫聲。

六十多歲婆婆久乃不僅身體虛弱，從去年年底開始就經常說一些莫名其妙的話，似乎有阿茲海默症的前兆。難道是因為這起綁架案對她造成打擊，導致症狀惡化嗎？

這份不安和香奈子剛才那番話引起的混亂讓汀子輾轉難眠，好不容易開始昏昏沉沉時，天已經亮了。

清晨六點。

香奈子和大嫂比平時早起三十分鐘走進了廚房。

廚房內宛如深夜般黑暗，她們打開廚房的燈，打開水龍頭，準備動手做早餐。

水立刻嘩嘩流了出來，沖走了小川家最漫長的一夜。

然而，這個水聲也代表了最漫長的一天拉開序幕。

雖說在廚房準備早餐，但香奈子只是漫無目的地在廚房內走來走去，完全沒有動手做家事，像陶器般乾澀的眼白佈滿了血絲。

汀子很想重提昨晚關於圭太父親的問題，但公公和丈夫聽到廚房的動靜，也紛紛走了進來。

這對父子似乎也一整晚都無法入睡，紅腫的眼睛下方有著很深的黑眼圈，父親一臉疲憊地說：「今天工廠不要開工了吧。」

香奈子卻說：「一切還是按照正常吧。大家一切如常，就會覺得圭太也不會發生什麼異常情況。」

父親點了點頭，當兩名員工在八點之前出現時，就和他們一起走去工廠，打開機器的電源。

輪流休息的刑警也一早就渾身充滿緊張感，但他們除了等待三件事以外，暫時無事可做，只能重聽綁匪的電話錄音，調查往渋谷的道路狀況。他們正在等待綁匪的電話、總部的聯絡和橋場警部的出現。

當工廠的員工全員到達，機器開始運轉，這個家的心跳聲傳遍周圍時，警部也現身了。

橋場警部八點半準時從小川家後門走了進來，進門前，他從警用車上走下來，把菸蒂丟在地上，用鞋跟粗暴地踩熄。

當時，汀子剛好走出後門去丟垃圾。

雖然只是短短的幾秒鐘，但她似乎看到了警部另外的一面，忍不住皺起眉頭。

天氣預報指出，下午之後首都圈各地都會飄雪，但宛如玻璃般閃著冷光的天空完全感受不到下雪的預兆，朝陽剛好照在警部所站的位置……在清潔的晨光中，被踩熄的菸蒂奄奄一息地冒著細煙……

這個動作看起來極其粗暴和蠻橫，但當他踏進小川家一步，立刻恢復了昨天的樣子，不，比昨天更幹練。他立刻開始進行交付贖金的準備工作，為了預防自己的猜測成真，他把將彥叫到了客廳，問他：「如果綁匪要求增加贖款，你可以籌到多少錢？」

「現金的話最多五千萬，其他的……」

「這就足夠了。香奈子小姐，即使對方要求更高的金額……嗯，請妳告訴他，最多只能拿出四千萬，總共是五千萬。如果他對這個金額不滿意，請他再等一下……然後，對方可能也會提出更改地點，妳就說好。涉谷的十字路口會配備相當人數的便服警官，可以隨時因應各種變更。」

香奈子坐得離前夫遠遠的，她對警官說：「我認為地點不會改變。」

然後，她將視線移向將彥問：「你不覺得嗎？」

將彥微微搖頭。不知道是否定香奈子的話，還是說自己不瞭解。

他們在這兩、三秒的沉默中進行了言語的交流，但只有曾經是夫妻的他們才能夠瞭解內容。

「涉谷的十字路口有什麼特殊意義嗎？」

警部問，兩個人分別搖搖頭，代表「沒什麼」。雖然警部很在意，但並沒有深究這個問題，只說：「也許贖款金額和地點都不會改變，這樣安排只是為了以防萬一。」然而，十分鐘後，這項準備工作發揮了作用……

客廳內開著電視，音量調成了靜音，當畫面上的時間顯示為9：00的那一剎那，電話鈴聲響了。

「是綁匪打來的。」

負責電話的刑警緊張地說，橋場警部露出了驚訝的表情。他可能訝異自己的直覺靈驗了。他瞥了一眼澤野，只有澤野察覺到他的眼中有一絲像是微笑的得意之色。

但那份得意只持續了短短兩秒鐘。

香奈子在橋場的示意下，接起了電話。

「喂，喂喂……」

一秒的沉默。

「是我。」

聲音從聽筒的深處冒了出來。

「原本說好昨晚那通是最後的電話，但我想了一個晚上，改變心意了……因為太麻煩了，就當作是綁架案吧。」

「喔……」

香奈子只能傻愣愣地應聲。這一開始就確定是綁架了啊，綁匪接下來還會用自己荒唐的邏輯說出什麼話?香奈子抓著電話緊貼在耳朵上，似乎連綁匪的呼吸都聽得一清二楚。

「即使妳說是主動給我錢，用一千萬來交換小孩子還是讓人覺得不舒服……我仔細想了一下，發現一千萬這個金額有問題。小孩子的性命沒這麼廉價吧?如果那個孩子順利長大，他漫長的人生……嗯，應該上億吧?至少也有一億，否則，他未免太可憐了。如果他知道別人認為他的人生只值一千萬，恐怕難以接受吧?」

「……」

「所以，一億圓……妳能籌到嗎?」

他問話的語氣很輕鬆，好像在嘲笑香奈子的緊張。香奈子巡視圍著自己的男人，看著刑警的臉，特別凝視了前夫的臉……山路將彥臉色蒼白，不停眨眼，一眼就可以看出，他比香奈子更加提心吊膽。

「怎麼樣？妳可以籌到一億嗎？」

綁匪又問了一次。

「好。」

香奈子斬釘截鐵地回答。橋場警部下意識地把手伸向電話，似乎想要阻止談判的進行，但香奈子無視警部的舉動，繼續注視著將彥的臉。

將彥垂下雙眼，但隨即抬眼偷瞄前妻。他眼鏡後方那對眼睛就像小動物般……

他之前說願意用所有財產交換圭太的性命只是說說而已，顯然內心並沒有這個打算。

香奈子撇著嘴角，對將彥露出輕蔑的微笑。然後，向打算開口說話的警部搖了搖頭，再對電話說：「但是，必須多等一天……山路說只能拿出五千萬，我要花一點時間籌措另外五千萬。」

她聲音中的冷漠顯然不是針對綁匪，而是身旁的將彥。

將彥想要反駁：「我又沒這麼說……」但警部舉手制止了他。

「山路是妳的前夫吧？如果可以馬上籌到現金，這樣就夠了。贖款五千萬……」

「……」

「雖然妳兒子的生命好像打了對折，有點可憐，但沒時間等到明天了，我這裡已經準備就緒了……那中午十二點半，把五千萬放在紅色皮包裡，放在昨天指定的地方。沒問題吧？這真的是最後一次聯絡了。」

香奈子發現綁匪準備掛電話，慌了起來。

「呃，關於地點……」

「怎樣？」電話中的聲音很不耐煩，「放贖款的地點在渋谷車站，八公出口那一側的Scramble十字路口。」

「我知道，但你說正中央，那個十字路口人很多……我不知道哪裡算是正中央。」

「就是小孩子站著的地方，妳只要放在那裡就行了。我昨天沒說嗎？」

「但是……」

「啊，那好吧，我會做一個紅色的記號，妳就放在那裡吧。」

「紅色記號？」

「對，妳注意看電視，談話性節目或是新聞節目在一個小時後就會報導，不，可能用不了三十分鐘。最近媒體的報導速度很驚人……記者可能會用『鮮血十字路口』之類誇張的形容大肆報導，妳很快就可以看到了。人質就站在『鮮血十字路口』。」

這是綁匪第一次說出人質這個字眼。鮮血、人質……支持香奈子的信念突然開始崩潰。

「鮮血？該不會是圭太的血吧？」香奈子發出悲鳴般的絕望聲音。

然而，電話中沒有傳來任何回答，電話已經掛斷了。

「喂、喂……喂、喂……」

香奈子仍然拚命呼喊，正當她無可奈何地準備掛上電話時，突然聽到了笑聲。她立刻覺得是綁匪的聲音，把聽筒再度拿到耳邊，但什麼也沒有聽到。

笑聲是從走廊深處傳來的。發自內心的愉快笑聲像是小孩子的聲音，但篤志今天也像平時一樣去上學了，家裡此刻並沒有小孩子。

走廊上傳來一陣奔跑的腳步聲。

「媽，不行，不能去那裡。」史郎拚命阻止著。

剛才的聲音是香奈子的母親發出來的。

母親穿者睡衣，探頭向客廳張望，得意地說：「看吧，我就說圭太不在吧。」她的臉色黯淡鐵青，只有臉頰泛著紅暈。睡覺時壓得凌亂的頭髮中有許多白髮，好像在一夜之間突然變得極其蒼老……

「媽媽，妳怎麼了？」

香奈子呆然地問，母親瞪著她怒斥：

「妳是誰……妳突然闖進別人家裡想幹什麼？」

兇神惡煞般的表情和她五官小巧、氣質高雅的臉孔極不相稱。

「媽，這裡在忙，妳趕快回房間休息。」

史郎追了上來，安撫母親的情緒，又皺著眉頭向其他人道歉：「綁架的事似乎對我媽造成了很大的打擊，不知道是否不願面對發生了這種事，她說我們家沒有圭太這個孩子……」

難道是她生病而變得脆弱的神經短路般地斷裂了嗎？

然而，橋場無暇理會眼前突然發生的騷動，小聲命令站在走廊角落的澤野：

「綁匪打算在渋谷車站前的十字路口有所行動……他說電視新聞會報導，可能是什麼事件。應該已經有幾個便衣在那裡的十字路口，通知他們立刻嚴加監視。」

澤野立刻從西裝口袋裡拿出手機跑向玄關。

「等一下，」警部叫住了他，「綁匪有提到鮮血，記得告訴他們，即使發生再大的事件，也要交給轄區警署處理，便衣按兵不動，不要讓人察覺他們是刑警……」

「好。」澤野很有精神地應道，立刻衝出了玄關。

同一時間，警方在渋谷車站前尚未準備就緒。載著幾名幹員的小型巴士好不容易才在面向十字路口的大樓後方找到了停車位。警方為了監視和戒護十二點半交付贖款，光在十字路口就派了三十名便衣和十輛車……那輛小巴士將成為司令部之一，因此正在十字路口附近幫它尋找可以停車的地點。

當警方的車子在舞台後方找停車位時，舞台上已經發生了狀況。

那是綁匪掛斷電話的一分鐘後。

上午九點十三分。

一名在距離渋谷車站五分鐘路程的百貨公司上班的粉領族衝出車站剪票口，撥開忠犬八公雕像前的人群，準備快步走過十字路口。

笠井理美，二十四歲。

她之所以會正確記住這個時間，是因為那天早上她睡過頭，上班快遲到了，從下電車的那一刻就不時看手錶。當時綠燈開始閃爍，十字路口的人潮漸漸減少。

她原本打算放棄，漸漸放慢了腳步，但一看手錶立刻下了決心，衝向十字路口。理美從Scramble十字路口斜斜走向中心街的方向，中心街方向也剛好有一個人迎面衝了過來。和理美一樣，那個男人的腳步中也透出了焦急的感覺……理美和那個男人在十字路口的正中央擦身而過時，彼此的肩膀撞到了。

微小的衝擊從肩膀傳遍全身，對方也一樣。

瘦瘦的男人似乎受到了更大的衝擊，他手上的東西掉落在地。理美沒有停下腳步，扭著上半身回頭看了一眼。的確有什麼東西掉在地上……像是黑色塑膠袋……不，是氣球。氣球中如果裝一半的水，就會變成這種扭曲的球形。

氣球差不多像橄欖球那麼大，但理美當然沒有時間細看那個黑色氣球。斑馬線前方的號誌燈變成了紅色，有好幾輛車子轉彎後逼近過來。

理美走完以對角線跨越十字路口的斑馬線，轉身看了一眼。

那個氣球就掉落在十字路口的正中央。剛才拿著氣球的男人已經過完馬路，站在斑馬線的另一個終點，穿著白色風衣的背影混入了忠犬八公像前的人群中，很快就消失無蹤了。

他來不及撿氣球嗎？不，不可能。他是故意把氣球掉在那裡的……正確地說，不是掉在那裡，而是放在那裡的。為什麼？氣球內似乎裝了液體，在掉落的同時微微抖動、起伏著。這天早上，暗雲籠罩著這片都市最新潮區域的天空，但陽光仍然衝破烏雲，灑落在十字路口，黑色氣球宛如黑色小動物，皮毛在陽光下微微發光，痛苦地在地上打滾。

氣球裡到底裝了什麼？

這個問題掠過理美的腦海，但只有短短的一剎那。下個瞬間，一輛轉彎進入十字路口的白色車子輪胎輾過了氣球……再下個瞬間，宛如噴泉般的水滴四濺。

等號誌燈的人群中，有人發出慘叫聲。那究竟是像血滴一樣的水滴？還是像水滴一樣的血滴？

輾過氣球的車子沒有察覺異狀，直接開走了，之後的車子發現了地上的異樣，切換方向盤繞了過去。輪胎的刺耳聲音像是慘叫，努力傳達著馬路和氣球的疼痛。

一輛又一輛的車子避開那個地點，十字路口的中心形成了一個颱風眼。

颱風眼異常地紅。

「一定是油漆，聽說這一帶經常有人用油漆塗鴉……」正在等號誌燈的年輕人對身旁的女生說，但又立刻改口，「不，那應該是血吧？難道附近在捐血？」

他說話時帶有一點口音。這對年輕男女看起來是從外地到東京參加大學考試，女生沒有回答，只是覺得噁心，忍不住皺起一張臉，用圍巾掩住了嘴巴。

理美在心裡代替那個女生回答：「不，那只是油漆而已。」

血不可能那麼紅……

想到這裡，理美加快腳步跑了起來，甚至後悔浪費了幾秒鐘的時間。在夜晚來臨前，她都不知道那是真正的血，新鮮的人血。在看電視上的新聞報導之前，她不知道那個十字路口成為綁架案的重要舞台，更不知道自己是唯一看到綁匪的目擊證人……

十分鐘後，橋場得知了交付贖款的十字路口被人丟下大量看起來像是血液的東西。

又過了二十分鐘，渋谷警察署鑑識課檢驗過後，確定了那些液體是人血，橋場接到聯絡後，要求暫時不向媒體公佈這起意外和綁架案的關聯。一旦看熱鬧的人潮聚集，將影響警方的偵查工作。這很可能就是綁匪的目的所在，所以絕對不能在電視上炒作這則新聞。

比起媒體，橋場更擔心被害人家屬，尤其是圭太的母親香奈子的反應。鑑識課經過檢驗得知，十字路口那些血液的血型是A型，和被害人小川圭太的血型相同。目前研判，裝在氣球中的血液量大約兩千CC左右，如果是圭太的血，他活著的可能性就微乎其微。

香奈子一旦得知絕對會情緒崩潰，警部很擔心會影響贖款的交付。

無論圭太活著還是死了，警方都必須完成逮捕綁匪的重大任務。交付贖款是直接和綁匪接觸的唯一機會，即使綁匪委託他人來拿紅色皮包，那個人之後也一定會和綁匪接觸……

橋場警部決定說謊隱瞞，但在客廳看電視的香奈子受到的衝擊超過警部的想像。電視畫面上拍出了三、四條斑馬線的白線，但到處都是血跡……還沒有完全凝固的血液黏在柏油路面和白線上。

「那似乎是血，但並不是A型，所以妳就放心吧。」警部騙她說。

「那是什麼血型？」

香奈子臉色蒼白，嘴唇發抖地問。

「聽說是AB型。」

警部隨口答道，香奈子搖了搖頭，似乎無法相信他。

「無論是什麼血型都沒有關係，圭太絕對還活著。對了……」

警部正打算改變話題時，去銀行的山路將彥回來了。

裝在行李箱裡的四千萬都是連號的紙鈔，銀行方面已經記下了所有的號碼。

他們立刻把所有錢都放進了紅色塑膠皮皮包後，警部試拎了一下。「這麼重的皮包，香奈子小姐一個人拿起來有點吃力，但或許該找一個人幫忙。」

「沒關係，我一個人拿得動。」香奈子試了一下後說道。

「不，我陪妳去。」

將彥從一旁伸出手，抓著紅色皮包的角落，但警部制止了他。

「最好不要是山路先生。」

「為什麼？這是我的錢。」

將彥毫不掩飾遭到拒絕的不快。

「不，最好是警方的人員，因為這是接近綁匪的機會。呃，澤野……」

警部說到一半，想起剛才派澤野去廚房辦事，於是巡視著其他刑警。「派誰去呢？」

「呃，警部先生，你不行嗎？」

香奈子問。警部驚訝地轉頭看著她，沒想到她會指名自己。

香奈子用求助的眼神看著警部。

「我不行，」警部說，「我當然會在附近，但必須根據綁匪的行動做很多決定，向大家發出指示……」

橋場是現場指揮官。交付贖款時，他會坐在十字路口旁臨停的車內監視綁匪指定放贖款的地點，用對講機向偽裝成行人的刑警發出指示……

「警部先生，你根本不需要躲起來，因為綁匪早就知道你就在我附近……既然這樣，和我一起去十字路口應該也沒有問題。」

的確，如果自己親手拿贖款，比躲在車內監視更能夠正確把握現場的狀況，無論綁匪有任何舉動，都可以在第一時間因應……

雖然不是很確定，但橋場覺得這起綁架案是綁匪在向警方挑戰。

也許綁匪很期待警官出現在交付贖款的地點，這也代表綁匪有足夠的自信，認為即使警官近在眼前，自己也不會遭到逮捕。

到底有什麼方法？橋場從昨晚就開始考慮這個問題，但還是找不到答案，為腦海中那個只有眼睛、沒有其他五官的綁匪臉孔和笑聲深感苦惱……那是嘲笑警察無能的冷笑聲。

在十二點半之前，自己或許無法得知綁匪會採取什麼方法，但只要得知方法後，立刻想出對策，抓到綁匪，就可以保住警方的威信……自己親臨現場不是更有助於完成任務嗎？

「總之，這個問題上車再討論。請趕快做準備，十分鐘後出發。」

警部說完，香奈子去二樓準備，他則去玄關確認車子的情況。澤野剛好向香奈子的大嫂問完話，來到走廊上。

橋場警部來到門外，確認停了三輛車後，才聽澤野報告了情況。

不一會兒，香奈子穿著大衣現身。他讓香奈子坐在第一輛車的後車座，並吩咐說：「山路先生，請你坐後面那輛車。」他正打算坐上和香奈子同一輛車，這時，香奈子說著：「啊，我忘了一樣東西。」慌忙衝下車子。

香奈子衝進家裡不到三十秒，又跑了回來。她父親剛好從工廠內走出來送行，一臉擔心地看著她。川田站在香奈子父親的身後。

「川田，你知道那個公仔在哪裡嗎？」

香奈子問。

「你特地買了公仔，我想帶給圭太，但我剛才找不到。」

「不知道……」川田回答說：「圭太現在最想見到的就是媽媽，等他平安回家之後，再給他公仔也不遲。」

大嫂汀子也從屋內走了出來。「對啊，他反正馬上就回家了。我等一下會好好找一下。」

香奈子微微欠身說：「那就麻煩妳了。」然後坐上了車子。

警部輕輕推著她的背上了車，看到山路將彥坐在後方那輛車的副駕駛座上，就走過去對他說：「我希望由香奈子小姐拿這個皮包。」

沒想到將彥很乾脆地說：「我也認為這樣比較好。」他打開副駕駛座旁的車窗，把緊緊抱在胸前的皮包交給警部。

警部把皮包交給香奈子，坐上了第一輛車的後車座，看了一眼手錶，對駕駛座上的澤野說：「馬上出發。」

十點三十一分十九秒。

數秒後，當載著刑警的第三輛車出發的同時，家中傳來了有人衝出來的腳步聲，是兩個人的腳步聲。「媽，妳安靜一下……不，妳不要這麼激動。」除了腳步聲，還有史郎說話的聲音。

像沙子般的白色顆粒撒向空中。

「滾出去。陌生人再也不要來這個家，下次再敢來，就不會只用鹽巴了。」

香奈子的母親面目猙獰地罵道。事後才知道，她誤以為剛才回去客廳找東西的香奈子是小偷在偷東西。她跑去廚房抓了一把鹽，追出來向小偷撒鹽。

史郎好不容易安撫了母親的情緒，把她帶回家裡。目前只能認定母親受到綁架案的刺激，精神狀況出了問題，但幸好還認識兒子和媳婦。

她正準備走進玄關時，看到媳婦一臉擔心地看著自己，口齒清晰地說：「汀子，妳也要小心。那種沒良心的人會擅自闖進別人家裡，不久之後，就會把家裡所有的東西都搬得精光。」

汀子正想說什麼，史郎站在母親身後對她搖了搖頭，制止了她。

「好，我會小心。媽，妳放心去休息吧。」

母親似乎鬆了一口氣，臉上的表情也柔和起來。在不遠處看著這一切的父親說：「為什麼偏偏在這種時候……」忍不住為自己家庭的衰運嘆息，搖著頭走回工廠。

只剩下川田一個人時，他問汀子：「妳婆婆為什麼那樣說香奈子小姐？真的只是因為生病的關係嗎？」

「剛才那個叫澤野的刑警也問了我相同的問題……」

汀子忍不住嘆著氣。二十分鐘前，澤野來到廚房問她：「妳婆婆說的話真的只是因為生病的關係嗎？還是有什麼根據？」

「香奈子小姐真的是妳婆婆的女兒嗎？」川田問，而澤野刑警之前也問了這個問題。

「當然。香奈子絕對是我婆婆的女兒，為什麼會這麼問……」

汀子的聲音中帶著質疑，川田慌了手腳，結結巴巴地說：「不是啦，因為我……我是被繼母帶大的……所以才會……」

「對喔。」

汀子正想對他說：「對不起，我忘了這件事。」但還來不及說，川田就向她欠身說：「那我回去工作了。」

然後，轉身走向工廠。

「我會像平時一樣準備午餐，午餐時間記得來吃飯，也記得告訴其他人。」

汀子對著川田的背影親切地說道，準備走回家裡。下一個剎那，她準備打開玄關玻璃門的手停了下來。

剛才看到了什麼？

汀子再度回頭看了一眼快要走進工廠的川田的背影。川田在工作服外穿了一件褐色的羽絨外套，但或許因為他個子很高的關係，放在長褲後方口袋裡的東西不時從上衣下襬露出來。

那隻公仔……是圭太最喜歡的什麼騎士的公仔。

香奈子剛才就在找這個公仔……但為什麼會在川田那裡？而且，他剛才還騙香奈子說不在他那裡，結果竟然藏在褲子後面。為什麼？

香奈子搭的車子準備走調布交流道上高速公路，駛向涉谷。

上午十點四十三分。車子上了中央高速公路後，橋場警部問坐在一旁的香奈子：「妳這件風衣是哪個名牌的嗎？」

紅色聚酯布料的風衣近看是透明的，但在裡面穿的毛衣顏色襯托下，變成了深粉紅色的艷麗顏色，看起來很高級。

「不，是有一次突然下雨，我臨時在超市買的便宜貨。」香奈子說。

然後，她立刻移開視線沉默不語，似乎不敢正視橋場。

這時，天色變得更暗了。越接近都心，雲層就越厚，有一種車子正在向黑夜急馳的錯覺……雲層低垂，彷彿伸手可及。在雲層的陰影籠罩下，香奈子看著車窗的側臉顯得格外黯淡。

不，她並沒有看車窗，灰色的風景彷彿濁流般吞噬了香奈子的視線，轉眼之間就把她的目光焦點推向遠方……而她凝望著遠方的視線彷彿在回憶往事。事實上，她的確想起了一件往事。

「天氣預報說下午會開始飄雪，看樣子真的會下雪。希望綁匪好不容易做的記號不會被雪洗掉。」

警部喃喃說道。

「必須是紅色，必須是鮮血的顏色……」

香奈子頭也不回地說，警部緩緩轉過頭問：「為什麼……？」

「因為圭太是在那個十字路口出生的……」她不像在回答問題，而像是表情空洞地自言自語，「所以，必須是鮮血的顏色，而且，必須是圭太的血……」

橋場警部的臉頓時露出驚愕之色。橋場總是面無表情地面對任何事，很少有什麼事能夠讓他動容，香奈子剛才這句話正是具有如此威力的震撼彈。

橋場陷入了混亂，也完全不瞭解香奈子想要說什麼。

「圭太不是在醫院出生的嗎？剛才澤野聽妳大嫂說的……」

警部問正在開車的澤野。

「對，剛才和妳大嫂談其他事時，剛好聊到這件事……圭太出生時，只有妳大嫂去醫院看妳。」

「但她來看我時，已經是圭太出生後好幾天的事，圭太出生時，我大嫂並不在旁邊，她什麼都不知道。」

但是……警部忍不住在心裡嘀咕。他之前從來沒有聽說有人在那個十字路口生下孩子。若真有人在十字路口正中央生下小孩，媒體一定會大肆報導，照理說應該會留下深刻印象……還是說，在馬路上生下孩子關係到小孩子的人權問題，所以媒體自律，沒有報導這則新聞？

不……警部甩開這個想法，這並不是真正重要的事。

「假設圭太真的是在十字路口的正中央出生的，為什麼綁匪要指定那裡做為交付贖款的地點？」

香奈子沒有回答，表情冷漠，凝視著虛空的某一點。

「妳還有什麼事沒有告訴我們嗎？」

警部語氣有點激動，很希望香奈子能夠轉過頭。

「妳該不會知道綁匪是誰吧？也知道綁匪真正的目的？妳剛才要求我陪妳交付贖款，是不是覺得可以向我一個人說出真相？如果是這樣，請妳告訴我。我向妳保證，即使破案之後，我也不會向別人透露，更不會向媒體公佈。」

香奈子的臉一動也不動。

車窗外的天空灰濛濛的，令人忘記目前的時間還是上午。香奈子的側臉好像被圖釘釘在這片如鐵般堅固的天空。有些對向車打開了車前燈，燈光不時照進車內，她的側臉時而浮現，時而隱入昏暗中。

「妳隱瞞的事或許可以成為破案的關鍵，也許可以在十二點半之前讓圭太平安歸來。這關係到圭太的性命，所以請妳下定決心告訴我。」

不知道是否被警部的話打動了，香奈子終於開了口。

「現在幾點了？」

警部立刻看了一眼手錶，十點五十五分。他把時間告訴香奈子：「還剩下一小時三十五分。」

香奈子頭也不回地說：「我只是有一個懷疑的對象。最初在幼稚園時，聽到綁匪是一男一女時，我就隱約有這種感覺……，但我無法確定。因為有可能是和我們母子無關的人，真的只是為了金錢綁架了圭太，不是嗎？如果是這樣，一旦說出秘密，我就太吃虧了。無論如何，警方只要抓住綁匪，救出圭太就好。」

「但是……」

警部想要反駁，香奈子搖了搖頭，制止了他。

「請等到十二點半。到了渋谷之後，如果有什麼可以讓我確信犯人是那個人的事，到時候我會和盤托出。」

香奈子終於轉頭看著警部，用無言的眼神繼續訴說。車子已經進入首都高速公路。澤野加快速度，準備超越前方的車，卻發現這樣會和後方兩輛同伴的車離太遠，於是放棄了超車。車子因為突然失速用力搖晃了一下，警部的肩膀撞到了香奈子的身體，他沒有道歉，只說了一句：「好吧。」

香奈子用力抱著紅色皮包，努力坐直傾斜的身體。她的身影令警部想像香奈子五年前的樣貌——年輕母親緊緊抱著剛出生、渾身是血的嬰兒……

黑色污點在東京的天空擴散，紅色鮮血卻在警部腦海中漸漸擴散……車子已經駛入首都高速的環狀線。烏雲壓住林立的大樓，如同蓋上了一個鐵蓋，整個東京宛如一個巨大的模型。雖然是正午前，卻像是暮色籠罩街頭，大樓的窗戶亮起了盞盞燈光。警部打電話給派到渋谷的幹員，香奈子茫然地望著不斷後退的燈光。

警部瞥了一眼香奈子，覺得她的樣子楚楚可憐。她在婆家遭到婆婆排斥，回到娘家後又被親生母親討厭，昨天又被奪走了兒子……黯淡身影如同今天的天空，簡直就像全東京最孤獨的人。坐在後方車內的前夫應該也不曾真正愛過她。

橋場掛了電話，正想安慰她時，她突然嘟噥說：「真難相信昨天那麼溫暖。」

車內開了暖氣，所以很溫暖，但街上的寒冷似乎從眼睛滲入了身體。

「對啊，但圭太很快就會平安歸來，到時候妳就會忘記寒冷了。」

說完，警部很自然地繼續問道：

「關於這件事，我有一個問題想要請教妳。昨天早上妳送圭太去幼稚園時，沒有穿大衣或是外套之類的嗎？」

香奈子沉默片刻，好像在等待這句話傳入她的意識。她轉過頭回答：「對……但是為什麼……」

「沒什麼，就只是因為幼稚園的老師對妳的毛衣印象很深刻。如果穿了大衣，即使沒有扣鈕子，應該也不會對毛衣有太深刻的印象……妳應該沒有和老師聊很久吧？」

「每次送圭太去幼稚園時，都只和老師打一聲招呼而已。」

「所以，這代表妳並沒有穿大衣，但昨天早上還很冷，應該要穿外套吧？」

香奈子冰冷的表情上出現了一點動搖。

「你剛才不是說不太瞭解女人的服裝嗎？」她的嘴角輕輕一笑。

「對，所以直到剛才我才發現這個問題。妳昨天早上為什麼沒有穿大衣？」

「我昨天有沒有穿大衣根本不重要……還是說，這個問題很重要，需要在這個節骨眼問我？」

車子已經來到澁谷附近，香奈子的聲音因為緊張和焦急而變得不耐煩。

「不知道，但是……」警部看了一眼手錶，「還有一個小時七分鐘，我還沒有放棄在十二點半之前破案的可能性。因此必須解決這起綁架案中的幾個疑點，即使只解決其中一個也好。也許解決了一個，其他的疑問也會迎刃而解……妳昨天穿的那件粉紅色毛線衣也許就具有這麼重要的意義，也許是這起綁架案中最大的謎團。」

「……」

「幼稚園的高橋老師直到今天都堅持自己沒有記錯。帶走圭太的一男一女中，那個女人穿了一件和妳一模一樣的毛線衣……綁匪怎麼會知道妳昨天早上穿什麼毛線衣，又怎麼在早上到中午的數小時內買到那件毛衣？而且，那不是一件隨便哪裡都可以買到的毛衣，想要模仿妳到如此徹底的程度，簡直是不可能的事……所以，我剛才試著從另一個角度思考。」

兩個人的立場在不知不覺中調換，香奈子聚精會神地看著橋場警部的側臉。

「另一個角度的意思是？」香奈子問。

「我從相反的角度思考。也就是說，並不是女綁匪模仿妳，而是妳模仿女綁匪……」

警部說完，緩緩轉頭，觀察香奈子的反應。

香奈子沒有馬上回答，就只是回望著警部的眼睛，然後才問：「什麼意思？」

「香奈子小姐，妳所懷疑的綁匪是不是一男一女？妳是不是在模仿那個女人？」

「……」

「關於這件事，妳現在也不想回答嗎？」

香奈子把頭轉到一旁，好像在搖頭，是代表無法回答剛才這個問題的意思嗎？

「我昨天早上沒有穿大衣的理由很簡單，」她唐突地改變了話題，「因為有人開車送我和圭太去幼稚園。」

「開車？……我第一次聽說這件事。」

警部似乎不太相信香奈子說的話，微微搖著頭。

「因為你之前從來沒有問這件事。」

「但我記得妳曾經說，妳像往常一樣送圭太去幼稚園……妳平時不是都走路送他去嗎？因為妳不會開車。」

「對，但有時候大嫂出門時會順便送我，工廠的人如果有空，也會送我們去。所以，坐別人的車子去幼稚園也是『像往常一樣』，我並沒有說謊。」

「那……昨天是搭誰的車子？」

「我家工廠最老的員工岡部先生……因為他要回家拿東西，所以順便送我們。」

「不是川田先生嗎？」

「……對。我看到了川田，原本打算請他送我們去。因為川田比較好說話，但岡部先生主動說要送我們……」

香奈子嘆了一口氣，停了下來。「但這種事根本不重要嘛，渋谷已經到了。」隔著擋風玻璃，已經看到了渋谷收費站。

「對，還有一小時七分鐘。」

警部也嘆了一口氣，轉身看著後方。後方那輛車緊跟在後，幾乎快要撞上來了，刑警和山路將彥的臉清楚可見。將彥不知道是否太緊張了，像白紙般的臉上完全沒有表情。橋場用眼神向他示意「快到了」時，將彥順從地點了點頭。

烏雲宛如鉛塊般壓頂，渋谷的街頭熱鬧依舊。車子和人潮從猶如靜脈的道路流入成為渋谷中心的那個十字路口，又流向猶如動脈的道路。談話聲、笑聲、車子的喇叭聲和輪胎摩擦聲、各種不同的音樂……噪音成為街道的脈搏和心跳。

車子不可能停在可以清楚看到十字路口的地方，當號誌燈改變時，人潮雖然停止，但車潮會湧入路口，如果沒有塞車是不可能長時間停在十字路口附近的。如果硬是停車，綁匪會馬上察覺那是警方的車子。

但是，綁匪也面臨相同的情況。綁匪如何才能用自然的方式靠近十字路口，卻不被警方發現？

車子繞到由人行陸橋和車站大樓相連的大樓後方停了下來。

地點距離八公廣場很近，只要加快腳步，即使是女人也可以在一分鐘左右走到交付贖款的十字路口，但這裡完全看不到路口的情況。想到要在這裡坐在車上等待將近四十分鐘，香奈子就覺得快窒息了，胸口也開始發悶。

「請問我們是不是應該去路口附近等？可以順便瞭解路口的情況。」

「不用……妳和我一起去前面的車子。」

警部說完，帶香奈子走去停在同一條巷子不遠處的小巴士。車體上畫著西式點心的圖案，看起來像是廣告車，但香奈子跟著警部上車後，發現裡面就像電視上經常看到的轉播車，兩、三名像是幹員的男人坐在車上，監視著螢幕。

「目前還沒有動靜。」

其中一人回答，另外兩個人走向後方的座位，把座位讓給警部和香奈子。兩台監視器上出現了十字路口的畫面。

那是從面向十字路口的兩棟大樓的窗戶拍攝到的人車動向。

「綁匪可能已經出現在路口，他們可能也在觀察警方混在人群中的動向……請妳看著畫面，如果看到熟人，馬上告訴我。如果是只見過一、兩次面的人，可能記憶不是很清楚，所以一旦發現有問題的人，立刻告訴我。山路先生，也麻煩你了。」

警部把座位讓給上車的將彥說道。

「但是，綁匪知道警方在監視，會事先在那種地方出沒嗎？」

不知道是否因為緊張，將彥的聲音有點不耐煩。

「路口人這麼多，他們可能認為不至於被警方發現，也可能沒想到會有攝影機拍攝……總之，只是以防萬一。」

警部雖然這麼說，但他的期待落了空，香奈子和將彥沒有在監視畫面上看到熟人。

只有一次，香奈子輕輕叫了一聲：「啊！」車內的空氣頓時緊張起來，但香奈子很快搖了搖頭說：「是昨天來家裡的刑警。」

正午過後，時間帶著加速度流逝。

人潮如同沙漏的沙子般不斷讓時間變成毫無意義的過去……不，不是沙子，更像是群集的小動物或是昆蟲。其中一台攝影機不時俯瞰被大樓包圍的十字路口，但人群就像被關在牢籠或箱子裡東奔西竄的老鼠和毛毛蟲。

其中有一隻圓滾滾的紅色胖老鼠，香奈子看到了。

「那是什麼？」

「那是什麼？」

香奈子和警部異口同聲地叫了起來。

「渋谷的聖誕老人。」

一名幹員在他們身後探頭張望後回答，並用對講機指示：「鏡頭鎖定聖誕老人。」

攝影機將鏡頭拉向斑馬線的正中央，兩個監視螢幕上都出現了停下腳步東張西望的聖誕老人的特寫鏡頭。

「他一整年都那身打扮在渋谷街頭走來走去，算是這一帶的名人。他平時都在道玄坂一帶活動，第一次看他走來車站前……」

其中一名刑警向他們說明。聖誕老人是五十多歲的遊民，腰上掛著錄音機，總是大音量地播放著聖誕歌曲。現在也一樣……攝影機的麥克風除了噪音以外，還隱約可以聽到〈紅鼻子馴鹿魯道夫〉的歌聲。聖誕老人配合音樂的節奏，像小丑般搖晃著相撲選手般的龐大身軀，跳著舞，他所站的位置剛好是三小時前，綁匪留下的鮮血記號。

不，他並沒有跳舞，只是步履蹣跚，似乎身體有點虛弱。他下半部的臉被假鬍子遮住了，只能看到眼睛，但他的眼尾垂得很厲害。不知道他在笑還是在哭，還是他身上揹的大袋子太沉重了？

一台攝影機從八公廣場那一側拍攝，另一台從相反方向拍攝，當其中一個螢幕上出現聖誕老人的正面時，另一台就拍到他的背影，但他的背被一個純白色的袋子遮住了。袋子裡有一個四四方方的箱子，即使隔著袋子，也可以清楚看到箱子的形狀。

「那個袋子裡到底裝了什麼？」警部嘀咕道，他的表情隨即嚴肅起來，「該不會……」

香奈子似乎也想到了同一件事。她和警部互看了一眼，連續搖了三次頭。

「那個大小可以容納一個小孩子。」

將彥說出了香奈子和警部都不願提起的事，香奈子用眼神責備將彥的口不擇言。

警部說：「雖然我認為不可能，但也不能完全排除可能性，立刻聯絡現場人員，派人跟蹤。」

其中一名刑警用對講機聯絡了在十字路口監視的刑警。

「他不可能是綁匪，但很可能受綁匪之託扮演某個角色……或是負責搬什麼東西。我注意到一個問題，他的紅色衣服很髒，看樣子是舊衣服，但那個袋子看起來是全新的純白袋子……」

香奈子想要說什麼，但張了張嘴，又低下頭。監視畫面上，行人用的號誌燈開始閃爍。聖誕老人跟在人潮的最後邁開步伐，好不容易過了馬路，龐大的身軀立刻被八公廣場上的人群吞噬了。不一會兒，跟蹤的刑警立刻報告：「聖誕老人在車站大樓內晃來晃去。」

「如果他要走回十字路口，立刻通知我們。」

警部快速下完命令，然後看著手錶。

十二點十分……不，已經十一分了。秒針倉卒地趕路。香奈子用力抱著塑膠皮皮包，掩飾加速的心跳。

她的雙眼注視著畫面上不斷流動的人，將彥和其他刑警也一樣。隨著時間一秒一秒過去，狹小車內的空氣也越來越緊張……轉眼之間，五分鐘過去了，又過了一分鐘……又是一分鐘。

十二點十八分。

「啊！」香奈子驚叫的同時，對講機接到了聯絡。

在八公廣場那一側的大樓拍攝的刑警報告：「五分鐘前，有一個男人好幾次從對面走過來。走到中央後又走回去，在下一次綠燈時，又走到中央……就是現在畫面上這個人，這已經是第三次了。」

監視畫面拍到了一個男人。香奈子用一隻手掩住嘴，瞪大了眼睛。

那個男人瘦瘦高高，臉頰消瘦，好像用刀削除了臉上的肉，目光十分銳利。

他站在剛才聖誕老人所站的位置，宛如嗅到屍臭的老鷹，巡視來往的行人……警部立刻發現他的臉和黑色大衣都有罪犯特有的氣息，於是問香奈子：「這個男人是誰？」

香奈子用無助的眼神看著警部，又求助般地看著將彥。將彥的目光從監視畫面上移到香奈子的臉上，微微搖了搖頭。這對前夫妻用眼神進行了其他人無從得知的秘密交談。

「沒時間了，如果你們認識這個人，請你們告訴我。」

警部第一次用焦躁的語氣說話，香奈子的眼珠子微微顫動，遲疑了一下。

「他是綁匪。」她吐出了卡在喉嚨的話。「果然是他。」她輕聲嘀咕，又難以置信地搖搖頭。山路將彥咂了一下嘴，抱住了頭。

「他是誰？」警部厲聲問道，「妳說他是『綁匪』，代表他是圭太的親生父親嗎？」

「不是。」

將彥回答，而香奈子就只是不停搖頭……

「我才是他的親生父親。」

「對，但這代表這個男人也有可能是父親……是不是這個意思？」

將彥氣歪了臉，怒氣沖沖地問：「什麼意思？」但此刻警部無法理會這麼多。

「也就是說，圭太是香奈子和這個男人的孩子……」

「不是。」

將彥打斷了警部的話。

「那到底是誰？這個……」

突然傳來的音樂聲打斷了警部的話。

香奈子立刻從自己的皮包裡拿出手機，在吵鬧的來電鈴聲中，用無力的聲音說：「從我爸的手機打來的。」

「綁匪打來的？」

警部問道，下意識地看了一眼手錶。

十二點二十二分十八秒。

接下來的三秒鐘，警部操作了電話，讓所有人都能夠聽到對方的聲音，並用對講機指示在十字路口的刑警「派幾個人跟蹤監視畫面上的男人」。

「喂。」

香奈子接起了電話。

「圭太在我們手上。」

沒想到電話中傳來一個女人的聲音，而且故意假裝小孩子充滿稚氣的聲音。

「妳已經在渋谷的十字路口了嗎？」

女人問。

「不，還沒有，但馬上就可以趕到。」

「馬上是指多久？」

「……動作快的話，一分鐘左右。」

「那妳在十二點三十分準時從八公廣場那一側走到十字路口的正中央，如果行人的號誌燈剛好是紅燈，就等到綠燈的時候……為了讓妳知道正中央在哪裡，已經做了記號，妳看了早上的新聞後，應該知道了吧？」

「對……我該怎麼做？」

「不是已經告訴妳了嗎？看到小孩子後，就把紅色皮包放在那裡，然後就結束了。但是……妳一個女人拿五千萬太重了……好吧，妳可以拿兩千萬出來。剩餘的放在十字路口正中央。」

「這……」

女人吃吃地笑著，和昨天聽了好幾次的男人笑聲很像，對香奈子的驚訝樂在其中。

「給妳打了折，妳還不滿意嗎？一定要記得拿掉兩千萬，剩餘的才是贖款。」

「但是，為什麼……突然？」

「對，恐嚇的金額少一點，萬一被逮捕時，刑期可能也會短一點，理由就這麼簡單。那就這樣……現在已經二十五分了，妳動作快一點。」

電話掛斷了。

「為什麼？」

香奈子茫然地嘟噥著。「為什麼？」警部的腦海中也盤旋著相同的問題。綁匪一定有重要的理由，才會減少贖款金額……而且在交付贖款的前一刻才提出這個要求，顯然不讓刑警有時間思考理由……對，現在沒時間思考理由。

在警部下達「按綁匪的指示做」的指令之前，將彥已經從香奈子腿上搶過皮包，親自拿出一綑又一綑紙鈔。

「三百萬……五百萬……」

將彥一邊計算著，一邊伸手不斷從塑膠皮皮包內拿出鈔票。只花了不到五秒的時間，就拿出兩千萬。

他小心翼翼地用雙手抱著回到自己身邊的二十綑紙鈔，再度重新計算著……從他的手指可以感受到他想要多拿回一點錢回來的決心，哪怕只是多拿一張萬元鈔。

香奈子用冷漠的眼神看著前夫，但也只看了幾秒鐘而已。

她抓起裝了剩下紙鈔的皮包，對警部說：「該出發了……」

她主動下了車。警部跟在她身後下車的那一剎那，對講機中再度傳來了聯絡。

「聖誕老人匆忙跑向十字路口的方向。」

對講機中的聲音緊張地報告。

「我們也正要去那裡。」

警部握著麥克風追趕正要轉過大樓的轉角處的香奈子，他加快腳步在小巷內奔跑。

轉過轉角，警部的腳步停頓了一下。整個街道宛如一個巨大的生物迎面撲來。十幾秒前，渋谷車站前的街道還被壓縮在監視畫面中，如今卻活生生地呈現在眼前。

雪雲低沉，好像隨時會掉落在十字路口，街道上的街燈和霓虹燈同時亮了起來，燈火通明的景象很奇妙。之所以覺得「奇妙」，是因為雪雲的烏黑不同於夜空的漆黑，大白天的霓虹燈有一種不真實感。這裡好像不是渋谷，而是電影佈景中重現的冒牌渋谷……然而，這只是警部跟在一路小跑的香奈子身後，前往十字路口途中，腦海中閃過的印象。

當他們來到十字路口時，行人用號誌燈剛好是紅燈，在八公像那一側人行道上等待過馬路的行人越聚越多。香奈子和那群人保持了一段距離，警部巧妙地跟在她身後對她說：

「現在三十七分。不是下一次的綠燈，而是再下一次。」

兩名假扮成上班族的年輕刑警站在他們身旁，假裝在等號誌燈，向警部咬耳朵說：「聖誕老人剛才走到對面去了，有沒有看到？目前正在對面等著過馬路。」

車子駛進十字路口。馬路對面也聚集了等號誌燈的行人，隱約可以看到聖誕老人的紅色衣服，但比起聖誕老人，香奈子和警部更在意剛才那個可疑的男人有沒有在人群中。

號誌燈終於變成了綠色。這一側的行人湧向斑馬線，香奈子也跟著走向十字路口。

「時間還沒到，等到下一個綠燈。」

警部制止道。

人潮也從對面湧來。兩波人潮在十字路口中心相遇，往彼此的反方向繼續前進。無數腳印踩在鮮血的記號上，但還依稀可見。雖然站在警部他們的位置看不到，但有些年輕人應該看了早上的新聞報導，經過時都故意避開中心，用手指著那裡，有人皺著眉頭，有人笑嘻嘻的……但是，沒有人停下腳步。

烏雲越來越濃，不知道行人是否從中感受到不吉利，紛紛快步走過人潮的縫隙。因此，當一個男人走到中心位置停下腳步時，警部立刻發現了他。

是那個男人。

香奈子也馬上發現了。

「那個人……」

她低吟著，回頭向警部露出求助的眼神。男人和在監視畫面上看到時一樣，站在路口中央打量著來往的行人。他似乎在找人，但是在找誰？

答案很簡單。如果他是綁匪，就是在找約定在這裡交付贖款的香奈子……但真的是這樣嗎？

「他真的是綁匪嗎？」

警部向前一步，來到香奈子身旁。

「我想不到其他的可能。」

畢竟是自己懷疑的對象出現在綁匪指定的地點……香奈子會認定他就是犯人也是合理的。但是，不對……

「但是，現在還不到綁匪指定的時間，綁匪不可能比指定時間提早幾分鐘，毫無防備地出現在指定地點。」

沒錯，綁匪怎麼可能這樣毫無防備地出現在無數警察監視的地點？

「那綁匪是誰？」

香奈子回頭問，警部也在同時問她：「那個男人是誰？」

綠燈開始閃爍，很快就變成了紅燈，幾個行人跑過香奈子他們身旁，衝向十字路口。兩個不同方向的人潮分別靠了岸……十字路口中心的人口密度逐漸變得稀疏。

那個可疑的男人仍然站在中心東張西望……剛才周圍擠了太多人，看不太清楚，此刻才終於看到他的全身，發現他的全身線條幾乎都是直線，整個人瘦得出奇。

這只是在幾秒鐘內觀察到的情況，沒有足夠的時間充分把握男人的其他資訊。

車子緩緩駛入路口，男人轉身正準備走回來時的方向，全身都僵住了。

他的視線也在瞬間凍結，他看到了穿著紅色風衣的香奈子。

香奈子和男人相隔將近十公尺的距離相互凝視著。男人踏出一步，準備走過來，但差一點撞到車子，頓時響起一陣汽車喇叭聲，他只能轉身跑回相反的方向。

「那個男人是誰？」

警部再度問道，但香奈子沒有轉頭，目光凝視著男人離去的方向。準備過馬路的人潮再度聚集，周圍充斥著噪音。

「他是誰？他是不是圭太的父親？」

警部厲聲問道，香奈子微微搖頭回答：「圭太是山路的兒子。」

雖然她的說話聲音很小，卻有一種神奇的強韌，完全不輸給噪音。

「但妳之前說不是，說圭太不是山路先生的兒子……」

警部焦躁地說，香奈子拚命搖頭。

「我沒這麼說，我只說：『圭太不是山路和我的兒子。』」

妳到底想說什麼？

橋場警部差一點脫口問這個問題，但最後還是拚命克制下來。因為他終於理解了香奈子的意思。

眾多號誌燈的燈光一起照射，噪音達到了顛峰，一陣暈眩襲來，耳膜幾乎快破裂了。橋場下意識地看了一眼手錶：十二點二十九分十七秒……十八秒……十九秒。

警部正打算開口時，附近有人叫了起來。

「啊，雪！」

同時，一片片白色的雪花飄在肩上。一陣微風吹來，讓白色面紗飄落在香奈子的臉上。周圍響起一陣歡聲，但警部無視一切，盯著香奈子的側臉。

「所以，圭太，」還剩下三十秒，但警部在說話時仍然感到難以置信。「圭太不是妳的兒子嗎？是山路先生和其他女人生的孩子……」

沒錯，香奈子就是想要表達這個意思。她一直很想說，但直到最後一刻才說出口。曾經被譽為警視廳頭號金頭腦的自己，到底浪費了幾個小時幾分幾秒的時間才發現這件事？

香奈子沒有直接回答他的問題。「我就是在那裡流產的。開車經過這個十字路口時，和我丈夫……和山路為了他情婦懷孕的事發生了口角，在十字路口的正中央下了車……」

沒有足夠的時間讓她繼續解釋。還有十秒，車道的號誌燈開始閃爍了。

「危險！」

就在這時，四處響起了慘叫聲。同時，緊急煞車的聲音撕裂了十字路口。香奈子也臉色大變。

紅色的龐大身軀從對面的人行道衝向車子穿梭的十字路口。

是剛才的聖誕老人。

十字路口周圍有點塞車，車子都放慢了速度，所以沒有發生車禍。龐大身軀的聖誕老人完全不怕會撞到車子，衝破天空開始飄落的雪，不顧一切地跑了過來……他揹在肩上的沉重袋子掉落在斑馬線正中央的路上，但聖誕老人沒有停下腳步，一口氣穿越了馬路，轉眼之間，就消失在八公廣場的人群中。幾個看起來像是刑警的男人追了上去，但警部無暇理會聖誕老人。他所有的注意力都集中在十字路口中央。

有某種液體正從袋口流出來。血？……不，是透明的液體。液體反射著燈光，宛如巨大的變形蟲般在馬路上擴散。

汽油？警部閃過這個念頭。難道綁匪打算引發火災嗎？……不，不是汽油。號誌燈變成了綠色。

行人從兩個方向湧向十字路口，但路口中心後方還有一輛車停在那裡。數秒之前，那輛綠色的國產車差一點撞到聖誕老人，急煞車之後就一直停在那裡。

難道是急煞車後熄火了嗎？

人潮繞過那輛車走了過來，路口中央還有聖誕老人丟下的袋子，人潮也必須繞道而行。路口的人潮在那兩個地方扭曲、停滯、混亂。

雪像幻影般飄舞了幾秒鐘後停止了，風也停了。

警部和香奈子一起走向十字路口。六步、七步……十步、十一步。

斑馬線正中央有一個直徑一公尺左右的水窪……遠遠望去，看起來像是水，但那不是水。掉落在那裡的袋子露出一個塑膠盒，從塑膠盒口流出黏稠的液體……流在鮮血的記號上。

「那是什麼……好噁心。」

「啊呀，我好像踩到了。」

幾個女生尖叫著快步經過。

也有人說：「有沒有聞到好像蛋糕的味道？」

警部蹲了下來，用指尖沾取液體。路人的腳踢到了他的肩膀，他感到一陣劇痛，但他沒時間理會。

黏在指尖的液體的確散發出濃密的甜味……像蜜一樣……像花蜜般的甜味……

警部恍然大悟。這時，身旁的香奈子叫了起來：「警部先生。」

聽到她緊張的叫聲，警部慌忙站了起來。

那個男人就站在兩公尺外。不知道是否因為太緊張，男人面無表情的臉上那對凹陷的雙眼發出異樣的光芒，緊盯著香奈子的臉。不，他是盯著香奈子雙臂緊緊抱著的紅色皮包。男人被行人撞到了肩膀，像是被推出去似地向前走了一步，把手伸向香奈子。香奈子被男人的目光盯得動彈不得，再度求救似地叫了一聲：「警部先生！」但香奈子的手情不自禁地動了起來……她下意識地想要把紅色皮包交給男人，整個過程才短短的三秒鐘。

但這是警部至今為止的刑警生涯中猶豫最久的時間。

「不能交給他。」

當他好不容易說出這句話時，身後突然傳來一個男人的慘叫聲。

正確地說，是走在綠色車子附近的人群中傳出了慘叫聲。

並非一個人而已，慘叫聲此起彼落。車子周圍發生了危險事態，有幾個人跑了起來，似乎在倉卒閃避，但立刻撞到了人，到處有人倒成一團。也有不少人跑向警部他們的方向，害他們差一點被波及。香奈子被一個年輕人撞到，差一點跌倒，警部及時扶住了她。香奈子抱緊紅色皮包，警部也抱著香奈子，保護著皮包。

是綁匪引發了眼前的混亂，綁匪打算趁亂搶走皮包。

警部心中立刻閃過這個念頭。

這時，有什麼東西掠過他的眼前。雖然看不清楚，但有某種顆粒狀的東西落在車子周圍……他頓時以為是雪變成了冰雹，但耳邊響起某種陌生的聲音，警部不加思索地舉手揮開，才終於發現那是什麼。

「是蜜蜂。」

他分不清是自己還是別人發出了叫聲。數十隻，不，有數百隻蜜蜂飛來飛去……其中一隻飛進了香奈子的頭髮，拚命掙扎著。警部毫無意義地注視著那隻瀕死的蜜蜂兩秒鐘，然後回過神來，轉身一看。數公尺之外的綠色車子仍然停在那裡，車子周圍的人一掃而空，形成一片奇妙的空地。

後車座的門打開了二十公分左右，蜜蜂不斷從車內飛了出來……但車窗上貼了隔熱貼紙，所以完全看不清楚車內的情況。

警部試圖走向車子，環顧四周。他想要找那個可能是綁匪的男人，卻不見那個高個子男人的身影。

站在他身旁看著車子的香奈子突然叫了一聲：「啊！」

車門打開了，走下一個全身白衣的人。他的頭上蓋著一塊白色頭巾般的東西，全身穿著白衣。那個人很矮小，一眼就可以看出是小孩子，但他一身白衣的裝扮太奇怪了，警部馬上聯想到小外星人。

不，那個矮小的人跳下車子，站在十字路口的樣子猶如登上月球的太空人……他背上揹著的東西也像是太空人揹著維生系統。在警部意識到那是背包之前，香奈子大叫一聲：「圭太！」

然後打算衝過去。

警部下意識抓住香奈子的手，制止了她。蜜蜂飛進寒冷的空氣中，只有一開始會活潑地飛來飛去，隨即變得很遲鈍，但仍然有為數不少的蜜蜂隨著微風飛舞。而且，黑漆漆的車內更危險……歹徒很可能躲在車內，隨時拿著刀子或兇器衝出來。

「是圭太，他在找我！」

香奈子情緒激動地咆哮著，用盡全身的力氣想要甩開警部的手。

她望著警部的眼神堅定無比，警部被她眼神訴說的話語打動了，鬆開了手。

香奈子跑了過去。

一身白色裝扮、左顧右盼的小孩子也發現了香奈子。小孩子身上穿的是防蜂服，臉部前方是網狀，可以勉強看到周圍的情況。

他的兩隻小腳動作不太靈活，但仍然拚命移動雙腳奔跑。香奈子腳下一滑，兩腳往後一伸，身體往前傾倒，但還是抱住了衝過來的圭太。香奈子試著脫下圭太頭上戴的東西，卻因為那和身上的衣服連在一起，無法輕易脫下。香奈子倒在地上，拚命拉開網子……最後終於看到了他的小臉蛋。

「媽媽！」

圭太在臉蛋露出來的同時叫了起來。香奈子也緊緊抱著他的臉，聲聲呼喚他的名字，但聲音被周圍的喇叭聲淹沒了。

號誌燈已經變成了紅燈，在一旁監視的便衣刑警紛紛張開雙手，阻止車輛進入十字路口。遭到攔阻的數十輛車子不知道發生了什麼狀況，同時按起喇叭抗議。

警部和兩名刑警一起從三個方向靠近綠色車子，深呼吸後，打開了車門。他們充分戒備，但車內空無一人，只有滿滿的寂靜。

不，有什麼東西在動……車內還有隱約的動靜。副駕駛座上放了一個大木箱，隔著木箱門上的網子往內一看，發現還有數十隻蜜蜂在木箱內蠢蠢欲動。

打開駕駛座旁車門的刑警摸了摸座椅說：「還熱熱的。」警部猛然回頭看著香奈子的方向。

皮包放在她的身旁……香奈子在抱圭太時，把皮包放在一旁。

警部衝向紅色皮包。雖然離開香奈子的手不到二十秒，但這段時間皮包位在死角，可能有人曾經靠近。

然而，這種擔心似乎是多餘的。警部拿起皮包就知道錢還在裡面。為了安全起見，他打開皮包看了一眼，的確看到好幾綑紙鈔。

圭太也平安回來了……但現在還無法放心。他扶起癱坐在地上的香奈子，檢查了緊緊抓著香奈子手臂的圭太的身體，沒有發現任何異常。

「救護車正在待命，先帶他去做一下精密檢查，我馬上就會去。」

警部說完，渋谷警察署的數名員警剛好趕了過來，警部把香奈子、圭太和放了鉅款的皮包交給他們，問聚集在那輛可疑車輛周圍的刑警有沒有看到綁匪。很顯然，綁匪中有人開著這輛車來到此地，並在放出蜜蜂後的混亂中逃離了現場。

然而，沒有任何人看到綁匪的影子。綁匪只要有一、兩秒的時間，就可以打開駕駛座旁的車門，混入人群中。即使有人目擊，恐怕也很難記住綁匪的詳細特徵。

警部用對講機問了負責拍攝的刑警，也無法得到滿意的回答。請刑警重播錄影畫面後，發現「有一個戴著黑色帽子的男人，把駕駛座旁的車門打開三十公分左右，迅速溜下車，很快就混入人群中」。

「即使把影像放大也看不到臉部嗎？只要大致的輪廓就好。」

「沒辦法。從身材和下車時的動作判斷，十之八九是男人。」

「另外那個男人呢？那個好幾次走到路口中央，又走回去的男人呢？」

「他也混進人群中不知去向……警部，剛才那場騷動的原因真的是蜜蜂嗎？」

「對，怎麼了？」

「不，沒事。只是從這個位置看起來，十字路口就好像是一個蜂窩……剛才突然起了這個念頭。」

可能是看到擁擠的人群，讓刑警產生了這樣的聯想，但這種聯想對此刻的警部沒有任何意義。警部關了對講機。綁匪可能還在附近，他希望早一秒知道綁匪的特徵。

這時，橋場警部已經坐上警車趕往附近的綜合醫院。因為救護車把小川圭太送去了那家醫院……但騷動餘波未平，導致沿途塞車，車子還在十字路口附近。

交通警察在十字路口附近指揮交通，車流和人流幾乎恢復了一半。之所以說一半，是因為那輛可疑車輛附近拉起了封鎖線，十字路口有一半被警方佔據，等著鑑識人員調查綁匪是否在車子附近留下痕跡，以及聖誕老人丟下的液體是什麼。

警部看了一眼手錶。

十二點四十五分。

所有的情況都在十二點三十分，號誌燈變成綠燈後不到一分鐘的時間內發生了。事情發生至今已經過了十幾分鐘，警部總覺得綁匪還在附近，混在人群中樂不可支地觀察警方的行動……聖誕老人在號誌燈變成綠燈之前，衝向十字路口後的一分鐘，是這齣危險綁架劇的高潮，是一場華麗的犯罪演出……

對，聖誕老人。

警部立刻聯絡了跟蹤聖誕老人的刑警。刑警已經抓到聖誕老人，帶去渋谷警署，正在偵訊他。

十幾分鐘前，全速衝過十字路口的聖誕老人進入建築物後放慢了腳步，坐在地鐵銀座線的樓梯上喘著粗氣，緊跟在他身後的兩名刑警上前叫住了他。聖誕老人得知對方是刑警後並沒有逃跑，乖乖地跟著去了警署。

調查後發現，一個小時前，聖誕老人像往常一樣在道玄坂一帶晃來晃去，一輛綠色車子開到他身旁停了下來……駕駛座旁的車窗打開，一個男人遞給他一個裝了重物的袋子和三萬圓，要求他把袋子丟在十字路口的中央。那個男人還詳細指定他務必在十二點三十分左右行動，聖誕老人不知道袋子裡裝了什麼，只是按照男人的指示辦事。

聖誕老人看起來不像是說謊，警方認定他和綁架案無關，很快就釋放了這個巨漢……其實，在二月一日當天，從交付贖款地點前往醫院的途中，警部就猜到聖誕老人和綁架集團無關。

「他應該只是受某人之託，和綁架案無關，委託他的人應該是綁架集團的成員之一，所以聖誕老人是重要的證人，一定要向他問清楚……不過，從他奔跑的樣子來看，他的眼睛似乎不太好，做為證人不知道能夠發揮多大的效用。」

「對，他似乎也看不清我們的長相……」

警部指示刑警：「除了長相以外，可能還有其他特徵，仔細訊問清楚。」然後，掛上了電話。

「不必冀望聖誕老人，可以去醫院問另一個證人。」

他對正在開車的澤野說。

「證人？你是說圭太嗎？」

澤野問。

「對。這個小孩子看起來很機靈，身體也沒有異狀，這個證人應該更可靠。醫院就在這個坡道上方吧？」

他們在談話之際，醫院的白色圍牆出現在窗外。這時，對講機響了。

十二點四十九分。

「警部在嗎？」雜音中，傳來一個粗獷的男人聲音，聲音聽起來很焦急，「我正在醫院，發生了大事……」

「什麼事？小孩子的身體有什麼問題嗎？」

「不，小孩子很好，有問題的是贖款。」

「你在說什麼？贖款應該也沒有問題。」

「山路先生在救護車上打開塑膠皮皮包清點了一下，發現錢雖然還在，但少了一千萬……」

「等一下，我們已經到醫院門口了。」

他的話還沒有說完，車子已經駛入醫院大門。橋場在下車前，挺直身體坐在座椅上，閉上眼睛數到五秒。當他的緊張超越限度時，總是用這種方法平靜心情……五秒後，他像早晨醒來時般用力張開眼，在下車之前對駕駛座上的澤野說：「調查一下行人中有沒有人受害，是否有人被蜜蜂叮到或是跌倒受傷。」

透明的玻璃自動門在橋場面前敞開，剛才聽到的「少了一千萬」這句話再度迫使橋場和警方站到事件的入口。

肉票和贖款都安全，綁架案以最完美的方式落幕……前一刻曾經這麼以為，但仍然帶著一抹不安。綁架案就這樣輕易結束了嗎？果真如此的話，綁匪綁架圭太的目的還真是完全搞不懂。這個疑問成為奇妙的疙瘩留在警部的心裡。

在十字路口打開皮包時，沒有察覺紙鈔變少的確太大意了，但得知綁匪拿走了一千萬贖款，反而覺得這起綁架案終於變得合情合理。至少由此可知，綁匪的目的是為了金錢，這起事件和普通的綁架案無異……警部想到這裡，立刻在內心否定了這個想法。

果真如此嗎？真的和普通的綁架案無異嗎？

他想瞭解詳細的情況。

「橋場先生。」

當他走向櫃檯時，剛才透過對講機聯絡的刑警和另一個人從裡面走了出來。之所以沒有叫他「警部」，是因為櫃檯前就是候診室，有很多門診病人坐在那裡。

在醫院為警方準備的個人病房內，警部從山路將彥和兩名刑警口中瞭解了狀況。

——山路將彥看到香奈子和警部走下小巴士後，也立刻前往十字路口。當十字路口發生騷動時，他在稍遠處觀察香奈子他們的行動，然後跟在平安歸來的圭太和香奈子後面，當他們坐上救護車時，他也向救護人員要求一起上車，但香奈子在車上搖頭，用眼神對救護人員說：

「不行。」

但香奈子最後拗不過將彥的堅持，對救護人員說可以讓他一起上車，因為香奈子想起自己緊緊抱在胸前的紅色皮包裡的鉅款是將彥的。

救護車立刻出發，救護人員協助圭太脫下了防蜂服，圭太用「這個人是誰？」的眼神看著將彥，香奈子向他介紹說：「這位叔叔是媽媽的朋友，他幫了媽媽很多忙。」

將彥擠出燦爛的笑容對圭太說：「看到你平安歸來，真是太好了。」圭太對他鞠了一躬說：「謝謝。」雖然充滿稚氣的雙眼仍然帶著陌生，但對將彥來說，這就是親生兒子圭太懂事後與他的第一次會面。他內心感慨萬千，圭太卻不再理會這個「媽媽的朋友」。

在接受簡單的檢查時，香奈子問他：「你害怕嗎？別擔心，已經沒事了。」

「我很害怕，不過沒事。」圭太很有精神地回答。

將彥無所事事，要求香奈子把已經派不上用場的紅色皮包還給他，清點了裡面的紙鈔。他粗略地數了一下，覺得不對勁，又認真地數了一遍，這次真的臉色大變……

說到這裡，將彥看著堆在眼前桌上的那堆紙鈔，已經清空的塑膠皮皮包放在旁邊。

「只有二十綑，但之前皮包裡放了五千萬，接到綁匪的命令後拿出了兩千萬，照理說裡面應該有三十綑。當時，我只拿了兩千萬出來，警部先生，你也看到了吧？」

警部點了點頭，說：「但是……」

「但是什麼？」將彥問。

「我不知道你是不是真的拿出二十綑，因為我並沒有和你一起數。」

「這……你在懷疑我嗎？」

「不，我沒有懷疑你。」

警部嘴上這麼說，卻仍用懷疑的眼神看著將彥。「在十字路口時，綁匪有機會搶走錢。香奈子小姐放開了皮包，我也只關心車子，沒注意到皮包。雖然不超過二十秒，但足以靠近皮包，抽走一千萬。……這麼一來，就產生了一個疑問。」

山路將彥和兩名刑警，也就是當時房間內所有人的視線都集中在警部身上。

「什麼疑問？」所有人都用眼神問了相同的問題。

「綁匪幾乎沒有時間這麼做，而且因為蜜蜂的關係，周圍沒什麼人，既然冒著生命危險靠近皮包，應該要盡可能在短時間內……可能的話，最好在轉眼之間搞定事情。既然這樣，為什麼不把整個皮包拿走……這麼一來，就可以在轉眼之間搞定了。況且，綁匪要求三千萬，為什麼要大費周章地從皮包裡拿走一千萬？太匪夷所思了。」

有好幾秒的時間，單調而寬敞的房間內寂靜無聲。

年輕的刑警開口了：「綁匪是否擔心拿著紅色皮包逃逸太引人注目？」

年長的刑警搖了搖頭。

「是他指定要紅色皮包的……，況且，既然要從皮包裡拿錢，為什麼不把三千萬全部拿走？只拿一千萬反而更耗費時間。」

「一千萬的話，可以塞在衣服口袋裡。三千萬的話，還要另外準備皮包，裝進另外的包裡，反而更花時間……」

「不是這樣。」警部否定了年輕刑警的意見。

「我猜想不是在十字路口。」他摸著額頭，自言自語，突然又停下動作。

「山路先生，綁匪在最後一刻打電話來，要求從皮包裡拿出兩千萬時，你沒有確認皮包裡是否還剩下兩千萬吧？」

「對，我以為皮包裡有五千萬，所以就按綁匪的指示，只數了兩千萬拿出來。」

「會不會那時皮包裡只剩下四千萬？……在搭車前往渋谷的途中，不可能被人拿掉，你在小巴士上有沒有確認？」

「沒有。」

「那代表是在離開小川家之前出的問題。你從銀行回來，把錢放進這個皮包後，到坐上警方的車子為止，都由你負責保管這個皮包，皮包有沒有離開過你的視線？」

將彥輕輕搖頭回答：「沒有。」但隨即改口說：「啊，不……有一次。在離開她家上車之前，我想去上廁所……因為回家裡太麻煩，工廠的廁所比較近，所以就去了那裡……」

工廠的辦公室旁有一個小廁所。因為辦公室剛好沒人，將彥就把皮包放在門旁的椅子上，走進廁所。當時工人都在工廠裡面工作，香奈子的父親看到將彥從廁所裡走出來還問他「要出發了嗎？」

「你上廁所大概有多久？」

「最多三、四十秒。」

「足夠從裡面抽出十綑紙鈔了……從廁所出來後，你沒有發現皮包變輕了嗎？」

「我沒發現……因為當時很著急。」

「你走出廁所時，只有你前岳父一個人向你打招呼嗎？」

警部繼續追問。

「不，還有兩名員工。其中一個是川田……」

「川田……」

警部複述了這個名字，思考了五秒鐘，命令其中一名刑警：「劍崎先生還在小川家，立刻和他聯絡，請他注意工廠員工，尤其是川田的動向。現在還不能和圭太說話嗎？」

「不，應該沒問題，正在等候做精密檢查，但他媽媽說他和平時一樣活潑。」

警部請年輕的刑警帶路，來到三樓的病房。在打開病房門之前，那名刑警問：「一千萬的事，要怎麼告訴總部？」

「先問圭太和他媽媽後再說。」

警部敲了敲門，病房內歡樂的笑聲停止了。警部不等裡面回答，打開了病房門。圭太坐在病床上，正在和坐在床邊的香奈子一起玩，一看到警部的臉立刻露出害怕的眼神，抱著母親。

「沒事，別擔心。」

香奈子安慰道，但她的表情也很緊張。當警部走近時，她小聲地說：「在十字路口告訴你的事，絕對不能告訴這孩子。」如今，兒子順利回到她身旁，她一定很後悔當時說出了圭太的秘密。

「放心吧，絕對不會說出去的……但如果在十字路口遇到的男人和這起綁架案有關，到時候可能會向妳瞭解詳細的情況。」

香奈子聽警部這麼說，鬆了一口氣，表情也放鬆了。警部看著香奈子身後的圭太。他換了睡衣，臉上充滿稚氣……如果除去山路將彥臉上那些鋒芒，就會變得和眼前圭太的臉一模一樣。

「剛才的白色衣服呢？」

「警方的人拿走了，醫院的人為他準備了睡衣。」

原本穿在防蜂服下的衣物和背包放在窗邊的椅子上。

「我想問圭太兩、三個問題，可以嗎？」

「沒問題，他精神很好。他說三餐和睡眠都很正常，還可以打電動，比在家裡更開心……」

香奈子恢復了平時說話的音量，然後看著圭太笑了笑，又壓低嗓門說：「也可能是怕我擔心，所以故意這麼安慰我。他在電話中的聲音聽起來很害怕。」
警部點了點頭，準備走向病床，但立刻停下了腳步。圭太一臉害怕，身體在病床上往後縮，可是他並不是因為這個原因停下腳步的。
「在此之前，我有一個問題想要請教……妳知道皮包裡少了一千萬圓嗎？」
「知道，他在救護車上大呼小叫的。」
「在十字路口時，妳是否看到有人靠近皮包，拿走了一千萬？」
「不知道。我只注意圭太，也根本不記得自己放下了皮包。」
香奈子搖著頭，正打算開口說什麼。就在這時，圭太突然大叫起來。
「媽媽！」
香奈子和警部同時回頭。
「你們說的一千萬是贖款嗎？」
圭太問。他除了看著母親，還不時瞥著警部的臉。
「對……為什麼……？」
「在啊，贖款在這裡。」
說著，圭太跳下病床，跑到窗邊的椅子旁，兩隻小手拿起背包。
下一瞬間，發生了令人難以置信的事。
「媽媽，他是綁匪嗎？」圭太問。不等母親的回答，他就一臉驚恐、動作緩慢地把背包遞給橋場警部。

蜂蜜和蜜蜂

在之後的刑警生涯中，橋場警部經常想起那一刻。每次回想起看著圭太驚慌的雙眼，呆然站在那裡的自己，就感到極大的屈辱，忍不住面紅耳赤。

每次回想起報章雜誌稱為「涉谷蜜蜂事件」的這起綁架案，他就會想起自己在那一剎那的糗態——橋場完全不瞭解圭太突然說自己是「綁匪」和遞上背包的理由，因為他的身體和大腦的動作完全停擺了，傻傻地站在病房中央。

「這起綁架案和最近的天氣一樣，未免太詭譎多變了。」

他站在那裡，茫然地想著這種毫無意義的事。

數十分鐘前天空還下著雪，那時陽光已經照射在病房的窗戶上。冬天的陽光宛如舞台燈光般照在圭太遞過來的背包上，而那裡也的確是魔術秀的舞台……

「裡面裝了什麼？是不是幼稚園的東西？」

香奈子搶先從兒子手上接過背包，打開拉鍊，往裡面一看，立刻驚愕地瞪大眼睛，手伸進背包，把裡面的東西一個又一個……不，是一綑又一綑地拿出來，放在床上。

兩綑、三綑……六綑、七綑……

即使不需要全部拿出來，橋場也知道背包裡總共放了多少錢。

十綑……一千萬圓。

從紅色塑膠皮皮包中消失的一千萬，離奇地出現在圭太的背包裡，只能說是變魔術。

而且，這場魔術秀持續了十三分鐘，直到橋場走出病房和總部聯絡才結束。在這十三分鐘內，橋場目瞪口呆，只能以觀眾的身分旁觀，完全不知道背包這個驚喜箱怎麼會變出一千萬。

這十三分鐘也讓他飽受屈辱。他功能停擺的腦袋只想得到在十字路口時，圭太的小手從紅色皮包裡拿起一千萬，放進自己的背包的畫面。然而，那時候圭太和母親抱在一起，背包也揹在身上，絕對不可能有時間做這件事，圭太也沒有理由這麼做……橋場明知道這樣，仍然忍不住脫口問：「你是在十字路口把錢放進背包的嗎？」

圭太搖了搖頭，抓緊香奈子的毛衣下襬。

「這些錢哪裡來的？一千萬這麼一大筆錢，怎麼會在你的背包裡？」

圭太無視母親的問題，又問了一次：「他是綁匪嗎？」

他仰頭看著橋場的黑色大眼睛微微顫抖。

「不是。他是警察，是抓綁匪的人。所以你不用擔心，告訴媽媽，這是誰的錢？有什麼用處？」

「贖款。」

圭太可能無法理解母親的話，納悶地偏著頭回答。

「誰說這些錢是贖款的？……誰把這些錢放進背包的？」香奈子搶先問了警部想要問的問題。

「爸爸。」圭太簡單地回答。

「爸爸是誰？……你什麼時候見到那個爸爸的？」

圭太似乎聽不懂問題的意思，緊張地連續眨了好幾次眼睛，只回答：「真正的爸爸。」

「那個爸爸就是一個月前，在超市把你拉上車的人嗎？」

圭太用力點頭。

「你從昨天開始，就一直和他在一起嗎？」

「嗯……爸爸幫我把贖款放進背包，因為爸爸對我很好。」

「他對你很好嗎？真的嗎？」

圭太再度用力點頭。

「真的對我很好。」

「但是，圭太，你在電話中不是很害怕嗎？你嚇得快哭出來了……」

圭太再度為難地沉默了幾秒鐘，然後回答：「因為我擔心媽媽。我不是問了好幾次『沒事？』，問了好幾次『媽媽，沒事？』」

「呃……」

這次輪到香奈子露出困惑的表情，說不出話了。她皺著眉頭，緩緩轉頭看著警部。圭太昨天在電話中說的「沒事」原來是疑問句，他並不是在回答母親的問題，而是反過來在問母親……

警部終於茅塞頓開，忍不住想問圭太一個問題，但這次又被香奈子搶先了。

「圭太，我想應該不至於會有這種事，但你會不會是以為媽媽被人綁架了？」

她搖著頭看著圭太，彷彿在否定自己說的話。

陽光突然從病房消失了，圭太點頭的臉上籠罩著烏雲。轉眼之間，窗外變暗了。天氣的陰晴不定令人無可奈何，但警方被事件的意外變化耍得團團轉，顏面失盡。昨天從錄音中聽圭太說了數十次「沒事」，卻完全沒有想到那是圭太在擔心遭到綁架的母親。

那並不是小孩子遭到綁架的單純事件……小孩子也以為母親遭到了綁架，綁匪說服小孩子相信了這一點。

雖然乍看之下只有一起事件，參與的人物也完全相同，但其實有兩起綁架案在同時進行。

其中一起是小孩子遭到綁架，父母為了營救小孩子準備贖款，並前往綁匪指定地點交付贖款，屬於普通的綁架事件；但另一起是母親遭到綁架，小孩子和父親，正確地說，是自稱為父親的男人準備贖款，打算營救母親……

橋場還是呆然站在原地，但終於搞清楚這件事了。

「是那個……爸爸告訴你，媽媽遭到綁架了嗎？」

香奈子在發問時轉過頭，眼中明顯露出對警方的蔑視。

「圭太，我想問你一個問題。」

橋場走向前一步。圭太再度嚇得想要躲到母親身後，警部擠出滿臉的笑容。

「那個爸爸去幼稚園接你時，你只見過他一次，難道沒有害怕嗎？」

圭太眼中仍然帶著恐懼，但明確地點了點頭。「但是，來接我的不是爸爸。」

橋場用力點頭，這正是他想聽到的答案。

「是川田先生吧，是對你很好的……」

說到這裡，圭太「嗯」了一聲，用力點頭，露出開心的表情。

香奈子訝異地看著警部。

「川田哥哥和一個不認識的阿姨來接我，說媽媽被人綁架了，要去救媽媽。」

因為是川田這麼告訴圭太，所以圭太絲毫沒有起疑。警部還想繼續發問，但他走出病房，命令在門外待命的刑警：「馬上和劍崎先生聯絡，請他扣押名叫川田的員工。」

一名刑警拿出手機，沿著走廊跑出去。警部正打算走回病房時，門從裡面打開了。香奈子從打開一條縫的門內擠了出來，用眼神示意：「我們在外面談。」

「川田真的是綁匪嗎？」

香奈子輕聲問。

「應該不是主謀，主謀是打電話給妳的那個男人，他應該只是幫兇而已。」

香奈子似乎很受打擊。

「沒想到川田……」

她用雙手捂著嘴，眼神飄忽不定。警部也痛恨自己的遲鈍，忍不住咂著嘴。

「幼稚園的老師有一半說對了，但她對粉紅色毛衣的印象太深刻，所以只注意到妳，沒有注意到男人……如果他是共犯，就可以馬上告訴綁匪妳穿了那件毛衣。」

「可是……」

香奈子欲言又止，但隨即搖了搖頭，當警部伸手握著門把，想要走回病房時，她說：

「可是，即使他們是綁匪，應該和普通的罪犯不一樣吧？他們沒有嚇到圭太，至於贖款，也是一開始就打算還給我們。」

「媒體會開始大肆報導這起事件，媒體和警方已經出動，顯然是如假包換的犯罪行為，妳和妳家人不是受到了威脅嗎？」

「但他們並沒有直接出言恐嚇，在電話中也說了好幾次自己不是綁匪，只是我們不相信而已。」

「不，歹徒的行為已經構成了綁架案的要件。他們或許不是以金錢為目的，但絕對有某種意圖……某種犯罪意圖。」

「是什麼意圖？小孩子這麼開心，我不認為他們有什麼太大的惡意。」

「那我就不清楚了，綁匪引起這麼大的騷動有什麼目的……不好意思，我還想問圭太幾個問題。」

香奈子忘記了此刻之前的恐懼和不安，一心想袒護川田。橋場對此感到焦躁，不等香奈子回答就打開了病房門。

圭太正在床上玩公仔，那公仔長得和川田之前幫他買的噴射騎士一樣。

「這個公仔哪裡來的？」

警部立刻問。

「放在背包裡。」

圭太仍然對警部有所警戒，回答時不敢看他的眼睛。

「誰買的？川田哥哥嗎？」

香奈子站在警部背後問，圭太立刻雙眼發亮地回答：「不是，是和爸爸在一起的那個阿姨……她到飯店後買給我的。」

警部想說些什麼，香奈子把手放在他的肩上制止了他。

「川田昨天也買了一個同樣的給你，現在放在家裡，說要等你回家時送給你……太好了，你一下子有兩個英雄了。」

「嗯，那這個是爸爸，家裡的那個是川田哥哥。」

圭太把公仔高高舉起，好像在空中飛。

「雖然爸爸也是好人，但我更喜歡川田哥哥。川田哥哥很體貼，媽媽被綁架後，他一直很擔心。」

他滿面笑容對母親說。

「對，川田向來很體貼。」

香奈子也跟著露出微笑，但嘴角有一點僵硬。

「我可以再問幾個關於川田哥哥的問題嗎？」橋場問。

圭太的表情雖然因為警戒而有點緊張，但還是乖乖點頭。

「哥哥把你從幼稚園帶去哪裡了？」

「我們在車站附近坐了綠色的車子，只有我和那個阿姨上車……啊，爸爸也在車上。哥哥好像回去了，回去工廠……」

「之後一直是爸爸開車嗎？是哥哥告訴你綁架的事嗎？」

「對……爸爸也有說。」

「你還記得他們是怎麼說的嗎？」

「媽媽、綁架、生命、危險。」

圭太的回答只是單字的羅列，接下來將近五分鐘的時間，警部對抗著手錶的秒針和心情的急躁，將碎片般的單字蒐集起來，拼湊成完整的情況。

圭太在幼稚園前坐上那輛白色車子，車上坐了一個和母親長得很像的女人。但並不是五官長得像，而是服裝、髮型和身材和母親香奈子很像。

但圭太只有在上車的那一刻誤以為她是母親，當車子出發後，立刻發現是別人。開車的川田告訴他：「媽媽被壞人抓走了。」

川田對他說：「目前生命沒有危險，只要付一大筆錢，媽媽就可以回家了。你外公雖然開工廠，但拿不出那麼多錢……幸好你爸爸很有錢，剛才已經和你爸爸聯絡了，他立刻答應出錢幫忙。你爸爸在車站等你，你坐上爸爸的車子。只要之後乖乖聽爸爸的話，媽媽一定會回來。」

最後還激勵他：「只要忍耐一、兩天就好，你要加油。比起自己的安危，媽媽一定更擔心你會難過。」

川田在說話時，露出難過的表情，好像他比任何人更擔心。他看起來除了擔心媽媽，也很擔心圭太的樣子。在車站前，圭太和女人一起坐上綠色車子時，他也對駕駛座上的「爸爸」說：「圭太的事就拜託了，他很愛媽媽，請不要讓他產生不必要的擔心。」

他提出了好幾個要求，彷彿他才是圭太的親生父親。

川田把白色車子開到某個地方後回到工廠，在綠色車子離開之前，坐在駕駛座上的男人對川田說：「你趕快回工廠，接下來才重要。」聰明的圭太也記住了這句話。

圭太的確是一個聰明機靈的小孩，當川田提到「爸爸」時，他立刻想到可能是一個月前，在超市時，想要把他抓去停車場那輛車上的男人，後來發現開綠色車子的果真就是那個男人。圭太坐上後車座，那個男人從駕駛座上回過頭對他說：

「你還記得我嗎？不，希望你不記得了，因為上次好像惹你討厭了。」

男人說話時，眼中露出親切的微笑。那是熟悉的笑容……雖然圭太第一次親眼看到這種笑容，但自從超市那天之後，那個男人不斷出現在圭太的夢境和幻想中，像噴射騎士般對他露出親切的笑容。

在超市的停車場第一次遇見那個男人後，圭太發揮了小孩子的智慧思考整件事。媽媽沒有報警，可見那個人並不是綁匪，而是自己的親生父親。

圭太懂事之後始終沒有見過父親，他經常夢想自己的親生父親就像電視中特攝英雄故事的主角。他從男人身上感受到那個夢想的片段了。雖然一開始只是「希望他是自己的爸爸」，但每天晚上作夢之後，原本的夢想漸漸變成了現實，在他腦海中生根。

圭太坐上「爸爸」的車子後也一直發揮他的聰明才智。從圭太在病房中說的情況，再結合他的聰明，警部不難想像綠色車內曾經有過以下的對話。

首先，「爸爸」在開車時告訴圭太，媽媽被壞人綁架了。

「但是，為什麼……為什麼不是綁架我這個小孩子，而是綁架媽媽？」圭太問。

「對喔，為什麼會綁架媽媽？」

「爸爸」沒有料到圭太會問這個問題，有點不知所措，苦笑著回答：「可能因為你比媽媽更能幹。媽媽做事很冒失，綁架她很容易。」

「對，媽媽常做錯事，外婆經常說她『人善被人欺』，所以你們才會分開嗎？」

「你是問離婚的理由嗎？嗯，差不多吧，但不光是媽媽，爸爸以前也很笨……只有圭太不笨。」

「不，我也是笨蛋，因為我完全不知道爸爸的事……爸爸，你做什麼工作？」

「你覺得我看起來像做什麼的？」

「噴射騎士。」

「沒那麼帥啦，應該是你最討厭的工作。」

「……是綁匪嗎？」

「原來如此，但再怎麼樣，也不可能把綁架當成工作……爸爸做的是大家都討厭的工作，你不知道嗎？還是說，你是例外，並不討厭牙醫師？」

不論是談職業還是生活環境等其他細節，綁匪都冒用了圭太的親生父親山路將彥的身分，介紹一同上車、穿著粉紅色毛衣的女人時說她是：「和媽媽分開之後結婚的人。」

之後，車子一直在路上繞來繞去，來到有很多高樓的地方，進入了地下室。綁匪在昏暗的水泥地下停車場打電話到小川家……在車外說完話後，打開了圭太所坐的後車座車門。

這些都符合橋場警部的想像，但他沒想到綁匪把電話拿給圭太時對他說：「是媽媽，她被綁匪嚇到了，圭太，你要鼓勵媽媽。」

正如綁匪，不，正如「爸爸」所說的，媽媽的聲音因為害怕而發抖，圭太也感同身受，只能語帶顫抖地問：「沒事？」、「沒事？」

香奈子也一個勁地問他：「沒事？」、「沒事？」，但聽在圭太耳中，以為母親在回答「我沒事」。

母親香奈子也一樣，聽到圭太問：「沒事？」時，並沒有想到兒子在發問，而是以為他在回答……

橋場不禁佩服綁匪巧妙的手法，「但是，這麼一來……」警部腦海中浮現出一個疑問。如果母親說了其他話，聰明的圭太察覺「是自己遭到綁架」，綁匪打算怎麼辦？

如果香奈子不是問：「沒事？」，而是問：「圭太，你沒事吧？」圭太不是就會察覺綁匪的圈套？

不……綁匪不需要為這件事擔心。因為當母親遭到綁架，沒有父親的圭太就會孤單害怕。母親雖然自己遭到綁架，但比起自己，她更擔心圭太，所以才會問：「媽媽不在你也沒事吧？」……聽的人或許會這樣解釋。

警部曾經多次重聽綁匪的電話的錄音，記住了對話的內容。在第一通電話時，香奈子除了問圭太：「沒事？」以外，還問他：「會不會冷？」和「肚子餓不餓？」圭太把這些問題理解為：「媽媽不在家你也有穿得暖和吧？」或是「媽媽不在家你也有乖乖吃飯吧？」之後，香奈子還說：「要聽叔叔的話……」香奈子是指「綁匪叔叔」，但圭太一定以為她是在說舅舅史郎❸。

但是，昨天那個時候，在圭太身旁的不是「舅舅」，而是「爸爸」。支付贖款的也不是「舅舅」，而是「爸爸」，但媽媽不知道這件事……圭太這麼認為，所以想把這件事告訴母親。

然而，正當圭太想要說話時，綁匪在一旁搶走電話，阻止了他……橋場警部只透過錄音聽到第一通電話的內容，但第一次聽的時候，也忍不住思考：「綁匪到底擔心圭太說什麼？」但是，他完全沒有想到，圭太想要說：「媽媽，不是的，和我在一起的是爸爸。因為舅舅和外公沒有錢，所以爸爸要付贖款救媽媽。」

在電話中，無法猜到對方所處的狀況。

綁匪利用這種情況，大膽讓這對母子通話，但是，一旦通話太久就可能露出破綻。綁匪發現不能讓這對母子繼續通話，於是，在第二通電話後，就沒有再讓圭太接電話，只傳了照片證明他安然無恙。

證明他安然無恙？

歹徒為什麼和一般的綁匪不同，傳了讓人擔心圭太不知道是死是活的照片？難道是要讓家屬和警方感到不安，心甘情願地準備贖款嗎？

不，綁匪的目的並非金錢，所以必須從根本重新考慮整起綁架案。綁匪綁架圭太到底有什麼目的？在綁架圭太的同時，卻讓圭太以為母親遭到了綁架……乍看像是普通綁架案，但綁匪為什麼要在背後設下這樣的圈套？

警部在病房內聽著圭太費力地訴說，用因為疲勞和衝擊而變得遲鈍的腦筋拚命思考，卻遲遲找不到答案。

「圭太，你和媽媽通電話後又做了什麼？你剛才有提到飯店。」

聽到警部發問，圭太點點頭回答說：「下車之後，就走進電梯……然後去了房間……」

「那家飯店叫什麼名字？」

圭太看著警部的眼睛，搖了搖頭。

「你有看到飯店的人嗎？」

他又搖了搖頭。他們似乎從停車場搭電梯後，直接去了房間。可能綁匪不想讓別人看到圭太，所以事先辦了入住手續，不需要經過大廳和櫃檯，就可以直接到房間。

「從電梯到房間走很遠嗎？」

「……走了一下下。」

「是怎樣的房間？」

圭太環視病房說：「像這裡一樣的房間……什麼也沒有……比這裡小一點，還有一張床……啊，還有沙發。」

圭太就是躺在那張沙發上時被綁匪拍了照。警部原以為是在車子的座椅上，但在十字路

❸在日文中，叔叔和舅舅都是「おじさん」。

口向那輛綠色車子內一看，就知道不是在那輛車上。車上的座椅是黑色的，和照片上的顏色不一樣。

「之後呢？」警部問。

圭太想了一下後回答：「噴射騎士。」高高舉起了手上的公仔。

走進房間後，那個女人立刻問他：「有沒有想要什麼？」圭太回答：「噴射騎士。」那個女人說附近有一家玩具店，然後就出門買了那個公仔和電動玩具給他。「爸爸」告訴他說：「已經和綁匪談好了，只要付一千萬贖款，媽媽就可以平安回來。」

圭太聽了，鬆了一口氣，坐在沙發上玩公仔和電動玩具，在不知不覺中睡著了。

「綁匪說，要把贖款放在背包裡，讓小孩子送錢，所以明天你也要幫忙，就當作是玩遊戲，好嗎？」

於是，圭太內心甚至開始期待這一刻了。

警部聽著圭太的說明，不禁對「到了飯店之後，女人才去買公仔」這件事產生了疑問。

川田的證詞並不一樣。他說幾天前，當他和圭太在玩具店門口談論那個公仔時，看起來像是綁匪的男人在一旁聽到了……川田是這麼說的，還說當他們離開時，男人走進店裡……

警部也想起川田在說這段話時的神情不太對勁。

昨天，綁匪第三次打電話後，川田得知寄來的圭太照片上拍到了一個噴射騎士的公仔，頓時臉色大變，然後辯解似地說在玩具店門口看見像綁匪的男人，並暗示那個男人之後走進店裡，買了公仔。

然而，警部更相信圭太的證詞，「進了飯店房間後，女人出去買的」……川田在這件事上是不是說了謊？

不，還有玩具店老闆的證詞。車站前的玩具店有兩個公仔，川田昨天買了一個，另一個的確在之前被人買走了。但是，買走另一個公仔的「那個人」並不是綁匪。既然如此，為什麼川田要讓我們警方以為「那個人」就是綁匪呢？

川田？

警部在心裡唸著這個名字，川田那張素燒人偶般極其純樸的臉清晰地出現在他的腦海中。警部猛然回過神，現在沒有時間去追究這種細微末節的問題了。

工廠員工川田是綁匪的同夥，並在這起綁架案中發揮了重要的作用……川田應該已經接到主謀那個男人的通知，得知圭太已經平安回到母親身邊。警方很快就會從圭太口中得知是誰去幼稚園接他，也會立刻找上他……想到這裡，警部猜想川田已經準備逃亡了。

不知道劍崎警部補有沒有順利扣押了他。不，其實之前就有點懷疑川田，照理說應該更早派人監視他的。

在向圭太問話問到一半時，警部突然擔心起來，說了聲：「不好意思，等我一下。」一來到走廊上，立刻打了劍崎的手機。

鈴聲才響了一次，對方就接了電話。

「我正想要打給你。」

電話中的聲音很激動。

「警部，川田十二點半說要去吃午餐，至今還沒有回工廠……目前已經派了幾個人在附近的小餐館尋找，我也開車去他的公寓。小川汀子也說川田有點可疑……」

「那位大嫂說什麼？」警部問。

「小川香奈子離家之前，不是說找不到那個公仔嗎？當時川田說：『不知道。』但那位大嫂看到川田把公仔塞在長褲的口袋裡。」警部補說。

警部無言地嘆了一口氣，公仔又帶來另一個棘手的疑問。

「大嫂說，川田可能在那個公仔裡裝了小型錄音機或是竊聽器之類的東西，監視警方在客廳的行動。因為她以前曾經聽川田興奮地談論這種小型儀器……不過，她也說可能是她太多疑了。」

不，並非沒有可能……完全有這種可能。然而，照理說，該發現這點的不是想要炫耀自己感覺敏銳的那個女人，而是被視為警視廳頭號優秀人才的自己才對。警部的腦海中綻出仙女棒般的小火花……數年來，警部第一次無法克制內心的煩躁。

「這種小事無所謂，目前你只要按照我的命令，全力找到川田的下落就好。聯絡總部，請求他們的支援……」

「喔，好……我們已經到公寓了。我先掛電話。」

警部在電話掛斷的同時咂著嘴。

川田十之八九，不，百分之百已經逃之夭夭了。綁匪計畫在十二點半把圭太平安地送回母親手中，川田在同一個時間消失應該也是計畫的一部分。

絕望向警部襲來。

自己年紀輕輕就站在高處，但他似乎看到自己從樓梯上重重跌落……被害人的生命和金錢都安然無恙的這起綁架案應該不會引起輿論的憤怒，但所引發的效應比憤怒更可怕……自己將面對眾人的嘲笑。

報章雜誌和電視都將大肆報導這起犯罪手法漂亮的事件，人們更將大聲嘲笑被綁匪玩弄於股掌，並讓川田這個重要人物逃之夭夭的警察……嘲笑自己。

不，也許這才是那票綁匪的真正目的。綁匪對我知之甚詳，該不會是為了讓我貽笑大方，故意策劃這起綁架案？

「不可能。」

警部搖了搖頭，把這個想法趕出腦海。他右手伸向病房門的門把，看了一眼左手上的手錶。在擠出冷靜的表情之前，警部的臉皺成了一團。

他從來沒有像這一刻那麼痛恨數字，更痛恨對時間有著超群記憶力的自己。因為，他犯下讓重要嫌犯逃脫這個疏失的時間，將成為可怕的傷痕，或者說是烙印，一輩子刻在他的腦海，永遠無法忘記……

一點二十七分。

劍崎警部補衝上了公寓的樓梯，看了一眼手腕上的廉價手錶，確認了這個時間。

從小川家出發，朝著車站反方向行駛十分鐘，來到了川田所住的公寓。沿著車站建造的房舍漸漸消失，附近是武藏野的大自然，放眼望去，是一片樹林和原野，那棟公寓孤伶伶地佇立在那裡。

那是一棟破舊的公寓。

以相同的房租可以在小川家附近租到更像樣的公寓，大部分員工都住在那裡。

川田之前也住在那裡，但一年前，他搬到比較偏僻的這棟公寓，每天搭公車或騎腳踏車上下班。

當初他說這一帶周圍的風景很像他老家信州，所以決定搬來這裡。事實上，川田的純樸和這片有點鄉下的風景很相稱，沒有人對他搬家一事產生懷疑。一年前，川田也開始把圭太當成自己的小弟弟般疼愛。

原本在周圍人眼中很自然的變化，卻在三個小時前突然有了不自然的意義，從小川汀子看到川田褲子後方口袋裡塞了英雄公仔的那一剎那開始……

汀子說完這件事後自言自語的嘀咕，仍然在警部補的耳邊迴響。

「那個人到底是誰？仔細想一下，我發現自己一點都不瞭解川田，也不知道他的老家到底是不是真的在長野……」

走到樓梯一半時，劍崎開始躡手躡腳，以免驚動川田。

印刷工廠有一名員工在十二點半之後，在車站前的公車站看到川田。因為那名員工說「他好像在等回家方向的公車」，所以，劍崎和年輕的刑警一起開車前來，但很難想像川田不逃走，反而在家裡等警方上門。

二樓走廊左側有一排房間，右側是欄杆，下方是一片空地，有兩、三棵枯樹，雜草也都枯黃結霜了，宛如一片荒野……也許不是霜，而是雪。這一帶剛才也飄了一陣子雪。

雪很快就停了，雪雲帶著沒有完全傾吐乾淨的雪，低垂在公寓的屋頂上方。

所有的房門都冰冷地沉默著。

這裡很像是監獄的走廊，很適合成為罪犯的藏身之處。

川田住在二〇一室，就在走上樓梯的第一戶，廉價的鐵門旁沒有門鈴。

劍崎和年輕刑警分別站在門的兩側，用眼神相互確認已經做好準備後，敲了敲門。

敲門聲有點沉悶，但屋內沒有任何回應，兩次、三次……敲了幾次後，劍崎猛然轉動了門把。

門沒有鎖，一下子就打開了。這代表裡面有人？還是已經人去樓空？

劍崎慢慢拉開門，向裡面張望後，重重地吐了一口氣，緊繃的神經放鬆了。

他用力打開門，屋內空空蕩蕩的，只有六張榻榻米、牆壁和窗前的素色窗簾。

走進屋內，茫然巡視著空無一物的房間，再度嘆了一口氣……但嘆到一半就停了。

現在不是鬆懈的時候。這裡已經人去樓空，正是指出川田是綁匪之一的重要證據……他在今天之前，已經把家具和日常用品搬得一件也不剩，以便在圭太回家，綁架案告一段落後立刻逃之夭夭。

不，還留下一樣東西。

劍崎脫下鞋子進了屋，拉開窗簾。被雪雲遮蔽的天空中，有個地方仍然殘留著光線，房間比剛才稍微亮了一些，可以清楚地看到留在房間正中央的東西。

那是一本書……一本小型文庫本。

封面上有一張男人的臉，看起來很神經質又陰沉。即使缺乏文學造詣的劍崎也一眼認出是誰的肖像畫。

是杜思妥也夫斯基的《罪與罰》。

川田看這種小說嗎？劍崎下意識地想起川田的臉，和手上那本書封面上的臉比較著。

俄羅斯文豪和印刷工廠的工人完全沒有交集。從俄羅斯文豪的眼睛、鼻子的線條上，都可以感受到人類生命的根本意義，川田臉上的眼睛和嘴巴都只是兩個窟窿……

回想起川田的臉，劍崎發現他平板而沒有表情的臉背後隱藏著不可告人的秘密，至少他不只是純樸的年輕人，聰明的他懂得狡猾的算計。

這本書也不是不小心遺漏的。

封面朝上，端正地放在六張榻榻米大房間的正中央，絕對是故意安排的。

有什麼目的？

是為了讓案發後迅速闖入的警察第一眼就看到？川田想要藉由這本書，向警方傳達什麼訊息嗎？

到底是什麼訊息？《罪與罰》描述一個貧窮的大學生殺死了放高利貸的老太婆……男主角好像叫拉斯柯尼科夫，男主角和川田都犯了罪……

又出現了一個不解之謎。劍崎皺著眉頭，立刻搖了搖頭，甩開這些念頭，告訴自己：「現在不是想這些事的時候。」

「去問一下鄰居。」

他推著年輕刑警的肩膀，正準備走出去時，腳下踩到了什麼東西。

什麼小東西……

劍崎輕輕抬起腳，拿起黏在腳底的東西。

他的表情更加嚴肅了。

劍崎讓年輕刑警先走出去，拿著那個異物，再度巡視著房間。他剛才沒有察覺，但現在發現房間的空氣帶著隱約的異味……好像有什麼東西開始腐爛，或是像洗好的衣物沒有乾透的潮濕、骯髒味。窗戶旁的牆上有好像黑炭的痕跡……好像有一隻手的影子烙在牆上。

走到牆邊，發現味道更強烈了。手的影子似乎在向他招手，叫他走向牆壁，但他立刻回過神。

必須趕快通知橋場警部，川田已經逃亡，向鄰居瞭解情況……

和總部、橋場聯絡後，劍崎敲響了整棟公寓每個房間的門。

除了川田的房間以外，整棟公寓還有十一個房間，有四個房間的住戶開了門。由於所有房間都是套房，住戶不是學生就是單身上班族，其中有三個人都說：「雖然知道二〇一室的住戶……」但只是點頭之交，甚至不知道他是做什麼工作的。

不難想像，川田平時就很小心謹慎，不願別人瞭解他。

但是，最後找到一樓角落房間的學生時，他出乎意料地回答：「我曾經去川田的房間借浴室。」

這個學生名叫刈谷，之前他房間的浴缸壞了，問剛好下樓的川田：

「這附近有公共澡堂嗎？」

「車站前有三溫暖……不過你可以來我家洗，一個人泡澡總覺得很浪費水。」

聽到川田這麼說，刈谷就去他房間泡了澡。他浴室的浴缸很快就修好了，所以只去了那一次，但那天洗完澡後，川田請他喝了啤酒，聊了二、三十分鐘。川田只提到自己在車站前的印刷工廠上班，除此以外沒有提及任何自己的事，反而對刈谷的事很感興趣，也很想知道他的老家長岡、他的家人和大學的事。

「那是什麼時候？」劍崎問。

「夏天快結束時，九月，不，好像十月，差不多就是那個時候。呃，請問他怎麼了？」

「他目前下落不明，你最後一次見到他是什麼時候？」

刈谷四、五天前曾經見到川田，只有打招呼而已，今年新年的時候最後一次交談。當時川田在搬東西，刈谷問他：「你要搬家嗎？」川田回答：「不是，我要結婚了，把自己的東西清理一下，不然家裡太小了，我老婆連坐的地方都沒有。」

他說話的語氣很自然，不像在說謊，所以刈谷也對他說了聲：「恭喜。」

「可以最後再問一個問題嗎？去年，你去他房間，有沒有發現什麼不同尋常的東西？一般人的房間不會有的……」

「比方說？」

「像是蜂巢之類的……他是不是在房間內養蜜蜂？因為我剛才在他房間撿到這個。」

劍崎出示了小心地包在手帕內的蜜蜂屍骸。

「我不知道，只記得他房間角落有什麼東西用床單蓋住了……」

刈谷搖了搖頭，似乎不太記得了。「啊，我最近在樓梯旁被蜜蜂叮到了，也曾經聽其他鄰居說，『今年蜜蜂真多。』」

「那是幾月的事？」

「差不多初夏的時候，六月底還是七月初……」

刈谷在回答的同時，露出好奇的眼神，似乎很想問：「川田到底做了什麼？」

你晚一點看電視就知道了。

劍崎很想這麼告訴他，但還是忍住了，最後，只說了一聲：「謝謝。」結束了問話。

當天晚上的記者會中，警方向媒體隱瞞了川田的名字。

只說是很疼愛圭太的印刷工廠年輕員工從幼稚園帶走圭太，今天圭太平安回家後，他就逃走了，目前警方正在追查他的下落……

警方公佈這個消息後，其中一名記者問：「那名員工叫什麼名字？」

「無可奉告，」橋場警部回答，「不，其實不是刻意隱瞞，而是我們還沒有掌握他的真姓實名。目前已經發現，他在工廠所用的名字是假名……」

警方根據川田履歷表上留的資料，打電話到他老家，雖然的確如履歷表上所寫，有「川田」這個人，但那個人這幾年都沒有離開長野縣，警方打電話去他家時，他正在小學為學生上課。

目前，正向在小學當老師的「川田」打聽，他的老同學或是朋友中是否有誰可能假冒他的名字。

「不知道圭太現在對那名員工有什麼看法？因為他之前很疼愛圭太，之後卻背叛了圭太，小孩子的心情應該也很複雜吧？」

聽到這個問題，警部微微露出苦笑。

「圭太比以前更相信他。事實上，圭太並不知道綁匪是『綁匪』，他並不認為自己是被害人。」

然後，他向記者說明了綁匪所設下的圈套。

現場響起驚嘆、嘆息和失笑聲。

「圭太媽媽很擔心圭太瞭解真相，很怕他知道自己最相信的人是綁匪之一……因為這將比起綁架時造成的打擊和心靈創傷更大。」

警部補充後，一名記者舉起手。

「這件事不可以報導嗎？為了圭太著想……」

「不，我不是這個意思。圭太媽媽說，暫時不會讓圭太看報紙或電視，希望過一陣子親口告訴他。但是，如果快的話，今天圭太就會和他媽媽一起舉行記者會，所以請各位不要在圭太面前提起這件事。他們母子的記者會後，還會由圭太媽媽單獨舉行記者會，可以在那個時候發問。」

其實香奈子很希望記者可以問這個問題，積極向媒體宣傳川田的純樸，但警方當然不可能同意。

「圭太的母親小川香奈子在孩子回到身邊後鬆了一口氣，忘記了圭太獲釋之前的恐懼，甚至對那名員工和綁匪心存感謝。當然，這種想法來自暫時的安心和解脫，她應該很快會想起自己在這二十四小時內也像是被囚禁一樣，再度對綁匪產生憎恨……」

警部用有利於警方的方式解釋了這件事。

「關於這件事……」

一名熟識的記者發問。

「綁匪為什麼讓圭太以為是他媽媽遭到綁架，實在令人費解……」

「的確，在目前的階段，的確還無法瞭解綁匪明確的動機。也許讓小孩子認為他母親身處危險比直接威脅小孩子更有效……這也不失為一種可能……」

記者敏銳地察覺警部在回答這個問題時有點吞吐。

「但是，即使可以輕易騙過圭太，要騙圭太的媽媽並不容易吧？綁匪知道警方人員，尤其知道警部你就在旁邊，所以才演了這齣綁架劇。」

記者說話的方式咄咄逼人。

「不，要騙過圭太也不是一件容易的事。」

橋場警部避談「警方」的話題。

「雖然圭太很乖巧，但他觀察力很強，也很機靈。綁匪只有一次是當著圭太的面打電話到小川家，其他都是離開飯店打的。一方面是為了避免警方追蹤他所在的地點，所以開車四處移動……但圭太和他媽媽通話那一次是從飯店的停車場打的，圭太也證實了這一點，警方查到是從橫濱打來的，目前正在追查附近一帶的飯店。」

警部好不容易掩飾過去了，記者卻緊咬不放。

「我還是想請教剛才的問題，請問警部，你是什麼時候察覺綁匪設下的圈套？」

橋場假裝摸著三七分的頭髮，掩飾太陽穴的抽搐，然後反問：「你說的圈套是指？」

「圭太和他母親分別以為對方遭到了綁架這件事……」

橋場沉默了兩秒鐘，終於下了決心，坦誠地告訴記者：「是在圭太平安歸來之後，在病房聽了圭太的話……」

「這麼說，在渋谷的十字路口，圭太回到媽媽身邊時，警方還被蒙在鼓裡？」

記者像在報導般的淡然說話方式，聽在橋場耳中卻像是挖苦。

「如果要說被蒙在鼓裡，應該也算是吧，但在這起綁架案中，這並不是重點。」

「那『重點』是什麼？」

「……剛才也說了，圭太的父親離了婚，在這起綁架案中，這事實一開始就產生了一個重大的問題，警方將注意力集中在這一點上，所以沒有時間在意一些小問題。」

「我就是在問到底是什麼大問題。」

「這關係到小川家和山路家的隱私，圭太也不知道，所以無可奉告，況且，這個問題也會對圭太的未來造成影響。」

橋場用低沉的聲音阻止記者繼續討論這個問題。

那名緊咬不放的記者露出一絲冷笑，似乎在說：「你掩飾得很巧妙嘛。」但並沒有再追問。

另一名記者舉起了手。

「圭太的記憶力好像不錯，是否可以期待他提供證言，畫出綁匪正確的肖像？」

「對……但正如我剛才所說的，今天早上，另一個男人自稱是『刑警』，出現在圭太面前，取代了昨天的女人。那名『刑警』和自稱是圭太『父親』的男人容貌、服裝、聲音和說話方式都很相像，圭太也有點搞不清楚了。」

今天早晨，圭太和那兩個男人一起從飯店的停車場再度坐上車子，車子一度在街上停了下來，其中一人去買了漢堡給他當早餐。之後，車子上了高速公路，開了一陣子，駛進了休息站，從停在旁邊的車子上拿下一個白色大袋子，和看起來很重的木箱，放在圭太坐的那輛綠色車子的副駕駛座上。

圭太不知道旁邊那輛車上坐了誰。

圭太只記得木箱搬上車時，有一股揮之不去的異味，以及他在休息站的車上時，看到遠方有很多山。由於他在車上熱中於打電動，所以不知道車子從飯店開了多久才到休息站。回到市區時的情況也一樣，在開車的男子對他說「渋谷終於到了，圭太，你該準備了。」之前，圭太時而打瞌睡，時而打電動，沒有注意時間，也沒有看窗外的風景。

他們抵達渋谷之後不久停下車，坐在駕駛座上的男人打開窗戶，圭太輕輕叫了一聲：「啊！」因為聖誕老人把頭探進駕駛座旁的車窗。男人和聖誕老人聊了幾句後，把白色的大袋子交給他。

圭太隔著車窗，充滿好奇地望著聖誕老人的背影，問坐在他旁邊的「爸爸」：「那個聖誕老人怎麼了？」

「那是警察為了救媽媽假扮的。」

聽到「父親」的回答，圭太擔心地皺著眉頭說：

「但現在有聖誕老人太奇怪了，壞人不會知道嗎？」

據圭太的回憶，之後「爸爸」協助他穿上了白色衣服。

「看起來好像忍者。」

在短短的數秒時間，他忘記了母親遭人綁架的事，天真無邪地在座椅上跳了起來。然後，在「爸爸」面前複誦了兩次在渋谷十字路口交付贖款的方法。

那是「爸爸」前一天晚上，在飯店睡覺前教他的方法。

「綁架媽媽的壞人要求你一個人送贖款，所以在最後的危險關頭，爸爸也不能下車幫你。不過，你很勇敢，一個人絕對沒有問題。」

聽到「爸爸」這麼說，圭太用力點頭。

接著，「爸爸」讓圭太看了他手中背包裡面的東西。

圭太不知道背包裡的幼稚園用品在什麼時候變成了鈔票，他瞪大了眼睛，暗自心想：「爸爸簡直就像魔術師。」

「這就是一千萬贖款，很重吧？這是媽媽生命的重量。」

「爸爸」對他說。

小孩子並不知道一千萬圓有多少價值，但他試著揹在身上，感覺好像有人抓著他的肩膀拚命往後拉。

圭太覺得，那是媽媽的手。

可能距離十二點半還很久，車子從各個不同的方向多次經過十字路口，一直在周圍的道路上徘徊。

「時間差不多了。」

開車的男人剛說完，「爸爸」輕聲叫了起來：「啊，媽媽在那裡！」

母親的確站在等號誌燈的人群角落……車子經過母親面前，「媽媽」的身體近在咫尺，只要打開車窗就可以摸到。

圭太已經穿上了連身服，頭上包著頭巾，頭巾前方是網狀。圭太把臉貼在車窗上。他看到了母親的臉，但母親不知道自己的孩子近在眼前，正在和別人說話。

「媽媽旁邊不是有一個男人盯著她嗎？那個人就是綁匪。」

「爸爸」告訴他。

雖然是大白天，但周圍感覺好像已經是晚上，街道上亮起街燈和霓虹燈，母親的風衣反射了燈光，像紅色霓虹燈般閃亮。然而，美得如夢似幻的「媽媽」的臉在車窗前一閃而過，很快就遠離了。

之後，車子右轉，離開了十字路口，但又突然迴轉，回到了十字路口。「爸爸」趁車子在迴轉前停下的那一剎那，對圭太露出親切的微笑，轉身下了車。車子進入十字路口後，好像突然發生了故障，停在路上不動了。

在那前後將近一分鐘的時間內，圭太無法正確回憶到底發生了什麼，也不知道先後的順序。

「聖誕老人在跑……下雪了……還有蜜蜂……那是蜜蜂吧？」

不知道是否腦筋一片混亂，圭太皺著眉，搖了搖頭，但警部不難想像那一分鐘所發生的事。

坐在駕駛座上的男人打開了後車門的門鎖，對圭太說：「聽好了，等我下車之後，你數到五，就把車門打開。」然後，他把副駕駛座的窗戶打開數公分，也打開了木箱的蓋子。

車內像春天般溫暖的空氣從數公分的縫隙飄到車窗外，蜜蜂也跟著飛了出去，但圭太並沒有感到害怕。

圭太數到五，緩緩打開車門……

警部結合自己的想像引導圭太，總算大致釐清了當時的狀況。他在記者會一開始時，已經親口告訴了記者全部的情況。

不，並不是全部。

他並沒有說出在交付贖款的時間快到時，綁匪和圭太隔著車窗看到了正在等號誌燈的圭太母親和自己……他說不出口。

當時，圭太除了看到母親的臉，也隱約看到了一旁的警部。所以，當被救護車送去醫院，圭太在病房內看到警部現身時，立刻害怕地誤以為警部是綁匪。

綁匪簡直把警方當傻瓜……

橋場得知綁匪的車子經過自己的眼前，而且居然告訴圭太，自己是「綁匪」後，感受到一種難以形容的屈辱，渾身顫抖不已。

進入警界後，他從來沒有遇過如此令他全身發抖的屈辱。自從那次在原本以為十拿九穩的大學考試中慘遭滑鐵盧之後，他再也不曾受到這麼大的屈辱，在他愣在榜單下，遠遠地聽到其他考生歡呼的十七歲之後……

橋場難以相信自己和十七歲時一樣，因為莫大的屈辱，手指不停顫抖起來。為了掩飾自己的慌亂，他向圭太母子打了一聲招呼：「你們先休息一下，我晚一點再來。」走出了病房。

人質平安歸來，但記者似乎覺得不夠精采，所以試圖追究警方的疏失……

轄區警署的署長像人偶一樣坐在那裡，始終說一些無關痛癢的話，正當他打算宣佈「今天的記者會到此結束」時，坐在最後一排角落的男人在舉手的同時開了口。

「呃，請問警方認為綁匪的動機是什麼？」

「目前還不知道，接下來將會展開進一步的搜查。」

「不，我只是問警方的想法。」

「因為還沒有蒐集到足以形成想法的材料，所以會在接下來的調查過程中思考。」

警部顧左右而言他。

「咦？不是已經有足夠的材料了嗎？」

記者用冷漠的聲音打斷了他的話。

警部將原本看著署長的目光緩緩移回那名記者的臉上。

「你的意思是？」

「從圭太媽媽的紅色皮包裡消失的一千萬，就是圭太背包裡的一千萬吧？你們不是已經確認了紙鈔的號碼嗎？」

警部將目光鎖定在那名記者身上。比起剛才這句話，警部更在意他的聲音。他的聲音和電話中的綁匪很像。

雖然音質不同，但輕視警方的口吻實在太像了，讓人覺得連聲音也一模一樣。

「的確。所以呢？」

警部恢復了鎮定，用最簡潔的字眼回答。根據他多年的經驗，在對付記者時，說的話越少越好。但是，這種方法在眼前的狀況是否真的有效？

「也就是說，那名可疑的員工在圭太的母親出發前往渋谷之前，就從皮包裡把錢拿了出來，在十二點半之前交給了綁匪。我猜應該是在高速公路休息站，把蜂箱裝上車的時候……如此一來，就代表綁匪的目的一開始就不是為了錢，對吧？我認為綁匪雖然假裝是為了錢，但事後昭告大眾，並不是這麼一回事，問題是，綁匪為什麼要做這麼麻煩的事？而且，把錢放回小孩子身上的背包裡，這種做法也很矯情。」

記者利用警部不願多說話這一點，得寸進尺，越說越激動。

「你是指這起案子是愉快犯❹所為，屬於劇場型犯罪嗎？如果是指這個，警方一開始就想到了這種可能性。」

警部反唇相譏的同時，觀察了這名陌生的記者。那個裝模作樣地戴了一副銀框眼鏡的男人四十多歲，留著小鬍子。

然而，這名連身上的黃色上衣都帶有輕浮感的記者並不買帳。

「你說的愉快犯和我所說的意思不太一樣……誰最先發現皮包裡少了一千萬？在剛才說明情況時，似乎省略了這一點。」

「……」

「是圭太的媽媽嗎？還是警方？」

「是圭太的父親，在前往醫院的救護車上。」

「所以，是在十字路口的事全都結束之後囉？但不是應該更早發現嗎？從當時的狀況來看，應該可以想到這一點。」

警部只能用少到極限的字眼回應……也就是說，警部無言以對。

「按照綁匪指定的方法，綁匪絕對不可能接近贖款。因為在十字路口時，包括警部你在內，還有很多警察在皮包周圍出沒，既然這樣，當然是更早以前就拿走了錢……」

小鬍子記者繼續說了下去。

❹指藉由犯罪行為引發民眾和社會恐慌，在暗中觀察或想像他們的反應，樂在其中的罪犯。

「如果在交付贖款之前，只有各位從小川家出發之前，旁人才有機會靠近那個皮包的錢，也就是說，是在家裡期間。而且，拿走錢的人不是家屬就是員工。只要有點腦筋的人，都會想到這種程度的推理。坐上車出發之前，應該清點一下皮包裡的錢有沒有異常。如果在那時候發現一千萬被人拿走，就可以馬上逮捕那名可疑的員工。」

警部不經意地把左手放進口袋，用力握緊拳頭。這名記者不是在指責警方，而是在指責警部。或許是因為這個原因，坐在一旁的署長、副署長和劍崎都一臉事不關己的表情。

「這只是結果論。」警部說，「我們以人質的安全為優先，至於你剛才提到的問題，我們並不是沒有注意到，而是權衡之後，決定無視這個問題。」

「不，你們說的人質安全，一開始不是就很清楚了嗎？根本沒有視為最優先的必要。」

記者毫不手軟地窮追猛打。

「只要仔細聽他們母子在電話中的對話，不難識破綁匪在這起綁架案中設下的圈套……也不難瞭解這不是一起普通的綁架案，綁匪的目的並不是恐嚇小孩子或是讓家屬墜入恐懼的深淵。」

「……」

「正如我剛才所說，即使綁匪是愉快犯，也和普通的愉快犯不同。這起事件並沒有對主太、家屬以及世人帶來恐懼和不安，也沒有造成任何損失。雖然放出蜜蜂，但綁匪顯然很清楚，蜜蜂在這個季節不可能活潑地飛來飛去，對行人造成危害，目前也沒有出現任何被害人。但是，這起案件造成了某些人的恐懼和不安，綁匪對於這些人陷入慌亂、混亂樂在其中。」

橋場撇著嘴角。

「你該不會是說我們警方吧？我們並沒有對綁匪產生恐懼和不安。」

警部帶著無法稱之為微笑的冷笑說道。

「所以，你是說綁匪揮棒落空囉？」

記者的措詞突然變得犀利。

周圍人都看著針鋒相對的兩個人之間冒出火花。

「不，是你揮棒落空。警方不認為那些綁匪是因為這種動機，大費周章地策劃這起綁架案。不過，綁架案剛發生時，我也曾經認為綁匪策劃這起綁架案是為了向警方挑戰，以為綁匪對警方，尤其對我個人有什麼怨恨，想要藉此報復。因為綁匪知道我的姓名，也知道我的習慣，甚至知道我就在家屬身旁，不過，這是因為有工廠的員工當內應。你的推理有點像是小說情節。」

「如果不是這樣，還有什麼動機？」

「警方會在蒐集各種證據和證詞後思考這個問題，警方不可能像媒體一樣，想到什麼就說什麼。」

「我可不是胡亂猜測。」

「你似乎對自己的推理很有自信，在沒有證據的情況下，居然對自己的推理這麼有自信……當然，如果你是綁匪，就另當別論了。」

「很遺憾，我不是綁匪，我是京濱新聞的夏木。」

記者自我介紹。

「媒體人無法成為不是綁匪的理由。」

警部回答的這句話成為最後的火花。兩個人隨即面無表情地住了嘴，彷彿剛才根本沒有展開唇槍舌劍，記者會也同時宣佈結束。警部很在意「夏木」這個人，記者會結束後，原本想要向轄區警署的警員瞭解夏木是否真的是社會部的記者，但還是作罷了。他不希望別人覺得他對這件事耿耿於懷。

其實根本沒必要問。翌日早晨，看到《京濱新聞》頭條的巨大標題時，警部就知道那篇報導出自「夏木」之手。

「綁匪把警方玩弄於股掌」

只有《京濱新聞》用了這個似乎在嘲笑警方的標題。在「玩弄於股掌」這句奚落的背後，似乎可以看到小鬍子記者的訕笑。

報導內容不是陳述事件經過，而是以指責警方的疏失為主。

報導中特別詳細描寫了綁匪在電話中提到警部名字這件事，並強調了小川香奈子在談話中提到：「綁匪都很友善，當警察走進病房時，我兒子很害怕，被警方保護後，反而以為自己遭到了綁架。」

最後，圭太沒有參加記者會，只有小川香奈子一個人出席。報導中甚至提到，「圭太希望能夠再見到綁匪叔叔」。

之前，不曾有過任何報紙這麼吹捧綁匪，其他各報都按照綁架案的正常報導方式，將焦點鎖定在母親和家屬的不安上，《京濱新聞》這種好像在為綁匪喝采的報導方式令人有一種異常的感覺。

當然，其他報紙也大幅報導了這起事件中，很多無法歸進普通綁架案範疇的特殊問題。如果綁架案變成了媒體的商品，那麼，綁匪分文未取，以及圭太以為母親遭到綁架這兩件事，就成為行銷重點。

蜜蜂也是賣點之一，所有報紙都大肆臆測了綁匪和蜜蜂的關係。有的記者認為——

「在這個季節，即使把蜜蜂放出來，也不會對行人造成任何危害，綁匪只是想讓事件更有渲染力。」

也有人認為是綁架計畫失敗——

「綁匪以為這一天也會持續連日來宛如春天般的溫暖天氣，原本打算讓蜜蜂攻擊行人和警察，趁亂搶走贖款，但不巧的是，天氣突然變冷，蜜蜂無法正常活動，沒有引起大混亂，綁匪無法靠近贖款，只能含恨離開。」

但如果這種失敗的說法屬實，就代表綁架目的是為了贖款，於是就會產生難解的疑問。

在交付贖款之前，綁匪為什麼主動要求減少贖款金額，又為什麼把到手的一千萬放回小孩子的背包？

除此以外，還有很多無法解釋的疑問。

最重要的是，這起綁架案幾乎沒有造成任何損害。

沒有人被蜜蜂叮到，在混亂發生時有幾個路人跌倒，其中有一個人有輕微擦傷，成為唯一的受害人。圭太和他的母親也不會因為這起事件在內心留下創傷，也沒有留下創傷後壓力症候群這種障礙。

雖然十字路口灑了血，但事件本身並沒有血腥，蜜蜂和聖誕老人的出現，反而增加了童話的悠閒和漫畫的趣味，更充滿了遊戲的娛樂性。這起綁架案立刻成為媒體炒作的話題，從昨天下午，圭太平安歸來後，電視上就開始大肆報導。

雖然很多學者和犯罪調查的專家認為，這正是綁匪的目的，也是劇場型犯罪的極典型範例，但也有人認為：「如果綁匪只是為了引起矚目，未免太大費周章了，也許這起事件背後隱藏了常人難以想像的動機。」

也有人在已經離婚的圭太父母及其人際關係上，尋找常人難以想像的犯罪動機。

有名嘴主張，既然綁匪自稱是「爸爸」，代表整起事件和父母的離婚，以及因此衍生的複雜人際關係有關；也有法界人士推斷：「假設綁匪果真與人質父母的離婚有關，一定會極力隱瞞這件事，不可能自稱為爸爸。綁匪只是事先徹底調查了山路和小川家的複雜家庭狀況，為了讓圭太放心，以及為了誤導警方的偵辦方向，才故意說這種謊。」

數十名學者和專家各自表述自己的意見，媒體把原本就很詭譎的事件引導向更複雜的迷宮。

從案情曝光的第一天開始，媒體就熱烈討論。

由於這三天的偵辦工作一無所獲，翌日三月三日星期四的報導沒有新的消息來源，轉而討論在綁架案中發揮小作用的噴射騎士公仔和圭太的可愛、聰明，話題了無新意，報紙上也充斥了和前一天相差無幾的事件相關報導。

這天早晨，三天沒有回家的橋場警部終於在目黑的家中醒來，張大因為睡眠不足而充血的雙眼，看著七家報社的報紙，忍不住嘆氣。

媒體還不瞭解圭太母親的真相。在渋谷十字路口交付贖款之前，小川香奈子坦承了圭太身世的秘密，警部只向三位高層報告了這件事。

橋場很希望有機會向香奈子進一步瞭解情況，但香奈子似乎很後悔當時說出了秘密，也擔心警部會追問這件事，所以在醫院時一直閃躲警部。

小川香奈子在渋谷的十字路口脫口說出了真相。隨著交付贖款的時間開始倒數計時，她覺得被逼入絕境，忍不住說了出來……

如今她冷靜下來了，一定深感後悔，覺得最吃虧的就是圭太了。橋場所聽到的只是真相的一小部分。

在圭太出生之前，香奈子在澁谷的十字路口流產，失去了原本將會降臨人世的孩子……將彥的情婦當時也剛好懷孕，雖然不知道是怎麼一回事，總之，山路家把這個孩子佔為己有，香奈子當作是自己的孩子報了戶籍，親自撫養他長大，之後又帶著那個孩子離開了山路家。

因此，圭太和香奈子毫無血緣關係，不僅如此，他更是香奈子最痛恨的女人所生的孩子。

一旦向媒體公佈這個事實，等於在火上澆油，眼前的騷動將進一步擴大。雖然大部分媒體為了圭太著想而自律，但一定有人會遊走在法律邊緣，激發讀者和觀眾的好奇心……到時候，這對母子將會受到比綁架事件本身更大的傷害。

得知香奈子和圭太不是親生母子後，橋場產生了新的疑問。

當圭太遭到綁架後，香奈子的傷心、慌亂，和橋場之前處理綁架案時遇到的其他母親沒有兩樣，不，她比其他親生母親更緊張。在十字路口時，香奈子不顧自己跌倒，撲向圭太，用全身的力量緊緊抱著圭太……不願讓孩子再離開自己。

香奈子當時的舉動沒有半點虛假。

然而，人真的可以這麼疼愛、深愛丈夫的情婦所生的孩子嗎？

警部原本想要問身為兩個孩子母親的太太，但太太一大早就忙著送孩子上學，在橋場去警視廳上班之前，夫妻兩人都沒有時間談話。

兩個小時後，橋場在會議室隔壁的小房間內等待會議的開始，重新看了一遍昨天的報導。他只是心不在焉地瀏覽著報紙上的文字，腦子仍然在思考有關香奈子的疑問……前天在十字路口出現的神秘男人到底是誰？為什麼香奈子認為他是「綁匪」？在那場騷動後，他又去了哪裡？

橋場當天就確認了拍攝渋谷路口情況的錄影帶，在交付贖款的那一刻，那個男人站在路口的正中央，伸手準備拿香奈子遞給他的紅色皮包……但下一剎那，男人背後發生了蜜蜂騷動，鏡頭移向那個方向，當鏡頭轉回男人前一刻所站的位置時，他已經不知去向。

他是同夥嗎？如果他也是同夥，代表包括「川田」在內的四名綁匪以外，還有其他共犯。但橋場認為並非如此，也許他就像聖誕老人一樣，只是受綁匪之託來拿皮包，但不知道這行為背後有什麼意義……

如果他是綁匪之一，不可能大剌剌地走到明知有很多刑警的地點拿贖款。

如果他不是綁匪，這個渾身散發出罪犯般暗影的男人又到底是何方神聖？

不難猜想，他很瞭解香奈子，也瞭解綁架案和圭太出生的秘密，警方卻不知道他的真實身分。

為了避免其他報紙寫出比《京濱新聞》更令警方感到屈辱的報導，必須盡快向香奈子瞭解那個男人到底是誰。

他暗自這麼想道，把《京濱新聞》重重地摔在桌子上。此時響起了敲門聲。

不等橋場的回答，門就開了，澤野衝了進來。

「警部，電視上的談話性節目提到了川田的事……」

由於太慌張了，澤野的話卡在喉嚨。

「川田？電視上說了這個名字嗎？」

「不，只說是員工K……但記者不知道從哪裡得知的消息，在電視上報導，川田的公寓人去樓空後，只留下一本書。」

橋場鬆了一口氣。

「如果只知道這些情況，根本不必嚇得臉色發白。」

「是……但是，有個愛開玩笑的少女漫畫家參加了這個節目，說：『綁匪似乎對蜜蜂特別執著，這是不是代表蜜蜂的意思？』」

「『這』是指什麼？」

「書，川田留下的那本《罪與罰》……」

「什麼意思？」

「罰不是也可以唸成『ba-chi』嗎?……tsu-mi（罪）與ba-chi（罰）……mi-tsu（蜜）與ba-chi（蜂）……」

杜思妥也夫斯基的《罪與罰》變成了一隻小蜜蜂。

橋場目瞪口呆，用宛如半熟雞蛋般無神的眼睛，看著下屬緊抿嘴唇的嚴肅表情……四秒鐘。然後，語帶不悅地問：

「川田在房間裡留下《罪與罰》，就是為了玩這種文字遊戲嗎？」

「雖然應該不可能……但目前還搞不清楚綁匪的真意，所以也不能排除代表『蜜與蜂』的可能……」

「你有沒有看過《罪與罰》？」

「沒有。我不太看小說，尤其是灰暗的故事……聽說是一個聰明的窮學生殺了一個高利貸老太婆的故事吧？」

「對。」

警部簡單地回答。當然，事情並沒有這麼簡單。

雖然主角拉斯柯尼科夫和川田的外貌完全沒有共同點，但橋場第一次得知川田，正確地說，是自稱川田的男人在離開之際，房間裡留下了這本小說時，這兩個人物在他的腦海中重疊、混合在一起，漸漸變成一個人。

他們都很貧困，被困在好像牢籠般狹小的房間，川田也像拉斯柯尼科夫那樣陷入誇大妄想，自以為是神，把自己犯下的重大罪行正當化……

這次的離奇綁架案除了有光明的娛樂性以外，還有黑暗的悲劇性。

昨天早上，灑在十字路口的鮮血……圭太出生之前，在同一個十字路口，小川香奈子的身體流出了另一個生命的鮮血。

在這起綁架案背後，圍繞著圭太出生的秘密，隱藏著與《罪與罰》相關的悲劇性……雖然沒有把握，但橋場如此相信。

然而，一個文字遊戲卻毀了這起事件的黑暗面。

「怎麼可能？」

橋場也這麼想，但他同時認為這個文字遊戲正是川田想要傳達給警方的訊息。

川田留在房間的這本書成為綁架事件的句點。奇妙的綁架案隨著蜜蜂拉開了序幕，《罪與罰》很適合成為事件落幕的句點……這樣很好。問題在於這個正確答案為什麼是少女漫畫家，而不是身為警察的自己想到的。

橋場的目光盯著報紙上的「股掌」兩個字。

那本書放在房間正中央，只要警方破門而入立刻就會看到，這絕對是想要向警方傳達的訊息。如果這個訊息只是文字遊戲，就是對警方的冒瀆。

如果是面對《罪與罰》，警方當然會認真應戰。

面對荒唐的文字遊戲，警察該如何應戰？

橋場只怯懦了兩秒鐘，立刻自我激勵：「這點小失敗微不足道，只要逮捕綁匪，就不再具有任何意義……」

「這種事無關緊要，只要抓到綁匪就水落石出了。」

橋場對澤野說道。

而且，緝拿綁匪歸案只是時間的問題。圭太的記憶力驚人，四名嫌犯的長相等於曝了光，還可以找到自稱是川田的員工的照片，或是和照片相差無幾的肖像畫。除此以外，還有住宿的飯店、停在十字路口的車子……歹徒到處留下了痕跡。

門打開了，一名下屬進來通知，會議的時間到了。

「我兩分鐘後過去。」

警部看著手錶回答，腦袋轉得比秒針更快。

綁匪用荒唐的犯罪遊戲向警方挑戰，但是，橋場總覺得其中隱藏了遊戲以外的嚴重性，難道是因為對《罪與罰》耿耿於懷嗎？

小川印刷廠的員工證實，川田從去年夏天開始，經常在休息時間熱中於看文庫本的小說。文庫本外包著黃色書套，代表是車站前書店買的，昨天去那家書店查證，得到了店員的證詞……一名女店員認得川田，記得他「每個星期都會來買體育雜誌」，還想起他在去年八月，突然買了十本文庫本的文學作品。《紅與黑》、《月亮和六便士》、《咆哮山莊》……以及《心》、《雪國》等日本經典名著。

川田為什麼明知道警方會去他的公寓，還從這幾本名著中挑出《罪與罰》，留在房間裡？絕對不是文字遊戲而已，綁匪一定透過那個黑暗陰鬱的世界，向警方，或者是向我傳達了某種訊息……橋場仍然對此深信不疑。

《罪與罰》。犯下滔天大罪的拉斯柯尼科夫為了自我懲罰而自首認罪，前往流放之地。

是不是有人被我逮捕進了監獄，在出獄後用這種方式報復？

他花了一分鐘時間重新思考從昨天開始就盤踞在他腦海角落的這個想法，試著回憶自己曾經逮捕的人，卻想不到有誰憎恨警方和自己，需要引發這起事件進行報復……

最後，他還是認為是愉快犯用這種方式發洩內心對這個世界的憤懣，但圭太幼小體內的血緣問題和這起事件毫無瓜葛嗎？

絕對不可能。當他搖頭時，時間到了。對，不可能。一定要設法證明直覺告訴自己的這句話，讓綁匪和《京濱新聞》措手不及……

警部用手刀砍向《京濱新聞》的標題，然後變魔術般用手摸了一下臉，現出菁英警部的表情，看了一眼手錶，走出了房間。他花了三秒鐘的時間走到隔壁會議室門前，在八點半準時打開了門。

女王的犯罪

電視上正在播放下午的談話性節目。

畫面上出現了在四天前渋谷十字路口的蜜蜂騷動時跌倒，導致輕微擦傷的中年婦女，她對著鏡頭說：「當時，我完全不知道發生了什麼狀況，如果知道是蜜蜂一定當場就抓狂了。因為我之前也曾經被蜜蜂叮過。沒受什麼傷，但跌倒時，托特包裡的東西都撒在地上，有一個ＬＶ的化妝包不見了，這是最大的損失。」

中年婦女皺著眉頭，但還是帶著笑意，心情愉快地在麥克風前表達感想。這四天來，這段被害人的談話已經播放了數十次。因為在這起綁架案中，只有她一個人受了外傷，所以算是彌足珍貴的被害人。

之後，畫面切換到攝影棚，白髮的中年主持人用嚴肅的聲音說：

「這起綁架案發現了新的事證。」

詭異的背景音樂響起，畫面上出現了綁匪留在渋谷十字路口的綠色車子。

「綁匪鎖定警用車！」

畫面上跳出了這行字。雖說這輛綠色車子是警用車，其實是非刑案用的普通車，去年十一月停在三軒茶屋的停車場時遭竊。當時視為普通的竊案處理，但現在看來，顯然是這起綁架案的綁匪所為。綁匪將車子烤漆成綠色，開著那輛車到處走，最後棄置在渋谷的十字路口。

主持人也同意綁匪故意偷警用車的說法，律師名嘴說：「歹徒是針對警用車下手，我認為綁匪是在向警方挑戰。」

已經有太多人說過這句話，早就失去了新鮮感。

坐在律師旁的連續劇劇本作家說：「對，綁匪似乎是針對警察。」

然後，又意味深長地補充說：「還有蜜蜂……」

車子是唯一的新事證，所以後來的畫面又回到了已經播放過多次的錄影帶，介紹整起綁架案的始末，最後話題回到蜜蜂的問題。

「之前有人認為，綁匪似乎對蜜蜂情有獨鍾，在這個問題上，矢神先生不愧是劇本作家，對於綁匪有獨特的推理。」

主持人說道。

一個正在越後湯澤車站附近的小餐館吃著遲來午餐的男人，停下吃咖哩飯的手，抬起頭，目光不經意地投向角落的電視。他有一對令人聯想到素燒人偶，又好像是兩個窟窿的純樸雙眼……

電視畫面上，三十出頭的當紅劇本作家那不輸給男明星的俊俏臉上露出了苦笑。

「談不上是推理，只是臨時想到的想法。目前知道，綁匪共有四人，大家都認為其中的主謀，或者說是扮演領導角色的人應該是對圭太自稱『爸爸』的人……但不是有一個女人跟著他嗎？我認為那個女人才是主謀。」

「喔？為什麼？……警方公佈的消息中，幾乎沒有提到這個女人的事，只是跟著主謀，似乎並沒有發揮什麼重要的功能。」主持人說。

「的確，圭太似乎也很少談及那個女人，但這並不是因為她不重要，相反的，正是因為她扮演了重要的角色。無論在哪裡，位高者總是穩坐龍椅，寡默不語……也就是說，這個女人就像是女王。」

「有道理，所以她是女王蜂。」

主持人頻頻點頭。

主持人表達欽佩的方式很刻意，難道是因為在彩排時已經決定了節目的戲碼？

「嗯，是啊……這個綁匪集團令人聯想到女王蜂和三隻工蜂。綁匪可能也察覺到這種關係，所以才會打著蜜蜂的旗號……」

「果真如此的話，可能有更多工蜂。」

「對，可能是更大的組織性犯罪集團……舉例來說，歹徒在渋谷十字路口灑了血，他們準備了兩千ＣＣ的血液，代表集團中有醫療相關的人員……當然，這只是我隨口說說而已。」

在著名溫泉地車站前的這家不起眼的小餐館內，這台老舊的電視播出了驚人的內容……

忍不住盯著畫面的男人發現身旁女店員的視線，慌忙把放在桌上的眼鏡戴了起來。

話說回來，這個劇本作家剛才這番話值一億圓……因為其中一隻工蜂在電話中向圭太的母親提出要一億圓的贖款，所以劇本作家的明察當然值這個金額。

「這只是我自說自話的推理，不，只是臨時想到的……」

主持人和劇本作家繼續討論這個問題。

「矢神先生，你筆下的男女關係都很像是女王蜂和工蜂的關係，去年創下高收視率的連續劇『邂逅分手』也一樣。」

原來是寫那齣連續劇的作家。

他坐在小餐館的角落看著電視畫面中的劇本作家，神經質地調著眼鏡。

這副沒有度數、只有偽裝用途的眼鏡是四天前，他在大宮車站轉搭上越新幹線時才戴上的，還不太適應。或許因為還不習慣，劇本作家那張符合『邂逅分手』這戲名的俊俏臉孔看起來也很陌生。

但是，他的推理一語中的。

的確還有其他的工蜂，形成了一個小型組織，那個女人也的確是女王蜂……我身為工蜂之一，遵從女王的命令，在五天前的正午把車子開到幼稚園門前，把圭太……把圭太這個花蜜送到女王手中。

我也不知道這個犯罪集團的巢穴中到底有幾隻工蜂，拚命為女王蜂蒐集花蜜。

雖然見過其中的幾隻，但我甚至不知道那幾個人用的是否真名。他們也是直到最近，才知道我使用的『川田』不是我的本名……不，有人根本不知道為什麼會發生這次綁架事件，也不知道自己發揮了什麼作用……甚至有人不知道自己只是工蜂。因為我直到最近，才知道自己只是工蜂而已。

但是，這個劇本作家真的只是臨時想到的嗎？他該不會也是工蜂之一？

想到這裡，他立刻搖了搖頭，「不可能有這種事。」然後，不經意地觀察四周。門口附近有一群來滑雪的年輕人，裡面有一對上了年紀的老夫妻默默吃著飯。

劇本作家的臉從電視畫面上消失，進入廣告時間。「對了……」他突然想起一件事。

對了，去年曾經在公寓的那台老舊電視看過『邂逅分手』，雖然他對戀愛劇沒什麼興趣，但因為劇中男女的邂逅很像自己和那個女人的相識……

差不多十個月前。

黃金週結束，武藏野的綠意越來越深，初夏清澈的陽光為綠意染上色彩。

那天中午過後，他受圭太母親之託，開車去幼稚園接圭太，回家的路上發生了那件事。

在林蔭道中途，有一個小十字路口。

當號誌燈變成綠色，他正準備向前行駛時，一輛車子闖紅燈，從側面衝了出來。他不加思索地踩下煞車，在千鈞一髮之際閃過了那輛車，但聽聲音就知道車頭擦撞到對方車子的側面了。

「你沒事吧？」

他問坐在副駕駛座上的圭太。開車追趕那輛轉了一個大彎後試圖逃離現場的車子。

不，那輛車並沒有試圖逃走。那輛白色進口車在碰撞後彈了一下，微微傾斜，但車子繼續往前開，過了號誌燈後，靠路肩停了下來。

他下車走向那輛車子，駕駛座旁的門慢慢打開，穿著高跟鞋的腿伸了出來，幾乎遮住半張臉的大墨鏡右側的鏡片有一道裂痕……難道是剛才碰撞時，她的臉撞到了方向盤嗎？

他忘記原本想要發怒，關切地問：

「妳有沒有受傷？」

「應該吧，你呢？」

女人反問他，她的眼睛被褐色墨鏡遮住了。他回答說，沒有受傷。

「那個小孩子呢？」

她轉過戴著墨鏡的臉，看著從副駕駛座上探出小臉張望的圭太。

「好像沒有。圭太，你沒事吧？」

圭太用力點頭。

「那就放我一馬，我有急事。」

「但是不是該報警……我的車子撞到了，那不是我的車，是公司的。」

女人從副駕駛座上抓了一個看起來很昂貴的皮包，拿出皮夾一打開，咂了一下嘴。

「真傷腦筋，我身上剛好沒錢……」

她心浮氣躁地想要咬左手的指甲，發現無名指上的戒指，毫不猶豫地想要拔下來。或許是指甲太長了，無法順利拔下。

「你幫我拔下來，這個戒指值兩、三百萬。」

他一動也不動，看著女人手指上的寶石。透明的寶石是鑽石嗎？那顆寶石雖然才數毫米，但宛如一年中最美的五月太陽集中在一點，變成數十倍的光源散向四周。

寶石發出的光帶著淡淡的藍色，就連女人的臉色看起來都帶了一抹藍色。

不，女人的確臉色鐵青。

他搖了搖頭，女人回答說：

「你真傻，我又沒有說要送你，只是做為擔保。你去修理之後，再通知我修車費用，在此之前先放在你那裡。」

她的話音剛落，眼淚就從墨鏡下方滑落到臉頰。

那不是眼淚，除非她畫了紅色的眼線，否則眼淚不可能是那種顏色。

「血……」

他忍不住嘟噥道，女人用擦著黑色指甲油的手指擦拭後說：「我沒事。」

「但是，妳眼睛會不會受傷？」

「比起我身體受的傷，你還是擔心你車子的傷吧。這顆鑽石是真的，所以……」

她再度試圖拔下來，他伸手制止了，但他碰到女人的手指只有短暫的剎那……下一秒，他好像觸電般縮了手。

那種感覺，好像是鑽石高貴的光芒撥開了他的手，還是說，自己沾了油墨的手，不應該弄髒她晶瑩剔透的白皙手指？

「還是報警吧，我會說我也有疏失。先報警……再去醫院……」

「我絕對不想見到警察，這不光是因為我在趕時間。」

「為什麼？」

女人沒有馬上回答，嘴角露出笑容。她白皙而冷漠的窄臉突然散發出溫柔。

「你應該不難猜到什麼人不想和警察打交道吧？」

「……」

「那擔保品也先放在我這裡，我一定會和你聯絡。」

女人一口氣說完，沒有問他的聯絡方式，就關上車門，揚長而去。

他呆立在原地，雖然女人說「一定會和你聯絡」，但她既不知道自己住在哪裡，剛才也沒有留電話。

肇事逃逸。他想到這裡，忍不住咂著嘴，更覺得被她拋棄了。因為他內心還希望和這個女人多聊幾句。

被拋下的並非只有他而已。

「剛才那個人逃走了嗎？」

圭太從車窗內問。

「她去醫院了，因為她受了傷……我們車子沒有太大的問題，她很可憐，原諒她吧。」

然後，又叮嚀圭太：「我會對你外公和媽媽說，是我不小心撞到護欄。」

聰明的圭太像往常一樣，用力點頭，雙眼發亮，得意地說：「但是我記下了她的車牌。」

「圭太果然聰明，我根本忘了要看車牌，即使看了也記不住。」

他還是把圭太記下的數字寫了下來，萬一將來還想找那個女人，透過車牌調查就可以了。況且，他想到車子後方印著「小川印刷」的公司名字，女人可能記住了，改天會和公司聯絡。然而，過了一個月也毫無音訊……但他也沒有勇氣主動聯絡對方，於是，只能告訴自己和那個女人的相遇也是一場意外。

時序進入六月，在第二個週日時，他突然想去代官山走走。

他經常在電視上看到貴婦在那裡逛街、購物，之前一直認為是和自己無緣的地方，但每次想到那個女人，就不由自主地想像她在那裡悠閒地逛街。當然，他並不奢望可以在那裡發生奇蹟般的巧遇她，只想去代官山一趟，為那次撞車之後，逐漸佔據內心的女人做一個了斷。

他發現那個女人漸漸佔據了他的內心。

並不是愛上了她或是對她動心，就只是流著紅色眼淚的女人在他內心築起了巢……就像是某一天，有幾隻蜜蜂飛進了他二月底搬進的公寓，開始在他家裡築巢。

他從工廠附近的宿舍搬到仍然保留了武藏野影子的偏僻小公寓，是因為想和圭太的母親保持距離。

那一陣子，他越來越疼愛圭太，工廠的同事都調侃他：

「你打算當他爸爸嗎？」

雖然他對圭太的母親香奈子抱有好感，但那並不是戀愛這種特殊感情，只因為自己也是在複雜的家庭環境中長大，從小飽嘗了單親的寂寞，所以看到圭太就忍不住心生憐憫……

圭太雖然很開朗，但這份開朗背後，隱藏著不為人知的寂寞，他可以感同身受地瞭解圭太的寂寞，所以經常像父親一樣關心圭太，圭太也因為可以從他口中聽到最想聽的聲音、最想聽的話，很快就喜歡他……只是這麼簡單而已，周圍人卻喜歡捕風捉影。

如果警方知道他從一年前開始疼愛圭太，也在同一時間獨自搬到偏僻的小公寓，一定會將這兩件事結合在一起，猜測他從那個時候開始策劃綁架。

這次的綁架計畫的確是從那時開始策劃的，但在去年二月底，他還沒有遇見那個女人，更沒有參與她的綁架計畫。

六月的這個星期天，他在涉谷換了電車，來到代官山，在這個和自己極不相稱的街道，挑選了一個角落遊蕩時，當然不可能知道自己即將成為綁架集團的成員之一。

代官山的街道和那個女人的感覺太吻合了。

街道上名牌精品店林立，就連空氣都變得高級，當他縮著身體走在角落時，不禁有一種罪惡感，覺得好像偷看了那個女人的肌膚，或是伸手撫摸她。

當他走累了，口乾舌燥，在露天咖啡座的桌旁坐下時，覺得就連風也閃耀著光芒，覺得自己不該闖入這種地方。

咖啡座的白色桌子宛如鏡子般反射著陽光。

那天熱得如同盛夏，或許是因為這樣吧，明明是星期天，露天咖啡座卻空空蕩蕩，只有另一端樹蔭下有一對情侶，那兩個年輕人的服裝樸素卻也很時尚。

為什麼出現在這街頭的女人那麼清涼脫俗？雖然她們撐著陽傘，戴著寬簷帽子，但她們的皮膚上似乎有一層薄冰般透明的肌膚。

他鼓起勇起坐在正中央的椅子上，黑色POLO衫和棉質長褲的打扮一看就像是窮學生，和露天咖啡座，不，和整個街道格格不入。

沒有店員來招呼他。他遭到徹底無視，卻承受著無法逃避行人和店內其他客人視線的窘迫。才坐了五分鐘，就已經渾身大汗淋漓。

正當他打算掃興離開時，一個人影落在桌子上。

「請問要點什麼？」

對方問他。「冰咖啡。」他冷冷地回答……是低著頭，對那個人影冷冷回答。

他因為窘迫不敢抬頭，但下一刻又不得不抬起頭。

因為一杯冰咖啡放到了他的眼前。

他在驚訝之前，忍不住抬起頭。

那不是服務生，一個女人露出神秘的微笑低頭看著他。

「你忘了我嗎？我說過一定會聯絡你的。」

聽起來像喉嚨受傷般的沙啞聲音喚醒了他的記憶，同時，一粒冰冷的水滴落到了他的心臟。奇蹟發生的衝擊和恐懼很相似……他害怕地將身體往後退，打量著坐在他對面的女人。

儘管女人那樣說，他一時之間還是把她看成了徹底的陌生人。一個月前見到時盤起的頭髮帶著波浪，披在肩上，之前黑白素色的衣服也變成了花卉圖案的襯衫，而且，整件衣服的造型也宛如一朵花。

最明顯的差異就是眼睛……他第一次看到那雙烏溜溜的眼睛，那雙眼睛成為整張臉的重點，他覺得整個人都快被那雙眼睛吸進去了。

「為什麼……這杯冰咖啡？」

他問。

「你每次去咖啡店，不是都點冰咖啡嗎？至少這一個月是這樣……所以，我看到你坐在這裡，就從那裡的入口走進店裡，然後繞過來這裡。當然，這杯咖啡的錢已經付了。」

女人用微笑為這段說明畫上了休止符。

然而，他聽不懂她的意思。

他搖著頭，似乎不願意承認她就在自己的眼前。

「妳在跟蹤我嗎？」

他問。

她很乾脆地點頭。

「為什麼跟蹤我……該不會是長野的……？」

這一次，女人搖頭說：「不是。」

「我其實是在跟蹤圭太。至少一開始是跟蹤他，但看到你經常去幼稚園接送他，陪他一起玩，就改變了跟蹤對象。」

「為什麼……？」

他好不容易問出這句話。

「剛才的『為什麼』是問什麼？跟蹤圭太的理由？還是跟蹤你的理由？」

他跟不上女人的節奏，愣在那裡答不出話。「啊，不過，無論哪一個都無所謂，因為兩個答案相同。」女人又自己回答。

她面帶微笑地補充：「因為我想綁架圭太。」

他張口結舌，看著女人的微笑，知道自己的臉變得像白紙般沒有表情。

「不是開玩笑，我是認真的。」

女人說話時，露出讓人覺得她根本是在開玩笑的輕鬆微笑。

他腦筋一片空白，漠然地看著女人的臉。她並不漂亮，黑眼珠太大，嘴唇太厚，當她微笑時，更誇大了這種不協調……一個月前曾經感覺她的微笑很溫柔，原來在墨鏡背後，隱藏了如此危險、不安定的另一種微笑。

他之所以感到危險，是因為她用化妝掩飾眼睛下方的小傷痕隨著微笑清楚浮現。女人察覺到他的視線。

「我是認真的，如果不是真的下決心，怎麼可能演那種稍不留神，就可能送命的戲碼？」

她用手指撫摸著數毫米的傷痕說。

一個月前的擦撞事故並非偶然，但如果他晚踩煞車零點一秒，就會造成悲慘的後果，也許會危及三個人的生命……當時的衝擊浮現在眼前，他收回了視線，好像看到了什麼可怕的東西。

這個女人是來真的，剛才的話絕對不是開玩笑。那天之後，她不厭其煩地跟蹤了自己一個月應該也是真的。

這次的重逢也不是什麼奇蹟。這個女人一直在跟蹤我，只是在找機會再度出現在我面前。但是，為什麼……如果一個月前發生的事只是今天的預演，那今天又是為什麼……她再度現身到底有什麼目的？

「即使綁架的事是真的，妳為什麼要告訴我？」他問。

「因為我希望你幫忙。」

「幫忙妳綁架圭太？」

「對。」

女人看著他的眼睛，緩緩點頭。

他嘆了一口氣。在嘆氣的同時，忍不住笑了起來。因為，他只能發笑。

「為什麼要找我？我很疼愛圭太，不可能答應妳……況且，妳告訴我這些，萬一我信以為真，去報警怎麼辦？」

「我當然會擔心，但是，你聽我說完之後，照理說就不會報警。對，『照理說』，我這次也是冒著很大的風險下了賭注，但一個月前是賭上自己的性命，不，不光是自己的性命，還包括圭太的生命。當然，還有你……沼田，你的生命。」

女人微笑著，但他皺起了眉頭。

「你是從電話簿上隨便挑一個假名字嗎？」

「……」

「即使你覺得自己是隨便亂選名字，但還是在不知不覺中，挑選了和本名相似的名字。川田和沼田……」

「妳怎麼調查得那麼清楚？不過這也沒什麼好得意的，雖然妳好像在威脅我，但我並不是做了什麼壞事才用假名。我拋棄了我的家庭，也拋棄了父親為我取的名字……就這麼簡單，難道妳沒調查到這一點嗎？」

「我當然知道，我沒有威脅你，我怎麼可能威脅想要積極爭取的夥伴？」

「那除了威脅以外，妳還想用什麼方法……我話先說在前頭，錢打動不了我。尤其是要綁架圭太這種事，即使拿一億給我，我也不可能答應。」

女人面帶微笑，看到他在不知不覺中認真起來。

「不是金錢。不要說一億，我連十萬都不會給你……但即使不給你錢，你也絕對會答應。」

女人的自信讓他心浮氣躁。

「我問了很多次，妳為什麼找上我？工廠有好幾名員工，妳去找其他人吧。我絕對不可能，我也說了很多次，我很疼愛那個孩子。」

「這就是找你的原因。如果對圭太沒有愛，我不可能找他參與犯罪行為。相反的，只要是疼愛圭太的人，一定會答應……」

女人發現他額頭上冒著汗珠，從籐編的皮包中拿出手帕，隔著桌子向他伸出手。他推開了她的手……手帕上的花卉圖案令他厭惡。

眼前的女人比一個月前溫柔，甚至有一種楚楚可憐的感覺。但這只是假象……她只是在偽裝，在突顯「女人」的部分。和他從小被迫叫了十幾年「媽媽」的女人一模一樣，所以令他心生厭惡。

那個女人也和眼前的女人一樣，即使在盛夏的酷暑中也不流一滴汗，一身涼意……

「妳到底打算怎麼綁架？」

「普通的綁架。」

女人裝模作樣地聳著肩膀。

「用某個藉口把那孩子帶離幼稚園，關在房間或車子裡，讓他的家人帶贖款來交換。當然，事情沒那麼簡單，因為你不可能協助這麼平凡的綁架案，剛才所說的只是表面的情況，在警方和家屬眼中，只是普通的綁架案……圭太不知道自己遭到了綁架，整天看電視、打電動，而且，也分文不取贖款，物歸原主。」

「那根本稱不上是犯罪，不是嗎？」

他撇著嘴，露出一絲冷笑。

「不，是如假包換的犯罪。因為我們會恐嚇家屬，警方和媒體也會忙得團團轉。」

女人一臉嚴肅地注視著他。

在四處反射的刺眼陽光中，只有她的視線直視他的眼睛。

「所以，要答應這件事，需要有相當的心理準備……你不需要馬上答覆，可以考慮幾天後和我聯絡。我有足夠的時間等你。」

「同時跟蹤我……嗎？」

他露出苦笑。當女人認真起來，他反而變得從容。

「再說，我根本不需要思考。剛才妳不是自信滿滿地說，我一定會答應嗎……況且，我還沒有瞭解整件事的情況，妳忘了說最關鍵的部分。」

「……」

「為什麼要策劃這麼荒唐的綁架案？妳又是誰？」

他注視著女人，把頭微微向後仰。

「你不喝嗎？」

女人把冰咖啡推到他面前。

他注視著女人的眼睛，拿起杯子，好像要喝毒藥般下定決心，閉上眼睛，一口氣把褐色液體灌進喉嚨。雖然只是一杯咖啡，但他覺得一旦喝了，一切都會畫上句點，所以不太想喝。

可是他的喉嚨太渴了，不光是喉嚨，全身都如同沙漠般乾渴……

杯子裡的冰塊有一半都融化了，陽光直接照到的部分變得有點溫熱……冷熱交織在一起，慢慢滲透進入身體深處。

「你喜歡香奈子嗎？」女人唐突地問。

「是因為喜歡香奈子，所以才疼愛圭太？還是相反？因為圭太很可愛，所以也很珍惜香奈子？到底是哪一個？」

他放下杯子，把嘴裡的咖啡吞下喉嚨後問：「這和剛才妳說的事有什麼關係？」

女人沒有回答，靜靜從籐編皮包裡拿出幾張相片，遞到他面前。

其中三張是他和小川香奈子站在工廠門口說話，另外兩張是他和香奈子站在附近的公園，看著圭太玩耍……

還有兩張是香奈子站在家門口，迎接他開車接圭太回來的照片。他走下車後，和香奈子談笑的樣子就像情侶……

每一張照片上，他都笑得很開心。他難以相信自己會露出這麼自然的笑容……這些偷拍的照片拍到了他自己都沒有意識到的心靈深處。

「這和綁架有什麼關係？」

他毫不掩飾內心的不耐煩，但女人並不在意。

「如果你愛香奈子甚於圭太，就沒有資格參與這個計畫。我會把剛才的一切都當作是開玩笑，當場走人……但如果你認為圭太最重要，我現在就把所有的事都告訴你。」

女人事先聲明，然後又問：「我可以認為你最重視圭太，真心希望他幸福嗎？」

她的聲音和眼神都很真誠。

「但是……」

他被女人的真誠打動，緩緩點頭。

「但是，既然這樣，為什麼還要我協助綁架他？一旦遭到綁架，圭太不是會遭到不幸嗎？即使就像妳剛才說的，絕對不會恐嚇他，讓他一整天玩遊戲……」

女人搖了搖頭，她的頭髮也輕柔地搖晃。

「你覺得那對母子真的幸福嗎？」

女人拿起一張在空地上的照片，用手指蓋住了照片上他的身體。

「當然啊。」他回答。母親溫柔地看著坐在鞦韆上的孩子……簡直就是幸福的典範。

「只是看起來如此而已。你剛才不是也說了嗎？一旦遭到綁架，圭太就會陷入不幸。既然這樣，那這就是一張極其不幸而悲哀的照片。」

「……」

女人的頭髮仍然微微搖動。在這片近似灼熱的日光中，似乎有他無法感受的風吹過女人的身體。

「因為，那不是一對母子，而是綁匪和人質的照片。」

女人說著，從籐編皮包裡拿出另一張照片。

她翻過照片，用長指甲彈到他面前，熟練的動作好像賭場的荷官在發牌……

事實上，這的確是一張牌，是這個女人為這場天大的綁架遊戲的序幕首準備的王牌……

他慢慢翻開照片。

陽光的反射淡化了照片，但看得出是一個女人在病床上餵嬰兒喝奶。嬰兒似乎才剛出生沒幾天，臉很小巧，眼睛閉著，五官卻像圭太的臉用影印機縮小後印出來的。

照片中的女人低著頭，看不清楚她的臉，十之八九是眼前的女人。她穿著圓點睡衣，露出右側乳房，在嬰兒離開乳頭的瞬間拍下了這張照片。

圭太帶著笑容，沉浸在無比的幸福中沉睡著……

「你覺得哪一張更像是幸福的母子？」

女人把香奈子和圭太的照片放在旁邊。

相較之下，香奈子和圭太照片上的幸福就顯得微不足道。那張照片很平凡，但這種微不足道和平凡中，充滿了幸福的真實感，他覺得他們就像真正的母子。

「妳說她綁架是信口開河吧？她不可能做那種事。」

「對我來說，就是綁架，而且香奈子犯了法。這張照片是在圭太出生第十天，在醫院裡拍的，過了四、五天我出院之後，她把圭太當作自己的孩子去報了戶籍……這絕對是綁架，是犯罪。」

香奈子在圭太出生不久之前流產，要求這個女人出讓孩子，做為她原諒丈夫不忠的補償。

但這些來龍去脈都是後來才知道的，在烈日下的露天咖啡座時，他實在太驚訝，只想確認香奈子和圭太是否真是親生母子。

他覺得那個女人在騙他，冷冷地說：「從這張照片看不出到底是不是妳。」

「雖然那時候比現在胖，但的確是我。照片的胸口不是一小塊胎記嗎？好像有一隻昆蟲爬在那裡。」

說著，女人打開花卉圖案襯衫的鈕釦。

必須把視線移開，他心想，但目光反而緊盯著女人的胸前。

其實，前後才短短數秒鐘。

女人拉著衣襟的角落，避開一旁行人的視線，微微敞開胸前，只讓他能夠看到。輕輕地……她的動作十分輕柔。

照片中，右側乳房上有一個胎記，他必須探頭看向她的胸口才能確認。

「我只是確認這個女人說話是真是假。」

他告訴自己，把頭湊到女人的胸前。

和照片上相同的位置，的確有相同的胎記……他剛閃過這個念頭，女人立刻扣好胸前的鈕子。

「你現在知道照片上的人是我了吧？照片中的醫院……」

女人在扣鈕子時，說出了四谷一家著名的醫院。

「但即使去那家聖英醫院，應該也找不到任何證據顯示圭太是我的兒子。你知道圭太的父親是牙醫師吧？他名叫山路將彥，他有很多醫生朋友，聖英醫院的醫生是他的死黨……我懷孕時，他因為不想讓出生的孩子曝光，所以介紹了這家醫院。」

「那個叫山路的牙醫師當時就打算把那個孩子當成是香奈子的孩子養育成人嗎？」

「不，當時香奈子也懷孕了，所以他頂多只想把我生下的孩子放在不見天日的地方吧，就像對待我的方式一樣。照理說，圭太算是弱勢的私生子，但之後香奈子流產了……」

「……」

「你不知道這件事嗎？她剛結婚後就流產過一次，那次是第二次。」

「我完全沒聽說……」

「我想也是。她第二次流產的事也瞞著她的父母，只有山路將彥和他母親，還有香奈子……這是他們三個人的秘密。她流產後被送到聖英醫院，醫生告訴她以後很難再懷孕，這件事就成了他們的秘密。」

他搖了搖頭。

雖然他還無法完全相信，但他搖頭不光是因為這個原因。即使在談話時，剛才在襯衫看到的畫面也不斷盤旋在腦海，他想要甩開這個畫面。

「既然現在不惜用綁架的手段奪回兒子，為什麼妳當時不拒絕？」他問。

她小聲笑了起來，冷笑聲似乎就是她的回答。那並不是之前那種輕視他的笑，而是在嘲笑自己。

女人垂下雙眼，在燦爛的陽光中，她的臉上出現了淡淡的陰影。

「你剛才說的話……」

過了很久，女人終於開口了。「把圭太交給他們之後，至今為止，我不知道問了自己多少次。從那個時候開始，我就下定決心，不管用任何手段都要讓圭太回到我身邊……」

女人的嘆氣成為休止符。

「既然現在想要綁架，為什麼當初沒有拒絕呢？」

他用沒有感情的聲音，事不關己地問了一句。

「妳收了錢嗎？」

「不，他們當初說要付一大筆錢，但我拒絕了。因為這就像在出售自己的孩子，我不喜歡這種感覺。」

「把自己的孩子交給別人，就等於是拋棄，不管是出售孩子還是拋棄孩子，對小孩子來說都一樣。」

「我輸給了他們三個人，尤其是那兩個女人……香奈子想要報復，她婆婆想要抱孫子，所以那兩個女人面目猙獰地逼迫我……雖然她們原本關係很差，但為了爭奪我的兒子，卻聯手合作……」

這時，她突然停了下來。

「怎麼了？」

她納悶地看著他的臉。

他知道自己氣得滿臉通紅，但還是試圖掩飾說：「沒事。」

然而，那個女人自己找到了答案。

「我知道了。我對圭太做的事，和你的親生母親對你做的事很像，所以你才會這麼生氣。」

他搖搖頭。

「不，因為妳說的話有太多我無法苟同的地方，所以才會生氣。妳說是為了奪回孩子才綁架他，但之前又說，即使綁架了他，也會馬上把他送回去。還有香奈子這方面……」

女人的眼睛深處宛如黑珍珠發出暗光。

這個女人仍然憎恨小川香奈子……從剛才開始，只要一提到香奈子的名字，她的眼中就閃著陰鬱的光芒。

「香奈子很辛苦地養育妳的孩子，為什麼會算是向妳復仇……養育討厭的女人的孩子，只會增加自己的痛苦。」

「問題沒這麼簡單，你是男人所以你不懂。圭太是我至今為止最心愛的寶貝，那個女人瞭解這一點，才會從我身邊奪走，她想要破壞。」

「妳的想法錯了，」他拿起桌上的幾張照片還給女人問：「妳覺得香奈子的笑容是虛假的嗎？」

「對，是虛假的，絕對不是出於真心。」

「妳的意思是，香奈子也憎恨圭太。既然這樣，她為什麼離開山路家時要帶著圭太。」

女人的嘴角再度泛起笑容，彷彿對他年輕、直截了當的怒氣樂在其中……

「她雖然和山路感情破裂，離了婚，但她還愛著山路，希望隨時可以破鏡重圓，所以她把圭太當成人質，留在自己身邊。只要掌握了圭太，就不會斷絕和山路之間的關係……你剛才不是也說，『養育討厭的女人的孩子，只會增加自己的痛苦』嗎？所以，你應該知道，這張照片上的笑容是假的。」

「可是……」

他從來沒有看過香奈子虐待圭太，也沒有聽說過。圭太很聰明，如果香奈子對他的愛是虛假的，他一定會敏感地察覺，主動和香奈子保持距離。

但是，圭太沒有這麼做。

圭太真的很喜歡香奈子……

「雖然現在欺騙了周圍人，一旦發生綁架……一旦圭太遭到綁架，就可以知道香奈子的真心。」

「是嗎？一旦圭太真的遭到綁架，香奈子會比親生母親更難過。」

說完之後，他又問：「妳是為了這個目的……為了瞭解香奈子的真心，才策劃綁架案嗎？」

「怎麼可能？」

女人態度傲慢，對他的問題一笑置之。

然而，女人立刻改口說：「不過，我想測試一下小川香奈子也是事實，一旦圭太遭到綁架，那個女人不知道會表現出什麼態度……」

「什麼意思？」

「一旦發生綁架，小川香奈子首先會懷疑我，以為山路將彥、將彥的母親和我想要把圭太搶回去，才會策劃這起綁架案。因為知道圭太是我兒子的人，除了他們三個人以外，還有當初幫忙讓圭太成為香奈子兒子的聖英醫院的醫生。」

她在不知不覺中開始直呼「香奈子」的名字，捨棄敬稱。她的眼睛深處仍然閃著黑光。

「你想知道為什麼要綁架圭太吧？最大的目的，就是要讓小川香奈子說出真相……你懂嗎？」

他搖了搖頭。

「那四個人才是罪犯，我想要讓香奈子在警察面前承認這件事，承認她把圭太從親生母親手中搶走了……承認我才是圭太的親生母親。」

他再度搖頭。

「為什麼不能用法律手段提出訴訟？不要想綁架這種荒唐的方法……妳應該有很多方法可以證明妳才是母親。」

「當然，我也試過。」

這次輪到女人搖頭。

「但都徒勞無功，只要稍微調查一下就知道，目前找不到任何證據顯示圭太是我生的……我生的孩子在出院後不久就病死了，醫院聲稱在開出生證明的同時，也開了死亡證明，還開具了火葬許可證，遭到火化了。這都是將彥的那個好友醫生動的手腳，只要簽一個名就搞定了……同樣的，在法律上，圭太已經完全變成了香奈子的兒子。即使我自稱是母親，周圍人也只會以為是我這個情婦在嫉妒、胡說八道……」

「……但是，不是還有證據嗎？現在可以鑑定DNA，那個醫院的護士也可以作證，更何況這張照片……」

女人明確地搖了搖頭。

「重要的是，警方認為我在胡說八道，根本不會理我。只要香奈子說：『太莫名其妙』，拒絕做DNA鑑定，警方也認為理所當然……更何況——」

女人用指甲把那張餵乳的照片拿到自己面前。

「這張照片也無法成為證據，你剛才也懷疑這個女人是不是我。要論胸口的胎記，光憑這張照片，也很難判斷到底是不是胎記……我剛才給你看的胎記雖然是真的，但也可能是我根據照片去加工的。」

她隔著襯衫，指了指胸口說：「雖然你相信了，但很難說服警方相信。」

她給我看的照片當作證據，現在卻說照片「無法成為證據」。

這個女人果然沒有說實話，也許還在騙我……雖然他心裡這麼想，但還是一言不發地看著女人的臉。

「護士也不行。我曾經找過幾個當時的護士，只有一個人記得我，但她也相信醫生的謊言，說：『那個嬰兒在出院後就死了』……而且，香奈子徹頭徹尾都在冒充圭太的親生母親，任何人都會相信她，而不是相信我，就連家人和圭太也一樣……所以，只能製造出極端的狀況，把香奈子逼得走投無路，製造一個讓香奈子親口說出這件事的狀況……」

說到這裡，她猛然停了下來。她剛才說得太激動，似乎突然回過神。

她用奇妙的眼神看著他。

「怎麼了？」

「我才想問呢，你怎麼了？雖然你在聽我說話，但好像心不在焉……你在想其他的事嗎？」

他不加思索地搖頭。

他並不是要否定女人的話，只是甩開再度浮現在腦海中的想法。

女人的頭和身體都被太陽烘烤著，過曝底片般無意義的空白在她身上不斷擴大，而剛才偷瞄到的畫面色彩滲入了其中……女人沒有穿內衣，直接穿了襯衫。陽光滲透了花卉圖案，把影子投在她的肌膚上。

影子帶著色彩，身體深處的火熏出隱藏在女人白色肌膚下的各種色彩……他產生了這種想法，但只是一閃而過的念頭。或許是因為這個原因，女人形容「像是一隻昆蟲爬在那裡」的胎記看起來像是吻痕。

吻痕不斷閃現出男人的影子。

還是她自己的唇印……女人體內燃燒的火，讓隱藏在內心的另一個嘴唇現了形嗎？

無論如何，對這個女人來說，那都是比照片更重要的王牌。她認為用言語說服他是很困難的，所以一直在等待使用這張終極王牌的機會……

事實上，他直覺地在女人的話中感受到謊言，卻無意認真追究。

剛開始，他還想要揭穿她的謊言，但看到她隱藏在襯衫下的王牌後，就覺得一切都無所謂了……除了這張投射了花卉影子的純白王牌以外，所有的牌都失去了意義，遊戲已經有了結果。說到昆蟲，他總覺得自己就像是被花蜜吸引的蜜蜂。

「我好像說太多話了，先不說了。」

女人拿起散在桌上的照片，放進皮包，站了起來。

「我並沒有放棄，希望你認真思考一下，選擇哪一個母親對圭太更好……如果認為選擇我比較好，再聯絡我。」

他搖了搖頭，下意識地想要告訴她：「可以等圭太長大以後，自己做出選擇。在此之前，妳不要去找他，當然，也不要來找我。」

他想要對女人說這句話後，主動拂袖而去，他想這麼做。

然而，當女人起身準備離開時，他的身體動了起來。

他情不自禁站了起來，抓住女人的手臂。

「我要怎麼聯絡妳？」

被他抓著手的女人用沉靜的視線看著他的臉。雖然他感覺過了很久，但實際上應該只有幾秒鐘。汗水從他的額頭滑落，滴落在女人的手臂，女人的嘴唇露出淡淡的微笑。

「你先放開我，我拿名片給你。」

說完，她用恢復自由的手打開皮包說：「不過，還是自我介紹一下姓名比較好……我叫山路水繪。」

他臉色大變。

「山路？妳剛才不是說，和香奈子結婚的男人叫『山路』嗎？就是……圭太的父親。」

女人點了點頭。

「山路將彥。小川香奈子的前夫，我現在的丈夫。」

她在說話的同時，從皮包裡拿出名片交給他。

名片上印著山路水繪的名字，職業是牙醫師，還印了山路診所的名字、地址和電話，以及電子郵件信箱……

「妳在香奈子帶著圭太離開後，和他結婚的嗎？」

女人不理會他的發問。

「我最討厭打算離開的時候被人慰留，如果你有什麼問題，可以寫電子郵件到這個信箱……我現在已經不在診所幫忙了，你不要打電話去那裡。」

說完，她轉身離開，但隨即回頭說：「但如果你想跟我走，我不會反對。」

這一次，他也沒有半點猶豫，穿著髒球鞋的雙腳情不自禁地追上女人的背影。

他像侍者般跟在女人背後問：

「妳剛才說要把圭太搶回來的事，也和山路有關嗎？是不是山路和妳一起策劃的？」

女人沒有回答。她在精品店的櫥窗前停下腳步，隔著櫥窗玻璃，看著好像用金幣串起的、閃著金黃色的洋裝。欣賞片刻後，再度邁開步伐……但隨即對著馬路舉起了手。

路過的計程車停了下來，打開車門。女人的手放在車門上，好像突然想起了什麼，回頭看著他說：「和山路完全沒有關係，我很快就會離婚，離開那個家。之後才會執行計畫……最快明年初。所以你有足夠的時間，可以慢慢考慮。」

說完，她準備上車。

「絕對不會對圭太造成任何危害吧？」

他用這個問題留住了她。女人再度回頭時，毫不掩飾臉上的不悅。

「要我說幾次？圭太不會有問題的，你還是為自己操心吧。圭太雖然很安全，但你……這件事恐怕會對你的人生造成危害。」

女人無視他的反應，坐上計程車，像一個月前那樣突然消失無蹤，只留下他一個人。

傍晚之前，他漫無目的地走在第一次造訪的街道。那女人即使面對著他，給他的感覺也像是別開臉，無視著他的存在，眼前的街道也令他產生了相同的距離感。想到那個女人，就有一種好像走在陌生街道，在迷宮徘徊的不安。

回家路上，他買了一個棒球，順便繞去工廠。

棒球當然是送給圭太的。他和欣喜若狂的圭太在天色昏暗的工廠角落練球，跟著興奮的圭太放聲笑了起來，或許是因為比平時笑得更大聲，讓人覺得有點奇怪，香奈子說：「工廠連薪水都沒辦法發全薪，真不好意思。」

然後，又問他：「你怎麼了？今天你好像和平時完全不一樣。」

聽到這句話，他的表情嚴肅起來。

雖然只有短暫的剎那，但香奈子幾乎隱入暮色中的臉，和他小時候看到的母親的臉重疊在一起。

那是他最後一次看到母親的臉……母親罹患了小孩子根本記不住名字的重病，沒有治癒的可能，聽說她從醫院回娘家後就死了，但母親在出院後曾經去看過他。

那是和現在差不多的夏日傍晚，當時和圭太差不多年紀的他走進儲藏室，想去看蜂窩。每天一到傍晚，蜜蜂就會歸巢，和他個子差不多高的巨大蜂窩散發出家庭團聚的溫暖氣氛……那是他當時唯一的樂趣。母親知道這件事，出院回娘家的途中，悄悄地來到儲藏室前看他。

「阿實……」

聽到母親的呼喚，他走到儲藏室外，看到半年未見的母親躲在不遠處。身穿暗色洋裝的母親骨瘦如柴，幾乎快認不出她了，整個人彷彿隱入夏日的暮色中。母親身後的木蘭樹枝葉留下的陰影更深，似乎要吞噬母親的身體。即使相隔二十年，他仍然清楚地記得當時的景象。

事實上，父親沼田鐵治、祖母，和母親嫁入沼田家之前，鐵治的情婦就把母親瘦小的身體和她的人生一起推入了黑暗。

自從母親住院後，父親的情婦每天出入家中，也像母親一樣照顧他。母親知道這一切，所以才偷偷去後院見他。當時還是個孩子的他，知道母親是來見自己最後一面，但看到母親為了顧忌家中的丈夫和婆婆，只能躲在後院的角落，他無法坦然面對這樣的母親，站在儲藏室門口的他轉過身，繼續觀察蜂巢……

「我回娘家養病，很快就會好起來，回來這裡。你要聽爸爸和奶奶的話，多保重。」

母親對他說。

不，她只說了這些話。事後回想起這段往事，才發現母親應該很想抓著「自己的孩子」的手，把他一起帶回娘家。但是，想到和快要破產的娘家相比，兒子留在至今仍然呼風喚雨的父親身邊更幸福，她只能選擇默默離開。在母親仍然活在這個世界時，他就已經把自己內心的「母親」埋葬在後院的角落了……

當時還年幼無知的他並不瞭解那麼多，只覺得母親沒有對他說：「我想帶你回娘家，多陪伴你一天」，母親沒有對他伸手，代表母親拋棄了他。母親離開前，對他說了一番話，但他立刻忘得精光了。

應該只是「再見」或是「多保重」這種了無新意的無聊話，他沒有聽母親遠去的腳步聲，茫然地看著兩隻蜜蜂相親相愛地在蜂窩旁飛來飛去，幾乎快碰到彼此的翅膀。

他不知道母親臨別時最後露出怎樣的表情。

雖然當時他轉過身沒有看到母親的臉，但隨著年紀成長，母親的臉卻漸漸浮現在眼前。

後來他始終無法接受繼母，長大後拋棄家庭，也拋棄自己的姓名來到東京，這時母親臨別時的臉更是清晰地留在他的腦海中，勝過他實際看過的母親任何表情。

難道回憶也會和人一起成長嗎？相隔二十年，他回想起母親臨別時的臉，臉頰比以前更加豐腴，用溫柔而慈愛的眼神看著鬧彆扭的兒子。

母親臨別時的臉，和印刷工廠老闆的女兒香奈子在她從婆家帶回來的兒子面前露出的眼神一樣。

如今，香奈子看著熱中於玩棒球的圭太時，雙眼流露出發自母性的柔和微笑。

然而，假設今天那個女人說的話屬實，圭太並不是香奈子所生的，這種微笑只是欺騙周圍人和圭太的假面具。

香奈子從圭太的親生母親手上奪走了他，所以，和他──沼田實的親生母親立場相反……反而和他至今仍然恨之入骨的繼母的立場很相似。

不僅如此，香奈子比那個繼母更惡劣。因為香奈子費盡心機，讓圭太把應該痛恨的女人誤以為是自己的母親而深愛她……然而，香奈子在夏日暮色中的溫柔微笑，的確很像是他的親生母親，完全不像那個愛慕虛榮、滿口謊言的冷酷繼母。

任何人的內心都有不同於外表的部分，每個人都用謊言偽裝自己。

繼母在除了他以外的其他人眼中，是對前妻的兒子視如己出，像活菩薩的女人……即使是和她一起生活的丈夫，至今仍然對此深信不疑。所以，父親應該到現在還不知道，為什麼從來不曾頂嘴、溫順乖巧的兒子那天會從保險箱裡拿了兩百萬後，從此杳無音訊。

他自己也有香奈子不瞭解的一面，既然這樣，香奈子當然也可以有另一張臉。

他還無法相信今天那個女人說的話。幾個小時後，他試圖把女人說的那些出人意料的事實視為「謊言」……奇妙的是，他越想要否定，就越覺得那個女人說的話是事實……

假如那個女人謊話連篇，到底有什麼理由要說這種莫名其妙的謊？雖然對他來說，這些事猶如青天霹靂，但那個女人是在充分調查了小川家、圭太和他，做好了充分的準備才告訴他……如果是謊言，那個女人浪費時間和精力，冒著危險說這種謊到底有什麼好處？

因為只要稍有閃失，就會鋃鐺入獄。

如果他回到工廠，提起那個女人的事，香奈子一定會怒不可遏地聯絡前夫，或是立刻報警。

如此一來，馬上就可以揭穿她的謊言。

然而，這是女人確實說謊的情況。

如果香奈子果真強行奪走了那個女人的孩子，就絕對不會報警。沒有辦理領養手續，直接當作是自己的孩子報戶籍本身就是犯罪行為。即使沒有留下任何證據，香奈子也會因為心虛而不敢張揚。

香奈子最多只會對他說：「那個女人恨我，所以才會說這麼過分的謊言。她利用你只是員工，根本不瞭解情況……我不會理她，川田，你也忘了這件事。」

那個女人料想到這種情況，才會向他和盤托出，要求他參與綁架。所以，她既沒有叮嚀他：「不要告訴香奈子。」也透露了自己的真實身分，甚至留下聯絡方式……

白天的時候，他覺得難以置信，連連搖頭，但也許並不是因為無法相信女人的話，而是無法相信那個充滿虛飾、用謊言堆疊起來的女人會說實話。

那個女人所說的是事實……

想到這裡，他又產生了新的疑問。

香奈子為什麼假裝疼愛自己最痛恨的女人生下的兒子，至今仍然在演這齣普通女人難以忍受的戲碼？

難道唯有靠這個方法，香奈子才能戰勝那個叫水繪的女人嗎？

他想起自己的繼母，當他假裝乖巧地叫她：「媽媽，媽媽」時，她總是樂不可支……雖然他不願意相信，但香奈子的微笑中，也許也隱藏了和繼母相似的、勝利者的得意。

繼母藉由籠絡前妻兒子的心，最後順利嫁入沼田家。同樣地，香奈子是否也藉由牢牢地抓住圭太，繼續在山路家保有一席地位，儘管她已離婚？

那是水繪從情婦升格為妻子，進入山路家後仍然無法奪走的地位……和水繪相比，香奈子實在太平凡了。

不管是身為女人的個人魅力還是才華，香奈子都無法和水繪相比。水繪這個女人的亮麗，更襯托出香奈子的平凡和不起眼。雖然當初山路將彥看中了她的不起眼，娶她為妻，但水繪仍然霸佔了將彥的身心……

「圭太」也許是香奈子在這場女人戰爭中最後，也是最大的致勝武器。

想要戰勝敵人，只要奪走敵人最有力的武器，並佔為己有……

不僅如此，香奈子說不定就像水繪所說的，對前夫將彥舊情難忘。也許是為了要和將彥破鏡重圓，才會緊抓住圭太不放。

也許不光是感情問題，香奈子可能還覬覦將彥的財產。如果只是離婚，拿到的贍養費有限，但只要把圭太牢牢抓在手上，山路家的財產也就成為囊中物了……

香奈子離開山路家時，她娘家的工廠經營出了問題，正在做最後的掙扎。香奈子應該不可能無視山路家的財產。

然而，她在離開山路家時不可能帶走他們家的財產，但圭太的話……她可以帶走流著山路家的血，因此和山路家財產有密切關係的圭太。

圭太在戶籍上是香奈子生的孩子，將彥和婆婆無話可說……

做為一個員工，他已深切感受到印刷工廠面臨的危機。所以說，就算「香奈子的目的是圭太血緣關係所附帶的龐大財產」這個思考方向令人難以置信，但也完全合情合理。

在綁架事件才剛拉開序幕的這一天，他——沼田實在工廠鐵皮圍牆旁和圭太一起練棒球時，並沒有想得那麼深入。沼田又深思熟慮了兩個月，才終於接受了幾乎可說是初次見面的女人對他說的，那些聽起來不著邊際的話。

「好危險！」

聽到香奈子的叫聲，他才終於回過神。他心不在焉地投的球擦過了圭太的頭。雖說在練棒球，但圭太才四歲，所以他都投得很輕，讓圭太很容易接到，但回想起那個女人白天說的話，以及二十年前母親的臉後，他的控球似乎出了問題。

香奈子跑向愣在原地的圭太。

「沒事吧？沒有打到嗎？」

她雙手抱著圭太的頭撫摸著。

他覺得好像看到聖母的宗教畫，呆立在那裡。

「川田，你今天怎麼了？你送了圭太最想要的東西，我也不好說你。」

香奈子用比平時嚴厲的聲音責備他。

他仍然一動也不動，站在遠處看著香奈子的臉。

「沒事，媽媽，球沒有打到我。」

圭太試圖袒護他，香奈子摟著圭太的肩膀走向他。

「你真的有點不太對勁，發生什麼事了？如果遇到什麼困難，可以找我商量。」

他不加思索地點點頭，但隨即用力搖頭。

只有短短的一秒鐘……這一秒鐘決定了他的命運。他覺得應該把見到水繪一事，以及水繪對他說的話統統告訴香奈子，也張開了嘴巴，但張開的嘴吐不出一句話……

有時候明明想嘔吐，卻連一滴胃液也吐不出來。與這種感覺相似的焦躁和痛苦引起喉嚨一陣痙攣。

他只能擠出連自己都覺得丟臉的燦爛笑容加以掩飾，向他們母子道歉：「我有點累了，今天在大太陽下走了半天，可能有點中暑……圭太，對不起，改天再陪你玩。」

他轉身離開，下一剎那，後悔的聲音傳遍全身——為什麼沒有告訴她？

回到公寓，他沖了澡。灼熱在身體留下痛楚，彷彿造成了燙傷，無法用水沖走的熱度附著在身體深處。

白天的時候皮膚吸收了陽光，入夜之後漸漸開始釋放。然而，無論怎麼釋放，身體深處仍然熱浪翻騰，化成黑色閃亮的液體流入黑夜，宛如取之不盡、用之不竭的油田……

他閉上眼睛試圖入睡，眼簾內充滿耀眼的光芒，將他帶回了露天咖啡座。

帶著花卉陰影的乳房再度出現在他眼前，女人手臂的柔軟感覺再度回到他的指尖……女人纖細的手腕富有彈性，在接受他手指的同時，也將他彈開。

在綁架劇拉開序幕的這一天，他——沼田實曾經有兩次機會親手讓它落幕。

第一次是當那個女人突然想要離開咖啡店，他抓住女人的手臂時……另一次是傍晚，他在投球失誤時，香奈子問他「你怎麼了？」的時候。

第一次的時候，他可以主動鬆開女人的手臂，告訴她：「妳不要再來找我。」之後，他也可以把名叫水繪的女人向他提出的要求向香奈子和盤托出。

為什麼沒有這麼做？

難道比起認識已久的香奈子，自己更相信幾乎算是第一次見面的女人嗎？比起平凡卻誠實溫柔的香奈子，自己更想和漂亮但傲慢虛榮的那個女人聯手嗎？

在宛如熱帶夜的悶熱黑夜中，他摸到了手機，打算發簡訊給那個女人。

「我會把今天的話當成是笑話忘記，不要再來找我。」

他靠著畫面的亮光輸入這兩句話，打算寄出去，但他的手指無法按下按鍵。

他的手指僵在距離撥出鍵一毫米的地方動彈不得。

難道這不是自己的真心嗎？難道內心還希望那個女人再來找自己嗎？

他重新輸入了「明天找時間見個面吧，我想進一步瞭解詳細的情況」的內容，還是沒有勇氣寄出去。這一次，手指仍然停在距離撥出鍵一毫米的地方。

最後，他花了一個星期，才戰勝那一毫米的距離。

下一個週日，他在山路水繪上週出現在咖啡店的時間，寄發了一通簡訊，「請聯絡我。」

三分鐘後，手機就響了，但他覺得短短三分鐘比三個小時更漫長。

「有什麼事？」

女人在電話中的聲音比實際更沙啞，聽起來有點不耐煩。

「關於上週的事，我有問題想要請教，才能決定到底要不要幫忙。」

雖然只是幾句話，但他已經在腦海中練過無數次，真正說出口時還是緊張到聲音有點僵硬了。

「你想問什麼？」

女人不耐煩地輕聲問道。

「綁架圭太的真正理由，上次說的……是假的吧？」

他在苦笑的同時，單刀直入地問。

「原來是這個問題。」

女人似乎鬆了一口氣。她消除了緊張，電話中的聲音也變得輕鬆起來。

「我的確沒有把真正的理由統統告訴你，但我想要把圭太帶回來這件事並沒有說謊……為了達到這個目的，要讓小川香奈子親口說出這件事也是真的，只不過……」

「還有更重要的理由嗎？」

女人似乎不知道該不該回答，沉默了兩、三秒後，坦誠地回答：「沒錯。」

「什麼理由？」

「現在還不能告訴你。」

「現在不能……那什麼時候可以告訴我？」

「……」

「該不會到最後……該不會等到那起事件落幕，妳都不打算告訴我吧？」

女人嘴角發出嘆息般的笑聲，「沒想到你們比我想像中更聰明……你是長野明星高中以第二名的成績畢業的高材生，我早就知道你很聰明了。」

事到如今，即使聽到女人說這種話，他也絲毫不會感到驚訝。他想像著電話彼端那個女人的嘴唇，發現那才是最重要的。

想像中，她的嘴唇抹著濃密的口紅，似乎快把聲音也染紅了。

「你剛才是不是說你們？」

紅色的聲音問。

「對啊。」

「為什麼是複數？」

「聽了妳的計畫，我知道那絕對不是妳一個人想出來的……況且，妳一個人也不可能跟蹤我，調查我的身世。」

女人沉默了片刻。「我一開始就沒有隱瞞，你沒什麼好得意的。反正我本來就打算告訴你會有幾個人協助這件事，但整個計畫，包含每個細節，都是我想出來的，大家只是照我的劇本行事……」

當她用威嚇的態度說話時，聲音越發沙啞，好像喉嚨發炎了。

「如果妳說出真正的……最大的動機，我可以幫妳。」

「……」

「想要把孩子奪回來這種動機不像是妳會做的事……妳不像是為了奪回自己的孩子，甘願冒生命危險的母親。既然妳已經查明了我的底細，那我就不妨告訴你，我小時候曾經看過捨命為兒的母親的臉，那已經深深烙在我的腦海中了。」

手機突然安靜下來，正當他擔心電話是否被掛斷時，笑聲打破了寂靜。雖然只是像竊笑聲般的隱約笑聲，但他覺得格外刺耳。

「總之，你去渋谷吧，其他的事見面再談。」女人說。

「渋谷的哪裡？我對渋谷不太熟，妳決定吧。」

「哪裡好呢？八公雕像前今天可能擠滿人了，雖然你個子很高，但也可能找不到你……」

她似乎想了一下，然後問：「可不可以約在不尋常的地方？十字路口呢？八公前的十字路口，往中心街的方向不是有一個很大的斑馬線嗎？我們就約在那裡吧？」

「是靠八公像那一側？還是中心街那一側？」

「不，不是靠任何一側，是十字路口的正中央……不行嗎？那個十字路口今天應該也很多人，但紅燈時應該就沒人了，想要看不到你也很難。」

「妳是認真的嗎？」

他在發問時，忍不住皺起了眉頭。

「車子開進路口時不是很危險嗎？」沒記錯的話，那個路口沒有避開來往車輛的區域。

「你可以在一小時後親眼確認，那就一個小時後，準時在十字路口的正中央見面。」

女人說完，立刻掛了電話。

她變回上個星期的傲慢女人，把別人當成自己的侍從。

雖然他覺得自己的大膽嚇到了那個女人，讓她表現出怯懦的一面，但也許那只是她的演技……這通電話也讓他留下了被玩弄於股掌的疲勞。

他在榻榻米上躺成大字，整個背都被汗水濕透了。不舒服的感覺令他心浮氣躁，他不想立刻起身，於是轉頭看著敞開的窗戶。

那天之後，連續下了好幾天雨，週末時，宛如盛夏般的大太陽佔據了東京狹小的天空。陽光形成一道刺眼的白牆封住了窗戶，雖然拉起廉價的薄質窗簾可以擋掉些許的陽光，但他沒有拉起窗簾，因為他在等蜜蜂回巢。

今年春天之後，他在窗邊放了一個小型的手工蜂箱，飼養蜜蜂。蜜蜂白天在外採蜜，在他傍晚回家之前，從敞開的窗戶飛進白色的四方形盒子……然而，從他上週日去代官山的那天晚上開始，蜂箱就空空如也。

那天早上，蜜蜂比他更早飛走，之後就沒有再回來了。

難道牠們敏感地察覺到飼主發生的巨大變化，所以決定離開了嗎？

小時候他曾聽大人說，即將發生天災的那一年，蜜蜂會在較低的位置築巢。難道牠們憑著天生的敏銳感覺，發現飼主的人生將會發生巨大變化，擔心影響到自己的生活，所以集體出走嗎？

這幾天來，他每天都只是在工廠和公寓之間往返，但每次都在蜂箱前失望地嘆息。然而，他仍不願輕易放棄蜜蜂可能會回來的可能性，會花時間看著窗外混合了雨和夜的氣息，變得有點昏暗的天空。

並不是所有蜜蜂都變心出走，而是唯一的女王蜂變了心，其他的蜜蜂只是跟隨女王蜂而已……在掛上電話三分鐘後，他起身沖澡，準備出門時，發現自己就像一隻工蜂，所以才產生了上述的想法。

他按照女人的指示，在掛上電話的一個小時後站在涉谷十字路口的正中央。

行人用號誌燈變成綠燈的同時，他從八公像那一側走向中心街的方向，在正中央停下腳步。不出所料，十字路口擁擠不已，和上下班顛峰時間的通勤電車沒什麼兩樣，當他突然停下腳步時，走在他身後的男人撞上他的肩膀，不悅地說：

「多危險啊！」

他必須避開背後襲來的人群，也要小心前方擁來的人潮。

他很快就發現，在這個十字路口中央，就連綠燈帶來的人潮也很危險。

不一會兒，號誌燈變成了紅燈，人潮退向道路兩側，他終於鬆了一口氣，但只有短暫的剎那，隨即必須面對一陣喇叭聲和「找死啊！」的怒罵聲，以及車子擦過身邊的恐懼。

在這種狀態下，那個女人打算用什麼方法靠近？開車是接近路口唯一的方法，但她要怎麼在路口停下車子？路口的車潮川流不息……一旦突然停車，後方的車子一定會發生追撞。那個女人為什麼指定這裡？

不，更該問的是，為什麼自己會聽從女人的命令，在這個根本不適合約定見面的地方等待？

他也不知道原因。在擁擠的渋谷街頭，一旦走去其他地方，女人就看不到自己了。如果不站在指定地點，女人就再也不會和自己聯絡……他全身冒汗，在狹小的東京天空橫行霸道的太陽無情地烤著他的臉和露出的手臂。

再度綠燈時，他必須抵擋人潮；再度紅燈時，他又陷入車潮的漩渦。這時，他感受到另一種恐懼。

那是暴露在眾目睽睽之下，近似羞辱的恐懼。車窗和十字路口周圍大樓的窗戶內，有無數雙眼睛正在監視自己。他覺得自己被關在玻璃牢籠中，變成了被人觀察的白老鼠……

這時，他發現有一輛警車漸漸靠近。警察一定覺得明明是紅燈，卻有一個男人站在馬路中央太可疑了。要怎麼向警察解釋……然而，他來不及思考，警車已經停在他面前。

不愧是警車，它在引導其他車子的同時，很自然地停在他身旁。一個身穿制服的男人從副駕駛座上走了下來。

雖然警察臉上的表情很平靜，但注視他的雙眼宛如結凍般冰冷。他忍不住後退了一步。

這時，後車座旁的車門打開，一個女人走了下來。是那個女人……山路水繪。和他相約的女人如約現身了。

「不用怕，跟我一起上車吧。」

她摟著他的身體，推了推他的背，坐上了警車。他搞不清楚狀況。她引誘他犯罪，但在行動之前，已經背叛了他，報警了嗎？……他當真這麼認為。

警車發動時，女人連聲向駕駛座和副駕駛座的兩名警察道謝：「真對不起，謝謝你們幫了大忙。」

警車駛上道玄坂，右轉後，在百貨公司門口停車，讓他們兩個人下了車。

「謝謝，真的太感謝了。」

水繪抓著他的手鞠躬道謝，坐在副駕駛座上的警察親切地說：「今天這裡人很多，要小心一點。」水繪彎腰鞠躬，直到警車從視線中消失。然後，鬆開他的手，用手指著他的頭。

「我向停在附近的警車哭訴，說我弟弟迷路了，在馬路中央動彈不得。」

她一臉若無其事地說。

「我的車子就停在地下停車場。」

不等他回答，她就轉身走了。

女人熟門熟路地走下通往地下室的樓梯，他跟在女人身後。

女人坐上五月時曾經看過的那輛車的駕駛座，打開副駕駛座旁的車門，用眼神示意他：快上車。

他上車後，自己關上了車門，看著前方問：「為什麼選在那種地方？」雖然他在路口只站了幾分鐘，卻覺得口乾舌燥，聲音沙啞。

女人不發一語地發動車子，開到街上後才說：「這是預演，因為要在那裡交付贖款。」車子駛上高速公路後，山路水繪說：「在那個十字路口可以做很多有趣的事。既可以讓媒體大炒新聞，也可以迷惑警方。」

她語氣興奮，彷彿是在說旅行的計畫。愉快犯……他的腦海中浮現出這個字眼。愉快犯、綁架犯。愉快犯、綁架犯。

「不會吧？」他馬上搖了搖頭。這個女人會不會只是想把事情鬧大，驚動警方和社會？只是想在東京最熱鬧的渋谷十字路口為舞台，在全國一億名觀眾面前演出一場綁架大戲？她自稱是圭太親生母親也是在演戲，只是這個女人寫的劇本。她真的是她自我介紹的那個人嗎？也許她根本不是山路將彥以前的情婦、現任妻子……

「妳為什麼想把這件事鬧大？」

他先問了這個問題。

「不是很奇怪嗎？照理說，犯罪行為不都是偷偷摸摸的嗎？」

「所以啊，我們要在這個犯罪背後，偷偷摸摸做一票更大的。偷偷摸摸的，就連你這個共犯也不知情……」

女人加快車速，一派輕鬆地說道，得意得想要吹口哨。

他原本打算在下車之前都直視前方，但聽到女人這句話實在太驚訝了，忍不住側頭看著正在開車的女人。

他盯著女人若無其事的臉問：

「妳可以告訴我綁架圭太的真正理由嗎？」

女人面帶微笑，沉默不語片刻，最後還是搖了搖頭，輕聲說：「不行……」

「但妳剛才不是說了嗎？要在背後偷偷摸摸地幹一票，妳到底打算利用圭太做什麼？」

「我剛才說『不行』，難道你沒聽到嗎？」

「我當然聽到了，但既然這樣，就不要稱我為共犯。因為妳說要告訴我綁架圭太的真正目的，所以我才等去那個十字路口，也上了這輛車。」

「真的嗎？……真的只是這樣？」

女人第一次看向坐在副駕駛座上的他，然後將視線從他的臉瞥向他的身體。

她在轉眼之間，就用眼睛舔遍了他的全身。

他不禁覺得，這個女人的眼睛深處也有一個舌頭……而且，她的眼睛也化了妝。女人視線經過的地方都起了雞皮疙瘩，好像用畫筆掃過一樣染上了色彩。

他看著女人的嘴唇。一個小時前通電話時，濃厚色彩的嘴唇始終盤旋在他腦海中，但眼前看到的嘴唇顏色很淡，也有點乾。然而，當他閉上眼睛，女人嘴唇殘像的濃密顏色好像隨時會滴落……

「真的只是這樣。」

他回答後又問：

「妳要去哪裡？」

他發現車子在東京中心繞圈子。

「不知道，你有想去的地方嗎？」

「沒有……」

「那我們就繼續繞圈子吧，反正現在沒有塞車。」

女人回答後，繼續加快車速，突然開口說：「這是為你好。」

「……？」

「你最好不要知道我在背地裡偷偷摸摸做什麼。」

「為什麼？妳這麼說，不是讓我更想知道嗎？」

「不，你只要協助把圭太送回他的親生母親手上就好，萬一失敗，你也不必承擔太大的責任。姑且不論警方和檢方，輿論和法院都會同情你……或許可以酌情判你緩刑，但如果你知道事件的內幕，而且還參與，身為共犯的罪責就不同了，你等於和我犯下了相同的重罪。」

女人的側臉中，只有嘴唇上留著淡淡的微笑，但正視前方道路的雙眼很嚴肅。

「重罪是指……」

他的聲音也嚴肅起來。

「你可能會坐幾年牢，以贖款為目的的綁架，無論在哪個國家都是重罪。」

他再度緩緩轉頭看著女人。

「妳先前不是說，贖款分文不取嗎？」

「對啊，那只是檯面上的綁架案，是給警方、媒體和全日本的觀眾看的戲，但在檯面下，我們會用贖款交換小孩子的性命，為數龐大的贖款……」

他說不出話，只能盯著女人的側臉。

「你想知道金額嗎？你想知道我們在警察看不到的檯面下，向對方勒索多少錢嗎……？」

她說話的速度也越來越快，簡直就像在唱歌。

他原本打算回答「對」，但實際上發出來的是類似腳踏車輪胎爆胎般的破音。

「三億……雖說現在的『三億圓』也貶值了，但這個價碼已經到頂了。雖然他的財產不只這些，但在短時間內，只能籌到這些現金。」

「……」

「你嚇到了嗎？」

他搖了搖頭，但他只是想說「難以置信」。

「妳在開玩笑吧？」

他終於說出這句話。

「對，開玩笑，就當作是開玩笑……這樣比較好。反正我希望你立刻忘了這件事，你只要協助檯面上的事就好了，不必在意檯面下的事。」

他又搖了搖頭。

女人瞥了他一眼。

「你突然感到害怕了嗎？該不會事到如今，突然說什麼不願意幫忙檯面上的事吧？」

在她說話的同時車子駛入了隧道，橘色的燈光將女人的臉變成了負像。這一天，山路水繪穿了一件黑色無袖洋裝，更加襯托出白皙的肌膚，胸前戴了一朵人造花的襟花，紫色的花在負像中變成了宛如服喪戴的喪花般灰暗……

「不，我只是在考慮要向誰勒索贖款……願意為圭太出那麼多錢的人有限，小川家瀕臨破產，恐怕連百分之一都拿不出。」

他看著女人胸前的假花，自言自語地問：「圭太身邊有人拿得出三億圓的鉅款嗎？而且，如果不是很疼愛圭太，不可能願意拿出這筆錢……真的有這號人物嗎？」

但他很快搖頭否定了自己的話，因為他想到一個男人的名字。

「不，有一個人……」

「誰？」

「妳的丈夫，牙醫師山路……」

「將彥。」

她嘆了一口氣，彷彿在苦笑。他想要看女人的臉時，車子剛好駛出隧道，負像都反轉成了正像。人造花恢復了鮮艷的紫色，他的目光被那個顏色吸引。

「妳不是說，檯面上的綁架案是由山路將彥付贖款嗎？」

他的目光盯著女人胸前的花說道。

「對，但檯面上的綁架案中，會把贖款如數歸還。」

「是嗎……所以，你們會在檯面下和山路將彥暗中交易，讓他付三億的贖款嗎？但是……」

山路水繪唐突地打斷了他的話。

「你在看什麼？這朵花嗎？」

「對，這是人造花嗎？」

「你認為呢？」

「我認為什麼？」

「這朵花在說真話還是假話呢？」

他聽不懂這句話的意思，看著女人的臉。她的表情平靜，好像根本沒有說任何話，也和之前一樣，彷彿根本忘記他坐在副駕駛座上了。

「雖然看起來像人造花，但原本是真花。用特殊的藥物塗在鮮花上，兩、三年都不會枯萎。蝴蝶蘭……這種顏色的蝴蝶蘭很稀奇，經常有人問我『是不是人造花？』其實顏色也是原本的顏色。」

「……所以，上面還留著花蜜嗎？」

他很想伸手觸摸那朵花，但他把手藏到身後，用力握緊拳頭。

「不知道。為什麼這麼問？」

「沒有特別的意思……因為蜜蜂應該很喜歡這種花，我有養蜜蜂，妳知道嗎？」

「在哪裡？你在哪裡養蜜蜂？」女人問。

「就在公寓，妳沒有調查到這件事嗎？」

「對，並沒有徹底調查你。」

女人回答後，發出很做作的「呵呵」笑聲。

「真巧啊。我把車子停在幼稚園正門附近監視時，有好幾次看到你去接圭太……每次看到你牽著圭太的手走出來，我就覺得你像工蜂，為我送來花蜜。雖然你從來都沒有注意到我，每次都把花蜜送到那個女人手上。」

「這不重要啦，三億圓才是妳真正的目的，妳根本不想把圭太帶回妳身邊吧……妳只是為了大撈一票而利用圭太。」

「不是，三億圓也是為了圭太。」

「……」

他默默搖頭，覺得女人只是拚命想矇混過去。

女人繼續說道：

「只要有三億圓，就可以讓圭太回到我身邊……我說過好幾次，小川香奈子才是綁架犯。我只是想付一大筆贖款，把圭太順利從香奈子手上搶回來。因為我沒有這麼多錢，在絞盡腦汁後，決定同樣用綁架圭太的方式，以贖款來籌措贖款……」

「香奈子說，只要妳願意付三億圓，她就願意把圭太還給妳嗎？」

他無法理解女人的話，忍不住問。

「不，她沒有想要這麼多錢，也不需要。」

「既然這樣……」

女人不顧他想要繼續追問，強勢地改變了話題。

「小川家的人今天在做什麼？」

「小川家的人？」

他皺著眉頭問道。由於實在太唐突，他覺得其中似乎有玄機。

「就是你上班的那家工廠的老闆和他的家人……老闆今天又去籌錢了嗎？」

「對，每到星期天，他都會愁眉苦臉地四處籌錢。但妳想問的並不是老闆的事吧？如果妳要問香奈子和圭太母子，他們和兄嫂全家一起去遊樂園玩了。不知道從哪裡拿到了門票，還問我要不要一起去……」

他正想告訴女人，雖然香奈子他們邀他同行，但他拒絕了。說到一半，他停了下來。東京巨蛋剛好出現在車窗外……沒想到近在咫尺。

遊樂園的摩天輪也近在眼前。

「搞了半天，根本不需要我告訴妳，既然妳知道就不要假惺惺地問我。」

他苦笑起來。

「你在說哪一件事？」

「妳不是知道圭太今天來這裡嗎？……我剛才說的『遊樂園』，就是後樂園。」

「真的嗎？我當然不知道，只是巧合，但真是太巧了。」

他的視線投向女人的臉，她看起來是真的對巧合感到驚訝。

但，她是在演戲……

兩、三天前，小川家的信箱裡發現一個信封，裡面有價值兩萬圓的後樂園招待券。信封背後的寄件人留的是去年離職的年輕員工森下的名字，信封內有一封用電腦打字的信……

「森下說，他從這裡離職後去後樂園上班，想邀大家一起去玩。不過我們以前對森下並沒有特別好，值得他送兩萬圓的禮……真有點莫名其妙。」

當時，香奈子這麼告訴大家。

很可能是這個女人充分調查了印刷工廠的情況，用森下的名字寄了那封信。今天又假裝是巧合，來到後樂園……但不知道為什麼，也帶他同行。

剛才並不是毫無意義地在高速公路上繞圈子，而是有明確的目的。

「既然這麼巧，我們要不要去看看？」

果然不出所料，女人這麼說道。

「不行，可能會被圭太他們看到。」

這時，女人莫名其妙地按了喇叭，似乎根本不理會他的擔心。

「我們不是去遊樂園，是要去後樂園的其他地方。」

女人說完後閉了嘴。在二十分鐘後，把車子停在後樂園附近一棟大樓的停車場之前，沒有再說一句話。

他只來巨蛋球場看過一次棒球，對這一帶的環境很陌生。車子下了高速公路，駛入這個停車場為止，他覺得好像被那個女人帶進了迷宮。

「下車吧，我們走過去。」女人終於開了口。

他問：「妳和這棟大樓的房東很熟嗎？」他下了車，仰望三層樓的大樓，發現二樓的玻璃窗戶上貼著『堀田商事』幾個字。

「稍微有交情。他之前說我來後樂園時，可以把車停在這個停車場。」

女人說完，邁開了步伐。他對著她的背影說：「果然不是巧合。」

女人無視他說的話，自顧自地往前走……輕薄材質的洋裝宛如黑色的風，纏繞著她的身體，她的腰部曲線若隱若現。在大白天耀眼的光線下，更覺得那是夜的衣裳，女人似乎在和黑夜嬉戲。

他默然不語地跟在她身後。

不一會兒，他們走進了後樂園，女人走進一棟黃色大樓。

有許多男人也和她一樣被吸入那棟大樓的入口。有身穿西裝的上班族，也有看起來貧窮落魄，只穿了一件汗衫的人，各種不同階層的男人來來往往，擠成一團。

他第一次來這種地方，但立刻知道是場外投注站。

工廠內有兩個同事是賽馬迷，今天也去了府中的賽馬場。雖然他們經常邀他同行，但他對賭博沒有興趣，從來沒有買過馬票。

女人似乎已經來過幾次。她買了賽馬報，熟門熟路地走上樓梯。

女人邁著緩慢的步伐，戴著墨鏡，看著報紙上的出賽表，來到三樓時，突然想起什麼似地轉過頭。

「我知道你不賭馬，但如果你還下不了決心，要不要賭一把看看？如果我在下一場贏，你就要成為共犯。」

她在說最後的「共犯」兩個字時，突然把嘴唇貼到他耳邊呢喃。

「贏是什麼意思？」

他向她確認這句話的意思。

「就是我看好的馬跑第一名的意思。」

「如果沒中呢？」

「那我就聽你的。」

「……」

她的嘴唇露出微笑，好像在開玩笑，但他不知道躲在墨鏡的濃密黑色鏡後的眼睛有沒有笑。

但是，這個女人知道我想要什麼……他有這種感覺。

「你想要什麼？」

她的語氣好像在問小孩子。他全神貫注地看著她的黑色墨鏡，似乎想要從女人的雙眼看透她的真心……那個時候，他對女人只有一個要求。如果女人說這句話是出於真心，他打算鼓起勇氣說出來，但想要說的話卻在嘴唇內側凝固了。

「怎麼了？趕快說啊，無論你提出任何要求，我都會答應。」

女人催促著他。

「請妳別再打圭太的主意。」

他脫口說出這句話。

「如果你想要三億圓，請妳想其他的方法，希望妳放棄綁架圭太、把他搶回來的計畫。無論過去曾經發生過什麼事，圭太現在已經和香奈子成為真正的母子，希望妳不要破壞他們的幸福……血緣關係根本不重要。無論當初曾經發生過什麼，妳一度背叛了這種血緣關係，放棄了圭太。既然這樣，現在就不要當作什麼事都沒發生地出現在圭太面前，乾脆背叛到底。」

當他回過神時，發現自己吐出了這番話，有一吐為快的快感。

雖然這並不是他目前最想要的，但開口之後卻忍不住拚命訴說。在老家儲藏室最後一次見到母親時的自己和圭太的立場重疊在一起，讓他停不下來……他內心覺得母親拋棄了自己，知道將和母親永別，卻無法坦然地轉過身。

從那個時候開始宛如灰塵般慢慢累積的東西，終於在二十年的歲月後爆發了。但他同時也很不知所措：怎麼會在場外馬票投注站這種自己都不相信自己會來的地方突然情緒爆發？

其實，他原本想說其他的話。像是「妳明知道我想要妳的身體」這種齷齪的真心話，應該更適合這個明明位在東京中心，卻帶著偏僻落魄味的地方。

女人似乎也有點驚訝。

她摘下墨鏡，用雙眼看著他。他的腳還沒有踩到三樓的地，還剩下兩級階梯，剛好和女人的視線在同一條線上。

她用力注視著他，彷彿要看穿他，他也回望著她。女人的眼中的黑比墨鏡更濃密，更神秘莫測。

「好啊。」

女人說。

「我願意放棄圭太的一切，包括這次的計畫。」

她嚴肅誠懇的聲音令他手足無措，但女人立刻恢復了開玩笑的聲音說：「如果我輸的話。」她再度用墨鏡遮住了眼睛。

投注站有一排窗口，上方的電視正在轉播賽況。

「雖然不是很大的比賽，但就決定賭這一匹。」

女人在電視下方翻開賽馬報中頁，出示在他面前。有一整排馬的名字……女人用食指的長指甲代替了筆，在一匹馬的名字上畫了一個圓圈。

暮光之星，馬號是「3」。

預測欄內一片空白，沒有任何記號。

「雖然這匹馬沒沒無聞，之前曾經在最後關頭反敗為勝，得到第二名。牠每次參賽的表現都很有戲劇性，也很精采，所以我很喜歡這匹馬。」

女人說完，去買了馬票，很快就拿了一張馬票走回來交給他。

「這匹馬會跑第一，你最好作好心理準備。」

說著說著，她抬頭看著電視。

周圍的男人目光都集中在女人身上。雖然現場還有不少其他女性馬迷，但她宛如出席派對的打扮和曼妙的身材，吸引了無數男人的目光。或許她並不喜歡這些目光吧，當馬匹入場時，她就離開了聚集在電視下方的那群男人，站到一旁。

賽馬很快就開始了。所有的馬匹同時衝出閘門，廣播內傳來馬評激動的聲音。「暮光之星」的名字被叫到兩次，但他並不知道在一群奮力奔跑的馬匹中，哪一匹是三號馬。他露出求助的眼神四處張望，想要尋找女人的身影，然而，下一剎那，他整個人僵在原地。

他無助的雙眼捕捉到一張熟悉的面孔。

老闆……

這兩個字花了好幾秒的時間才傳到他的意識。他的目光最先發現了那張臉，不禁納悶：

「為什麼會在這裡看到這張臉？」

稱號是老闆，但做的其實只是小本生意的他，穿了一件和工廠的鐵皮圍牆相似的薄質上衣，拚命伸直微駝的背，站在一群男人身後，目不轉睛地看著電視。

不能再盯著老闆看了，要趕快找一個地方躲起來。雖然他這麼想，但目光還是忍不住被那張臉吸引過去。

在這場比賽結束之前都沒有問題，不必擔心會被老闆看到。因為老闆那雙比小動物更悲哀的眼睛緊盯著電視畫面，片刻都不願離開。

場上的駿馬奔騰，好像隨時會從畫面中衝出來。

「啊，暮光之星發威了，牠毅力驚人，速度也驚人。牠超越了一匹又一匹，目前位居第二……不，已經衝到最前面……」

電視內和電視外都響起了歡聲。暮光之星一馬當先，率領其他賽馬轉過第四個彎道，進入了直線跑道。

「西野卡薩爾斯從外側用力追趕……太強了，簡直像用飛的一樣，簡直就是飛馬。飛吧，飛吧……能不能追上暮光之星？啊，黑火衝到了第三名。黑火，奮起直追，卡薩爾斯，飛快奔跑著，暮光繼續保持領先……」

歡聲淹沒了馬評的聲音，但他根本不在意賽事。

比起暮光之星是輸是贏，他更關心老闆賭的馬是輸還是贏。

雖然不知道老闆買了哪一匹馬，但一定是擠在前方的那幾匹馬之一。老闆盯著電視的眼睛佈滿血絲，眼中冒著火光。他第一次看到老闆平時在看員工時仍難掩驚恐的雙眼居然這麼專注，這麼充滿熱忱。

然而，那只有短暫的片刻。

賽馬衝進終點，歡聲震耳欲聾，老闆的雙眼也同時再度無力萎縮。

在歡聲的餘韻蕩漾中，女人抓著他的手臂走到樓梯旁。

「走吧。」

女人說完，率先走下樓梯。他跟在女人的身後，只回頭看了一眼。

老闆似乎還沒有放棄最後的希望，站在角落翻開賽馬報，打算賭下一場。他的背影比在工廠看到時老了好幾歲。

老闆的背影又瘦又小，和「老闆」的身分完全不相符。

他把那個背影深深烙在腦海中，衝下樓梯追趕女人。

跑下樓梯時，身體深處突然湧起一股奇妙的溫柔。那不是同情，而是看到瀕死的小動物時激起的憐憫和悲傷的溫柔……

在他的腦海中有另一張臉孔浮現，和老闆背影重疊。那張臉總是盛氣凌人地正視前方，誇示自己的力量和權威……那是他稱為「爸爸」的男人。不，是他被迫稱為「爸爸」的男人。

他用力甩了甩頭，拋開那張臉，加快了步伐。

來到一樓後，山路水繪快步走出大樓，走向和來時不同的方向。她似乎在逃避什麼，逃避……難道是逃避我？

但他猜錯了，她似乎正走向遊樂園。

他加快速度追了上去，抓住女人的手臂。

「妳要去哪裡？」

他喘著粗氣問。

「何必明知故問，當然是去遊樂園啊。」

遊樂園的入口就在眼前。

「萬一被圭太撞見怎麼辦？」

「沒怎麼辦，你真傻，我就是要去見圭太……除此以外，還有其他去遊樂園的理由嗎？」

她想要甩開他的手，他的手也十分用力，但很快鬆開了手。他終於瞭解女人那句話。

「妳輸了嗎？那匹叫什麼星的馬輸了嗎……？」

他低聲問道。

「對。」女人用嘆息吐出了全身的緊張，點了點頭。

「雖然表現不俗，但最後還是功虧一簣……每次都這樣，到了緊要關頭，都是她贏。」

「她？」他原本想要追問，但看到女人懊惱地咬著嘴唇，就問不出口了。他沒有必要問。因為水繪說的不是馬匹之戰，而是兩個女人的戰爭……女人口中的「她」一定是指香奈子。

「原來妳是認真的。」

他拿出剛才塞進口袋的馬票。女人搶了過來，撕成了兩半，又撕成碎片，丟到他身上。

「你這樣說也太可惡了，我可是賭上自己的性命啊。」

女人再度懊惱地咬著嘴唇，眼淚順著她的臉頰滑落……五月一日第一次見到她時，墨鏡下流的紅色淚珠和眼前透明的眼淚重疊在一起。上次是紅色的眼淚，這次是透明的血嗎？……不，還是……

「就按照你說的，我會放棄圭太的一切，所以最後再讓我見他一面。雖說是見面，但我不會靠近他，只是像之前一樣遠遠看他。」

女人抬頭看著他。即使隔著墨鏡，他也知道她的雙眼發亮……

然後，女人緩緩轉身，走向遊樂園的方向，她的背影顯得垂頭喪氣。

這一次，他用力抓住了她的手。

「好痛。」

聽到女人的叫聲，他才發現自己太用力了，但他仍然沒有放鬆。

「妳贏了。」

他對她怒目相向。

也許他真的很生氣。

想要見圭太最後一面的水繪讓他想起了離開人世之前，來到老家儲藏室前的母親……

他痛恨山路水繪，痛恨她試圖摧毀自己的未來……除了她的美貌，他痛恨她所有一切，她的自尊心、她的傲慢和她的舉止都惹人討厭。他感覺到女人背影的形象，和當時散發出死亡氣息的母親的形象有相似之處，也氣自己竟然會有如此感受。

母親敗給了繼母，水繪也輸給了香奈子。他對自己竟然產生這種想法感到氣憤不已。

他的眼睛深處仍然烙著老闆蒼老的背影……不敢做壞事，人生中一直抽到下下籤的男人，與為了得到自己想要的一切，不惜踐踏自己妻子的生命和親生兒子人生的父親相比，父親當然是勝利者，而老闆是失敗者，這是毫無疑問的……他對自己有這種想法感到義憤填膺。

「妳贏了。」

他又說了一次。

「妳掌握了那張王牌，根本不可能輸。是妳叫老闆來這裡的嗎？」

「……」

女人悶不吭氣。

「就像我剛才在車上說的，我以為老闆為了籌錢四處奔波。妳明知道他在這裡賭馬，為什麼還問我老闆在幹什麼？」

「那也是在籌錢啊。」女人回答說。

這等於承認是她把老闆帶來這裡的。

女人又接著說：「從今年四月開始，小川老闆就在東京各地的馬票投注站流連忘返，每次比賽，就買兩、三張最不看好的賽馬的三連複馬票❺。一旦發生奇蹟，可以一次贏數百萬。當然，至今仍然沒有發生奇蹟。」

由於賽馬場可能會遇到熟人，所以他絕對不會去那裡，尤其是工廠員工經常去的府中賽馬場，他不可能去那裡冒險。今天，他和全家一起來遊樂園玩，趁家人不備，偷偷溜到投注站來籌錢。

女人又繼續告訴他說：「我也是在四月的時候第一次和你老闆說話，之後每天都會聯絡一次。」

「是誰先提出那件事的？是老闆？還是妳？」

「那件事是指綁架的事嗎？」

女人用正常的聲音問，他忍不住左顧右盼。有不少攜家帶眷的遊客走過他們身邊。

他們自然而然地走向人少的地方，把石階的欄杆當成椅子坐了下來。樹木的陰影剛好為他們遮出一片陰涼，但他為了和她的身體保持一點距離，所以將一半身體移到陽光下。

他的身體被切成黑白兩半，一隻手臂很快就滲著汗，但山路水繪毫不在意地繼續說：

「繼續談剛才的事。今年三月，你工廠的老闆瞞著家人，尤其瞞著重返到娘家的女兒來山路家借錢。將彥當然沒有借給他……還很生氣地說：『事到如今，沒想到你居然還會來低頭借錢』，但我覺得是很好的機會。」

「把圭太找回來的機會嗎？」

「對。我覺得一旦我幫助那個女人的父親，有利於我把圭太奪回來。於是，我就瞞著丈夫和你老闆聯絡，見面後把所有的事都告訴了他……」

女人說，小川老闆聽了大驚失色，除了對水繪深表同情，還代替女兒向她道歉。

當然，在第一次見面時，她並沒有提到綁架圭太的事，但小川老闆對她說：「身為父親，我一定會說服香奈子，把圭太還給妳。」

水繪聽了，不禁暗自盤算：「他和我的利害一致，只要我們聯手，也許可以解決各自的問題。」

那一天，水繪決心要和山路將彥離婚。她夢寐以求地嫁入山路家不久，就發現和將彥的結婚是一大失敗。

生下孩子，孩子卻被人奪走後，水繪就不再是只為了追求夢想而結婚的純情女孩了。結婚時，水繪有自己的盤算……從某種意義上來說，是為了財產而結婚。她以為只要運用山路家的財產，就可以立刻用錢把圭太買回來。水繪在結婚後第一個星期，就知道自己太天真了。

她原本以為丈夫和婆婆都希望圭太回到山路家，但如果必須用一半的財產來交換，他們絕對不可能答應。比起親生兒子、親生孫子，他們對金錢更加執著。

❺簽這種馬票時賭的是「哪三匹馬進入前三名」，確切排序不影響結果。

用正常的方法無法讓孩子回到身邊，也不可能讓將彥拿出一大筆錢。最後，水繪想到不尋常的方法，就是用綁架達到目的。第二次和小川老闆見面時，她說出了這個想法。聽到「綁架」兩個字就害怕不已的老男人，得知是在警察不知道的情況下交付贖金，計畫很安全……而且，得知贖款的金額可以讓他用來重建工廠後，毫不猶豫地點頭答應了。

山路水繪在六月中旬的那個星期天，在後樂園這個熱鬧地點的角落，在盛夏般的酷暑中，並沒有把事情的原委詳細告訴沼田實。

水繪只花了十分鐘的時間，把大致情況告訴他而已。他在投注站看到老闆背影的那一剎那，就直覺地認為老闆和水繪聯手勾結，但確認自己的直覺正確後，他很慶幸綁架計畫並非老闆提出的，而是水繪採取主導。

水繪說詳情日後再告訴他，所以等水繪的話告一段落後，他問：「雖然我還無法接受……但有兩、三個疑問。你們在背地裡交易的贖款，會全額交給老闆嗎？」

「當然，一毛錢都不剩……我說想要錢，就是為了這個目的。」

「但是，工廠如果靠這筆錢翻身，不會引起警方的懷疑嗎？」

「不必太擔心警方的問題。因為他們只會知道檯面上那起分文不取贖款的綁架案，我……不，我們所擔心的是山路將彥的反應。暗中被勒索三億的山路將彥一開始就可能懷疑我和小川老闆……如果小川老闆在案發之後靠賭馬發生奇蹟，贏到一大筆錢，重建工廠，他一定會起疑心。」

水繪在那個時候提到自己的丈夫時，就已經是連名帶姓地稱呼了，彷彿兩人已經形同陌路。

「當然，只要暗中的交易成立、我們拿到那筆錢後，無論將彥再怎麼懷疑都不是大問題，因為他會盡可能隱瞞暗中付贖款這件事。」

「為什麼？」

「雖說那是他的財產，卻是藉由逃漏稅和遊走法律邊緣累積的錢，當然不可能告訴警方，當然，他也不會傻傻地把錢存在銀行，警方想查也查不到。」

水繪搖了搖頭，撥起掉落在額頭的頭髮。頭髮纏上了手指，看起來像金色的鎖鏈繞著她的指甲。午後的陽光微微西斜，水繪的臉也暴露在陽光下……黑色的墨鏡反射著陽光，彷彿拒絕任何些微的光。

「而且，綁架案沒有實際發生，無法瞭解將彥會有什麼反應，會採取什麼行動。將彥也希望從香奈子手中把圭太搶回來，這一點絕對沒有錯。所以他可能會擔心自己遭到懷疑，同時也會懷疑是小川家全家人都在胡說八道，為了騙他拿出贖款……之後，才會懷疑到我的頭上。但重要的是，將彥就算會懷疑小川老闆或懷疑我，也絕對不可能想到我們兩個人聯手，所以警方也不會懷疑……這一點絕對能夠保護我們的計畫成功。你聽得懂我說的意思嗎？」

他默默點著頭。

「案發之後，將彥擔心香奈子會說出圭太出生的秘密，所以會立刻趕去小川家。這些情況我們大致能夠預估……但之後的事就無法想像了，目前也還沒有決定在哪一個時間點和將彥進行暗中交易。」

簡單地說，水繪和小川老闆各自的夢想產生了交集，才會有綁架圭太的計畫。水繪可以藉此證明圭太是自己的兒子，並藉此爭取身為母親的權利……老闆則希望藉由得到數億的金錢重建工廠……

而且沒有人會想到他們是共犯。

水繪和老闆的女兒香奈子相互仇視，老闆當然也討厭水繪……每個人都這麼認為。而且他們的年紀相差如同父女，難以想像他們之間有激情的男女關係，導致他們聯手犯罪。

不對，果真沒有這個可能性嗎？

「我還想問一件事，妳該不會勾引我老闆吧？」他鼓起勇氣問道。

水繪冷笑了幾聲說：「我當然勾引了他。」

他下意識地皺起眉頭，不願想像他們兩人在床上纏綿的樣子。

「傻瓜，我並不是把他當成男人勾引，而是引誘他犯罪……」

他聽著水繪說話，看著她玩著胸前的花，彷彿在撣灰塵似的。她那擦了指甲油、發出黑色光亮的指甲看起來的確很擅長誘惑男人……遇到像老闆那種怯懦的中年人，她會花兩、三個月的時間一步一步誘惑；對年輕、在某些方面行為大膽的他，則採取了上週和這週兩次速戰速決的方法。

水繪被自己的玩笑話逗笑了，他無視她的反應。

「妳今天帶我來這裡，是打算把我介紹給老闆嗎？當然，是以新同夥的身分。」

「不，雖然我告訴你，你老闆是共犯，但會一直瞞著你老闆，直到綁架案順利結束……」

「為什麼？」

「你明明知道原因吧？雖然你整天臭著一張臉，但其實很擅長欺騙他人。你老闆膽子小，感情全都寫在臉上，心裡藏不住事情，在工廠時對你的態度一定會和以前不一樣……只有你們兩個人時，可能也會放鬆警惕，和你談計畫的事。所以在執行計畫之前，最好什麼事都不要讓他知道。」

水繪頭也不回，自言自語般地說完，才回頭看著他，繼續說：「而且，我和每一個共犯都是單向聯繫，我討厭你們這些男人相互聯絡。我之前也說了，這個計畫全都是我一個人想出來的，我要你們每個人都按照我的指示行動。」

水繪眼中發出銳利的光芒。他覺得自己被她藏在體內的釣針釣了起來……不，那是女王蜂特有的華麗釣針，這個女人把每一個共犯都當成是工蜂……

他仍然無法相信水繪，也無法接受她所說的話，但既然小川老闆真的打算協助水繪犯罪，他也開始覺得似乎可以助她一臂之力了。

「那我最後再問一件事……香奈子和她的家人都不知道老闆和妳聯手嗎？」

「當然，香奈子和小川家的人，還有山路家的母子會以為是自己不認識的人綁架了圭太……要讓他們以為這是以勒索贖款為目的的普通綁架案。」

他暫時結束了這個話題，因為他有一件事要辦。他站了起來。

女人似乎也有此意，但他對站起身的女人說：

「可不可以在這裡等我一下，十五分鐘，不，十分鐘就好。妳的測試似乎結束了，但我的還沒有結束。」

他走進擠滿攜家帶眷遊客的遊樂園，十分鐘後，用手機聯絡了山路水繪。

「要不要一起坐旋轉咖啡杯？我剛才買了兩張票，正在排隊。」

「……為什麼？」

女人在電話中反問的聲音顯得不知所措，心生恐懼。不，她可能只是假裝不知所措，實際上早就識破他提出這個要求的理由了……他仍然沒有相信這個女人。

「妳來了就知道了。」

「……」

「圭太也叫妳快來，沒有時間了。」

女人不發一語。

「我把他綁架來了……為了讓妳放棄計畫。雖然只有兩分鐘，但我會讓妳和圭太獨處，然後請妳放棄這個計畫。」

「……你是認真的？」

「這不重要，但如果妳不趕快來，香奈子就會起疑。我只說要帶圭太去廁所。」

說完，他不等對方的回答，掛上了電話。他並沒有說謊。他走進遊樂園後，四處尋找小川家的人。五分鐘後，在摩天輪前排隊的長龍中找到了兩個孩子和他們的父母。他告訴他們在家裡太熱了，打算來這裡看棒球比賽……想到他們昨天說要來這裡，所以來看看。還要等二十分鐘才能坐上摩天輪，他謊稱帶圭太上廁所，帶他來到這裡。

他叫圭太排隊，在不遠處看著圭太，打了那通電話。

「我想坐其他更刺激的。」

當他走回隊伍時，圭太不滿地說。

「但只有這裡不需要排太久，而且我已經買好票了。」

他說服了圭太，安撫了圭太的情緒，等待水繪出現。但等了五分鐘仍然不見水繪的影子。快輪到他們了，他帶著圭太故意走到隊伍的最後面爭取時間。

「為什麼……如果不坐就回去吧。」

圭太失去了耐心。

「那我們去坐吧。」正當他拉起圭太的手時，終於看到了水繪的身影。她正加快腳步走向他們。適合夜晚但和此刻格格不入的衣裳讓水繪看起來就像繪本中的魔女。

他鬆了一口氣。

「圭太，我因為超重沒辦法坐，你和別人……」

他編了一個謊言想要掩飾，這時圭太和他看向相同的方向，喃喃叫著：「媽媽。」

圭太似乎太驚訝了，瞪大眼睛，一動也不動。

然而，他比圭太更驚訝，忍不住蹲下身體，看著圭太的眼睛說：「你叫她媽媽，你認識那個媽媽……」

「對，我知道。」

「你知道她是你的親生媽媽？」

「對，我知道，是親生媽媽。」

但是，當戴著墨鏡的女人離圭太只有幾步的距離時，圭太的小腳還是害怕地向後退了一步。他搞不清狀況，為什麼圭太知道這件事……雖然上個月曾經見過一次，但為什麼這個小孩子知道那麼多？

他用害怕的眼神看著逼近的女人。他覺得這個遊樂園就是女人設下的巨大陷阱，感到不寒而慄。

但這只有短暫的剎那。下一刻，另一個女人從水繪背後跳了出來，轉眼之間就跑到圭太身旁，緊緊抱著圭太。

「太好了，我正擔心你跑去哪裡了。」

她對圭太說完，抬頭看著他責備道：「川田，你怎麼可以這樣？如果你要帶他來玩，也要告訴我一下啊。」雖然香奈子說著氣話，但聲音和說話內容調語不同，一如往常地溫柔。

「不是啦，因為咖啡杯兩分鐘就坐完了。」

香奈子不理會他結結巴巴的解釋。「現在剛好輪到我們了，圭太。媽媽代替川田哥哥和你一起坐吧。」她說著說著，用眼神向他表示歉意，然後就拉著圭太的手坐上了咖啡杯。

香奈子轉身的同時，他立刻環顧四周，卻不見水繪的身影。原來她早一步發現了香奈子躲起來了……但是，當咖啡杯開始旋轉時，女人的聲音在背後響起。

「你真行啊。」

穿著被汗水濕透襯衫的後背吸入了女人冰冷的聲音。水繪似乎在生氣……但她當然會生氣。

他轉頭想要解釋，這時，圭太坐在開始轉動的咖啡杯上向他揮手。他不加思索地舉起手揮了揮，露出滿面的笑容。

「不好意思……我沒想到會這樣。」

他向站在他背後的水繪道歉，水繪似乎隱身在他背後的陰影中。

「沒關係，就當作……當作你是為了讓我看這一幕才叫我過來的吧。被你這麼一搞，更堅定了我想要把圭太搶回來的想法。」

她的聲音和汗水一起黏在他的後背。

「而且，我也堅信你會成為最棒的共犯。原本我內心還有一絲猶豫，你成功地為我消除了……」

她繼續說著什麼，但話聲被其他遊樂設施上傳來的驚叫聲和歡樂聲淹沒了，他沒有聽到。他只聽到她最後說：「我要好好感謝你，跟我來。」

女人已經離開他，走向出口了。

他想要用力揮手，向圭太告別，但咖啡杯的速度越來越快，圭太緊緊抱著母親，同時發出叫聲和笑聲，根本沒空看他。香奈子也和在工廠時不同，神情輕鬆，發自內心地笑著……那完全是幸福母子的理想畫面，難怪水繪近距離看到時會那麼生氣。香奈子再度奪走了水繪的位子，佔為己有。

整個底座開始旋轉，咖啡杯也在上面旋轉……這兩種旋轉讓咖啡杯轉動的方向更複雜，比旁人所看到的更加刺激。母子兩人彷彿隨著輕快的華爾滋旋律，跳著拍數不只三拍子的變調華爾滋。

「那我走囉。」

他大聲說著，但圭太和香奈子似乎沒有聽到。於是他轉身去追消失在人群中的女人，在入口附近終於見到她的背影。

五分鐘後，他坐在水繪車子的副駕駛座上，一開口就說：「我原本真的打算讓妳和圭太獨處兩分鐘。」

水繪發動了車子，用報告公事似的口吻說：「先不管這個，我會遵守剛才的約定，滿足你目前最想要的要求。」從車窗吹進來的風吹亂了女人的頭髮……

他默然不語，女人拿下墨鏡，看著照後鏡笑了起來。

車子沿著一般道路行駛，很快到了池袋車站附近，在車站前那條路上右轉，經過鬧區後，駛入通往後巷的小路。不一會兒，來到一個公園。雖然公園不大，但角落有溜滑梯和鞦韆，一個看起來像遊民的老人坐在長椅上，默默啃著麵包。

公園周圍有很多高樓。

其中有一棟貼著粉紅色瓷磚的大樓，一看就知道是汽車旅館。

水繪將車子駛向那裡，進了大門後停了下來。

那裡有一棟新大樓和另一棟舊大樓，中間有一條窄路。車子在小路上停了下來，他不知道女人打算進其中哪一棟大樓。三層樓的紅磚大樓爬著藤蔓，有一種復古味；另一棟五層樓的水泥大樓很單調，掛了三塊霓虹燈招牌。

「來這種地方幹什麼？」他問。

女人把臉轉到一旁，看著公園的方向說：

「下車。這棟大樓的四樓有一家店叫『銀河』，雖然聽起來像是咖啡店或是酒吧，但其實是那種店。一走進去立刻可以看到一個櫥窗，不是根據照片挑選，而是看真人挑選。」

他立刻知道她想要表達的意思，但還是問：「什麼意思？」

「聽說裡面有一個和我長得很像的女人……我是聽那些男人說的。不需要告訴你名字，你一眼就可以認出來。」

她拿起放在後車座上的皮包，從皮夾裡拿出五、六張一萬圓，塞到他手裡。他甩開女人的手，但女人沒有作罷，硬把錢塞進他的長褲口袋。

「趕快下車吧。」

但他連手指都沒有動一下。

「下車。」

這一次，她的聲音像鞭子般抽進他的耳朵，他終於張開嘴唇說：「下車之前，我有一個問題想要請教。我還不知道妳是不是山路水繪，可不可以用什麼方式證明給我看？」

他的喉嚨乾渴，聲音快黏在舌頭上了。女人苦笑著，嘆了兩次氣，拿起手機，不知道打電話去哪裡。

「喂，是我，將彥嗎？我現在和朋友一起逛百貨公司，看到有一件很棒的男用上衣，我打算買給你。當然是夏天穿的……就是你一直很喜歡的那個牌子。」

說著，她把手上的手機放到他的耳邊。

「不……我還沒有跟妳說。」

電話中傳來一個男人的聲音。

「上次在銀座分店時，那個店員態度很沒禮貌，我和他吵了一架，所以現在改穿迪奧了。那家店的分店長最近常來我這裡看牙……」

電話中的聲音很自然。女人把耳朵貼在他的耳朵旁，聽著電話中的聲音，這時，把電話拿到自己的耳邊說：

「那我去看一下迪奧有什麼。」

之後，他們又在電話中輕鬆討論了晚餐的事，她才掛上電話。

「山路的電話很容易查到，你可以在明天隨便找一個藉口打過去。他的聲音很溫柔，很有特徵吧？一聽就可以知道是他本人。」

說完，她又說了一句：「下車。」

她的語氣很堅定，似乎不願再多說一句話。他默默地下了車。

「下次想找我上床的時候，隨時打電話給我，我會給你錢，帶你來這裡。」

語畢，她發動了引擎，看著他兩、三秒。他不知道她那雙眼睛在說什麼。她雖然已經拿下墨鏡，但和戴著眼鏡時差不多。那雙眼睛逃進了謎團之中，令人看不清真面目。車子很快開走了，他再度獨自被留在陌生的街頭。

「她不是水繪。」這個呢喃在他腦海中翻騰。「她沒有察覺我對她的測試，她自己暴露出她並不是山路水繪的事實了……」

他從長褲口袋裡拿出幾張一萬圓，打算撕爛後丟掉。

但正準備撕的時候，他停了下來，把錢粗暴地塞回口袋裡。他沒意識到自己正往哪裡前進。那個女人不是山路水繪，果真是山路水繪的話，只要出示駕照就可以證明自己的身分……當女人從皮包裡拿出皮夾時，他在皮包內袋裡看到一張像是駕照的東西。

皮包就放在女人腿上，她只要拿出駕照就可以解決問題。

根本不需要打那通電話……

那個女人一定事先和其中一名共犯套好招了。萬一自己不是水繪這件事快要穿幫時，就用打電話的方式演一場戲。只要在電話中聽到「將彥嗎？」的暗號，對方就知道要巧妙配合女人演戲……

那個共犯必須模仿山路將彥的聲音，但他覺得只要說話時帶一點鼻音，任何人都可以輕易模仿那種聲音。

這就出現了一個問題，那個女人又是誰？

上週她出示那張餵圭太喝奶的女人應該不是她，那張照片中的女人才是山路水繪，水繪才是圭太的親生母親……

問題是那個戴墨鏡的女人為什麼要偽裝成山路水繪？

那個女人的目的應該是山路將彥的財產。為了搶奪他的財產，所以才策劃綁架圭太……她認為假扮圭太的親生母親，是說服此計畫不可或缺的兩個男人的最佳方法嗎？

小川老闆和我……

不知不覺中，他坐在公園的鞦韆上想著這些，長褲口袋裡傳來「海浪聲」。那是手機收到簡訊的聲音。

是山路水繪寄發的簡訊……不，是自稱是山路水繪的女人。

「在明年一切都結束後，真正的我會和你在雪國相見。」

這句話的意思是「事件結束後，在某個飄雪的小鎮，你可以擁有真正的我……在此之前就先靠那家店的冒牌貨湊和一下」嗎？

雖然不太可能，但也有可能是「你猜得沒錯，我並不是山路水繪，等事件結束後，在某個飄雪的小鎮，我會告訴你真實身分」的意思。

他坐在鞦韆上，看著那棟大樓的「銀河」霓虹燈招牌。

要不要去那家店，聽從女人的命令，指名和她相像的女人上床？他完全不知道自己接下來該做什麼。

他無所適從，身體隨著鞦韆擺盪，思考著「命令」這兩個字。

命令……

沒錯……那就是命令。她看透了自己想要的東西，所以為他提供了一個和她很相像的女人。她完全無視他的意志，傲慢地相信他會毫無怨言地執行她所有的命令。

她把男人的身體當作小動物的身體般操控、玩弄……

這樣傲慢的女人的確想得出利用一個小孩子奪取數億圓金錢的傲慢計畫。

擺盪越來越激烈。

他的腳情不自禁地踢著地面，讓鞦韆盪得更高。隨著身體的擺盪，他的心情也宛如洶湧的浪濤。

認為那個女人不是山路水繪的確信也開始動搖了……得知圭太出生秘密的人有限，如果是毫不相干的人策劃的綁架案，似乎有點太費周章了。

他不知道該如何處理口袋中的萬圓大鈔。他還沒有真正答應成為她的共犯，目前只是假裝答應而已，如果按照她的命令花光這些錢，就等於答應當她的共犯，再也無法回頭了……每當鞦韆擺盪一次，覺得應該按女人的命令行事的想法就越發強烈。

山路將彥的聲音和女人的呼吸聲仍然在他的耳邊縈繞……女人剛才把手機放在他的耳邊，把自己的耳朵也貼在電話上。

耳朵和耳朵相碰，女人的喘息聲比山路將彥的聲音更強烈地傳入他的耳朵……

她的呼吸灼熱，但並非只有灼熱而已，還蘊藏了一種神奇的冰冷。

簡訊中「雪國」這兩個古典的字眼吸引了他，也許是因為令他聯想到雪女妖怪吐出的白色氣息……以前，曾經在電視上看到民間傳說中的雪女用吐出來的氣凍死對方，那個女人也用灼熱的呼吸逼迫我沾染危險的犯罪。

她也許就是想要製造呼氣到他身上的效果，才特地用打電話給丈夫這種麻煩的方式證明自己是山路水繪。

果真如此的話，代表她就是山路水繪。

那個女人到底是山路水繪，還是只是假扮成山路水繪？

然而，他覺得兩者沒有太大的差別。重點是有一個女人企圖綁架圭太，並拉攏他成為共犯。

那個女人擁有讓男人拜倒在她石榴裙下的曼妙、柔美的身材，胸部至腰部的曲線玲瓏有致，兩條筆直的腿線條也十分俐落。

不光是身體。

當她凝視對方時，一雙眸子宛如會滴落黑蜜般濃密的汁液。她的嘴唇時而乾澀，時而濕潤，即使她沉默時，也似乎可以聽到一種神奇的、宛如音樂般的話語。

她的一切形成了一股絕對的力量，迫使他服從……鞦韆越盪越高，周圍的風景用力傾斜、墜落、爬起，又再度墜落……

只有「銀河」那盞小霓虹燈靜靜佔據了固定的位置，一動也不動。

為什麼那兩個字的霓虹燈沒有點亮，看起來有點淒涼，卻這麼吸引自己？

充斥在東京狹小天空的燈光宛如陣雨般淋濕了後巷……光線猶如灰塵般點點灑落，像是閃亮的灰塵，又像是灼熱的雪……灑在街道上、公園內和他的肩頭……灑在不知不覺中走在公園內的他的肩頭。

然而，他不知道自己正朝哪裡前進。

他只意識到夏日的光宛如熱雪般，灑落在他的短髮、他的臉頰和他的肩上。

現在……八個月後的現在。

白雪，宛如冰冷的光珠般落在他的肩膀。

互為正像和負像的夏季和冬季反轉了。眼前的冬天是那個夏天的負像嗎……還是說，那個六月的池袋，是眼前越後湯澤的負像？

他剛才走出了小餐館，走在車站前的小路上。落在頭髮、臉頰和肩上的白雪，令他想起那天在池袋後巷的時光。

湯澤的雪從鉛色的雲中飄落，卻宛若那個夏天的陽光般炫目閃亮。

五分鐘前，他在小餐館吃完咖哩飯後，手機鈴聲響了，他收到了簡訊。

「傍晚會到，到時候一定會颳起暴風雪。」

簡訊上只寫了這幾個字，沒有提到抵達的正確時間。當他走進小餐館時，昨晚就開始下不停的雪下得更大了，電視上的天氣預報說傍晚將會有暴風雪。

走出小餐館時，他打算先回旅館，所以走向和車站相反的方向。水繪做事向來都心血來潮，他只能在旅館等待她的聯絡。

正確地說，他是在等待自稱是水繪的女人聯絡……

水繪在離婚後，離開了山路家，改回娘家的姓，現在叫淺井水繪。

雖然那個女人這麼告訴他，但時隔八個月，綁架計畫已執行的現在，他仍然不知道她到底是否真是水繪……

其實他可以用簡單的方法調查，只是他沒有去調查，不久之後，那個女人告訴他：「我離婚了，離開了那個家，從今天開始要認真執行這個計畫，萬事拜託囉。」

他之所以沒有去調查，是因為無論那個女人是不是水繪，他都擔心深入調查後會發現她另一張臉……他覺得在她美麗胴體的背後，隱藏了難以捉摸的可怕動物。

既然這樣，不如就相信女人所說的，當她是山路水繪就好。他這麼告訴自己，也在心裡叫她水繪。

池袋後巷的那次之後，他和「水繪」每週都會見一次面。每次都是她在他下班時，發一通簡訊給他，要他「來老地方」。當他抵達指定地點，女人就會開著車現身。開車兜風聊一、兩個小時，再回到原地讓他下車……「老地方」就是水繪第一次製造車禍，藉此接近他和圭太的那個林蔭道的路口。雖說每次都載著他去兜風，但其實只是從附近的交流道上高速公路，在首都高速公路上繞一圈而已。在車上時，會告訴他綁架計畫的細節，逐漸將他培養成共犯之一。

她通常都會在傍晚迎向夜晚的時間出現，當霓虹燈開始在暮色中閃亮，東京就變成了一個華麗的水族箱，五彩繽紛的熱帶魚在水族箱內游來游去……車子也變成一尾熱帶魚開始游泳。置身在這種缺乏真實感的世界中，異想天開的綁架計畫聽起來似乎也沒什麼不自然。

「綁架騷動要鬧得越大越好，讓警察的注意力完全集中在那件事上。尤其在涉谷的十字路口交付贖款時，更要變成一場大戲，讓警方完全沒有餘力注意其他的事……只要他們稍微分心，就會發現背地裡有一大筆金錢交易，那就什麼都完蛋了。」水繪說道。

當她得知他在公寓飼養蜜蜂後，就試圖把事情鬧得更大。

「蜜蜂冬天能飛嗎？」

她把綁架圭太稱為騷動，而非事件，和檯面下真正的犯罪加以區別。

他現在和最初接觸水繪時不同，很少反駁她的話，只針對疑點發問，大部分時候都乖乖聽她說話，頻頻點頭。但是，八月之後，有一件事他始終不解。

他對自己在騷動當天所扮演的角色產生了很大的疑問。

按照水繪告訴他的計畫，騷動當天，他和假扮成香奈子的水繪一起去幼稚園接圭太……告訴他「外婆被蜜蜂叮到，現在生命垂危」。

他完全不變裝，直接去接圭太的做法太大膽魯莽了，但這還不是太大的問題，水繪也說：「正因為大膽魯莽，所以一定會成功。如果你是綁匪，怎麼可能不變裝就去幼稚園？而且，之後你還和香奈子一起去幼稚園，驚呼：『圭太被人綁架了！』幼稚園的老師一定會搞不清楚是怎麼一回事，家屬也會認為是老師在慌亂之中，沒有看清楚綁匪的臉……包括警察。當然，不可能騙警方太久，只要能夠爭取到一定的時間就好，只要撐到在渋谷路口的騷動達到高潮……你可以用漠無表情、看起來很純樸的臉騙倒警方和家屬。」

他在某種程度上同意她的計畫。

然而，他還是搖著頭，語帶不悅地說：

「妳剛才說的計畫中，我有一個疑問。妳說我和妳一起去幼稚園接圭太，也許可以騙過幼稚園的老師，但騙不過圭太。圭太平安回家後，一定會告訴其他人，『是川田哥哥來接我的。』……到時候，警方立刻會把我抓起來。」

水繪連續點了兩、三次頭，似乎在說「你的疑問很有道理」。

「所以你要逃啊。在渋谷十字路口的騷動達到高潮之前，你就要離開工廠，也要搬離公寓……等過年之後，你就開始著手處理家具和行李，隨時做好逃離的準備。」水繪用命令的口吻說。

「逃？我要逃去哪裡？」

「雪國……我之前不是在簡訊中告訴過你嗎？你在學校沒讀過嗎？那是一本以越後湯澤為舞台的日本文學名著……那裡有一家很棒的溫泉旅館，你可以在那個旅館等我。」

「但我一旦失蹤，警方一定會懷疑我。如果遭到通緝，媒體公佈我的照片，我想逃也逃不了。」

「你要銷毀所有的照片，一張也不能剩。」

「即使照片都丟掉，還是有不少人知道我長什麼樣子，到時候可以畫出比照片更精密的肖像畫。」

水繪注視著他，嘴唇露出微笑。

「別擔心，你一定可以逃得了，我向你保證。」

到底該相信她彷彿可以穿透他心臟的雙眼，還是露出從容微笑的嘴唇？

「不好意思，我還無法完全相信妳，所以也無法點頭同意妳這句話。可不可以告訴我，妳憑什麼認為我一定可以逃脫？」

水繪的嘴唇中發出輕輕的笑聲。

「我正打算告訴你，你別著急……」

然後，她告訴了他……五分鐘後，水繪嘴角仍然帶著微笑，問他：「怎麼樣？」他在思考之前，更感到驚訝，面無表情地注視著她的臉良久。

水繪無視他的反應，繼續說道：

「喔，對了，你可以去書店買一本《雪國》，瞭解一下湯澤的溫泉。雖然湯澤和以前大不相同了，但你要住的那家旅館歷史悠久，保留了小說中的氛圍……而且，越後湯澤現在也還會下和小說中一樣的雪。」

說完，她又接著說：「你可以順便買一些日本和世界名著。對，像是《心》或是《戰爭與和平》，還有《罪與罰》……」

水繪還列舉了其他幾本小說，都是名著中的名著，連他也曾經耳聞。

他沒有問她為什麼，當天就按她的吩咐在車站前的書店買了這些世界名著……他第一本看的不是《雪國》，而是《罪與罰》。

他打算協助那個女人犯罪，這書名當然會引起他的注意。下一次見面時，水繪對他手上的文庫本小說產生了興趣，車子在等紅燈時，她把手伸向副駕駛座，從他手上拿過那本書，長指甲上擦了黑色指甲油的手翻閱著。

「這本書很有趣。」但語尾聽起來有點像是疑問句。

「我也不知道。主角殺了放高利貸的老太婆，動機卻不是為了錢，我覺得不怎麼樣……既然殺了放高利貸的，我更喜歡那種單純為錢殺人的兇手。」

他很自然地表達了自己的感想，才發現這番話似乎在挖苦水繪……等於在說「我喜歡單純為了贖款策劃綁架案的綁匪」。

他很擔心水繪生氣，所以才閉口不語，把頭轉到一旁，但他想太多了。水繪剛才並不是問他：「這本書很有趣？」

「我只是覺得這本書很有趣。」

「哪裡有趣？」

「書名。《罪與罰》……罰也可以唸成ba-chi。」

「妳是說和蜜蜂的唸法相同嗎？妳是為了玩這種文字遊戲，才建議我看這本書嗎？」

「不，我現在看到書名才突然想到的……你在最後離開後，要不要在空無一物的房間內留一本書？當警方闖入時，應該會很有意思，他們不會知道只是文字遊戲，一定會苦思到底有什麼含意……罪犯留下《罪與罰》這種遺物，感覺很意味深長。」

「遺物？」

「對……怎麼了？為什麼露出這種奇怪的表情？」

「不，遺物不是指死人留下的物品嗎？」

「那可不一定，遺留物或是遺失品也叫遺物啊……當然啦，我剛才說的『遺物』，是指你死後留下的物品的意思。」

他嘆了口氣，無奈地笑著問：「綁架案結束後，我只有死路一條嗎？」

聽到他的問話，水繪把眼睛瞇成一條線。

上個星期，她對他說：「你絕對逃得掉，因為只要讓警方抓不到就解決問題了。」當時，也露出了同樣詭譎的笑容。

他問：「我怎樣才能讓警方抓不到？」

「當然只有一死了之啊。」水繪毫不猶豫地說。

「你離開公寓後，先去上野車站，搭『北斗星』去北海道，先去兩、三個地方走動，最後投宿在日本最北端的小鎮……翌日早晨，留下『想去野寒布岬』的遺言，走入紛飛的大雪中，從此失去音訊……」

「……」

「沒錯，這種死法很適合鍾情於《罪與罰》的年輕人，書中的主角最後也去了西伯利亞。」

水繪拿出手機說：「當然，這些事都由另一個『你』去執行。」

手機畫面上有一個和他長得一模一樣的男人。

由於是近距離拍攝，五官的微妙差異被放大了，變得更加明顯，但如果是拍半身照，就連他自己也無法分辨哪一個是自己，因為連髮型都相同。

笨拙的嘴唇，兩個孔洞般的素燒人偶之眼……整張臉所散發的純樸和本尊如出一轍。

「沒理由不像啊。因為你們的輪廓本來就很像，再加上他刻意模仿你。」

「……」

「我一開始發現了這個男人……讓我想到可以利用和你很像的這個男人綁架圭太。把他改造得和你一模一樣，讓他去幼稚園接圭太。可是……這麼好的點子卻無用武之地，因為我忘記了一個重要的問題。你知道是什麼問題嗎？如同你所說的，即使可以騙過幼稚園的老師，絕對騙不了聰明的圭太。光是外形和你相像的男人絕對騙不了圭太……既然這樣，就只能由你親自去接圭太，然後把他帶走。我無論在任何事上，都追求最高境界……最能演好你這個角色的，當然非你本人莫屬。當我發現這一點後，就專心思考如何接近你。但是，這個男人可以在你逃脫時善加利用。你的分身去北海道結束生命，你則逃到同樣是大雪紛飛的城鎮和我相擁。」

水繪之後立刻將話題轉移到《雪國》和世界名著上，也許是不讓他有太多時間思考。

「你的分身去北海道結束生命……」

經過了幾天的沉澱，這句話仍然留在他心中。水繪剛才提到的「遺物」這個字眼和幾天前「結束生命……」這句話產生了共鳴，令他格外不安……

「妳上次說，我的分身會結束生命，應該不會是真的去死吧？」

他假裝突然想到這個問題，問那個女人。

「當然，只是讓警方和世人這麼認為而已。他會停止模仿你，繼續回去做自己。」

「那我呢？我不可能停止模仿自己，有朝一日，可能會有人看見我去報警。」

「別擔心，那起綁架案中，表面上小孩子回家了，錢也如數歸還了。警方一定會認為你因為某種原因自殺了，所以就不會繼續追蹤名叫『川田』的員工，也不會發佈通緝。你只要改變眼睛的感覺，就完全不像原來的自己了……你戴一副眼鏡，就好像變了一個人。」

水繪右手握著方向盤，左手從後車座拿起皮包，拿出一副眼鏡放在他腿上。

那是一副太陽眼鏡，但幾乎沒有顏色，看起來像是上班族戴的普通眼鏡。他戴上眼鏡，水繪改變了照後鏡的角度，轉向副駕駛座。

他看到鏡子中的自己不像是自己，不禁啞然失笑，立刻移開視線。

「上次我忘了問一件事。」

他主動改變了話題。

「為什麼除了《雪國》以外，妳還叫我看其他的書？」

「我沒有叫你看，只是建議你去買。因為如果你家裡只有《雪國》這本書，別人去你家時，就會留下深刻的印象。在你逃走之後，警方知道這個消息，可能會懷疑你逃去了《雪國》這本小說創作的舞台……但如果還有其他日本和世界名著，就不必擔心這個問題，那只是小心行事。」

水繪看著照後鏡，意味深長地看著他問：「《雪國》中，男主角一直去找那個雪國的女人，你之後還有去那家店嗎？」

「這種事根本不重要吧？」他反問，「況且，如果妳真的想知道答案，早就去調查清楚了。」

「……雖然不值得去調查，我只是有點好奇。」

「可不可以請妳不要再說謊了？說說是調查，只要打一通電話就可以搞定了。」

「那我收回剛才的問題……另外問一件再怎麼調查也無法瞭解的事。」

「……」

「你真的願意當共犯嗎？還是只是假裝答應，打算繼續觀察情況？」

他無言以對，只能默默坐在副駕駛座上看著女人的側臉。

「被我猜中了？」女人問。

他只能坦誠回答：「因為有太多疑問了，在我完全瞭解之前，無法成為真正的共犯。」

「你不是無法瞭解，而是不相信我……你也在懷疑我剛才那句話的真偽。」

她又猜中了。

「你要怎麼才會相信我？怎樣才能讓你相信，我願意用自己的生命讓圭太回到我身邊。」

在水繪說這句話的同時，一輛跑車飛馳而過，超越了他們。那輛跑車很明顯地超過了速限，距離越來越遠。

水繪看著那輛跑車的眼睛突然閃出火花。

「如果我拚命，你願意相信我嗎？」

話音未落，她已經踩下了油門。他覺得車子立刻飛了出去。

他以前開車也很不遵守交通規則，但從來沒有像她那樣一口氣加速。城市的片段宛如被撕碎般在車窗外向後飛，和跑車之間的距離縮小了一半，驚人的賽車突然拉開序幕。

「妳想幹什麼？」

「我要撞那輛車，證明我是在『拚命』。如果我們兩個人都沒死，就請你相信我。」

雖然車速驚人，她說話卻慢條斯理，臉上帶著微笑，好像在開玩笑。

但她的平靜微笑代表她並不是在開玩笑。

前方的跑車似乎也察覺到了，一溜煙地加快車速，水繪繼續踩油門。車窗上影像形成的可怕濁流中，有她臉上靜靜凍結的微笑。

他覺得速度的變化實在太突然了，身體反應不過來，心情也沒有對應的改變。

「別鬧了，對方也會死……」

他的聲音變得莫名溫吞。

「裝模作樣地開那種車、違反交通規則的人都是人渣，不配活在這個世界上。」

她的聲音從喉嚨深處爆發，和跑車之間只剩下幾公尺而已。

「而我也是人渣嘛。」

她發出冷笑聲，表情凍結的臉看起來格外蒼白，猶如假人模特兒，一陣恐懼貫穿了他的全身。這個女人已經死了，他有這種感覺……雖然車子行駛在首都高速公路上，但是是開在外圍的偏僻路段，路上並沒有太多車子。他根本不知道目前身在何方，道路已經變成了戰場。他只知道自己坐的車子離前方車子的車尾越來越近，女人正打算轉動方向盤，似乎準備超車。

他情不自禁地伸出手，抓住了方向盤。同時，把一隻腳伸進女人的兩腿之間。他用自己的腿壓住女人的腿，試圖讓她的腳鬆開油門，但女人用全身的力氣抵抗……他想用手按住女人掙扎的大腿，但手因為流汗滑掉了。他用頭和肩膀按住了女人的上半身，用腳摸索煞車……手和手，腳和腳，手臂和大腿碰撞、糾纏、纏繞在一起。

只有短短幾秒鐘。

突然一陣衝擊，車子傾斜……不，也許只是他以為車子傾斜了。

光線爆炸，連同車子的驚人速度一起定格，宛如一張照片。車窗的外框消失，所有的輪廓都被白色的光線融化了。車子……女人的身體和自己的身體都消失了。

這是他在那一剎那的感受，時間也停止了。當時的盛夏白光宛如以前在紀錄片中看到的原子彈爆炸瞬間，而爆炸中的死灰一口氣飛越七個月的時間，從天而降……

那就是湯澤這個城鎮目前所下的雪。

他在雪地上拖著沉重的步伐走向旅館時，暗自這麼想道。

旅館位在一個小山丘的斜坡上。

他看著放在房間內的簡介，發現數寄屋❻式的入口和玄關前方的庭院小巧雅致，很有山中溫泉的風情，但現在都被淹沒在茫茫白雪下……然而，美女就算一身白色素衣，也還是很美。如同水繪所說的，一片白雪皚皚仍然散發出古典美，很有雪國的情調。

當然，此刻的他沒有心情談什麼情調。他的雙腳陷入及膝的積雪中，費力地爬上坡道。

旅館老闆正在玄關前鏟雪。

「一路辛苦了，你打個電話上來，我可以開車去接你。」

老闆為客人拍去肩上的雪，叫侍應生拿來擦拭頭髮的毛巾。

「外面很冷吧？要不要馬上去泡個澡？」

「不，我朋友晚上之前會到，我先去房間躺一下。」

說完，他沿著玄關旁的樓梯準備上樓，但立刻停下了腳步。

「下這麼大的雪，新幹線會不會停駛？」

他這麼問老闆。

「你的朋友從哪裡來？」

「從東京。」

「那就沒問題了……如果要停駛，也是更過去的地方才會。不過，剛才電視的新聞報導說，關東一帶也在下大雪……」

老闆偏著頭，似乎也搞不太清楚。他走上樓梯時，後背感受到老闆的眼神突然變冷。

他用水繪給他的錢預付了到明天為止的住宿費，謊稱要在這裡閉關，為參加醫學相關的國家考試做準備，房間的桌子上還特地放了相關書籍和筆記本。但或許是作賊心虛吧，他總覺得老闆把他當成可疑人物。

這個走廊盡頭的房間有兩間客房，雖然旅館老舊，但柱子都擦得光可鑑人，壁龕內的花瓶和花器都有骨董的光澤，整個房間都很有歷史的分量。也許只是年輕人不適合住這個房間，讓旅館的老闆起了疑心。

一走進房間，他馬上打開電視，坐在窗邊的沙發上。室內有暖氣，窗戶起了霧。用手一擦，可以俯瞰整個街景，但因為都被雪蓋住了，只能看到一片白色的世界……

延綿的新幹線軌道斜斜地穿越這片白色世界，可以看見遠處車站的燈光……鵝毛大雪隨風飄舞，軌道若隱若現。

烏雲密佈，雪國的傍晚看起來像夜晚。新幹線軌道的地勢比城鎮中心高，浮現在昏暗的燈光下，猶如可以通往任何地方的夢幻橋樑。

來自東京的列車停在車站……

水繪可能會打電話來。

想到這裡，他離開窗戶，正打算拿起放在矮桌上的手機時，電視中傳來女主播的聲音。

「各位觀眾，請問你有沒有看過這個人？」

新聞報導節目已經開始，主播出現在畫面上問了這句話。

「圭太小朋友綁架案發生至今已經四天，警方公佈了其中一名嫌犯的肖像。」

鏡頭移向主播手上的牌子。

一張男人的臉佔據了溫泉旅館老舊小電視的整個畫面……他呆然地看著那張如同照片般精密的臉，一時之間沒意識到那是自己的臉。

這張肖像可能是圭太、其他家屬和工廠同事合力製作的，和真人分毫不差，但他仍然對著電視畫面中的自己頻頻搖頭。我才不是這樣一臉傻相，好像長相老實是唯一的優點……

畫面上出現了已經在新聞報導中播放過無數次的幼稚園，和渋谷車站前的十字路口，其間穿插了他的肖像好幾次。

「這個男人使用川田這個假名在圭太外公經營的印刷廠上班，警方認為，就是這個男人把圭太從幼稚園帶走的……」

重複多次的說明也了無新意。

但這則新聞還沒有結束。警方在公佈嫌犯肖像的同時，還公佈了圭太的父母離婚，以及由圭太的父親拿出一千萬贖款的事。

主播繼續播報：「肖像畫的這名男子在案發的幾天前，就偽裝成病人出入圭太父親經營的牙科診所，還打電話到診所瞭解診所內情。案發當天，也有人打電話到醫院，通報圭太遭到綁架一事，警方認為也是這名男子所為。」

說完，又拿出另一塊牌子。

那是另一張他的肖像畫，但和前一張不同的是，他戴了一副黑框眼鏡。那副看起來像是耿直銀行員的眼鏡，和他目前所戴的眼鏡相同，他還以為自己不是在看電視，而是在照鏡子。

他在房間內也戴著眼鏡偽裝，以防旅館人員突然走進房間，如今顯然已經沒用了……他聽著主播的聲音，不禁這麼想道。

「……這名男子戴著眼鏡離開公寓時，剛好被一位鄰居看到，他現在也可能仍然戴著眼鏡。根據目擊者證實，該男子戴的正是圖中這款方形的大眼鏡……」

他不加思索地拿下眼鏡，但不戴眼鏡時，又符合另一張肖像。

他無處可逃了。

他一下子戴上眼鏡，一下子又拿下來，這時主播開始播報其他新聞。但他更擔心旅館的人可能也看到了剛才的新聞……剛才，旅館老闆就提到他有在看電視新聞。

即使剛才沒有看到，在深夜之前都會一直重複播報相同的新聞，他的臉會一次又一次出現在畫面上。

必須馬上逃離這裡。

想到這裡，他立刻從壁櫥旁的衣櫃內拿出衣物，塞進旅行袋，但中途停下手，抓起了手機。

必須先和水繪聯絡。

他開始撥打號碼，但手指又停了下來。

只要聯絡水繪，她一定會拯救自己擺脫眼前的狀況——原本他這麼認為，但這份自信突然動搖了。

如果令自己陷入眼前困境的人是她……

他逃離公寓時，根本沒有人看到。

因為他離開公寓時，還沒有戴眼鏡。

有一個鄰居在說謊，但那個鄰居怎麼知道他戴了眼鏡？只有水繪知道這件事。不，水繪的其他共犯也可能知道，難道水繪安排其中一名共犯和他住在同一棟公寓？

有什麼目的？

他用力搖頭，試圖否定這個想法。

然而，無論他怎麼否定，這個想法都化成了黑色污漬，不斷在他腦海中擴大。

水繪想要陷害我……她說要讓我的分身去北海道假裝自殺，根本是彌天大謊。

我的分身的確存在，但水繪告訴我的「分身在這起綁架案中的作用」全都是胡說八道。

水繪僱用和我長得很像的男人，並不是為了讓他在案發之後前往北海道。

那個男人有其他的任務。

剛才新聞報導中提到的「在案發幾天前，就前往山路牙科診所接近將彥的可疑男人」絕對不是我，那個男人才是我的分身。那個男人的任務，就是讓別人以為我試圖和將彥接觸。案發的幾天前，有一個男人在山路將彥周圍出沒……他在工廠自稱叫「川田」，絕對是綁架案的綁匪之一。在案發後失去蹤影的人，曾經試圖接近將彥。

水繪佈的局讓警方這麼認為。

有什麼目的？

為了讓警方認為我是綁架案的主謀……

這次的綁架案有兩筆贖款，警方只知道香奈子帶去澀谷十字路口的假贖金，但山路將彥在檯面下付給綁匪更高額的贖款，那才是真正的贖款，但警方對檯面下這起真正的事件一無所知。

其實，他也不知道真正的贖金會在什麼時候、在哪裡交付。

關於這件事，水繪給他的說法是：「當檯面上的事件在澀谷十字路口達到最高潮時，我們在檯面下也拿到了贖款，也迎接了最高潮。」

然後又笑著說：「當然，贖款是所有人用兩隻手都拿不下的金額。」

他說想要進一步瞭解詳情，水繪卻顧左右而言他地笑著說：「不需要特地告訴你啦。」

事實上，的確沒必要告訴他詳細情況。

因為他不難想像在檯面下如何交付贖款。

在渋谷交付贖款的前一天晚上至當天中午，將彥都沒有離開警方的視線，不可能親自準備這筆鉅款，送到綁匪指定的地點，交到綁匪手上……數億的錢不僅體積大，重量也不輕。

他們應該採取了對雙方而言都很輕鬆的方法。

水繪和其他共犯的目標在於山路將彥靠非法行為累積的財富，所以那些錢應該藏在自家的保險箱或是其他秘密場所。

假設那些不義之財放在山路牙科診所的保險箱。

山路將彥除了檯面上那起綁架案以外，還接到了檯面下要另付贖款的通知，因此他聽從綁匪的指示前往渋谷之前，把診所和保險箱的鑰匙放在小川家的某一個地方……小川老闆拿走鑰匙，交給綁匪，綁匪就前往休診的診所，大搖大擺地用鑰匙開門而入。

然後，從保險箱內取走鉅款，從容不迫地鎖上門，揚長而去……

一定就是這麼一回事。

所以，水繪才沒有告訴他詳細情況。不，水繪什麼都沒有告訴他的真正理由不是這個……

水繪讓和他長得像雙胞胎的男人扮演檯面下那起真正綁架事件的綁匪……所以，才不願意讓他知道細節。

在檯面下那起真正的綁架案中，水繪也躲在背後，讓他的分身扮演綁架主謀的角色。

為什麼要這麼做？

當然就是要讓別人以為他是綁匪……目前，只有身為被害人，被勒索了數億贖款的將彥知道綁架圭太的事件有雙重構造，也只有將彥知道綁匪是他，也就是在工廠自稱「川田」的員工。

既然被勒索的贖款是違法的黑金，山路將彥就不可能主動將檯面下真正的綁架案告訴警方，但也可能不小心露出馬腳被人發現。為了以防萬一，水繪準備了「他」這個綁匪……在檯面上的綁架案中，讓警方認為他最可疑；在檯面下的真正綁架案中，也想要嫁禍給他……

水繪一開始就背叛了他。

去年五月，在林蔭道的路口邂逅的那一剎那，他就遭到這個女人的背叛了。然而，他沒有發現。為了女人，他出色地扮演了共犯的角色，對綁架案的成功發揮了舉足輕重的作用……

他雖然整理好行李，但沒有立刻逃走，而是坐在榻榻米抱著頭苦思。

山路將彥的臉、眼睛在他腦海中閃現。綁架圭太的當天晚上，山路將彥到小川家時，在工廠的辦公室看到他，露出了「咦？」的眼神，既像是驚訝，又像是在懷疑什麼……雖然當時將彥沒有對他說話，但似乎很在意他的長相，之後也不時偷瞄他的臉。

五天過後，將彥當時的眼神仍然深深烙在他的腦海中。如今，他終於瞭解那個眼神想要表達的意思。

將彥看到和幾天前接近自己的男人長得一模一樣的傢伙，他居然還是香奈子娘家工廠的工人，忍不住驚訝、納悶。

如今，將彥一定認為去診所的男人和印刷廠員工「川田」並不是長得像而已，而是同一人。也就是說，「川田」綁架了圭太，在警察不知道的檯面下偷偷和自己聯絡，要求數億的贖款……

將彥看到剛才的新聞，絕對會這麼認為。

一切事態都按照水繪的計畫發展。

他有這樣的感覺。

但他發現水繪背叛他的同時，仍然無法放棄水繪會來救他的希望。

一旦他被警方逮捕，就會把水繪和小川老闆的事向警方和盤托出，那個女人不可能做這種蠢事……那個女人？

那個女人果然不是水繪……既然她不是水繪，他就不知道那個女人到底是誰了，即使把實情告訴警方，警方也會認為他為了推卸責任，杜撰了這個不存在的女人。

他抱頭苦思，猶豫了半天，決定再傳一次簡訊給那個女人。他用力握著手機，試圖克服手指的顫抖。

「新聞報導中公佈了我戴眼鏡的肖像，如果旅館的人報警，我會馬上遭到逮捕。怎麼辦？告訴我，如果妳還和我站在同一陣線……」

沒想到很快就收到了回覆。

「你來高崎車站。趕快，我在月台中央等你。」

簡訊中只寫了這句話，沒有寫時間。他用手指拚命按著按鍵，想要問她：「幾點？」又接到了一通簡訊。

「五點半左右。」

她指示他搭乘十七點零五分從越後湯澤車站出發的列車。

她的回覆也太快了，在他發出簡訊後不到一分鐘，就收到了回覆……他確認了手機上的時間，發現兩通簡訊的接收時間都是十六點二十七分。

在他發出簡訊的一分鐘內，連續收到了兩通簡訊。她在這麼短的時間內查到了從湯澤出發的列車時間嗎？

不，這兩通簡訊是很早之前就準備好的。一旦接到他發出「在新聞報導中看到了肖像，遭到逮捕只是時間的問題」的簡訊，就可以馬上回覆……

新聞報導應該也在水繪的計畫之中。假設水繪親自向警方或媒體爆料「川田」目前戴著眼鏡逃亡是最合理的……他會看到新聞，在不安之餘傳簡訊問她「該怎麼辦？」，一切都在水繪的計畫之中。既然這樣，這通簡訊搞不好也是引誘他去高崎車站的陷阱。

話說回來，為什麼要在《雪國》？為什麼要挑選一片白雪茫茫的湯澤溫泉做為他的逃亡地？水繪選擇這裡做為他們見面的地點，搞不好就是一個大陷阱。

雖然他對水繪有種種懷疑，但事到如今，他除了投靠水繪也沒有別的選擇了。

即使水繪向警方出賣他，他目前可以依靠、求助的也只有水繪……

與其被關在這片雪地的白色牢籠中，等待警方的出現，不如聽從水繪的命令。

不，他沒有其他選擇。被白雪覆蓋的這個城鎮宛如一張以簡單線條繪成的地圖，其他細節根本沒有交代。他不知道該往哪裡逃，甚至根本搞不清楚方向。

兩分鐘後，他拎著旅行袋走出房間，快步走下樓梯，對正在櫃檯的旅館老闆說：「我臨時有事要回東京，可不可以請你馬上幫我結帳？」

老闆一臉錯愕，但他似乎是在驚訝「要冒著這麼大的風雪離開嗎？」櫃檯裡面的房間開著電視，老闆一直背對著電視寫東西。

「喔，因為風雪太大，你的朋友沒辦法來吧？」

老闆帶著很重的鄉音說完，低頭計算起來，但他從收銀台拿錢的動作特別慢。他心浮氣躁地觀察旅館老闆，覺得老闆在故意拖延時間。

「不好意思，零錢不夠……我去換錢。」

老闆打算走去裡面，他說了聲：「不必找了。」請老闆幫他拿來鞋子，衝進了大雪中。

雙腳在積雪中寸步難行，雪片如沙塵般襲來，連眼睛也睜不開，但他仍然沿著旅館玄關的坡道來到下方的道路，正準備繼續走向車站時，突然聽到一陣按喇叭聲，有一輛車子從身後駛來。

「是警車。」他忍不住這麼想道，整個心都揪緊了。

「先生，上車吧。」

車子在他身旁停了下來，旅館老闆從車窗內探出頭。

旅館老闆說要開這輛輪胎裝了雪鏈的車子送他去車站，看著他的雙眼中卻有無法掩飾的戒心……他也用帶著警戒的眼神回望著旅館老闆，但馬上道了謝，坐上了後車座。

繼續在雪地中行走，恐怕也無法在指定的十七點零五分搭上新幹線。反正去高崎車站本來就是一場賭博。

車子緩慢但確實地駛向了車站的方向。

「你的朋友來不了，是因為新幹線停駛嗎？停在高崎前面……」旅館老闆問。

「停駛？因為暴風雪停駛嗎？」

「對……但只有來自東京的下行線停駛，上行線仍然暢通。不是因為下雪導致停駛，可能是因為下行線的號誌燈被雷打到了……」

他的話音未落，昏暗的天空中就亮起一道閃電。

閃爍的白光宛如遠方有人向他傳遞的信號。但他不知道是在暗示他高崎很安全，趕快逃去那裡，還是在說那裡很危險，警告他不要前往？

「你剛才說，停在高崎前面，什麼時候停駛的？」他問。

旅館老闆說的「前面」意思有點模糊，他以為是「高崎的下一站」，所以水繪才會傳簡訊要求他去高崎。

「三十分鐘前，剛才從廣播中聽到的……」

旅館老闆說。汽車廣播中，播音員正在播報東京受暴風雪的影響。

三十分鐘前，下行新幹線從高崎出發後不久，就不知道受到雷擊還是大雪的影響停駛。水繪搭的是停駛車的後班車，可能聽到了車內廣播，得知了這個消息，就在高崎下車……然後，得知上行新幹線並沒有停駛，所以急忙傳簡訊給他，約他在高崎車站見面。

他是這麼認為的。

然而，當他抵達越後湯澤車站，搭上指定的列車後，才知道自己錯了。剛到車站的時候，他只確定列車誤點造成站內混亂，但只有下行線出了問題，前往高崎的上行列車完全沒有異常。

準時出發的上行列車「朱鷺號」唯一的異常，就是前往東京的途中，每穿越一個隧道，風雪就越來越大。

他沒有坐在座位上，而是站在車廂連結處看著窗外，好幾次都陷入錯覺，以為不是前往東京的方向，而是奔向雪國深處。

白雪變成了白色的奔流，白色的閃電不時斬斷奔流。

一對情侶走過他的身旁時正在聊天。

「聽說下行的列車還沒有到高崎，等這輛列車到高崎後，不知道能不能看到那輛停在大雪中的列車，要不要用手機拍下來，寄給報社賺點零用錢？」
「白癡，誰要買這種照片。」
他感到納悶，鼓起勇氣問走在那對情侶身後的車掌：「請問下行新幹線停在哪一站？」
「高崎前面。」
「對這個行進方向而言是『前面』吧？從東京的方向來看，就是……還沒到高崎嗎？」
「對。」
「請問那輛停下來的列車原本預定幾點到高崎？」
車掌翻著時間表。「是十五點三十二分從東京出發的『朱鷺三三一號』，原本預定十六點二十七分到高崎。」
他的腦筋一片混亂，趕緊搖了搖頭。十六點二十七分是水繪剛好發簡訊給他，叫他「來高崎車站」的時間。
水繪搭到的很可能就是「朱鷺三三一號」，如果她搭的是更早的列車，就代表簡訊是在列車離開高崎車站後發的……這不太可能，所以照理說，她是搭到了停駛的「朱鷺三三一號」或是之後的列車。
但是，如果她搭的是「朱鷺三三一號」之後的列車，因為前方的列車停駛，所以後方的列車也都動彈不得，就代表她是在停駛的列車中發的簡訊。
難道她不知道停駛的原因，以為很快就會恢復通車嗎？
不，不可能。在這種暴風雪中，一旦列車停駛，都會擔心不知道什麼時候才能通車。通常會在觀察一陣子之後，才會要求「到高崎車站來」……這才合情合理。
況且，為什麼約在高崎……為什麼指定在高崎車站見面？他很想抱住自己的頭，但還是克制了衝動，把臉貼在車門的窗戶上。

宛如白色沙塵般的雪瀰漫在如同深夜般漆黑的天空，什麼都看不到。要不要傳一通簡訊……正當他覺得這是唯一的方法時，水繪又突然傳簡訊給他。

「我已經到高崎車站了，你搭上那班車了嗎？在第幾車廂？」

這通簡訊穿越暴風雪，傳到了他手上，但第一句「已經到高崎車站」令他忍不住搖著頭。這時車掌剛好路過，他又問：「下行的新幹線恢復通車了嗎？」

「不，暫時還有困難。」

既然這樣，水繪是怎麼到高崎車站的？

這時，他想到一種可能，忍不住「喔」了一聲。他滿腦子都想著新幹線，也許水繪是用其他方法前往高崎車站的。

搭乘在來線嗎？……還是她開車走高速公路，來到高崎附近時，因為風雪太大，高速公路封閉，所以她不再繼續開車，要求他去高崎車站？

不，即使這樣……

整個人幾乎趴在門上的他忍不住回頭張望，水繪是不是和自己搭了同一輛車？也許她之前就已經到了越後湯澤，然後一起搭上她要他搭乘的列車。水繪從一開始就持續跟蹤他……也許如今也在這輛新幹線上跟蹤著他。

他感受到水繪的氣息越來越濃密，忍不住回頭看向背後。

然而，他的身後沒有人。

他再度把臉貼在窗戶上。

車窗外，大雪飄舞，攪亂了他內心的方向感，他完全迷失了逃亡的方向。他腦筋一片混亂，回了簡訊告訴水繪，他在「五號車廂」，但他不想見到水繪，列車抵達高崎車站後，他打算偷偷從其他車廂的車門下車，再趁水繪不備，搭上其他列車，逃去其他地方……但是，要逃去哪裡？

除了「水繪」所在之處以外，他無處可逃。而且，他根本無法逃離水繪。無論他逃去哪裡，水繪都會跟蹤他，親手逮到他。

為什麼自從水繪在代官山的咖啡店邀他加入犯罪計畫後，她就佔據了他的心，揮之不去？

列車將在十分鐘後到高崎。他看了一眼手錶確認時間，剛好聽到車掌的廣播。

「在高崎換車的旅客請注意，目前尚無法預測上越新幹線下行線何時通車，長野新幹線也受到波及，請前往長野的旅客……」

長野？他在此刻之前完全忘記可以搭新幹線去長野了，而且，下一站高崎剛好可以轉車……乾脆逃回長野，恐嚇以前他曾經稱為「爸爸」的男人，勒索一大筆錢逃去外國？之前用真名申請的護照有效期到今年，他隨時都帶在身上以防萬一。

沒錯，逃回自己從小長大的故鄉不是比投靠「水繪」更理想嗎？

那個他曾經稱為「爸爸」的男人，現在應該看到新聞報導，懷疑嫌犯肖像畫的就是自己的兒子了吧……由於自己現在的樣子和那個男人最後一次看到的「沼田實」的臉很不一樣，他的懷疑程度可能只有「難不成那是我兒子」而已，但也足夠令他坐立難安了……如果肖像畫中的人果真是兒子，那個男人就會失去目前的地位和財產。當兒子提出「想要逃去國外」時，他一定會欣然掏錢……那個男人絕對不可能把自己的兒子交給警察，絕對不可能承認遭到通緝的嫌犯是自己的兒子……即使那個男人看到證據擺在面前，也不可能承認。

車窗玻璃變成了一面暗鏡，模糊地反射著他的臉。小說《雪國》一開始，就是年輕女孩的臉宛如幻影般浮現在車窗上……他突然想起這件事，忍不住用手摸了摸右側臉頰。

車窗玻璃內，一個乾瘦的男人表情凝重，正用左手摸著左側臉頰。

短短的幾天內，他的臉頰日漸消瘦，暗影揮之不去。那是罪犯的影子，是逃亡中罪犯的影子……不行，警察看到這張臉，立刻會知道自己是罪犯，在逃亡國外之前就會被繩之以法。

玻璃鏡中的另一個自己卻竊竊私語：「不，如果運氣好，說不定真的逃得了。」

如果到了高崎後掉頭走人，回到長野，要求那個男人出資讓他逃亡，也許可以順利躲過警察……他摸著臉，忍不住想起之前在報紙上看到的一則關於某個搶劫犯的烏龍事件。

那個搶劫犯從郵局搶走了數百萬，逃亡時蛀牙疼痛不已，半夜時終於痛得受不了，去附近的警署自首，成為全日本的笑柄。

牙齒？

他摸著臉頰的手停了下來。警方應該無法斷定自稱「川田」的人和沼田實是同一個人。以前的熟人看到電視上公佈的綁匪肖像可能會覺得很像沼田實，就通報警方，警方也會展開調查，但恐怕無法輕易斷定這兩個人是同一人……身為長野名人的沼田鐵治，絕對不可能承認自己的兒子離家出走後，淪為犯下目前受全日本矚目的奇妙綁架案的綁匪之一。

有幾個朋友手上應該有他之前在長野時的照片，但現在的他已經和那時不太一樣了。

唯一證據就是牙齒。「川田」為了接近圭太的父親，假冒成病人去圭太父親山路將彥開的診所就醫……沼田實以前住在長野時，也曾經在老家附近的牙科診所治療蛀牙。尤其在離開長野之前，精神壓力太大導致症狀惡化，讓他經常到牙科報到，當時的病歷應該還在。只要對照兩家醫院的齒模和治療紀錄，就知道不是同一個人……

如果水繪真的想要陷害他，那她在這個環節就犯下了愚蠢的錯誤。水繪為了把所有的罪責都嫁禍給他，讓他成為綁架案的主謀，特地安排了一個和他相像的男人去山路牙醫診所，但此舉反而救了他……而且，水繪至今還沒有察覺到自己犯下的這個疏失。

最大的失策，就是山路將彥是牙醫師。

由於山繪派那個男人假冒病人，所以山路牙科診所留下了那個男人和他沼田實根本不是同一個人的證據……因此，警方會知道沼田實和綁匪「川田」只是長得很像，但和綁架案無關。警方不會再懷疑他，他可以想去哪裡就去哪裡，自由自在地過日子……

然而，他立刻搖了搖頭，事情不可能這麼順利……警方會因為齒模不同，就認為沼田實和「川田」是不同人嗎？更何況工廠的員工川田和沼田實本來就是同一個人……警方一定會找到這兩個人之間的關係。

再說，很快就到高崎了。

他已經進入了水繪舉起的槍的射程範圍，無論想要逃去哪裡都是白費力氣。既然無法逃離水繪，不如再相信水繪一次，主動投奔她。

也許等在高崎車站的不是水繪，而是警察。也許水繪背叛了他，向警方密報了他的行蹤。果真如此的話，他一下車就會遭到逮捕……但即使這樣也無妨。

鈴聲響了。

「各位旅客，本次列車即將抵達高崎車站。」

當廣播中傳來這個聲音時，他突然鎮定下來。即使遭到逮捕也無妨。如果水繪想把所有的罪行都嫁禍給他，讓警方以為他是主謀，那他樂於接受這個角色……這至少會對他到東京之後也持續痛恨的男人造成沉重打擊……身為轟動全日本罪犯的父親，那個男人將失去目前的地位，失去他所擁有的一切。

只要想到那個男人和他的續弦氣歪的臉，他就覺得渾身湧起了一股近似勇氣的東西，讓他能夠從失意的深淵中站起來。這才是死去的母親所期待的復仇……促使他參與這起驚天動地綁架案的不是水繪，而是死去的母親……母親在死亡的世界操控自己的兒子，讓他參與犯罪，向曾經是丈夫的男人和曾經是情婦的女人復仇。

車站的月台出現在窗外。

列車抵達了高崎車站。

雪越來越大，在空中打旋，吹進了月台，但月台上還是有許多等車的旅客。列車停了下來。他下意識地看了一眼手錶，五點三十五分。在紛飛的大雪中，新幹線仍然分毫不差地行駛……但是，他的人生很可能從車門打開的那一刻開始變調、陷入混亂。

在車門打開的同時，他面對了最初的混亂。門前排了十幾個乘客，但水繪並不在其中。難道是前面那扇車門……還是她不想淋到雪，在候車室或剪票口附近等待？

乘客紛紛跟著他下了車，他跟著人群走向剪票口……他微微低頭，小心翼翼觀察著周圍，但他很快就停下了腳步。

在走向階梯的人群旁，有一個男人站在那裡。

那男人穿著黑色大衣，站在月台另一端的白線旁，不畏強大的風雪，如鐵柱般屹立不搖。

他之所以會停下腳步，是因為那個陌生男人站在數公尺外，目不轉睛地看著他。那個男人的視線和他的站姿一樣筆直……

陌生男人？不，自己認識那張臉。

當他閃過這個念頭時，發車鈴聲響起，趕走了風聲。這個聲音似乎在拉扯他的身體……他有這種感覺。他還來不及回想那個男人是誰，就不加思索地採取了行動。

「快逃。」

他自己的聲音在腦海中叫喊著。他跑向列車最靠近他的那道門。只有回到車上，才能逃離站在月台上的那個男人。

他奮力跑了起來，還差兩、三步時，車門無情地在他面前關上。彷彿踩了緊急煞車似的，他整個身體往前傾，最後終於停了下來。下一剎那，他人生的齒輪發生了巨大的混亂。一個女人的臉孔浮現在緩緩開動列車的車窗，他原本就是打算從那扇門衝上車的……臉孔宛如幻影般淡淡地浮現。

「水繪……」

他在心裡喊著這個名字。他想要叫出聲音，卻無法相信水繪就在眼前，呆若木雞地愣在那裡。即使他叫出聲音也沒有意義，高崎車站的月台變成了藍色的負像，同時響起彷彿會震垮整個月台的鈴聲……水繪的臉融化在藍光中，隨著列車駛離月台而消失了。

他猶如被雷打到似地呆立在那裡。他感受到周圍有人圍了上來，但他無暇環顧四周，只能無助地望著列車駛離的方向。他已經不想逃了……

他不知道為什麼水繪會出現在那輛車上，是在越後湯澤車站偷偷溜上車，還是在高崎車站看到他下車後，她才上車……？他只知道水繪正如他所想像地，背叛了他。

水繪叫他來高崎車站，同時又用密告或是其他的方式報了警，讓警方在這個車站埋伏。

當他朝列車的車門奔跑時，好幾個男人從下車人潮中衝了出來，轉眼間就把他團團圍住了。他們步步逼近，漸漸縮小了包圍網……然而，他在大雪中一動也不動。如果他想逃只能跳下鐵軌，但他已經懶得跳了。

最糟糕的想像居然完全成真，令他感到太有趣，忍不住想要笑出聲來。他等到周圍男人的動靜更加靠近後，緩緩看向四周。有六、七名便衣刑警……其中一人和他四目相接時，微微點了點頭，好像在向他打招呼。

他記得那名刑警。綁架案發生當天，名叫劍崎的轄區警署的警部補就是第一個去小川家的人。比起之後警視廳派來指揮偵辦工作的菁英警部，他更喜歡這位勤勤懇懇的中年刑警。

他也向那位刑警輕輕點了點頭，同時看著站在劍崎背後的男人。

也就是剛才那個穿黑色大衣的男人。從他下車走到月台上，就目不轉睛地看著他的男人。現在也站在劍崎身後，用冷漠的視線看著他。他已經認出那個男人是誰了。

劍崎警部補把頭轉到背後，問那個男人：「他的確是你兒子吧？」

那個男人瞪著「兒子」，緩緩點頭。

劍崎警部補向前跨出一步，不知道說了什麼，不外乎「現在以涉嫌參與小川圭太綁架案的嫌疑逮捕你！」之類的陳腔濫調。同時，兩個男人靠近他的兩側，抓住他的手臂，其中一人動作俐落地為他戴上了手銬。

前後只有短短的幾秒鐘，他卻覺得猶如永遠般漫長。之前曾經聽人說，人在將死之際，會在剎那之間回顧自己的一生，就像在看快轉的電影或錄影帶般。同樣的，當他的人生走進死胡同的這個瞬間，他也覺得從去年五月至今十個月的事，都可以在轉眼之間倒轉後重播。

他靜靜望著站在劍崎背後，將視線集中在他身上的那個男人。

他在下車後，第一眼看到那個男人時，一時想不起到底是誰，只覺得和自己長得很像。

他們當然長得很像，因為那個男人就是他的父親……父親。

他把這男人和故鄉一起拋棄了，男人卻在這個緊要關頭突然現身，冷冷看著自己的兒子被捕鼠板夾住，愣在原地，甚至忘了掙扎的樣子……話說回來，那男人為什麼會出現在這裡？

在列車即將抵達高崎車站時，他曾經想起這個男人，覺得一旦身為兒子的自己遭到逮捕，就可以讓那個傢伙大吃一驚……即使只是為了達到這個目的，自己被警方逮捕也具有價值。

沒想到兩、三分鐘後，那個男人出現在高崎車站的月台上，簡直就像是從他腦袋裡跳出來站在那裡。他只覺得自己在作噩夢，無法承認站在面前的男人就是自己的父親沼田鐵治，他希望自己看走了眼……更何況他從小就一直否認那個男人是自己的父親。

那個男人站在劍崎警部補背後的這一刻，也和他十分相像。這個不惜踐踏他人，自私自利的男人臉上完全沒有辛苦和歲月的痕跡，年輕得像是他哥哥。不，甚至可以成為他的分身……這時，去年夏天，水繪說的話……「有一個和你長得一模一樣的男人」這句話突然在他耳邊響起。

難道是這個男人成為我的分身去山路診所，向圭太的父親勒索嗎？難道水繪把這個男人也扯進來成為綁架案的共犯嗎？

不，還是說，這個男人才是主謀，一切計畫都是出自這個男人之手？當這個男人用某種方法找到離家出走的兒子，注意到兒子用假名就職的印廠工廠老闆的女兒離婚，帶著兒子回到娘家，以及圭太的父親是有錢的牙醫師後，就開始打那些錢的主意……這個男人以前就和骯髒的錢打交道，憑著罪犯特有的嗅覺，查到山路將彥私藏了為數龐大的不法所得，圭太的親生母親另有其人，於是就和那個女人聯手，策劃了這起驚天動地的綁架案……最後，把所有罪行都嫁禍給在各方面都成為他眼中釘的兒子，再通報警方。那個男人策劃、執行了這起把兒子逼向窮途末路的綁架案。

在感覺格外漫長的數秒內，他得出了這樣的結論。

然而，這個想法如同煙火般，在升空的同時散開了。

怎麼可能？

這個男人外表看似年輕，但也不可能成為我的分身，不可能騙過醫生和護士的眼睛。

這個男人可能在電視的新聞報導中看到綁匪的肖像，認為是離家出走的兒子，立刻向警方報案……但，如果只是這樣而已，他怎麼知道兒子會來高崎車站？水繪又為什麼會出現在那輛剛離開月台的車上？

刑警用大衣蓋住了他戴上手銬的雙手，命令他離開現場。他跨出第一步，問呆立在劍崎身後的那個男人：「你為什麼在這裡？」

「一個女人突然打電話給我……」

那個男人好不容易從凍結的嘴唇中擠出這句話，卻再也發不出聲音……不知道被劍崎制止，還是嘴唇真的凍結了，微張的嘴巴無力地吐著白氣。

站在他兩側的其中一名刑警對他說：「走吧。」他緩緩邁開步伐，背對劍崎和那個男人，沒有回頭。月台上的幾名乘客好奇地看著他，他也不以為意，筆直地向前走，繼續向前走……完全不知道前方有什麼在等待他。

罪惡的人造花

沼田實在高崎車站月台上遭到逮捕，三個半小時後的九點十二分回到了東京。當然，他並不是自己回來的，而是警方把他押回來的。

他被戴上手銬，在刑警的陪同下，宛如沒有自主意志的人偶般，按刑警的指示行動。

但他搞不清楚是哪一個警察署在指揮，連自己為什麼會在高崎車站月台上遭到逮捕都搞不清楚，更不知道是哪一個警察署的刑警為自己戴上了手銬。坐上在高崎車站前待命的警用車，幾分鐘後抵達高崎警察署，在其中的一個房間內接受偵訊時，有一名刑警是從縣警總部所在的前橋趕來的。例行偵訊的內容很簡單，只問了他這幾天的行動，和搭新幹線在高崎車站下車的原因。他始終保持緘默，那些刑警無奈地嘆著氣，把他交給了劍崎和其他人。有四名刑警和劍崎一起從東京來到高崎，在月台上包圍他的其他刑警似乎都是長野縣警支援的警力。因為他們說話時，不時帶著他熟悉的信州口音，所以他知道他們是長野縣警。

之後，他又被帶回高崎車站，搭上行新幹線回到東京。在新幹線上，他和來自東京的年輕刑警一起進入車掌為他們準備的包廂，但那名刑警只說了一句：「要去東京。」之後就沒有再說一句話。

當然，這也是因為他自始至終沒有開口的關係。

他甚至不好奇自己會被帶去哪裡，之後將會有怎樣的命運。

從看到那則新聞，到在高崎車站下車的這段期間，他絞盡腦汁地思考，試圖瞭解水繪的真意，但遭到逮捕的那一刻開始他就停止思考了。

「為什麼沼田鐵治會在高崎車站？」

這是他唯一想知道的事，但他在車站的月台轉身後，就沒有再看到那個人。他也知道這種和綁架案相關的事，即使問刑警他們也不可能回答。

劍崎不時把頭探進包廂，親切地問他：「肚子餓不餓？」、「會不會冷？」他只有在這時才小聲地回答：「不會。」

東京是一片白雪籠罩的世界，成為綁架案的嫌犯後，他回到離開了四天的東京，覺得好像是初來乍到的陌生城市。

走出東京車站後，再度坐上了警用車。這次也沒有人告訴他要去哪裡，他覺得自從在高崎車站月台上遭到逮捕的那一刻，就一直在迷宮中徘徊。

街道變成了戰場，繽紛的霓虹燈和白雪，正展開一場寧靜卻激烈的大戰。以前他從來沒有來過這一帶，對他來說，陌生的街道的確和迷宮沒什麼兩樣。

劍崎警部補就坐在他旁邊，所以他以為會去劍崎所屬的小金井署，但車子開了十分鐘後，駛入一棟大樓的停車場……停車場內停了好幾輛警車。

他猜想可能是警視廳。而他從後門走進大樓時，猜測獲得了證實。數十年來難得一見的大雪癱瘓了首都圈的交通，因為這樣才無法去小金井嗎？

雖然得知自己身處警視廳，但建築物內部對他來說才是最大的迷宮。

刑警帶他坐上電梯，但他不知道自己在幾樓走出電梯，接著被帶進一間像是偵訊室的狹小房間，裡面只有桌椅。刑警叫他坐在椅子上，為他解開手銬，一直陪在他旁邊的劍崎說：

「你之前在小川家也見過的橋場警部希望連夜偵訊，如果你覺得太累，就直接告訴警部。」

劍崎離開之前，又親切地對他提出忠告：「你是不是也有想知道的事？我勸你最好老老實實、抬頭挺胸地對警部說實話。」

劍崎一定知道他在高崎時，除了確認身分的相關問題，一概拒不作答，保持緘默。雖然他聽了劍崎的忠告，對他點點頭，但仍無意對警部據實以告。從去年五月開始，他就被自稱為「水繪」的女人擺弄……結果落得今天遭到逮捕的下場。從逮捕的那一刻開始，警察就代替水繪決定他的行動。

但，他只有身體聽命於警察，真正支配他的還是水繪。

不一會兒，一個面無表情的男人走了進來，他的氣息和這四周都是灰色牆壁、沒有任何生氣的房間很接近。那個男人臉上擠出虛假的笑容對他說：「沒想到我們會在這裡見面。」

他輕輕點了點頭，同時在內心決定自己要順著水繪的意思，把所有的罪都扛下來。

「你會不會累了？如果身體吃不消，就明天再說。」

那個男人的聲音很溫和，臉上帶著微笑，但也有假笑無法掩飾的部分……就是眼睛，冰冷的雙眼。那是他在小川家見識過好幾次的眼睛。

他搖了搖頭。

「那我就要問你幾個問題，你知道我的名字吧？」

他仍然不發一語，緩緩點頭。

「綁匪打電話到小川家時，知道我就在旁邊，是你通知綁匪『警視廳派來一個名叫橋場的人』嗎？」

他又點了點頭，橋場警部說：

「可不可以請你出聲回答『是』或者『不是』……因為要做筆錄。」

一個中年男子坐在旁邊的小桌子旁做記錄。

「對。」

他順從地回答。

「綁匪知道我很守時，這也是你通知的嗎？」

警部在發問時，看了一眼手錶。

「不是。」

「那綁匪為什麼會知道？」

「……」

「你不知道時，也請你回答『不知道』。」

「不……我事先調查了警視廳可能派來的人，猜想可能會由你負責這起案子，因為你之前破了兩起轟動一時的綁架案。」

「……」

警部面帶微笑地盯著他。

「啊呀，不好意思，我叫你出聲回答，自己卻沉默了。剛才的沉默代表的意思是『為什麼突然願意開口說話？』我太意外了，所以有點驚訝，因為我聽說你在高崎接受偵訊時很不配合。」

「……」

「姑且當作是我很會問話吧。那我要繼續問你，你是受誰的指使？」

「……」

「可不可以請你解釋剛才沉默的意思？」

警部臉上仍然帶著微笑，他很清楚警部的微笑為什麼令人發毛。

警部的微笑只是為了強調他雙眼的冰冷才擠出來的，那種微笑隨時會消失……他之前在小川家時，警部的微笑就讓他感受到了不安。

「你向其他綁匪逐一報告了小川家的情況，然後和假扮成小川香奈子的女人一起去幼稚園接圭太……當然，並不是單純接他而已，而是綁架了他。我要問的是，是誰指使你這麼做的？」

事到如今，即使害怕也無濟於事。他想清楚後，反而鎮定下來。

「我剛才沉默，是因為無從回答。」

「為什麼？」

「因為問題本身就錯了，我並不是受誰的指使這麼做……而是按照自己的意志做了這些事。也就是說……」

「你想說，你是主謀嗎？」

警部點了好幾次頭，好像在說：「我很瞭解。」

「……」

「可不可以請你說話？」

「沒錯。」

「你的意思是，你策劃了整起綁架案，向其他共犯發號施令嗎？」

「是的。」

「但這就奇怪了，你在工廠也沒有朋友，似乎不太擅長和別人打交道……是你找到其他同夥，邀他們參與這個犯罪計畫嗎？」

「對。因為工廠裡沒有適合犯罪的人，所以我才不和他們來往。我在東京巨蛋球場的場外投注站找到人手，邀他們一起加入。」

「所以說，你還有和平時完全不同的另一面。」

「對。我相信警部先生經過這次的事，已經充分瞭解這一點。我想，你應該會質疑向來不擅長和別人交往的我，為什麼主動接近圭太和他媽媽，並和他們交朋友吧？」

「有道理。所以，這代表先有綁架計畫後，你才接近圭太嗎？」

「對。」

「那可不可以請你告訴我，綁匪為什麼要犯下這種荒誕不經的綁架案……如果你是主謀，應該最能夠正確而又合情合理地解釋這個問題。」

他無言地回望著警部的眼睛拖延時間，然後問道：「你已經知道圭太的出生秘密了嗎？」

只要把水繪告訴自己的事當作是自己策劃的內容就好……他下定了決心。

「當然知道。也知道誰是親生母親……只是還沒有向媒體公佈。」

「誰告訴你的？」

「小川香奈子。」

「你還沒見到圭太的親生母親嗎？」

「當然見到了。因為也可能是親生母親為了搶奪孩子，引發了這起綁架案……但她有不在場證明。」

「怎樣的不在場證明？」

橋場沒有回答，撇著嘴角笑了笑。

「好像顛倒了。應該由刑警偵訊嫌犯……那我問你，你為什麼想知道這件事？你知道她的不在場證明又怎樣呢？」

「……」

「你身為主謀，不是應該比我們警方更瞭解，她和這起案子無關嗎？」

「我不知道你們會不會相信我等一下要說的內容。如果她的不在場證明不夠明確，你們或許還會懷疑她。身為元兇，我希望避免這種情況。」

「不必擔心，她和本案無關……不在場證明也無懈可擊。」

短短的幾秒鐘內，他的腦袋全速運轉，思考警部口中的女人是不是他所認識的「水繪」。

自稱是「水繪」的女人在案發當天和他一起去幼稚園接圭太，如果圭太的親生母親在那個時間前後的不在場證明成立，就代表那個女人並不是「水繪」……

幾秒鐘後，他得出了結論：那個女人不是水繪。她不是圭太的親生母親，只是欺騙他的女人。然後，他打算以此為前提，給警方假供詞。

就在這時，警部從桌上的黑色檔案夾內拿出兩張照片丟到他面前。警部似乎可以看穿他在想什麼。

因為警部告訴他：「這就是圭太的親生母親。」

其中一張照片是戴著墨鏡女人的特寫，包括墨鏡的設計在內，都和他認識的「水繪」一模一樣。另一張是在看起來像露天咖啡座的地方，從側面拍到了女人的上半身，手上拿著咖啡杯，山路將彥坐在她對面，看著鏡頭的方向，臉上帶著一抹靦腆的笑容。雖然不是看得很清楚，但照片中的女人無論側臉和身體線條都很像「水繪」。藍色洋裝和髮型也很熟悉……

他立刻假裝漠不關心地把兩張照片翻過來，放回桌上，推回警部面前。

他的每一根手指都故作冷靜，腦袋卻亂成一團。找我的那個女人真的是水繪嗎？

「你怎麼知道圭太的親生母親就是照片中的這個女人？」

但是，當警部開口問時，他的心情反而鎮定下來。

「去年五月，她突然來……她來接近我，把所有的事都告訴我，拜託我設法讓她和圭太共處一天快樂的時光……當時，我經常去幼稚園接送圭太，所以她向我哭訴，希望可以在香奈子不知道的情況下，讓她和圭太一起度過一天，不，她說只要半天就好，她說：『只要半天就好，只要讓我和圭太在一起半天，我就會永遠不再抱有任何奢望。』而且，我也知道她為此甘願冒生命的危險，所以我也不由得產生了同情，打算設法幫她。但是，我試了很多種方法，都無法成功。我曾不經意地對香奈子提說：『我想帶圭太去信州走一走。』但香奈子說：『那我也一起去。』最後，各種方法都用盡了，仍然沒有成功。當時，我剛好在看一本關於綁架案的小說，於是就想到『可以試試綁架的方法』，後來很快就覺得『綁架是唯一的方法』。她當然強烈反對，之後也一直不答應，但我已經無法自拔……在研擬計畫時，覺得在我至今為止的人生中，從來沒有遇過這麼有趣的事，結果我不顧她的反對，強迫她坐上車，前往幼稚園。」

他滔滔不絕地說著謊言，連他自己都感到驚訝。

警部抱著雙臂，好像睡著般一動也不動，然後微微張開左眼問：「就這樣而已？」

被稱為警視廳金頭腦的這個男人顯然已經識破他的謊言，嘲笑他的涉世不深。

「根據你剛才的說詞，你去年五月見到了圭太的親生母親，之後策劃了綁架，然後刻意接近小川香奈子和圭太，但你是在更早之前接近他們母子，這是他們親口告訴我的……」

「……」

「好吧，我姑且不計較這些自相矛盾的地方。既然綁架的目的只是為了讓圭太和他親生母親見面，為什麼要搞得這麼天翻地覆？簡直就是不驚動媒體死不休……我想知道這中間的理由。」

「那是因為想要把香奈子逼得走投無路，讓她在最後關頭說出真相，坦誠圭太不是她的親生兒子……坦誠她從圭太的親生母親手上搶走圭太，從某種意義上來說，是她用綁架的方式搶到的兒子。事實上，她也的確告訴你這個事實了，不是嗎？……我的目的不光是為了讓圭太和他的親生母親見面，而是要讓香奈子親口說出真相……」

說到這裡，他停頓下來。因為橋場警部突然張開手掌伸到他面前，制止他繼續說下去。

「如果你開口說的是謊話，不如保持沉默……而且，你的謊言根本前言不搭後語，只是把胡言亂語說得煞有其事，所以才會漏洞百出。真相自然而然會具有說服力，可以輕而易舉讓對方瞭解。既然這樣，只能由我告訴你這個綁匪真正的理由了。」

「……」

「那起綁架案根本只是煙霧彈，對吧？在檯面下有另一起勒索數億贖款的綁架案……檯面上的這起事件只是分散警方注意力的煙火。」

果然已經被這名警部識破了。他暗自咂著嘴，默默注視著警部的眼睛。別人常說他的眼睛像素燒人偶的，只像是兩個窟窿……而他現在拚命想用這樣的眼睛吸收、承受警部銳利的視線。

「原來你已經知道了。其實傍晚看到電視時，我發現你們已經知道我曾經試圖接近圭太的父親，就猜想你們可能已經察覺了真正的綁架案……」

「閉嘴！」突如其來的怒吼聲打斷了他的話，「我剛才不是警告你，與其說謊，不如保持沉默。」

從警部急促的呼吸，不難察覺他真的生氣了，他太陽穴上冒著青筋……把手上的資料夾用力往桌上一丟，惡狠狠地說：「夠了！」

狹小房間內的空氣因為緊張而凝固。

「你為了袒護她而說謊，但因為偵訊太突然，你沒有足夠的時間思考。你盡力了，卻無法成功地袒護她。」

警部說這番話時，已經恢復了冷靜，眼睛深處和嘴唇都露出冷笑，但和剛才嘲笑他涉世不深的笑不一樣……那是自嘲的笑。

「別用那種眼神看我，你可能認為我是精明能幹的刑警，能夠輕易識破嫌犯的謊言……」

警部緩緩搖著頭。

「很遺憾，並不是我識破了你的謊言，而是我一開始就知道你會說謊。她把所有的事都說了出來。」

「她是指誰？」

他忍不住收回視線，不想正視警部。因為他覺得警部的臉好像某種深不可測的動物。

「圭太的親生母親……正確地說，是你視為圭太親生母親的人。」

「水繪……」

「對，就是你視為是『水繪』的女人。」

警部把桌上的兩張照片翻了過來。

「她也被逮捕了嗎？」他忍不住問道。

「不，我剛才是說她把所有的事都『說了出來』。其實是今天早上，我收到了她的信，我只是看了信而已。」

「……」

「她在信中說，去年五月，她主動接近你，邀你參與小川圭太的綁架案。她用電腦打的信中，詳細說明了你除了一件事以外，都按照她的指示執行……甚至還提到，一旦你遭到逮捕，恐怕會扛下所有的罪。」

他搖了搖頭，因為他只有脖子還能夠活動。

「你才在說一些莫名其妙的話，她為什麼要寫這種信給你？」

「當然是為了救你，難道你不明白嗎？」

這句話無法順利進入他的思緒中，他納悶地偏著頭，茫然地看著警部的臉。正義感和野心——每次看到這個男人，他的腦海中就浮現出這兩個字眼。為這兩件事而活的男人並不擅長開玩笑。

然而，他為什麼會開這麼離譜的玩笑？其中一定有蹊蹺……

長時間的沉默後，他笑了起來。從嘴唇發出的笑聲宛如受潮的仙女棒，無法持續，還沒點燃就熄滅了。

「她害我被捕，這是哪門子的『救』啊……我才想對你說，如果要胡說八道，不如乾脆別說話。」

他突然氣鼓鼓地怒罵警視廳年輕有為的大牌刑警，對方露出從容的笑容。

「我沒有一句話是胡說八道，我是警視廳的刑警，一旦對嫌犯說謊，之後會引起很多麻煩……而且，你父親正在隔壁聽我們的談話。沼田鐵治是長野縣議會的重要人物……有這號大人物在監聽，我怎麼可能說謊或是開玩笑？」

他忍不住看向牆壁上方。他走進這個房間時，發現冷冰冰的牆壁靠天花板處，有三個小洞。那裡可能藏了攝影機，拍攝房間內的情況……

但是，他的視線沒有離開警部的臉。沼田鐵治也在這裡？但他對那個男人沒有興趣。

「你父親是在縣議會擔任議長的大牌議員吧，阿實？」

警部才剛說自己不會開玩笑，現在卻用聽起來像在開玩笑的、輕鬆而略帶挖苦的口吻發問，但他無視警部的問題。

「但是，我人在越後湯澤和會在高崎車站下車不都是她密告的嗎？」

都是她的命令……

「的確是她通知我們的，早上送到的這封信在最後寫了一行字，『今天傍晚，我將會告知他的行蹤』。因為你協助她犯罪，警方當然必須逮捕你，但警方扣留一個人，並不一定是為了逮捕。她……」

他打斷了警部的話，大聲咆哮：「所以，她到底是誰？真的是圭太的親生母親……這張照片上的女人嗎？」

說完，他搖著頭。

「這裡還有一張山路……不，淺井水繪的照片。」

警部從資料夾中拿出另一張照片，好像在玩撲克牌似地倒扣在桌上，用三根手指推到他面前。他沒有立刻伸出手，看著照片的神情就像迫不及待地想要吃眼前飼料的狗。

他終於下定決心，用力抓住了照片。

從髮型判斷，這張照片的拍攝時期和剛才那張戴著墨鏡的照片相同，照片上的她沒有戴墨鏡……但有那麼一剎那，他以為照片中的人就是自己認識的「水繪」，兩個人幾乎像一個模子裡刻出來的……只不過眼睛的形狀不一樣。雖然兩個女人都有一雙大眼睛，眼尾細長，但越仔細看，越會清楚發現照片中的女人和記憶中那個女人的眼睛有所不同。不是因為化妝的關係；兩個女人都是雙眼皮，但照片中女人的眼皮飽滿，線條比較不銳利。

雖然很像，但不是同一人。如果照片上的女人是水繪，那個女人又是誰？

「那個女人是誰？」

他說出了內心的疑問。那個接近我、誘使我參與綁架這麼大的犯罪，又嫁禍我成為主謀，落入警方手中的女人到底是誰？

「我們也不知道她是誰，她在信中自稱為『蘭』。就是蘭花的蘭……」

警部從資料夾中拿出一封信，把背面出示在他面前。寄件人的地址、姓名欄的確只有一個字。

蘭。

用鋼筆寫的字很漂亮，宛如在信封上綻開了一朵華麗的蘭花。

他曾經多次見識過「水繪」寫的一手漂亮字，的確和眼前的字跡相同。警部把信封背面朝上放在他的面前，這時他瞥到了正面的字，確確實實看到了「警視廳」和「橋場」幾個字，可見真的是她寄來的信。

「你不知道她是誰嗎？」

他搖了搖頭。

「是嗎？她對自己一直說謊感到很痛苦，曾經有次想要向你表明真實身分……她在信中說，你拒絕了。她是不是曾經對你說：『我要介紹一個和我很像的女人給你認識』？」

他正想搖頭時，池袋的那個夏日浮現在他的腦海。後巷的公園、擺盪的鞦韆、夏日的光、大樓的窗戶……

「蘭是她在店裡使用的名字。」警部的聲音聽起來很遙遠。

死氣沉沉的房間沒有窗戶，和外面的世界完全隔絕，觸碰宛如金屬般的冰冷牆壁，就可以感受到和戶外大雪相同的寒冬……身處這樣的環境，他的思緒卻突然被丟進了盛夏。雖說才六月，卻如同盛夏般酷熱，強烈的陽光無情地照在池袋後方的小公園，和小公園周圍低矮的大樓。這片後巷可以稱為熱鬧的池袋的本有姿態，在後巷的某一個窗戶內，也隱藏了那個女人的本有姿態嗎？

她命令自己花錢找和她長得很像的女人，並把錢塞進了他的口袋，假裝開車離去，實際上卻是繞到大樓後方，在店內等待他這個客人上門嗎？

「你似乎想起來了。」

警部說。

他搖了搖頭，警部無視他的搖頭，再度拿起了那封信。

「她似乎把你會不會去當作賭注，如果你去了，就會知道她是誰，她就把真相告訴你，在這個基礎上，拜託你參與她的犯罪計畫……她在信上是這麼寫的。」

「騙人。」

「如果你不相信，可以自己看。」

警部把信遞到他的面前，他搖頭拒絕。警部從信封中抽出信紙，看著上面的內容，自言自語地說：「看起來不像在說謊。」

「你剛才提到『真相』。如果我去了那家店，她就會告訴我真相……那真相到底是什麼？」

「在綁架圭太這起引人注目的案子背後，還有另一起綁架案。在警察和社會大眾看不到的地方偷偷摸摸地勒索的贖金才是他們真正的目的……雖然檯面下那起案子不引人注目，贖款金額卻是檯面上那起案子無法相提並論的。」

「這一點她已經告訴我了……雖然我沒有去那家店，但她也告訴我了。」

他沒有繼續說下去，因為他覺得警部冷笑的雙眼似乎把這句話吸了進去。

「完蛋了！」

他在內心輕輕叫了一聲，知道自己失言了。剛才這句話等於承認那個女人是主謀。

「你果然受她指使吧？聽說你受到她的脅迫，在很不甘願的情況下協助她犯罪……」

他搖著頭，用力搖了好幾次頭……

「你的意思是，她沒有脅迫你嗎？」

「沒有。她從來沒有脅迫我……我是自願的。」

他斬釘截鐵地回答，但再度停頓下來，因為無論說什麼都是自掘墳墓。

「你的意思是……你自願協助她犯罪。」

警部代替他說出了這句話。

「但她在信上寫說她脅迫你，強迫你協助這起綁架案。你是不是差一點在她手上送命？」

「不，從來沒有……」

他堅定地搖著頭，「是嗎？」警部說著，打了一個響指向站在門旁的年輕刑警示意。那名刑警走了出去，立刻拎著一個手提式錄音機走了進來，放在警部面前。

橋場警部默默按下按鍵。

那似乎是播放鍵。錄音帶開始轉動，突然發出爆炸聲般的可怕聲音。由於房間很狹小，音量增加了好幾倍，那危險的聲音讓聽的人都不安了起來。既像是列車脫軌瞬間的聲音，又像是大幅超過速限的聲音……沒錯，是車子。是飆車的聲音……

「妳想幹什麼？」

傳來男人低沉的聲音。

「我要撞那輛車，證明我是在『拚命』。如果我們兩個人都沒死，就請你相信我。」

女人平靜的聲音答道。

「別鬧了，對方也會死。」

之後，傳來男人和女人身體相撞的聲音，男人好幾次呻吟：「別鬧了」……他嘆了一口氣。他已經知道那對男女在車上幹什麼，因為試圖制止女人橫衝直撞的男人正是半年前的他。盛夏的某一天，她高速公路上開車時，打算不顧性命衝撞超車的跑車，用力踩下油門。但是，此舉是為了讓他相信她。

他又對著警部用力搖頭。

「她只是想要犧牲自己的生命，無意殺我，我也沒有受到她的威脅。」

「你真傻啊。」

警部笑了起來。

「你當時不是坐在副駕駛座上嗎？你們坐在同一輛車內，兩條命拴在一起了……一旦她死了，你也活不了。她說她要拚命，等於在威脅要殺你。因為她握著方向盤，所以你的生命更加危險……她開車技術很好，完全有可能在撞車的時候只讓你死。你不也是察覺到自己的生命有危險，才會拚命阻止她嗎？」

警部在說話時，目光始終沒有離開他。

「她第一次接近你時也一樣，在闖紅燈衝到你的車前，不光她自己的生命有危險，也危及到你和圭太的生命，等於在威脅要殺你們。你只是沒有意識到這一點而已，從去年五月開始，她一直在威脅你……車子就和刀槍一樣，都是可以輕易殺人的兇器。」

他雖然繼續搖著頭，卻在心裡嘀咕：「沒錯，那個女人一直在威脅我。」

但問題並不出在警部說的那兩次撞車意圖，因為她應該無意殺他……那個女人是把自己當作武器，不斷威脅他，直到今天他落到這個地步。

她的臉和身體曲線……脖子、胸部和腰到兩腿的各種曲線，每一條都是不輸給刀子的兇器，威脅著他年輕的身體。

她的身體具有迷惑男人的神秘曲線，她自己充分瞭解這一點，不時會拿它們當誘餌在男人面前晃動。這個看得見卻永遠吃不著的餌宛如可怕的兇器，令他害怕，令他痛苦。

不，她一度想要把餌丟給他。正如這位警部剛才所說的，就是在池袋後巷那家店的時候……記得那家店好像叫「銀河」，但是，他沒有發現突然丟到他面前的是如假包換的餌，還鬧彆扭，不屑一顧，結果就永遠喪失了吃到那個餌的機會。

他再度搖了搖頭。

那個盛夏，她在後巷的特種營業場所內，毫不隱藏地袒露全身無數神秘的線條，等待他的出現……這件事比「把他出賣給警方」更令他覺得是一種背叛。

「她為什麼會錄音？」

他唐突地抬起頭問。

「有兩個目的。」

警部似乎早就知道他會這麼問，不加思索地回答：「第一，是為了救你，就像現在這樣，把錄音帶交給警方，做為當初脅迫你參與犯罪的證據……不光是那一次，她從一開始就把和你的所有對話都錄了音，從其中擷取能夠證明你清白的部分，和信一起寄給我。」

「我都被你們逮捕了，哪來的『救』啊？」

他搖了搖頭，似乎在說：「我搞不懂。」

「假設你沒有被警方逮捕，繼續逃亡，你這張『臉』也逃不掉。只要小川家的人和工廠的同事作證，畫出精密的肖像畫，你就不可能逃太久。既然這樣，還不如讓你被警方逮捕，之後再提出你並非出於自願參與綁架案的證據，讓警方釋放你更理想……我猜她是這麼想的。」

「……」

「事實上，你也的確很快就會遭到釋放，即使遭到起訴，也會被判無罪，最多只判緩刑。你父親一定會為你請能幹的律師。」

他再度搖著頭，他想要否定她突然變成「拯救他的女人」，更想要拒絕事隔多年，突然再度出現在他人生中的那個男人。

「所以，不如趁早承認如她的信中所說的，承認你至今為止的所有行為都是因為受到她的脅迫。」

他再度搖頭。

警部嘆著氣。從他沙啞的嘆息聲，可以發現警部的疲勞也已經達到了極限。

「我猜你想要袒護她，但這是白費力氣。」

「為什麼……？」

他的聲音也有點沙啞。

「警方應該抓不到她。去年八月時，她已經離開了那家叫『銀河』的特種營業場所……在想要讓你得到她，卻沒有成功之後不久就辭職了。之後，完全失去了行蹤。也不知道她是從哪裡寄了這封信……更不知道她現在人在哪裡。你也只是用手機和她聯絡，不知道她住在哪裡吧？」

他無法點頭，也無法搖頭。雖然警方可能不知道，但那個女人在數小時前，就在高崎車站，離他和便衣刑警數步之距……可是，不知道她搭那輛新幹線去了哪裡。不知道她藏身在東京一千萬人口中，還是逃去其他城市了……

為什麼那時候她就在他的身旁？難道想要親眼看到他是否順利遭到逮捕？

他終於找到了他該說的話。

「如果我承認受到她的威脅，很不甘願地參與這次綁架案，就不會追究我的刑事責任嗎？我不相信，日本的警察才不會對罪犯這麼好，你剛才說可能無法找到她的下落，聽起來也很假……因為你們不是輕而易舉地抓到了我嗎？這是圈套嗎？是警方和她聯手設下的圈套嗎？」

「不，如果沒有她的協助，我們不可能這麼容易抓到你。眼下我們甚至不知道她的真名叫什麼，也不瞭解她原本的面貌和背景……就連店裡的同事和工作人員，也從來沒看過她原本的面貌。你看過她沒化妝時的樣子嗎？」

「……」

他只能沉默。

「你不想回答就不用回答。聽說她的化妝技巧很好，雖然仔細看會發現她的妝很濃，但別那麼細看的話會感覺很淡，和沒化妝差不多。店裡的其他女人都這麼說，你這個男人應該不知道她到底有沒有化妝。這次的事件是經過精心策劃、佈局的，她一定很小心謹慎，不讓任何人看到她的真面目……無論是你還是其他共犯。現在，她應該已經恢復原來的樣子，以另一個女人的身分開始新的生活了。她已經拿到了她夢寐以求的鉅款，可以拋開你、圭太，還有『蘭』這個名字，以及化妝，拋開所有已沒有用處的東西，以全新的自己重新生活。」

「……」

「問題在於共犯。目前知道除了你以外，還有其他三名共犯，兩男一女。這個女人很可能就是她自己，所以，還有另外兩個男人，但只有圭太見過那兩個男人。」

聽到這裡，他好像突然被絆倒了，在心裡輕輕地叫了一聲：「啊！」

小川老闆的臉在他腦海中閃現。老闆真的是她的共犯嗎？

她並不是「水繪」，也不是圭太的親生母親。

因此，她說「小川老闆因為同情我，願意協助我的綁架計畫」也是胡說八道，說什麼小川老闆得知女兒香奈子搶走了水繪的兒子，所以願意助她一臂之力，更是彌天大謊。

他雖然看到小川老闆在場外投注站賭馬，卻沒有看到她和老闆交談，老闆也從來沒有在他面前提過這件事。

她一定猜到小川老闆會去後樂園的場外投注站，故意帶他去看那一幕，讓他相信老闆也是共犯的謊話……她一定認為他得知老闆是共犯後，就會放心答應她提出的要求。

還是老闆也被她的花言巧語欺騙，以為她真的是圭太的親生母親……以為她是水繪？或是老闆已經識破了她的謊言，但得知可以拿到一筆鉅款，所以假裝上當受騙。

但是……

「呃……你是不是還沒說最重要的事……還沒說吧？」

警部說。

說話向來簡潔明瞭的警部難得吞吞吐吐，反而令目前成為嫌犯的他感到不安。

「重要的事？」

「不是驚動整個社會的綁架案，而是在警方看不到的檯面下暗中進行的那起綁架案……雖然是暗中進行，但贖款金額很驚人，那起案子才是重罪。明天之後，媒體會開始大肆報導那起事件……如果你是主謀，當然比任何人都更清楚那起事件的詳細情況，比我們、被害人，以及假扮成『淺井水繪』的女人知道得更清楚。」

「……」

「所以，我想請教一下，你在檯面下那起綁架案中，從被害人手上拿到多少贖款？希望你告訴我們正確的金額。」

他直視著警部的眼睛，但內心極其慌亂。因為警部看穿了他最脆弱的部分，發動了進攻……她並沒有告訴他檯面下那起綁架案的詳細情況。

「數億圓，這樣就夠了吧？金額的問題，被害人應該已經告訴你們了，沒必要問我……」

「不，如果不問你這個主謀，我們不知道正確的金額。」

聽到這句話，他忍不住皺起了眉頭。他不知道警部想要說什麼。

「我們當然知道綁匪要求的贖款金額，也知道被害人支付了綁匪所要求的金額，但這起綁架案的綁匪很彆扭，做一些奇怪的事……綁匪要求在澁谷的十字路口交付贖款，最後綁匪拿走的金額和一開始的金額完全不同，只有一千萬而已……而且，綁匪還把這個一千萬放回圭太的背包裡還給被害人。也就是說，贖款金額是零。在檯面下的那起綁架案中，綁匪日後也可能會把錢還回來……不知道是會減少一些金額，還是全部歸還，讓贖款金額最後變成零……警方和被害人都很期待這樣的結果。」

「……」

「所以，我想請教你這位主謀，你有沒有打算從拿到的兩億五千萬中歸還一部分？就像渋谷路口的那起綁架案一樣。」

「……」

他無從回答。他默默地回望者警部的眼睛，在內心嘆著氣嘀咕說：「原來是兩億五千萬。」他事先沒聽說過正確的金額。難道那個女人策劃了一切，就是為了這筆錢嗎？這筆金額中，她背叛我的部分到底值多少？

他在內心深處嘀咕道，但自己也不理解這句話的意思。只想知道那個女人認為他在這次的事件中發揮的功能佔了幾成……只想知道在那個女人的心目中，他到底有幾成的男人味。

「你不想回答嗎？還是無法回答？」

「當然是不想回答。兩億五千萬就是兩億五千萬，即使想要從中尋找更多的意義也是徒勞……所以我不想回答。」

警部再度露出冷笑。

「你就像是叛逆期的少年，只有說謊的時候，語氣特別差……所以呢？」

「什麼『所以呢』？」

他故意緩緩地、很客氣地反問。

「那筆錢現在放在哪裡？」

他的笑聲衝出抿成一直線的嘴。

「你是認真問這個問題嗎？你以為我會回答嗎？不好意思，恕我無法奉告。我做了那麼驚天動地的事才得到那筆錢……你們可以逮捕我，但別想叫我把錢吐出來。」

「是嗎？那就太遺憾了。你會這樣反應，就代表這筆錢很重要。」

「那當然，足足有兩億五千萬，甚至可以換一條命。」

「……」

「是嗎……由於交付贖款的方法很粗糙，我原本以為綁匪並不是那麼注重金錢。」

他無法回答。粗糙？到底用了什麼馬虎的方法交付贖款？警部狡黠的雙眼顯然很樂於看到他不知所措。

「把兩億五千萬裝在兩個紙箱內，用快遞送到我說的地址……綁匪，也就是你是不是這麼交代的？」

「……」

「送件目的地是中野一棟公寓的七〇二室。當快遞小弟送去時，門上有一張字條……『請打開門，放在裡面』。字條上只簽了一個『蘭』字，旁邊還寫著：『請帶走這張字條代替印章』。快遞小弟照做了。裡面沒有人，快遞小弟還有點擔心有沒有問題……因為這也實在太馬虎了。」

「不，馬虎一點反而安全。把紙箱放在沒有鎖門的空房子裡，誰都不會想到裡面放了鉅款。」

「是喔……有道理。我剛才說你很傻，沒想到這個方法挺聰明的。」

警部故意這麼稱讚他：

「還有，圭太在遭到綁架的當天，好像就是被帶去那裡。那天故意佈置得像飯店，讓圭太以為是在飯店。」

「……」

「你是綁匪，這些事你當然比我更清楚，我太多嘴了。」

警部面帶微笑地說，但帶著笑意的臉突然嚴肅起來。「偵訊了這麼長時間，馬上就要結束了。因為我終於知道，你對這次綁架案的真相一無所知……」

橋場警部的雙眼宛如某種冷卻裝置，頓時凍結了室內的空氣。他的嘴唇也隨之凍結，內心焦躁不已，卻說不出一句話……

頭腦的思考能力也變得遲鈍。我完全不瞭解事件的真相，代表她告訴我的一切都是謊言嗎？他有點置身事外地茫然想道……

「這次的事件中，有兩起綁架案結合在一起。第一起是綁架小川香奈子的兒子圭太，勒索贖款的事件，為了引起警方和社會的矚目，故意搞得驚天動地。雖然看似想要搶錢，但最後分文未取。不，綁匪一開始就沒打算在這起綁架案中拿錢，從某種角度來說，是一起甚至無法斷定是犯罪的離奇犯罪……綁匪真正想要拿錢的是第二起綁架案，這起綁架案就是很徹底的犯罪。綁匪知道肉票的父親身懷警方不知道的鉅款，趁警方的注意力都集中在第一起綁架案時，捲走這筆鉅款……事實上，綁匪在昨天成功地利用第一起綁架案，拿到了這兩億五千萬，這起綁架案也成功畫上句點了。」

「……」

「但有一個疑問。事實上，在今天之前，我完全不知道第二起綁架案的事……在收到自稱是『蘭』的女人寄給我的這封信之前，我一無所知。我也是在看了信之後，才知道第二起綁架案才是綁匪真正的目的，綁匪也拿到了金額龐大的贖款。這件事產生了一個很大的疑問。」

「什麼疑問？」

他想要發問，卻說不出話。他張著嘴，臉上露出焦躁之色，但警部無視他的反應。

「為什麼要引發第一起綁架案？」

「……」

「『蘭』對你說，想和親生兒子圭太度過一天快樂的時光，但現在已經知道她根本不是淺井水繪，這個動機也就失去了意義。況且，她真正的目的是勒索那些絕對不能曝光的不法所得，根本不必擔心被害人報警……既然這樣，根本不需要大費周章地用第一起綁架案當作煙霧彈，只要偷偷執行第二起綁架案就好了。」

警部注視著他，只有兩片薄唇做著規律得有點莫名其妙的運動。

「既然想要勒索山路將彥的不法所得，為什麼要綁架圭太？圭太遭到綁架後，小川香奈子絕對會慌亂，必定會報警……綁匪是想要恐嚇將彥，但這麼做恐嚇到的人是香奈子，而不是將彥。如果綁匪不希望報警，就不應該綁架圭太，而是應該設法綁架將彥的母親。我曾經在案發後見過將彥的母親……她很強勢，但畢竟年紀大了，一眼就可以看出她沒什麼力氣，即使一個女人也可以輕鬆綁架她，把她關進公寓的某個房間。然後，把將彥的母親當成人質，威脅將彥：『把你的不法所得拿出來當贖款』，將彥絕對不會報警，因為他有很嚴重的戀母情節，比起圭太，把他的母親當作人質更能夠達到恐嚇的效果。而且將彥的母親通常都是獨來獨往，比起圭太，綁架她的機會更多。要綁架圭太並不是一件容易的事……因為他還是小孩子，所以很少有機會單獨一個人，你們所採取的綁架方式風險很大，況且，必須接近之前完全不認識的你……還要利用比別人更疼愛圭太的人參與綁架計畫，這幾乎是不可能的任務。」

「……」

「沒錯，雖然你假冒別人的名字，也謊稱自已的經歷，但說服你成為綁架案共犯的想法未免太魯莽。綁匪不惜如此『魯莽』，也要綁架圭太……而且，鬧得驚天動地，到底有什麼好處？」

「我怎麼可能知道？」

他很想這麼回答。我根本不知道，我也覺得很奇怪，卻甘願上當，成為她的共犯……

警部的聲音令室內充滿緊張感，他根本無暇插嘴。

警部繼續說道：「不瞭解原因時，最好的方法就是從結果分析。那起驚天動地的綁架案到底帶來怎樣的結果？結果之一，就是圭太身世的秘密曝光，媒體大肆炒作，引發大眾熱切討論……還有另外一個結果，你知道是什麼結果嗎？」

他不發一語地看著警部的眼睛。他不知道該怎麼回答，甚至不太清楚這個問題的意思。

「隱姓埋名、自稱是『川田』的男人，也就是你，以綁匪之一的身分為世人所知。媒體報導你的外貌特徵，公佈像照片一樣精密的肖像，讓你在一夜之間成為名人。」

「……」

「你有沒有想過，也許這才是綁匪策劃那起轟動一時的綁架案所造成的最大影響……反過來說，也許綁匪策劃那起綁架案就是為了這個目的。」

「你的意思是說……為了讓我出名而策劃了綁架案，怎麼可能有這種荒唐的事？」

他忍不住脫口說道，但他立刻用力搖頭。

他終於瞭解警部想要表達的意思，但他不願意承認。

「沒錯，」警部回答，「在渋谷交付贖款的前一刻就從工廠消失的員工，會從當天晚上開始不斷出現在電視的新聞報導中，如今簡直成為媒體的紅人。當然，除了我們和你的家人以外，誰都不知道那個男人的真名……」

「……」

「明天之後，你會更紅。等到新聞報導你遭到逮捕的消息，大家知道你的本名，以及是縣議員的兒子之後……這才是綁匪真正的目的。」

「……」

「你不知道嗎？我告訴你，所有的一切都是為了欺騙你。」

他，沼田實搖著頭。

「你說所有的局，也包括圭太綁架案的所有一切嗎？策劃這次事件的目的，只是為了欺騙我……是這樣嗎？」

他喘著氣反問。

所有的事開始在他腦海中慢慢倒轉，他覺得自己被捲入了大浪……覺得好像會隨著揚起的大浪一起墜入深海，令他深感不安。

警部撇著嘴角，露出得意的冷笑，指著信封上那個「蘭」字。

「沒錯。你以為這個女人是為了綁架圭太才找你當共犯，但事實正好相反，她是為了讓你當共犯才策劃了圭太的綁架案。」

警部伸著懶腰站了起來，若無其事地走到他的背後，把雙手放在他肩上，輕輕揉著他的雙肩。

「有一名少女……」他用好像在朗讀般的聲音訴說起來。

「從小在貧窮的家庭長大，總是夢想自己是繪本中的女主角，但她不是夢想和灰姑娘一樣，希望自己有朝一日可以遇見王子，或是在城堡中生活。她最大的夢想就是錢，她夢想自己犯下轟動的犯罪一夜致富。她帶著這個夢想長大成人……但她不想引發染血的悲慘事件，她所構思的犯罪無論規模多大，都必須帶有繪本的色彩，都無法脫離童話的世界。所謂轟動社會，就是像亞森．羅蘋一樣給世人帶來歡樂。但她當然無法成為大盜，只能運用自己像假人模特兒般的臉，藉由化妝，自在地『變臉』……她白天在公司當不起眼的事務員，入夜之後就脫胎換骨似地變成另一個艷麗的女子，在聲色場所打滾。有一天，她遇到了一個牙醫師的客人。那位菁英牙醫師之所以特地跑來池袋後巷的那家小店，是因為身為那家店老主顧的朋友告訴他，那家店裡花名叫『蘭』的女人酷似他的情婦……他的情婦水繪和蘭不僅五官神似，連化妝方法也很相似。牙醫師立刻愛上了蘭，頻頻光顧那家店。他覺得這只是玩玩而已，所以放鬆了戒心，把離婚的事和從未向任何人提起的有關兒子的出生秘密都告訴了她。當然，對那個牙醫師有特別興趣的女人也很擅長巧妙地套話……我相信你很清楚她有多麼懂得操控男人。」

「……」

「她詳細調查了那個小孩子的父親和兩個母親的情況，綁架了小孩，非但沒有讓小孩子感到害怕，而且還讓他比平時玩得更開心……再向小孩子的父親勒索數億贖款。這正是她理想中的犯罪。她對那個小孩子周圍宛如好幾條鎖鏈般糾結的人際關係很感興趣，但最讓她好奇的是，工廠有一名年輕員工特別疼愛這個孩子。她想拉攏這個年輕人成為共犯，開始調查那個年輕人的身世，發現了令人意外的事。」

警部的大拇指用力按著他肩上的某一點。一陣銳利的疼痛傳來，但他一動也不動，面不改色。「所有的一切都是為了欺騙你。」警部剛才的話在他腦海中迴響，帶來更大的痛楚……

警部在他耳旁繼續說道：「你知道他怎麼查到你的身世嗎？這封信上有寫……她發現你登記在工廠的戶籍地是另一個『川田』的戶籍資料，對你產生了更大的好奇。她店裡有一個客人有變裝癖，有警察的制服。於是，她拜託那個客人檢查你的駕照……去年春天，你在等紅燈的時候，是否曾經有警察過來檢查你的駕照？」

記憶甦醒，但他沒有回答。

「你的駕照上還是真名。她得知了你的戶籍地，調查你的身世後，有了驚人的發現，也更中意你，決定讓你在她策劃的犯罪計畫中扮演重要的角色……」

「……」

「她也在店裡的客人中，挑選了頭腦聰明，又缺錢的男人，邀他們參與綁架……她手上已經有幾名共犯了，在做好萬全準備的基礎上，她才接近你……這是這起綁架案的序章。」

「……」

「我剛才提到『重要的角色』，你應該知道她要求你扮演的是什麼角色吧？」

警部繼續為他按著肩膀，用親切的語氣問。那不是單純的親切聲音，而是令人捉摸不透的過度親切。

警部走到他的側面，彎下身體，探頭看著他的臉。

「你是現在終於明白了……還是傍晚在高崎車站的月台上時就恍然大悟了？」

警部的眼睛宛如催眠師，立刻把他帶回高崎車站的月台……白色的暴風雪襲來。列車的車門打開，他最後一個下車，站在月台上。那一剎那，如果他回頭看車內，也許會看到水繪……看到假扮成水繪的女人站在門口。看到她一臉擔心地望著他的背影……

那個女人果然是到了越後湯澤後打電話給他，再悄悄和他坐上同一班車，確認他按照指示在高崎車站下車。

在打電話給他前的一、兩個小時前，她打電話給警方和他住在長野的父親，指示他們也在傍晚到高崎車站……然後，又指示他們在車站等候。當他搭乘的列車從越後湯澤車站出發後，再通知他們：「沼田實搭乘的上行列車將在五點半左右抵達高崎車站。」

所以，沼田鐵治才會在下著大雪的月台上告訴他：「一個女人突然打電話給我。」

她親手策劃他遭逮捕這一幕。為了見證她策劃的這起重大犯罪的最後一幕，她冒著暴風雪，從雪國的車站和他搭上同一輛列車……然後，在車上見證完這一切，便消失在白雪飄舞的黑夜遠方。

女人的臉浮現在新幹線車門上的窗戶內一晃而過……他覺得那張臉上帶著惡魔般的微笑，但也許她只是看到一切順利結束，露出鬆了一口氣的表情。

她之所以鬆了一口氣，並不是認為遭逮捕的他會代替她扛下所有罪責。雖然直到前一刻為止，他還這麼認為，認為她背叛了他……但是，他現在終於發現自己錯了。

「讓你遭到逮捕是為了救你。」剛才警部這麼說。

他以為那是警方為自己設下的圈套，但現在終於知道，警部說的是實話……在暴風雪的月台上，他以為自己被數名刑警包圍了，實際上可能是刑警在他周圍建起了保護網，讓他免受狂風暴雪和身分成謎的可怕人物的攻擊。

回想起數小時前的場景，總覺得似曾相識，如今他終於知道為什麼會有這種感覺了。

四天前的涉谷十字路口……遭到綁架的圭太從走下綠色車子時，刑警和「母親」無法立刻衝到他身旁，有幾秒鐘的時間，只能遠遠地守著圭太……雖然他沒有親眼看到那一幕，但在電視的新聞報導中，好幾次看到警方拍攝的畫面。

當時的情景和數小時前的高崎車站如此相似。

在澁谷救出圭太的瞬間，和他，沼田實在高崎遭到逮捕的瞬間的確很相似……只是十字路口變成了車站的月台，綠色車子變成了新幹線，「母親」小川香奈子變成了父親沼田鐵治，圭太變成了他。

警方公佈的錄影帶中，只拍到香奈子緊緊抱著穿著防蜂服的圭太那一幕，但不難想像，正後方會有多名刑警形成保護網，圍住圭太母子，保護他們的安全……圭太也因此受到警方的保護。如果圭太是大人，在周圍人的眼中，或許不會認為是受到保護，而是被刑警包圍，遭到逮捕後帶走了……如同他在高崎車站時的情況。

唯一的不同，就是香奈子和鐵治身為父母的表情……不是親生母親的香奈子，比親生母親更擔心圭太；身為親生父親的沼田鐵治，卻用冷漠的眼神看著數年未見的兒子，彷彿在看一個陌生人……

不，果真如此嗎？當時雪太大了，所以無法看清楚，但現在似乎可以清楚地看到……他產生了這樣的感覺。那個男人看到兒子出現在面前既感到害怕，但也同時鬆了一口氣。並不是因為身為綁架犯的兒子遭到了逮捕，因為兒子遭到逮捕，將會對那個男人身為縣議員的地位造成致命的打擊。

既然這樣，為什麼那個男人露出和小川香奈子一樣的「父母的表情」？

他知道答案。然而，他不願意相信這樣的答案，搖著雙手抱著的頭。

警部不知道繼續說著什麼。他無視警部正在說話，開口問：「那個人……沼田鐵治為什麼會出現在高崎車站？」

不知道是否問得太突然，警部沉默了一下，但立刻回答：「當然是為了接你。她在三點左右，打電話給你父親，叫他去高崎車站。他慌忙搭上了長野新幹線，到了高崎車站後，又接到第三通電話，說你會搭上行新幹線抵達月台……」

警部停了下來，長嘆了一聲。當警部再度坐到他對面時，他用求助的眼神抬眼看著警部。警部用既像是同情，又像是在輕視般微笑的眼神回望著他，緩緩說：「你果然什麼都不知道，你不知道你父親為了你付了兩億五千萬的贖款……」

他慢慢抬頭，正視警部的臉。他沒有皺眉頭，也沒有搖頭，平靜的視線連他自己都感到驚訝……

「你是說……被綁架的是我……是我？」

然後，又改口問：「您說，是我嗎？」

「對，正確地說，是『你曾經遭到綁架』……去年六月，她在代官山告訴你綁架圭太的事吧？可以認為從那一刻開始，你就遭到了綁架。」

「……」

「被告聽到死刑判決時，通常都是和你現在一樣的表情。」警部笑了笑，「在今天之前，你真的從來沒有想過，她的犯罪都是針對你嗎？也沒有想到自己遭到了綁架，綁匪向你在長野的父親勒索贖款嗎？」

「但是，我……我沒有被綁起來，也沒有遭到監禁，更從來沒有覺得生命有危險……」

不，她曾經想要自己的命，只是自己沒有察覺而已。警部剛才提醒了他。

「雖然她沒有綁住你的身體，但你的心早就被她五花大綁了。從去年夏初至今的整整八個多月，你的感情、意志和慾望，你所有的一切都被她用比鐵鏈更牢固的東西綁住了，你無法離開她……這和遭到綁架、監禁沒有兩樣。」

「……」

「她要你協助綁架圭太的提案，也是為了把你牢牢綁在自己身上。一旦你們成為犯罪行為的共犯，你就永遠都無法離開她了……」

他只緩緩搖了一次頭。

他不想繼續聽下去。他比任何人都清楚，自己的身體在這幾個月期間，被一個女人關進了監牢。她全身散發出某種氣息，為了掌握它，就算冒協助她犯罪的風險也在所不惜。

盛夏的天空灑落的光，和她身體散發出的花蜜香氣。這幾個月來，他都被這種光、這種香氣囚禁在灼熱的牢籠中。事實上，他先前的確曾經覺得自己不像是共犯，更像是受害人。

是自己遭到了綁架……對他而言，這的確是一個十分震撼的事實，但他同時也是共犯。因為，自己在不知不覺中，以被害人的方式協助了她的犯罪。他這隻工蜂把品質勝過其他所有工蜂的花蜜送到了女王蜂面前……即使她把所有的真相都告訴他，他仍然會欣然繼續扮演被害人的角色。因為，從某種意義上來說，奪走沼田鐵治的財產和地位、為母親報仇是他的人生目標。

她為什麼沒有告訴自己？

對他而言，比起共犯的角色，被害人的角色更有成就感……

不過，她曾經數度提示他。他有這種感覺。

在檯面上那起綁架案中，圭太也不知道自己遭到了綁架……那起事件的構造本身不就是一種提示嗎？而且，她坦誠地告訴他，圭太的綁架案只是煙霧彈，背後真正的綁架案涉及數億的贖款，只是沒有告訴他，勒索的對象不是「山路將彥」，而是遠離東京的外縣議員……也許不能指責她說謊吧，她是在將謊言縮小到最低限度，同時努力提示他真相。

這種想法應該和事實八九不離十。

他有好幾次覺得她試圖告訴他真相，覺得她仍然隱藏了重要的秘密，想要告訴他……既然這樣，她為什麼要繞這麼大的圈子？即使她一開始就開誠佈公，並要求他協助，他也會欣然接受這個「被害人的角色」。她在事先調查中，得知沼田實和他父親之間的關係，應該知道他很樂於扮演被害人的角色……既然這樣，為什麼？

他內心產生了疑問，突然想要更詳細瞭解事情的真相。

「我的……我的綁架案是什麼時候發生的？她什麼時候打電話去長野？」

他唐突地問道。

「圭太遭到綁架的兩天前。當然，你父親並沒有輕易相信她……所以，她才會把圭太的綁架案鬧得滿城風雨。」

她打電話對沼田鐵治說：「我綁架了你那個下落不明的兒子，你兒子能不能活命，就看你願不願意付錢。你準備兩億五千萬的贖款，我會再和你聯絡。」當然，她也沒忘記威脅說：「不許報警，一旦警方介入，我就把你用什麼手段拿到這些錢的事公諸於世。」

她從沼田議員的前任秘書和前任情婦口中得知了這些恐嚇的證據，她費了不少工夫才終於找到這兩個人，並從他們口中得知議員把兩億數千萬的不法所得藏在家中，因此直到今年才執行綁架計畫。

雖然她花費了不少心血，但成果也沒讓她失望。

議員聽到兩億五千萬的金額時大吃一驚。即使隔著電話，她也感受到議員的驚訝……

當然，議員突然聽到音訊全無的兒子成為「綁架案的肉票」，也不可能輕易相信。他懷疑是時下流行的詐騙電話，也懷疑是自己的兒子和女人聯手自導自演。

「有什麼證據證明妳說的話是真的？」

議員問，她回答：

「你兒子落在我的手中，兩天後，你兒子會涉入一起犯罪事件……在東京渋谷十字路口發生的這起事件，隔天會在電視上大肆報導，你只要看了就知道了。」

由於渋谷十字路口太模糊，她又提供了兩個關鍵字。

圭太和蜜蜂。

「三月一日的新聞報導中，會有一則新聞提到這兩個關鍵字，那就是你兒子牽涉的事件……你也可以認為，是我們脅迫你兒子犯下的事件。如果你想報警，可以等看了這則新聞後再決定。」

女人說完這些恐嚇的話，掛上了電話。

議員半信半疑，甚至沒有把這通電話的事告訴家人。三月一日，議員一大早就坐在電視前。那天，從早上就開始播報「渋谷的十字路口灑人血」的聳動新聞，令議員坐立難安，到了下午，他的不安變成了絕望。

因為電視上播報了包含「圭太」和「蜜蜂」這兩個關鍵字的綁架案。

人質的幼童順利回到家中，綁匪也分文未取贖款，沒有造成所謂的危害，但電視上大肆報導了這些綁架案。這完全是那個女人一手策劃的……這種鋪天蓋地的效應，才是對真正的被害人沼田鐵治最大的恐嚇。

如果被人知道自己的兒子就是這場驚天動地的綁架案的綁匪……

想到這裡，緊盯著電視畫面的沼田鐵治臉色發白。

就在這時，沼田鐵治收到一封信，裡面放了幾張照片。就是之前她曾經在他，沼田實面前出示的香奈子、圭太和「川田」三個人的偷拍照片……而照片中的女人現在就在電視上被記者團團圍繞，以圭太母親的身分。

新聞報導中還提到，有一名員工在綁架案發生後消失了。翌日早晨的談話性節目中，提到了那名員工的特徵，的確酷似自己的兒子沼田實。

那個來路不明的女人在電話中所說的都是事實……兒子遭到了綁架，在綁匪的脅迫下做出了犯罪行為，成為全日本都知道的重大案件的重要嫌犯，被警方追捕……

正當沼田鐵治陷入絕望的泥淖，四處尋找救命稻草時，那個女人再度打電話給他。

「那名員工就是我兒子嗎？」

議員問。她回答說：「對，雖然他用了川田的假名，但警方很快就會查出他的真實身分，也早晚會知道是你的兒子。不過，你兒子在此之前就小命不保了。」

「你們要殺他嗎？」

「對，但別人不會知道他是被人殺害，警方會認為是引發了重大案件後無法收拾的年輕人畏罪自殺。」

說完，她輕輕笑了起來。

「如果你不願支付兩億五千萬，才會發生這種事。只要你按照我接下來說的方式支付贖款，就可以證明你兒子遭到綁架，成為被害人。目前在電視上大肆報導的這起案件，也是你兒子受到我的脅迫，在無奈之下提供了協助。我會寫信告訴警方真相，你兒子會平安回到你身邊……當初拋棄家庭和你的兒子會自願回家。雖然不會馬上回家，但當他得知這起綁架案的真相後一定會回家。你不妨認為用兩億五千萬買你兒子的性命和感情。」

最後，她在電話中說：「我不會告訴警方你用什麼方法籌到這兩億五千萬，但是，等綁架案告一段落後，警方一定會追查這筆錢的來源。你最好事先做好準備，看是要和誰串通，還是修改帳冊。」

沼田鐵治只能相信這個女人的話。每次聽到電視中提到「那名員工」，他就覺得自己的身體在無底的泥淖中向下沉了一公分。

那個女人在綁架案中結合了媒體的力量和戲劇性的要素，造成整個社會譁然，把地方縣議員推入不安的深淵。翌日早晨，報紙上也大肆報導這起綁架案，甚至有一部分媒體認定「自稱是川田的男子」就是嫌犯。

如果自己撒手不管，兒子真的會淪為綁匪，遭到那個女人或是她的同夥殺害，死了還被當成是畏罪自殺。沼田鐵治之所以認為女人的話可信，是因為女人特地為他準備了退路……他只能選擇這唯一的一條路。

只要支付兩億五千萬的贖款，就可以證明兒子就不是「綁架兒童的綁匪」，而是「遭到綁架的被害人」。想到這裡，沼田鐵治就打開了放在家中隱密處的保險箱，請快遞把指定金額送到東京的公寓……

「所以，你才能保住性命，以綁架案的被害人身分，在全日本最安全的地方受到保護，由我向你瞭解事情的經過。」

橋場警部用這句話做為長篇大論說明的結語，看了一眼手錶後又說：「同時，也以圭太事件的共犯身分遭到逮捕，接受偵訊，不過這部分剛才已經完成了。所以，現在我要對身為被害人的你說一句話，你要好好感謝你的父親，是他救了你一命。」

橋場的語氣好像是少年隊的刑警在訓諭不良少年。

他靜靜望著橋場溫柔的雙眼。

「不，那個男人只是想要保護自己的名譽……如果公眾知道他的兒子犯下大案子自殺，等於抹殺了他的人生，他是害怕這一點，才不惜賭一把。」

「你真是大錯特錯。你父親為了救你，拋棄了自己的名譽。她給我的信中，並沒有提到你父親支付的兩億五千萬贖款是違法的黑金……你父親自己向警方坦承了這件事。」

署名為「蘭」的信放在兩個人中間的桌子正中央。

在今天早上寄到的這封信中，她坦承了真正的被害人是「川田」和他的父親。她成功地向「川田」的父親勒索了兩億五千萬贖款，但並未提到「川田」的真名和他父親在長野做什麼。「蘭」在下午分別要求警方和父親前往高崎車站，之後又分別和雙方聯絡，讓他們會合……警方那時候才從沼田鐵治的口中知道他的名字、職業，以及這起檯面下綁架案的詳細情況。

「你父親已經向警方坦誠交給綁匪的兩億五千萬是逃漏稅和收賄的錢……除了這些不法所得以外，他只有三千萬可以立刻變現。雖然把房子和土地賣了能夠籌到這筆錢，但沒有充裕的時間，所以他作好了會被追究法律責任的心理準備，幾乎把所有的不法所得都交給了綁匪……因為錢的來源遲早會曝光，所以他覺得不如自首。」

他不發一語地注視著警部的眼睛。

「雖然這麼說有點奇怪，但多虧你父親把兩億五千萬吐了出來，你才能成為綁架案的被害人……否則，你會成為圭太綁架案的綁匪，現在可能已經化作一具屍體了。如今，你雖然協助綁架圭太，但應該會受到緩起訴處分，即使遭到起訴也不會遭到判刑。不過，你父親的事卻沒這麼簡單，他會被剝奪議員的資格，也會喪失地位和名譽……即使如此，你父親還是選擇保護你的生命，你必須瞭解這一點……」

他撇著嘴角，模仿警部微笑的方式。

「果真如此的話，那個男人不是壞蛋，而是笨蛋。只要稍微靜下心來想一想，就知道她不可能真的想要殺我……這就像被詐騙犯騙錢的老人一樣，他因為害怕失去地位和名譽，所以才會慌了手腳，自掘墳墓。」

「不，如果你父親不願意付贖款，她真的打算殺你……你可以自己看。」

說著，警部從信封中拿出信，拿了最後幾頁遞給他。

他無法立刻伸手接過信紙，因為他害怕看到她寫的內容。這會變成自己最後聽到的，她的聲音……不光是案情的真相，他覺得自己周遭所有的一切都宛如夢境，缺乏真實感，只有再也無法見到她的現實清晰地浮上他的心頭。

「我只想問一件事。」

他用發問的方式逃避。

「新聞報導中提到，有一個很像我的男人在案發之前，假扮成病人去山路將彥的診所，那個人絕對不是我，應該是她派了另一名共犯，但為什麼這麼像我？」

目前已經得知誰才是真正的受害者，她之前所說的理由就顯得毫無意義。

「當然是為了在案發之後，讓人以為你就是綁匪。在綁架圭太的事件中，支付贖款的是他的父親，所以事先去探底很像是綁匪會做的事。」

「那個男人真的和我長得很像嗎？」

「因為還沒有抓到，所以不太清楚……在這一刻之前，我們都以為那個男人就是你，但即使不需要長得一模一樣，只要有幾分像，再自稱是『川田』就夠了，因為只要在案發後四、五天的時間瞞過警方就好。況且，沒有你的照片，那個人又自稱是『川田』，還沒帶健保卡，很容易讓人起疑。只要大致輪廓像你，就會斷定是你……」

「這封信是今天早上才收到嗎？那時候你們應該已經知道我不是綁匪了，為什麼下午還公佈我的肖像……我在搭新幹線前不久，在旅館的房間內看到新聞報導。」

「只有在逮捕你……同時也是保護你，向你瞭解情況後，才能判斷這封信的真偽。雖然我根據直覺認定這封信上所寫的內容是真的，但我在這次的事件過度仰賴直覺，也因此犯下了不少疏失……不過，你剛才說錯了，你還是嫌犯，至少是綁架集團的成員之一，在圭太的綁架案中發揮了重要作用。你也沒有意識到自己是受到脅迫的被害人，是憑自主意願協助犯罪，因此在司法做出無罪判決之前，你還是嫌犯。」

警部看了一眼手錶：「時間差不多了，如果你不想看的話……」

說著，他準備伸手拿回信紙。

他不加思索地伸手抓住信紙。警部的眼睛露出冷笑，但他已經無所謂了。

「明天晚上，不，當你收到這封信時，已經是今天晚上了。」

她用豪放的筆跡開始寫這封信。

「剛才聽廣播說，今天晚上，當東京將出現數十年來難得一見的大雪。白色將會籠罩我策劃的事件的最後篇章，我覺得這是命運的安排……因為，在前年的年底，我得知了某位牙醫師客人的家庭情況，隱約想到這次的綁架計畫時，我就開始把白色犯罪視為理想了。

潔白的犯罪——

警方只會用法律的尺度來衡量『犯罪』，當然不允許這種犯罪的發生，但從小到大都與犯罪為伍的我，可以憑自己的眼睛、耳朵和身體感受到有些犯罪行為無法用法律來衡量。埋沒在一片藍色的世界中的藍色，根本感受不到它的藍。同樣，在黑色中，也看不到黑這種色彩。

所以，用犯罪這個尺度來衡量犯罪的話，也許犯罪就不再是犯罪了……譬如說，如果去偷某人用犯罪手法得到的黑錢，是不是就無法稱之為犯罪了？

我從小就一直在思考這個問題。

小學五年級時，我偶然看到班上的女生在舶來品店偷了一個珍珠胸針，那個廉價胸針閃亮亮的，我連碰都不願意碰，但得知那個女生把偷來的胸針藏在書包裡的那一刻開始，就覺得它綻放出任何寶石都無法比擬的璀璨光芒。那個女生每天午休後，回到教室，就把手伸進書包，確認她心愛的寶貝還在不在。當我發現她會這樣後，就趁午休時偷走了她的寶貝。她回到教室，在書包裡拚命翻找。我偷偷瞄著她，內心有一種難以言喻的快感。但是……在感受這種幸福的同時，我小小的身體深處湧現了另一個噴泉。

坐在我旁邊的男生比我更早發現這件事，大叫起來：「老師，她的腿流血了……」開始上課後，那個女生仍四處張望，想知道「誰偷了我的寶貝？」我用課本遮住臉，正看得不亦樂乎。當時一下子沒有意識到裙子下順著大腿滴落的紅色東西是血，傻傻坐在座位上，老師立刻抱著我去保健室……告訴我這些血的意義，一次又一次告訴我：「別擔心，每個人都會遇到。」

在溫柔的女老師這些話語的守護下，我輕鬆跨越了人生的第一個關卡，但隨著我漸漸成長，那一天和那天的血漸漸具有了特殊的意義。

我在那一天變成了罪犯，也同時成為女人。

我很難具體說明這到底具有什麼意義，又是如何支配我，但之後每當我犯下「潔白的犯罪」時，就會產生一種不安，擔心那片潔白會被那時候的血色染紅。

我從小就很愛錢，我在前面也提到，我在繪本中追求的夢想和其他女生不一樣，並不是城堡，也不是花田，而是幾乎快溢出書頁的金幣。

雖然我完全無意靠偷別人東西來滿足自己的夢想……但是，小學時的胸針變成了國中時，逃漏稅律師的兒子手上的白金原子筆，升上高中後，又變成了因為走後門招生而惡名昭彰的教務主任的名牌皮夾……之後，沒有花太多時間，就從皮夾進化到皮夾內的東西。一旦得知那是靠非法手段得到的不義之財，我就無法克制想要親手偷過來的衝動。

我覺得髒錢只要被我偷回來，就可以獲得淨化……如果我這麼寫，可能會被認為是傲慢的罪犯或是神經病在為自己找藉口。

也許這種看法才正確。

無論別人怎麼想，背負所有罪犯的罪行都令我感到難以形容的幸福，那就像耶穌基督背負著所有人的罪惡，在近似歡喜的陶醉中前往天國一樣。

罪惡和鮮血已經在我體內合而為一。當年幼小的我還無法理解「罪惡」這個字眼，偷竊時感受的是近似內疚和羞愧的感覺，而我對那天流出來的血也抱持相同的感受。

內疚和羞愧。

我不知道它們究竟化成了什麼樣的傷痕，決定了我往後的人生，但當我第一次在池袋後巷的那家店內，用女人的身體做為工具賺錢時……從用惡劣的手法賺錢的老闆保險箱裡偷了一百萬，之後嫁禍給經常出入辦公室的黑道分子時……我都鮮明地想起了那天的血。

我在那家店遇到了一位牙醫師，從他的談話中感受到他賺了不少黑心錢時，也有相同的感覺。

聽說和他離婚的前妻曾經在渋谷的十字路口流產，流了大量的血。大概是因為得知了這件事吧，我在牙醫師背後嗅到不法所得的味道時，那天的血就從記憶中流了出來，顏色比其他任何時候都還要鮮艷……

在那片血色中，我決心要從牙醫師手上把這筆錢搶過來。

我原本打算綁架圭太，在檯面下和牙醫師正式交易，讓他把不法所得統統吐出來……但我很快發現這個計畫有很多漏洞，不得不放棄。牙醫師並沒有很疼愛他的兒子，即使綁架了那個孩子，也不知道是否能夠對牙醫師構成威脅，我沒有自信……他似乎只對我這個擦身而過的人提起不法所得的事，如果在恐嚇時提到「不法所得」，他很可能會發現我參與這件事。而且，我也不太清楚他的不法所得到底有多少，是否真的稱得上是鉅款……這是最大的原因。另外一個原因，就是在同時進行的檯面上的綁架計畫中，我發現了比牙醫師更理想的目標。

我調查了對圭太疼愛有加的「川田」這個人，得知他的父親是政治人物，也嗅到他的父親身上有不法所得的味道時，又有一道鮮血從記憶中迸了出來。

至於我如何欺騙「川田」，逐漸拉攏他成為共犯的經過，我前面已經寫得很清楚了。從各個角度來說，他的父親都是我心目中理想的「被害人」。雖然現在還不能寫得太詳細，但總之這位父親深愛他的兒子，當他發現兒子是因為自己再婚而離家出走時，立刻把再婚對象趕出家門……獨自在家等待兒子的聯絡。

如果他知道兒子涉入兩起綁架案，在其中一件綁架案中扮演加害者的角色，在另一件中成為被害人、生命受到威脅，一定願意放棄一切。我直覺這麼猜想，而且也猜中了，他交出了原本可以讓自己安穩度過的餘生和鉅額贖款……這筆錢已經在我的手中。

當然，我也考慮到萬一失算，「川田」的父親立刻報警的情況。如果他接到我的第一通電話就報警，我就把綁架圭太的事件做為真正的綁架案，要求牙醫師至少準備一億的贖款交到我的手上。

事實上，我觀察「川田」的父親在第一通電話中的反應後，就認為不必擔心他會報警，所以按照原計畫上演了那起分文不取的綁架案……如果「川田」的父親在這個階段報警，我就會提高圭太綁架案的贖款金額。我們會用某個方法取走送到十字路口的贖款。

至於是什麼方法，你能夠想到嗎？

當時，沒有人靠近那個裝了贖款的紅色皮包……那個皮包還在小川家時，「川田」就從中拿走了一千萬。在十字路口時，我們也有方法可以不靠近皮包就拿走錢。

至於是什麼方法，就恕我無可奉告了。

這次的成功令我信心大增，我會在不久的將來，再度策劃一起相同的綁架案，到時候就會使用這種方法拿贖款。

橋場警部，沒錯，你可以認為我的這番話是在向你挑戰……原本寫這封信，是為了營救自稱是「川田」的年輕人，但搞不好真正的目的是向你挑戰，請你要小心。最後，我要聲明一件事。

不要因為我寫這封信想要營救「川田」，就以為我對他有任何特殊感情……絕對沒有。「川田」到底是我犯下罪行的被害人，還是共犯？

我自己也搞不清楚，總之對我來說，他只是為我帶來鉅款這個美妙花蜜的工蜂。

我先前有提到，去年六月，我曾經讓他有機會擁有我，以那家店的客人身分……如果他按照我的命令來店裡，他應該已經佔有了我。

但那只是因為我想把一切告訴他，和他另簽共犯合約，讓他扮演檯面下那起綁架案的被害人。我讓他佔有我，是做為酬謝，不，應該算是簽約金的訂金。在池袋的那家店內，我的身體只是商品，包括我身體在內的所有一切，都可以換算成金錢。

我的確打算讓他佔有我，但這反而更加證明我只視他為工蜂。至今為止，我從來沒有真正愛過任何人，即使有朝一日我愛上一個男人，也不會讓他佔有我的身體……不要說是我的身體，我甚至不會讓他碰我一根手指頭。

我的自尊心太強，無法跪在心愛的男人面前，像個玩具一樣讓男人把玩操弄，還發出陶醉的聲音。

為了反抗父親，拋棄了父親、家庭和財產，住在像牢籠般狹小房間，過著貧窮的生活，自命清高的男人怎麼可能和我匹配？

對我來說，「川田」的存在有意義，就只是因為他父親擁有數億的財產……而且是我鍾情的不法所得。所以，在這次綁架案中，他的父親如果不願付贖款，導致我的計畫失敗，我就會按照事先的恐嚇，幹掉身為肉票的他……他將會扛下所有的罪行命喪黃泉。現在，他正在大雪茫茫的城鎮，我會和他上床，做為他這條命的賠償金，然後開車去一個某個地方，在咖啡中加入我早就準備好的毒藥殺死他。連他父親都不想救他一命的話，即使我殺了他也不是罪惡。不，我直接下手殺他，所以也有罪，但那是我理想中的白色的罪……潔白的犯罪。

他之所以可以保住一命，是因為他的父親按照我的指示放棄了一切。所以，為了他的父親，我如約向警方說出他只是被害人。

最後的問題就是：當他重獲自由後，他是否會自願回到老家，回到父親的身邊。因為我向他父親保證：「只要你付贖款，你兒子一定會回到你身邊。」

如果他不打算回去，不妨給他看這封信的最後幾頁，讓他知道我真的打算殺他。我和他生活的世界相差太遠，犯罪行為的加害人和被害人這種關係是我們唯一的交集。

成為共犯這件事，如同明天，不，如同今天東京正在下的雪，只能美麗一瞬間，是一場虛幻和殘酷的夢。比起第二天早晨會變成骯髒泥濘的殘酷之夢，我更喜歡在紙鈔和金幣中沉睡，更喜歡從頭到尾都很骯髒的夢。不同於美麗一瞬間的夢，骯髒的夢也可以變得純淨而又潔白……我的雙手可以成就這種改變。」

他拿著最後一張信紙。不知道是否寫累了，她的字突然變得潦草。

「最後，川田，不，沼田實，這是寫給你的內容。」

她特別聲明了這一句。

「從你父親手中搶奪的大量紙鈔已經洗除了罪惡的骯髒，如今，在我手中綻放出嶄新而純潔的光芒。你父親的罪惡也隨之消失，變回了以前的他，變回你母親生病之前那個關心家人的好父親。這兩億五千萬實現了我夢寐以求的白色犯罪，潔白的犯罪，所以，你也趕快拋棄孩子氣的叛逆心，回到你父親的身邊吧。也許你仍然無法相信自己是綁架案的受害者，還以為是我的共犯。那我就換一種方式寫……你必須回到你父親的身邊。明天，不，今天我會在某個地方把你交還給你父親，那時候，我會在你伸手可及的地方，用我獨特的話語向你道別……用你絕對聽不到的聲音，只說一句道別的話。

「回家吧。回去你的世界……回去你平凡而無趣的世界。回去那個鄉村小鎮，繼續過那種除了你的親生母親已經離開人世以外，並沒有太大不幸的，平凡而又微不足道的生活……

「這就是我這個女王蜂最後的命令。」

最後的落款和信封背面一樣，只留了一個「蘭」字。下面有一個像印章般的小黑點，也許是混入了眼線顏色的淚水——他腦海中閃過這個念頭，但立刻把信紙還給警部，默默看著自己的手。

「雖然她在信上說打算殺你，但是真是假就不得而知了。」

警部安慰他。

「罪犯常常在自白中自我辯解，我有一位下屬年紀很輕，卻已離過兩次婚。我讓她看了這封信，她說這個叫『蘭』的女人可能是真心愛著你……只是因為她自尊心太強，所以不願承認這一點。雖然我不懂感情的事，但據說她故意在信中寫想要殺你，也算是她愛你的方式。」

他搖了搖頭。連他自己也不知道是想否認警部的話，還是不願繼續聽下去。

「雪還在下嗎？」他只問了這一句。

沒有人回答，但憑著牆壁散發出的宛如金屬般的冰冷感，就能感受到外面正下著大雪。整個東京、偵訊室內的空氣，和刑警都凍結了，所有的動靜都靜止著……就連身體、雙手和默默看著手的視線也都靜止不動。

只有這雙手無法抓住的東西猶如激流般快速逃離……在高崎車站的月台看到女人最後一眼時，根本來不及聽她說信中所寫的道別話，她在轉眼之間就消失在黑夜的遠方。

而去年盛夏季節，她戴在胸前的蘭花以更驚人的速度消失在遙遠的過去……猛烈程度更勝當時突然向死亡加速的車子。

但花的顏色仍然殘留在視網膜昏暗的負像上。

她說是真花，但他覺得用藥品處理後的木乃伊鮮花只是假花。剛才在信紙最後看到黑色水滴痕跡時，他覺得是那朵花在成為木乃伊之前擠出的最後一滴花蜜。

他的眼睛和手終於可以活動了。

「她的事已經說夠了吧？」

他緩緩抬起頭，靜靜注視著警部問：「我可以見我的父親嗎？」

最後，也是最大的綁架案

原本今天下午要去青葉城。

今天是我的第十九次生日，每年生日我都會去以前從來沒有去過的地方……雖然在這個城市住了十九年，卻從來沒有去過這裡最著名的名勝。

直到最近電視上介紹，我才知道青葉城只剩下石牆和外壕的城址。一直以來，我和爸爸一直都是兩人相依為命，不擅長交朋友，也很少參加團體活動，父親不在的時候，我通常都是獨來獨往……但三年前，爸爸和比他小十歲的女人再婚，家中同時多了繼母和弟弟，生活發生了很大的變化。

「這是我的下屬矢口小姐，是不是看起來很年輕？但她離過一次婚，有一個兩歲的兒子。」

父親帶回家的那個女人看起來比我更加年輕亮麗，當她喝著茶，稱讚我家很溫馨、很漂亮時，向來怕生的我很自然地主動問她：「可不可以告訴我妳的名字？」

「真樹。真假的真，樹木的樹，別人常以為是男人的名字。」

她笑著回答。如我當時所預測的，她的姓氏「矢口」很快就失去了意義，她的名字也很快失去了意義。因為他們再婚之前，我就開始叫她「媽媽」了。

比起新媽媽，我更喜歡新弟弟。第一次見到他時，他才剛學走路，像寵物一樣可愛，如今已經五歲的他仍然保留著像小動物般純真的童稚，聰明程度卻連大人都自嘆不如，他是我最好的聊天對象。

多虧了他們母子，我學會對他人敞開心房。前年時，我在班上交到了男朋友，去年生日時，我和他一起去東京參加大學考試。考試後，還去只有在電視上看過的渋谷慶生。

可惜我沒有如願考上東京的大學，之後他一個人去了東京，我們已經形同分手。

今年，原本打算和現在成為我最好朋友的光輝一起去近在咫尺，卻像遠在天邊的仙台名勝……沒想到正午過後，突然接到幼稚園打來的電話。

「光輝被虎頭蜂叮到了。」

接電話的是真樹……也就是我的繼母，那時候我和她正一起吃簡單的午餐。

「虎頭蜂？這麼冷的天氣被虎頭蜂叮到？」

媽媽看著我說：「又是惡作劇電話。」她正想對我露出笑容，整張臉卻奇妙地扭在一起。一個小時後，在幼稚園見到園長他們時，媽媽也露出了同樣的表情。

接到電話後，媽媽開車帶我一起去光輝被送往的郊區醫院，但醫院說沒有這個病人……媽媽又從醫院打電話去幼稚園。

「三十分鐘後，光輝的爸爸來接他了……虎頭蜂？不是媽媽被虎頭蜂叮到了嗎？」

幼稚園老師在電話中這麼說，我們慌忙趕去幼稚園。爭執了半天，剛來幼稚園上班不久的吉村老師說：「我以前沒見過光輝的爸爸，所以問光輝：『真的是爸爸嗎？』光輝用力點頭……看起來不像在說謊。」說完，她哭了起來。

「對不起，午餐之前剛好是幼稚園最忙的時候，其他老師也不太記得光輝爸爸的長相，以為真的是他爸爸……」

聽到園長說這種不負責任的話時，媽媽並沒有皺起眉頭，她是在大衣口袋裡傳出童謠的旋律……接著拿出手機說話的時候才皺眉頭。

「對……對，好……」

媽媽除了附和以外，沒有說一句話就掛了電話。「對不起，好像真的是外子把光輝接回家了……他開這種無聊的玩笑，光輝沒事了。」

媽媽抓著我的手，坐上停在幼稚園門口的車子，好像落荒而逃地加速離開。好像不太對勁……既然知道是爸爸在開玩笑，媽媽應該會露出鬆一口氣的表情，但她眉頭深鎖，握著方向盤時的表情好像凍結了。媽媽發現我露出困惑的眼神的同時，也察覺到自已腦袋一片空白，茫然地開著車。於是，她把車子駛向路肩，踩了急煞車。

「剛才的電話是綁匪打來的。光輝好像真的被綁架了。」

媽媽說話的同時，停在路旁的車子搖晃起來……媽媽的身體終於感受到衝擊，忍不住全身發抖。

簡直就像地震侵襲了媽媽纖弱的身體。事後我才知道，綁匪在電話中對媽媽說：「妳人在幼稚園吧？那馬上向老師道歉說：『光輝的父親在開玩笑，光輝沒事了。』然後，妳馬上回家，我會再和妳聯絡。」還威脅媽媽說：「如果妳想要孩子活命，就乖乖按我的吩咐去做。」

「康美，趕快打電話給爸爸。」

媽媽的聲音發抖，話也說不太清楚。我因為太受打擊而呆若木雞，聽到這句話才回過神，拿出手機……但媽媽的手機又響了。

「爸爸打來的。」

媽媽叫了起來，用力把手機放到耳邊。

「對，對……好像真的被綁架了，但是……」

剛才有人打電話到爸爸的公司，告訴他光輝被人綁架了。爸爸大吃一驚，立刻打電話給媽媽確認虛實。

「綁匪也打電話給你嗎？」

「不，打電話給我的不是綁匪。」

「那是誰打給你的？這是怎麼回事……」

「警方……宮城縣警打給我的，據說綁匪打電話告訴警方……電話中也聽到小孩子說話，說自己叫『光輝』。聽起來不像是惡作劇，刑警打電話向我確認……所以我現在才打電話向妳確認……」

我抱著媽媽，把耳朵貼在手機旁聽著他們的對話。事後從爸爸口中得知，綁匪打電話給警方時，用好像讀資料般的平淡語氣說：「我們綁架了小杉食品董事長的兒子，剛才已經打電話聯絡了他太太，請警方聯絡小杉董事長……為了避免你們以為這是惡作劇電話，我讓小孩子跟你們說話。」電話中的小孩子也好像照本宣科地一個字一個字地唸：

「我叫小杉光輝，我被綁架了，請打電話給我爸爸。」

「你兒子是不是感冒了？聲音好像有點沙啞。」

警方人員這麼問爸爸時，爸爸就知道那個孩子是光輝了。因為光輝昨天打電動時大吼大叫，把嗓子都叫啞了。

「所以，綁匪打電話給妳時，沒有讓光輝和妳講話嗎？……總之，目前只能按照綁匪說的去做，妳馬上回家等消息。警察也會馬上去我們家，在此之前，千萬不要輕舉妄動，我馬上趕回家。」

爸爸說。

當車子在車站前的路口左轉時，天空開始飄雪……經過人行陸橋下時，陰沉天空飄落的白色沙塵勾勒出宛如極光般的圖案……冬天的陽光照亮雲層的縫隙，天空中形成了雪和光的二重奏。抬頭一看，發現人行陸橋形成了立體交叉。每次經過陸橋的下方，就覺得自己迷失在未來都市的角落。

我喜歡路口。

我們家人也好像是在十字路口相遇的。我、爸爸、真樹和光輝分別從四方邁開步伐，在中間相聚。

我和男朋友去年也在十字路口。在東京涉谷，宛如遙遠國度戰場的路口……我們牽著手，走向十字路口，準備去車站，但來到那一點時鬆開了手。

因為那裡有一攤水……不，那不是水，雖然是透明的，卻像機油一樣黏稠，散發出奇妙的香味……那天晚上回到仙台後，從電視新聞中得知那是蜂蜜。之後，綁匪在灑了一地蜂蜜的路口放出蜜蜂……綁匪對蜜蜂似乎有特別的執著。我記得那個小孩子遭到綁架後，他媽媽也接到了「妳兒子在幼稚園被蜜蜂叮到了」的假通知……

「媽媽。」

我忍不住叫了起來。不，我不知道有沒有發出聲音……即使發出了聲音，我也不知道媽媽有沒有聽到。媽媽大受打擊，整個人茫然若失，但我比媽媽更加茫然……

我隨著白雪走進了異次元空間，突然走進了時光隧道，來到一年前的涉谷……那起綁架案也像一場鬧劇般很不真實。聖誕老人、蜜蜂、蜂蜜、分文未取的贖款……當時，我這個來自外地的人，覺得涉谷的路口像是另一個世界，事後得知是離奇綁架案的舞台，那裡就變成了異次元空間……但是，我家今天發生的綁架案更不真實，只能說是一場噩夢。

因為，發生在我家的事和一年前那起綁架案如出一轍，代表這是一起更加離奇的綁架案。

我的腦袋雖然麻痺了，但某一點特別清醒。我沒來由地覺得，這起綁架案接下來還會變得更加、更加像那起綁架案。

我和媽媽一起回到家後一個小時，又發生了另一件和那起綁架案相同的事。

回到家後，媽媽衝進客廳時還不到兩點。

媽媽抱著放在矮櫃上的電話，整個人癱坐在沙發上。她把皮膚色電話當作光輝的性命看待了……二十分鐘後，爸爸回來了。

媽媽撲倒在爸爸懷裡放聲大哭，兩、三分鐘後，突然停止哭泣。

「你為什麼可以這麼冷靜？」

她質問爸爸。淚水已乾的雙眼和爸爸保持了冷漠的距離。

「越是這種時候越要冷靜，像妳這麼慌亂，反而會讓事情變得一團糟。」

媽媽聽到爸爸這麼說，情緒比剛才更加激動。

「因為光輝不是你的親生兒子，所以你才可以這麼鎮定。如果康美的生命有危險，你也會慌亂。康美也一樣……平時看起來很疼愛光輝，我還心存感激，這種時候就可以看出真心。妳一定覺得光輝的性命根本不重要，是不是覺得討厭鬼不見了，反而鬆了一口氣？這種時候還一臉冷漠，也不說半句擔心的話……」

我很想搖頭否定媽媽的話，但媽媽的聲音……向來溫柔知性的真樹，第一次發出這種好像歐巴桑的歇斯底里聲音，讓我不知所措，整個人都呆住了，更加說不出話。

「有什麼辦法？康美就是生了這種病！」

爸爸對著媽媽咆哮，下一剎那，媽媽終於回過神，恢復了平時的樣子，但這並不是因為爸爸對她咆哮，而是玄關的門鈴響了……四名便衣警官好像故意選在我家吵得不可開交的時候上門。

和爸爸一起回來的秘書德田把四名警察帶到客廳……十五分鐘後，桌上設置好電話、錄音機和像是對講機之類的東西，等待綁匪隨時打電話來。

「光輝會安全回來，不必擔心。有一位處理綁架案很有經驗的警部剛好來仙台，他很快就會到了，他斷言光輝絕對不會有生命危險。」

年長的船山警部說完又補充說：「不，他來仙台並不是偶然……」

只聽到「處理綁架案很有經驗的警部」時，我也沒有想到就是一年前負責渋谷蜜蜂綁架案的那位警部。

那位警部在三點準時出現在我家門口，當他說出警視廳的一長串職稱後，報上「橋場」這個名字時，我也沒有意識到就是他。我根本無法想像眼前這個穿著合身的細條紋深色西裝，頭髮三七分，感覺像機器人一樣的警部，就是渋谷事件後，被一部分媒體揶揄為「被女亞森．羅蘋徹底打敗的男人」的「H警部」。

一年前，我因為偶然路過交付贖款地點，對這起綁架案產生了特別的興趣，再加上我考大學落榜，剛好整天閒得發慌，於是就買了一大堆週刊雜誌，追蹤相關報導。

警部在客廳和爸爸、媽媽打了招呼。

「不瞞兩位，我預料到會發生這起綁架案，所以昨天就來仙台了。」

他從上衣口袋裡拿出一個白色信封，從裡面拿出一張紙片，遞到其他人面前，「……應該說，我是受綁匪之邀來參與在這個城市發生的綁架案。」

紙片是東京到仙台的新幹線車票，時間是今天中午十二點零八分，剛好是綁架案發生時，從東京出發的ＭＡＸ山彥號商務車廂的車票。

「昨天，有人把這張車票寄到警視廳給我，信封中只有車票，沒有信，只有寄件人的地方留下了一個『蘭』字……」

警部把信封翻了過來，那個用毛筆寫的字好像在畫蘭花般龍飛鳳舞，這時，我才終於察覺：「喔，原來他就是那個警部。」

我和全國年紀相仿的女孩一樣，從一年前開始，成為這個自稱是「蘭」的綁匪的狂熱粉絲，對「和她對決的第一局就馬上被打敗的超級菁英Ｈ警部」也充滿好奇……所有的週刊都沒有刊登真名和照片，反而更刺激了我唯一引以為傲的想像力……應該說是幻想力。雖然目前站在我面前的警部並不符合我想像中的冷酷帥氣形象，但的確具備「挺直雙腳站在東京正中央的男人」會有的洗練和盛氣，完全符合我的想像。

有一種人叫暴發戶，而我爸爸就是。站在警部面前顯得很低俗，一看就知道是個老粗。

爸爸之前在仙台車站前寬敞的青葉大道角落，開了一家小型和菓子店，在羽二重餅❼中加入奶油餡，改良成西式點心，並取名為「群雀」，「群雀」後一砲而紅。我剛出生不久，當時的超人氣偶像在電視上介紹，「群雀」是她從小最愛吃的食物，製造出很大的宣傳效果。節目播出後，店裡的電話響個不停。不久之後，爸爸就在仙台市郊區開了一家大工廠，也將銷售網擴大到全國，成為成功的企業家。但比起企業家這個名字，俗話說的「暴發戶」更適合他……

❼福井特產的和菓子，是用糯米粉製成的麻糬。因細緻光滑的口感像羽二重織這種高級絲綢，故得此名。

矮櫃上除了電話以外，還放著高爾夫的獎盃和花稍的九谷燒花瓶。桌上的容器中，滿滿裝著讓爸爸一夜致富的「群雀」。

客廳內，還有金色的巨大立鐘，鋪著豹皮的沙發、從牆上伸出腦袋的鹿頭標本。一定是這種丟人現眼的典型暴發戶作風引起歹徒覬覦。爸爸唯我獨尊地坐在客廳的照片，曾經刊登在很多商業雜誌上，但最有暴發戶味道的，還是爸爸在聽警部說話時，那張紅光滿面的臉，簡直和羽二重餅一模一樣。

警部的眼睛盯著爸爸油亮亮的額頭，似乎從爸爸臉上不同尋常的色澤中，看到了綁匪的動機。

「我相信你們應該聽過這個自稱是蘭的女人……她在去年的今天，引發了一起轟動全日本的綁架案。」

爸爸和媽媽立刻想起了渋谷的綁架案。

「就是電視上幾乎每天都公佈她肖像的那個女人嗎？……我記得還沒有抓到她吧，她這次來仙台綁架我兒子嗎？」

媽媽的身體抖了一下，用力抓著爸爸摟著她的手。

「應該是吧……」警部點了點頭，「去年那起綁架案發生時，我也覺得她是在向我或是警方挑戰，這次寄給我的這張新幹線的車票就是向我下的戰帖。所以，我昨天就來到仙台……我有幾個大學同學在宮城縣警，我告訴他們，在今天，這張車票上顯示的從東京出發的十二點零八分，仙台可能會發生相同的綁架案，請他們有狀況就立刻通知我。」

橋場警部說，他在縣警的許可下參加這起綁架案的偵查工作。他昨天從東京出發前，就已經得到警視廳的批准。

雖然警部說，自己只是協助辦案，現場指揮是由縣警派來的四名刑警中最年長、一頭花白頭髮的船山警部擔任，但這位本地縣警的警部很少說話，不時冷眼偷瞄這位從東京來的瀟灑警部在被害人家中上演的獨腳戲……其他三個人也檢查著錄音機的情況，自顧自聊天，好像故意不把橋場警部放在眼裡。

警察既然是組織，人際關係當然也很複雜。

比起警察內部的人際關係，橋場警部更在意成為綁架案被害人的這個家庭的人際關係……絕對是這樣。

真樹，也就是我媽媽聽著警部說話，不時用擔心的眼神觀察我的表情……媽媽剛才渾身的血都衝到腦袋，因為太激動，脫口說出了不該說的話。不知道這些話對我造成了怎樣的傷害——她在心情平靜後，突然感到擔心了吧。

比起媽媽，我更在意警部。當媽媽說：「來仙台綁架我的兒子？」時，我看到警部的眼睛一亮……通常媽媽遇到這種事時，不會說「我的兒子」，而是說「我們的兒子」吧？因為爸爸正緊緊摟著媽媽。

警部也看到了媽媽不時對我察言觀色。

警部順著媽媽的視線，看著我的臉，在我的臉上停頓了一下，不發一語地對我露出微笑，輕輕點了點頭……警部似乎在周圍沒有人察覺的情況下，用這個微笑向我發出暗號，但我當時只覺得「不可能吧……」

因為就連爸爸和去年分手的男朋友也對我興趣缺缺。

至今為止，對我產生興趣，主動向我伸出手的只有兩個人……死去的媽媽和新媽媽帶來的弟弟。

最擔心光輝的並不是真樹，而是我。警部也許已經看穿了這一點。他對我微笑、點頭時，我感受到這一點……

「我昨天到仙台之後，在今天這起事件發生前一直都在思考和調查綁匪到底會在仙台鎖定哪一個目標。既然無法逮到綁匪，至少可以在綁匪犯案之前找到被害人……只要能夠知道誰是被害人，就可以讓事件防患於未然。在正常的情況下，通常不可能在案發之前找到被害人，但這個名叫『蘭』的綁匪在挑選被害人時，有她特殊的標準。她鎖定的被害人必須滿足很多條件，所以我認為這次的綁架案也始於挑選被害人。去年那起轟動日本的綁架案，她寄給警視廳坦承一切的信中，有一部分向媒體公佈了，各位也許也知道是哪些條件……」

警部一口氣說完後，環視著在場所有人。

客廳內之所以多了兩個人，是因為幫傭里美帶縣警新派來的年輕刑警走進了客廳。

我對這個從半年前開始在家中幫傭的年輕女孩一無所知……既不知道里美是她的姓氏還是名字，也不知道她的年紀是否可以稱為年輕女孩。當警部要求：「請幫傭也留下來，也許會有問題要請教」時，她張大眼睛，緊張地呆立在門旁的樣子，感覺像是尚未成年的小女生。

所有人的視線都集中在警部身上，只有我望向防霧清潔劑擦得一塵不染的落地窗的另一頭，看著白雪飄落在庭院內……西式露台外的庭院屬於純日式，有石燈籠和添水❽，日式和西式風格很不協調，完全稱不上「和洋折衷」，而是「和洋相混」。

這種不協調暴露了暴發戶的品味低俗，但也不能一味地討厭，因為為我家帶來莫大財富的「群雀」也是來自爸爸和洋相混的創意。

而且，白色的積雪已經將這個和洋風格相對立的戰場，融合成一個寧靜的世界……水晶吊燈在落地窗上映照出客廳內的情況，和庭院的雪景融合在一起。

警部環視所有人的臉，最後看著我。我和警部在成為半面鏡子的窗戶玻璃中視線交會……警部再度對我露出微笑。

我應該比縣警的那些刑警更瞭解渋谷事件，比除了橋場警部以外的八個人更熟知「蘭」，所以，當警部提到「被害人的條件」時，我立刻知道是指什麼條件。

警部的微笑顯示他察覺了這件事……我再度這麼認為。

爸爸打破了降臨在客廳的沉默。

「我也對那起事件很有興趣，但記憶有點模糊了。被害人的條件是指？」

「因為她策劃的是綁架案，所以要有小孩子……但她絕對不是只針對幼童，無法靠這個條件尋找被害人。不過，除此以外，或許還有另一個條件，就是被害家庭都不平凡，她會挑選家庭關係複雜的孩子下手……」

爸爸和媽媽互看了一眼，咂著嘴說道。

「我家或許符合這個條件，光輝和我沒有血緣關係……我們再婚時，分別帶了一個孩子。」

警部用力點了兩次頭，似乎同意這個看法。

「當然，要從數十萬仙台市民中挑出一個被害家庭並不容易，所以還有一個更重要的條件……」

警部突然吞吞吐吐，看了好幾次手錶，似乎在拖延時間。警部一進門時我就發現，他的袖口下發出不同凡響光芒，絕對是所費不貲的名牌錶。

❽日式庭園中的景觀設計，將水引入竹筒，竹筒因積水的重量傾斜，撞擊在石頭上，發出清脆聲響的裝置

「那就恕我直言不諱地說出來了，但我不是要說你們家符合這個條件……『蘭』鎖定的贖款並不是普通的錢，而是特殊的錢。」

「怎樣特殊？」爸爸問。

「她有點像是義賊，鎖定的是不義之財。所謂『不義之財』的意思，就是靠違法手段賺取的錢……」

「……」

「所以，為了謹慎起見，我想要請教一下，你家有這種錢嗎？」

「沒有，當然沒有。」

爸爸用力搖頭，但他皺起的眉頭顯示答案完全相反。至少我覺得是這樣。

真樹推開丈夫摟著她肩膀的手，語帶顫抖地說：「但是，老公……去年警察不是有來家裡……」

爸爸厲聲制止脫口這麼問的妻子：「廢話少說。」

「但是，報紙上也登了……」

「警方也承認是他們貿然行事，他們之後不是也為這件事道歉了嗎？」

「你們說的該不會是……」警部打斷了爸爸和媽媽的夫妻吵架。

「報紙的角落刊登了一篇新聞，說我們為了得到名點獎賄賂了評審……」

警部苦笑著搖搖頭。

「我昨天看了那篇報導，已經知道這件事了，即使真有其事，『蘭』也不可能為這種事下手，所以應該和這件事無關。」

警部又補充說：「啊，昨天我看了報紙，調查了這一年的新聞，想瞭解仙台的有錢人家中，有沒有發生和金錢相關的事件……」

最後，又斷言道：

「『蘭』不可能為這種程度的小事下手，她的目標是更髒的錢……是靠更大的犯罪賺到的貪污錢財。」

「我當然不可能有這種錢。」

爸爸怒氣沖沖地說。

「警部先生，你只是針對綁匪是名叫『蘭』的女人分析的情況，但也可能是其他男人假裝是『蘭』犯下的綁架案……可能只是有人對去年的那起綁架案產生了異常的興趣，自己也策劃了這起綁架案，偽裝成是『蘭』幹的。」

「也不能排除這種可能性，」沒想到警部同意了爸爸的意見，反問：「請問你剛才提到『其他男人』，有沒有懷疑的對象？」

「也不是完全沒有。因為我家符合你剛才說的『混亂的家庭』的條件……」

爸爸仍然一臉嚴肅。

「就是光輝的親生父親，那傢伙……」

「太過分了！」真樹大叫著打斷了他的話，「鹽田為什麼要綁架自己的兒子？」

「去年，東京的綁架案發生後不久，他不就提說『想見兒子』嗎？他說他看到新聞報導，說遭到綁架的小孩和光輝年齡相仿，情不自禁地想起他……」

「鹽田才不會做綁架自己兒子這種蠢事，你別胡說八道了。」

「但那時候他剛好被證券公司開除，最近不是經常打電話來向妳借錢嗎？」

「誰說的？我只接到不出聲的電話，即使是鹽田打來的，他也根本沒說話，怎麼向我借錢？」

「但一年前妳曾經說……鹽田對東京的綁架案有異常的關心，搞不好他是綁架集團的成員之一。」

「我們身邊也有人對那起綁架案很感興趣。」

媽媽……不，真樹歇斯底里的聲音突然變得冷漠而充滿諷刺，抬眼看著我。

「康美買了通常大人也不會買的低俗雜誌，一個勁地看那起綁架案的特輯報導，一個人偷偷摸摸的……無聲電話也可能是康美打的，康美即使有話要說，在電話中也說不出來。」

「住嘴！」

爸爸在情緒爆發的同時，伸手打了真樹一記耳光。真樹立刻面無表情地看著爸爸，下一剎那，她用手捂著臉頰，哇地放聲大哭起來。

「請你們鎮定，」始終冷靜地看著他們夫妻吵架的橋場警部語氣平靜地說：「我剛才應該說得更清楚一點，綁匪不可能是『蘭』以外的人。這封信上的簽名和她去年寄給我的信上的簽名完全一樣，雖然只有一個字，卻有別人難以模仿的特徵，所以，這起綁架案是名叫鹽田的男人所為的可能性幾乎是零……當然，也不可能是這位小姐。」

警部看著我。這一次，我們視線還是在窗戶玻璃中交會。我看著室內的情況……爸爸和真樹的醜陋爭執仍然像幻影般，在玻璃中上演。

真樹柳眉倒豎，宛如母夜叉的樣子在紛紛飄落的白雪背景下，令人錯以為有一種戲劇性的美感。我在看到那張臉的剎那，已經在內心下定決心，再也不要在心裡叫這個女人「媽媽」了……

「真對不起，想到光輝目前的處境，就忍不住對綁匪憤怒不已……光輝對我來說，也是很重要的孩子。」

爸爸向真樹道歉，但他的道歉也許有一半是說給警部和其他人聽的。

「不過，這樣反而明確瞭解一件事，綁匪試圖在仙台完全重現去年的綁架案……去年那起綁架案的父母在等待綁匪的電話時，也像你們這樣……」

說到這裡，警部突然住了口。「去年的案子也有很多謎團，這起綁架案又多了一個謎團。」

警部改變了話題。

我猜警部一定想說：「小孩子的父母也像你們一樣相互推卸責任。」

隸屬於縣警的船山警部始終默默看著東京的警部一個人唱獨腳戲，這時終於開口問：「多了一個謎團？」

他問話的聲音有點不悅，難道是我多慮了嗎？

「就是綁匪為什麼要複製去年那起謎團重重的事件。應該不是偷懶……嗯，在這一點上，也可以想成是『蘭』以外的人想要讓人以為是『蘭』犯下的綁架案。」

橋場警部用力搖了搖頭，完全否定了自己剛才說的話。「綁匪一定是她，絕對就是她。」

「她是自我表現慾很強的女人，也許只是想要告訴警方，『是我幹的！』」

最後才出現的年輕刑警插嘴說。

「你說得對。」警部故意很大聲地說：「與其說想要告訴警方，不如說是要告訴我。雖然我剛才說是『另一個謎』，但其實我已經知道答案了。她去年寫給我的信上曾經有恃無恐地說：『即使在眾目睽睽之下，我也可以拿走放贖款的皮包，卻沒有人發現綁匪靠近』……交付贖款時，會有很多刑警在現場，監視裝了贖款的皮包，綁匪卻說可以在神不知鬼不覺的情況下拿走錢。她是在向我挑戰，要求我破解她如何完成不可能的任務。因此，這起綁架案本身的狀況、放贖款的場所也都必須和涉谷事件相同……綁匪一定是這麼認為的。」

「你的意思是，綁匪綁架光輝只是為了向警方挑戰嗎？居然把一個小孩子的生命當成兒戲，太殘酷了……」

爸爸搖著頭，好像在說「太難以置信了」。

「是不是我說得太輕率了？的確，對『蘭』來說，這不是綁架案，而更像是遊戲……正因為這樣，一旦遊戲結束，小孩子就會平安回來。你可以放心，我對這一點深信不疑，媽媽也可以放心。」

真樹打斷了警部的話。

「我才不相信警察說的話，你在去年的綁架案中，不是被綁匪耍得團團轉，什麼都沒做嗎？康美房間裡的週刊都這麼寫。」

她脫口說完這番話後，隨即意識到自己的失言，低著頭，用手按著額頭。隔著桌子面對面坐著的橋場警部和真樹互看著……她受不了警部的視線，所以才遮住臉。

「看來妳也在康美的房間內，瞭解了不少去年那起綁架案的情況，但綁匪挑選對去年的綁架案十分熟悉的家庭下手，只是巧合嗎？」

警部故意岔開話題，試圖緩和室內緊繃的空氣，但看著真樹的眼睛很冷漠。警部現在一定很討厭真樹……但也因此和我產生了更多共鳴。剛才他也代替有口難言的我挖苦了真樹。

我的想像沒有錯。警部從窗戶玻璃中察覺了我的視線，突然轉過頭，再度對我露出微笑。

我覺得自己好像變成了警部的助理……這種感覺不是我的一廂情願。因為不一會兒，警部趁只剩下我們兩個人的時候，小聲地對我說：「我想拜託妳一件事，但不能告訴其他人。」不過，在談警部和我的事之前，先要把其他事交代清楚。

警部說：「為了取信於你們，我先來預言綁匪會在電話中說什麼……」

然後，他告訴大家綁匪可能會說的話，並告訴爸爸該怎麼回答……警部才剛說完，電話鈴聲就響了。

那是我十九年來聽到的最可怕的聲音……金屬恐龍從我背後步步逼近。吞噬了我心愛弟弟的恐龍屏氣斂息，把我視為下一個目標，恐龍心臟跳動的聲音不斷襲向我的後背……

沒想到，綁匪的聲音平靜得令人驚訝，他對按照警部指示接起電話的爸爸說：

「可不可以請小孩子的媽媽來聽電話？」

綁匪說話的聲音讓我感到一種奇妙的安心。

真樹接了電話，用悲痛的聲音說了大部分母親遇到這種情況時會說的話。綁匪順利地影響了肉票母親的心情。

「是不是有刑警在旁邊？可不可以請他來聽？不，不必叫他來聽了，反正大家都可以聽到我的聲音。」

綁匪這麼說。雖然措詞很不客氣，但聲音中透露出像用紗布覆蓋傷口般的溫柔與平靜。相反的，真樹快要哭出來的激動聲音更令我心浮氣躁。

這第一通電話和下午四點時，由我們主動打電話給綁匪的內容沒必要在這裡詳述了。綁匪兩通電話中所說的話都完全符合警部的預測，和去年的綁架案中，綁匪和「圭太」的媽媽說的話大同小異。報紙和週刊雜誌上刊登了去年那起綁架案中，綁匪和人質母親之間所有的談話內容，新聞報導中也公佈了一部分錄音內容……在我的記憶中，那名綁匪的聲音聽起來也很溫柔，我覺得應該是同一個人。

電話掛斷的同時，警部也自言自語地嘀咕說：

「綁匪果然打算讓去年那起綁架案重演，聲音也和去年那個男人很像……這種時候，母親只能消極應對，所以綁匪順利使用和去年相同的內容主導了對話。」

聽到一陣好像馬達的聲音後，電話就掛斷了，綁匪在掛電話前說：「四點再打電話給我。」都和去年的綁架案一模一樣。

不光是綁匪的談話內容一樣。

光輝接電話時，母親問：「你沒事？」等關心的話語時，他只是像鸚鵡學舌般回答：「沒事」，這點也和之前那起綁架案一樣。

「和去年那起綁架案的不同之處，就是光輝說話的聲音很鎮定。去年時，圭太以為媽媽遭到綁架，說話的聲音好像隨時都快哭出來了。」

警部又接著說：

「可能是綁匪對他說，只要重複媽媽說的話就好。」

真樹探出身體想要反駁，警部無視她的反應。

「還有其他的不同之處。在去年的綁架案中，綁匪說『四點再打電話給我』時的聲音很小，幾乎快聽不到了，最後的聲音也難以辨別……剛才的絕對是輪胎的聲音。綁匪應該把車子停在停車場或是馬路旁，光輝現在就在車上。這一點也和去年的綁架案相同。還有……」

警部做出羅丹的「沉思者」的姿勢，自言自語地繼續說道。然後，和負責追蹤電話的本地刑警聊了幾句。

「綁匪之所以用手機，以及開車四處跑，目的在於讓我們無法追蹤他的發話地點。去年也使用了相同的方法。他應該會在下次通話的四點之前，去一個離剛才很遠的地方……我想要請教一下，剛才綁匪用的手機號碼是〇九〇六二三……」

他說完號碼後，又問：「有沒有人最近遺失了這個門號的手機？呃，因為去年的綁架案中，綁匪使用的手機是從肉票家屬手上偷走的。」

他在發問時，環視所有人。

不，他還來不及環視所有人，就找到了答案。

「我。昨天晚上，我喝醉酒回家，早上發現手機不見了……我還以為忘在居酒屋了……」爸爸的秘書回答。

「沒想到模仿去年的綁架案模仿得這麼徹底……」

警部忍不住失笑。四點時，聽到綁匪在電話中說的話，警部數度失笑。

第二通電話也重現了去年發生綁架案時，四點那通電話中的對話，比起電話中的詳細內容，我更想交代警部在四點之前和我之間的對話……沒錯，三點半左右，當我若無其事地走出客廳去自己房間時，警部也若無其事地跟著我來到走廊上。

但是，警部和最後一個從縣警派來的年輕刑警有話要說……有秘密要說。

我走進自己的房間後，把房門打開一、兩公分的細縫，從縫隙中窺探樓下的情況。

像歐洲宮殿般的螺旋樓梯上鋪著繡著金線銀絲的中國紅地毯……這種俗氣的顏色很適合爸爸用來炫耀自己的財富。

牆上擠滿爸爸只根據價格挑選的繪畫，樓梯上出現兩個長長的人影。兩個人影之所以會靠在一起，是因為他們正在說悄悄話，不想被客廳內的人聽到。

我看不到他們，但或許因為挑高的關係，在我的房間可以聽到他們說話的聲音。

「所以，除了賄賂評審以外，沒有其他不法所得嗎？」

「對，我去找了公司的人和會計師瞭解情況，完全沒有……他喜歡自吹自擂，說自己賺了很多錢。也許該說他是那種很老實的人，總之，不像是會藏黑錢的人……」

聽不清楚他們的談話時，我就把耳朵貼在門縫上，但其實我根本沒有必要偷聽。

警部對年輕刑警說還有其他事要他處理，叫他留下來。然後，他走上了樓梯。我躡手躡腳關了門，坐在床上。

腳步聲慢慢走上樓梯，經過走廊，在我的房門口停了下來。

聽到敲門聲後，我走到門旁，但沒有立刻開門……我屏住呼吸，等待下一次敲門。在聽到敲門聲的同時，立刻打開房門。

警部敲門的手懸在半空，只能笑著掩飾自己的尷尬。

「可以打擾一下嗎？我有事想要請教妳。」他小聲對我說。

接下來的二十分鐘……剛剛好二十分鐘，我們靠聲音和文字交談。雖說是交談，其實是刑警向我問話。警部發問後，我用原子筆在筆記本上回答。

「剛才我提到『不義之財』這個字眼，妳還記得嗎？妳知不知道妳爸爸有沒有藏這種錢？」

我搖了搖頭。「爸爸只有鋪張的錢，沒有不義之財。」

「鋪張的錢嗎？妳的形容真有意思。」

警部笑了笑，看到警部瞭解我的意思，我不禁開心地點了點頭。

家具、擺設、從真樹的衣服到用化妝品堆起來的那張臉……能夠鋪張的地方絕不手軟。

對爸爸來說，錢就是要拿來炫耀的，絕對不會存起來或是藏起來。

「妳爸爸的財產來源似乎都很正當，我也相信妳說的話，但這麼一來，就出現了一個傷腦筋的問題……『蘭』為什麼會鎖定這個家庭？康美，不知道妳對這個問題有什麼看法？」

「光輝搞不好並不是真正的被害人。」

「原來如此，妳為什麼會有這種想法？」

「你剛才說蘭打算重演去年的綁架案，光輝搞不好只是煙霧彈。」

「妳居然會寫煙霧彈這麼難的字……對妳來說，文字是重要的生財工具，不對，應該說是重要的人生工具。」

警部佩服地看著我房間內不計其數的書本，指著我在筆記上寫的最後一行字。

「我也這麼想。上次的綁架案中，發生了另一起綁架案，連被綁架的人質也不知道自己被綁架了。這個家裡的人，或是周遭的人中，有沒有人可能遭到綁架？」

「有啊，有一個人。」

我立刻這麼寫。剛才在客廳時，我就一直這麼想。

「誰？」

「你不知道？」

「我不知道。」

「妳是說妳自己嗎？」

我用食指指著自己的胸口。

「對，我一直遭到綁架，被關在這個家的這個房間。正確地說，是被我爸爸……從三年前開始，被我爸爸和真樹囚禁。所以，我拚命想要逃出這個牢籠，只有一種方法可以逃。」

「……什麼方法？」

「把自己的身體當成牢籠，逃進來後，鎖上門。」

警部有點不知所措，沒有說話。

「如果說我被綁架了，那綁匪既不是爸爸，也不是真樹，而是我自己。我綁架了我自己。」

「妳寫字的速度真快，」看到我一口氣寫完，警部發出感嘆的聲音，「妳寫字的速度和我說話的速度幾乎相同。」

我默默看著警部。

「怎麼了？」

我搖了搖頭。

「我只是在笑。」

警部訝異地看著我攤在桌上的筆記，他無法理解我為什麼面無表情地寫下這句話。

「呵、呵、呵……」

我連續寫了十幾次相同的字，然後又寫：「這就是我笑的方式。」

警部看了文字的笑聲，發出很自然的笑聲。他沒有像其他大人一樣，用充滿憐憫的眼神看我，也沒有露出誇張的假笑。從剛才在客廳時，我就喜歡他微微撇著嘴角的冷淡笑容……

「我剛才是在開玩笑，和綁架案無關，對不起。」

我寫道。

「不會……既然妳不知道誰可能是被害人，那知不知道誰有不義之財呢？」

「我知道有一個人……這次我是認真的。」

「誰？」

「真樹，光輝的媽媽。」

警部沒有驚訝，反而深深點頭表示同意，這代表我和他的想法相似嗎？

「妳有證據嗎？」

「她現在有將近三億的財產，都是偷來的錢。」

「從哪裡偷來的？」

「我爸爸。原本應該由我繼承我爸爸的財產，所以也可以說是偷我的。」

「……」

「前年，也就是他們結婚的隔年，爸爸生了一場大病，差一點死了。當時，真樹全心全意照顧他，打動了他，順利地把這棟房子的名義轉入自己的名下，然後，用爸爸的錢買了大量公司的股票。」

「但她使用的手法並不違法。」

既然這樣，就不會成為「蘭」下手的目標。警部想要這麼說，但我搖了搖頭。

「即使不違法也是犯罪所得的不義之財，親戚和公司的人都說，她對爸爸沒有絲毫的感情，只為了錢和爸爸結婚，蘭只要稍微調查一下就知道了。」

警部點著頭，沉思了五、六秒，然後開口說：「妳的意思是，蘭打算讓真樹太太支付贖款，綁架光輝的目的也是為了奪走他母親手上的不義之財。」

我點了點頭，但警部搖著頭。

「但是，真樹太太的錢並不是現金，雖然不知道蘭會要求多少贖款，但最後還是由妳爸爸付錢不是嗎？這等於讓妳無辜的爸爸蒙受雙重的損失，蘭不可能以這種錢為目標。而且，真樹太太如果是這麼利慾薰心的女人，不妨認為這起綁架案是她演的一場戲……她對擁有房子和股票不滿足，還不惜利用自己的兒子，把妳爸爸的錢都榨光……然後，把所有的罪行都嫁禍給蘭。」

「但那個簽名又怎樣解釋呢？」

我指著警部上衣的某一點，他把那封信放在上衣的內側口袋。警部拿出信，打量著只有一個字的簽名。

「對，只要有那個簽名，就可以認定這起事件不可能是蘭以外的人幹的。」

警部自言自語地說著，看了一眼手錶。

「時間不多了，廢話就不多說了。我很在意一件事，我想妳可能知道什麼，所以想請教妳……光輝是聰明的小孩嗎？」

我點了點頭，用唇形告訴他：「很聰明。」

「所以，他應該瞭解『綁架』這個字眼，也知道是怎麼一回事嗎？」

「對，我平時就經常提醒他，『不能跟不認識的叔叔走』。」

「但他還是毫無抵抗地坐上了綁匪的車子，剛才那通電話中，他的聲音也很平靜……我在思考其中的原因，妳知道是什麼原因嗎？可能是綁匪花言巧語，順利騙了光輝……還是說，和光輝在一起的並不是『不認識的叔叔』……」

警部看著我的眼神顯然在說：「妳在這件事上有所隱瞞」。我回望著他的眼睛數秒後，緩緩搖了搖頭，用文字回答：

「只是因為來不及說，光輝可能以為和他在一起的是他的親生父親……就像去年那起綁架案一樣。」

真樹每個月都去一次東京，差不多有一個星期左右不在家。那段期間，由我搭計程車接送光輝去幼稚園。下午放學接光輝回家時，他如果用手指戳我的臉頰，我們就會在車站附近下車。他用手指戳我的臉就是「我們去玩遊戲」的意思，於是我們就會遊樂場內玩差不多一個小時左右，再吃個漢堡或是冰淇淋之類後才回家。

上星期一也一樣，當我們玩得不亦樂乎時，一個三十多歲的叔叔向我們打招呼：

「可不可以讓我加入你們？」

當時，我們正在玩一對年幼的姊弟從鬼屋逃出來的遊戲，中途會有一個像偵探的叔叔出現，協助這對姊弟……那個不認識的叔叔剛好在畫面上出現偵探的時候對我們說話。我們姊弟也有點像遊戲中的姊弟，那個外形看起來像一把細長黑傘的叔叔也像是從遊戲中走出來的。

畫面中，看起來瘦巴巴，看起來很不可靠的偵探臂力驚人，為那對姊弟打倒了很多怪獸，那個叔叔也給了我們很多建議，協助我們逃出鬼屋……遊戲結束時，我們變成了好朋友。

「因為家庭因素，我已經好久沒見到我兒子了，這個遊戲中的小男生和我兒子很像，所以只要有空，我都會來這裡玩。」

這位叔叔請我們去附近的蛋糕店吃了很豐盛的香蕉船冰淇淋，我們約定星期三還要一起玩遊戲，當然不是因為他請我們吃香蕉船，而是叔叔身上散發出親切的光環。

「他是不是我的親爸爸？很像之前媽媽放在抽屜裡的照片上的人。」

我們和那位叔叔分手後，光輝這麼對我說。我也有這種感覺，所以第二次見面時，我趁玩遊戲的空檔，用筆談問他，他搖了搖頭，明確地對我咬耳朵說：「我的小孩沒這麼可愛。」

即使不是光輝的親爸爸也沒關係，可不可以暫時假裝是他的親爸爸？我拜託那位叔叔。因為，光輝的夢想對我來說也是重要的夢想。叔叔欣然應允，完美地扮演了父親的角色……不光是那一天，隔了兩天的星期五也是。

「所以，你們和那個男人見了三次嗎？」

橋場警部看了我上週詳細記錄那個叔叔情況的筆記後向我確認。

「但今天是光輝第四次見到他，我猜，他現在應該和那個『爸爸』在一起。」

警部看了我寫的字，點點頭說：

「有一部分雜誌不負責任地寫了去年那起綁架案的細節，所以我猜想妳也知道了，這個部分也和去年那起綁架案一模一樣。」

我也對著他點頭。

「那個男人長什麼樣子？」

我從書桌抽屜裡拿出代替素描簿的本子後打開，給警部看了裡面的幾張畫。那是我為光輝畫下的那個叔叔的肖像。

……警部看了，不禁變了臉。

我用眼神問：「你認識他？」如果警部認識，就代表是和去年那起綁架案有關。

「去年在渋谷交付贖款時，有一個看起來像是綁匪的男人出現在現場附近走來走去……妳應該知道圭太的親生母親並不是小川香奈子吧？他的親生母親是牙醫師山路將彥在結婚前交往的女人，姓名的第一個字是M……她也有其他男朋友，原本打算和那個男人結婚後，把圭太接回自己身邊……聽說她去見了將彥和香奈子，對他們說：『他願意當小孩子的父親，你們把圭太還給我。』之後，香奈子和山路離了婚，而M嫁給了山路，拋棄原本交往中的那個男人……蘭調查到這些情況，主動接近那個男人，讓他在去年的綁架案中扮演了一個角色。我們很努力尋找他從渋谷的十字路口消失後，到底去了哪裡……原來相隔一年，他跑來仙台，扮演和上次相似的角色。一年前，我曾經在渋谷的十字路口一度懷疑他是圭太的親生父親，康美，在這起綁架案中，妳也懷疑畫中的這個男人是不是光輝的親生父親，蘭的目的就是讓這個神秘男人出現，攪亂警方的思考，讓我們遠離綁架案的真相，我猜想這次在綁架光輝的事件背後，還有另一起驚天動地的案子……蘭有很多共犯，那些人在這起綁架案中，也和那個男人一樣，各自扮演不同的角色，但這只是我的猜測。蘭行事特別小心謹慎，不僅自己不會留下蛛絲馬跡，也不會讓她的同夥留下任何線索。去年的綁架案中，山路家隔壁有一對夫婦很可疑，警方進行了徹底調查，最後沒有找到任何證據，我們也無法採取任何行動。」

警部說明那個神秘男人的情況時，一口氣說完這段話，但那是四點那通電話之後說的。

他正打算說明時，又看了一眼手錶。

「只剩下五分鐘了，我等一下再向妳詳細說明，先和我一起去客廳。我希望妳仔細觀察這起綁架案的始末，用這種寫日記的方式記錄下來。妳似乎很會寫文章。」

他迅速環視了我堆滿書本的房間，補充了一句：「我希望妳馬上下樓。」然後先走出了我的房間。

警部在四點那通電話後對我說，他希望藉由對這個家庭狀況很瞭解的我觀察這起綁架案，有助於他之後重新整理。

「我希望妳也詳細記錄我們在這個房間說的話，我想知道妳是怎麼理解我說的話。」

警部這麼對我說，但同時也覺得沒必要記錄真樹在四點準時打給綁匪的那通電話的內容。因為那通電話的內容也和去年的電話極其相像……

綁匪也在電話中說：「我沒有要求一毛錢」，後來盛氣凌人地說：「既然妳決定要送錢給我，金額當然也由妳決定。」都和去年那起綁架案的綁匪一樣。

他也問了「橋場警部在妳那裡嗎？」和「小孩子睡著了，等一下我會傳照片過去」……他也如約在掛上電話後，傳了光輝睡在沙發上的照片到真樹的手機，光輝無力躺在沙發上的樣子看起來好像死了……這張照片也成功引起了肉票母親的歇斯底里。

「下一次七點打電話給我。」

最後，他也用和去年那起綁架案相同的話結束了通話，在照片引起的不安漸漸平息後，到七點為止的兩個半小時內，客廳的氣氛陷入膠著……

雖然很想採取什麼行動營救小孩，但雙腳就像泥巴般的沉重之物絆住腳似的，想動也動不了……

去年的綁架案如影隨形地糾纏著這起案子，兩起案子之間的相似性束縛了警方的行動……至少橋場警部因為這個原因而被困住了。

至少我是這麼認為的。

「綁匪既然這麼想要讓這起綁架案和圭太事件相似，七點的電話內容也應該差不多。」

四點的電話後，警部這麼說，然後告訴大家東京的綁架案中，綁匪在七點那通電話中提出了什麼要求。

「去年那起綁架案中，有一名工廠的員工是綁匪集團的內應，偷偷監視家中的情況和警方的動向，隨時通知其他同夥……所以，在那起綁架案中，綁匪一夥人總是比警方略勝一籌，在這次事件中，可能也有人扮演了這樣的角色。」

說著，他環視所有人。

當時，我坐在客廳角落的椅子上，畫下在電話周圍的人的情況。

我覺得警部問這個問題很蠢……他的腦袋也變得不靈光了。難道是因為無法預測案情的發展，所以感到格外不安嗎？我猜想也許是因為焦急，他才會問這種蠢問題。

因為，目前室內的「所有人」中，唯一相當於員工的，就只有里美。

如果覺得里美可疑，不是應該不動聲色地觀察她嗎？

橋場警部太著急了，會不會是在想，能盡快抓一個犯人也算一個……我有這種感覺，但顯然是我太膚淺了。

警部巡視客廳內所有的人後，目光停在站在門旁的里美身上。里美似乎立刻察覺了警部視線中的含意，垂下眼睛，拉了拉開襟衫的衣襟，像是要護著自己。

「我剛才就想要請教……」

真樹回答了警部的話。

「里美不會有問題，她是我從朋友家挖角來幫忙的，她的身世很明確，也不可能當間諜，協助綁架光輝。」

說著，她從沙發上站了起來，走到里美的身旁。「我可以叫里美去廚房嗎？因為我想在下一通電話之前開飯，要請里美去張羅，但我可以代替她回答任何問題。」

她向警部打招呼後，吩咐了里美兩、三句。

里美離開後，警部對真樹說：

「其實，我只想問她一個問題，我想知道她的家庭背景。」

「什麼意思？」

「她是不是有錢人家的千金小姐，或是政治人物的私生女之類的……」

真樹笑得整張臉都扭在一起了。

「是因為去年的東京綁架案中，當間諜的男員工是長野縣議會議員的兒子的關係嗎？很遺憾，她爸爸只是普通的上班族……根本不是蘭這種崇尚名牌的女人會鎖定的對象，請你放心。」

她回答時的態度從容，和剛才在電話中慌亂的樣子判若兩人。

「不過，即使和去年的案子很相像，也不能隨便懷疑她吧？像這樣擾亂警方的思考，不正是綁匪的目的嗎？……我總覺得這起綁架案和去年的一模一樣只是障眼法，其實背地裡正在做更可怕的事。」

真樹看著手機上綁匪寄來的照片。

「我覺得光輝好像死了。」

說著，她忍不住抖了一下，好像恐怖的感覺再度甦醒。綁匪打電話來時，她的態度就很做作，她害怕的樣子也誇張得好像在演戲。

「這起和去年一模一樣的綁架案只是障眼法，其實背地裡正在做更可怕的事。」

雖然她嘴上這麼說，但其實比任何人更在意去年的事件，也努力想要模仿。真樹總是跑去我房間窺探，偷偷看我的雜誌和報紙剪報、我的筆記，對那起綁架案的瞭解比我更詳細……一定是這樣。所以，她才會故意模仿圭太的媽媽……只是不知道她是無意還是刻意的。

橋場警部似乎也有同感。

「我知道，」他用力點了點頭，「不過，真樹太太，妳對那起事件知道得真清楚。」

警部的話很明顯地在諷刺她，隨即轉身對本地的警部說：「有幾件事想要請你和總部聯絡一下。」

警方的行動也有點遲鈍。

在四點打電話時，縣警總部已經成立了特別搜查總部，著手調查綁匪去幼稚園接光輝的那輛白車的下落，以及周圍是否有可疑人士，在我家的刑警也不斷和總部保持聯絡，報告綁匪的動向，同時接受各種指示。

對本地警方來說，橋場警部這個外人的出現似乎麻煩透了……雖然很想無視他，但他很瞭解去年的事件，所以，他的意見當然也很重要。當四點那通電話證實這次的綁架案完全抄襲去年的那一次之後，警視廳似乎派了不少刑警趕來支援。

「澤野警部補帶了五個人在八點會到仙台，如果綁匪在七點的電話之後不再聯絡，總部要求你先回去一趟……」

我聽到本地刑警在走廊上用不悅的聲音對橋場警部說。既然綁匪完全抄襲去年的綁架案，縣警也只能聽從警視廳的指揮……一定是因為這個原因，導致這些刑警的行動變得很消極。

我以為警部的思考也變得遲鈍，後來發現完全是我的誤會。

真樹走出客廳後，警部對我笑了笑，我走出客廳，上了二樓。因為我覺得警部的微笑是在對我說：「可不可以趕快執行剛才的約定？」

現在還不到五點。我坐在桌前，開始認真寫這份手記（其實是要給橋場警部看的紀錄），寫了十五分鐘，突然想到一件事，躡手躡腳地走下樓梯。因為我發現在我離開客廳後，警部也跟著真樹走向一樓深處……雖然警部背對著真樹，好像不太想理她，但還是隨時觀察著「被害人母親」的情況……我都察覺了。

正在一樓走廊上打呵欠的刑警看到我嚇了一大跳，慌忙拿出手機，假裝和總部聯絡……我走過他的面前，走向走廊深處通往後院的門。我覺得真樹和警部可能在後院的溫室談話……因為離開房間時，我向窗外張望，發現大雪中的玻璃小房子亮著燈光，好像有人影晃動。

我走到門旁時，忍不住停下了腳步。因為在那道門前方、從走廊看不到的位置，有一個通往地下室的狹窄樓梯，那裡傳來說話的聲音。

目前這棟大房子是將建於昭和初期的大洋房進行大規模改建而成的，後院的這部分仍然保持了原來的樣子……通往地下室的階梯也鋪著紅磚，往下走一步，就好像不小心走進了歷史教科書。

我原本就對這個太太的房子沒有興趣，除了我的房間、客廳、飯廳和後院的小溫室以外，根本不知道哪裡有什麼……這個紅磚階梯我也只踩過三階而已，樓梯下方快要腐爛的木門好像在拒絕我。此刻，位在這個死角的階梯下方傳來說話的聲音……

「妳說妳去康美的房間翻找，是想瞭解她不再開口說話的原因嗎？」

我聽到警部說話的聲音，和走上樓梯的腳步聲，急忙轉身跑回二樓。我拿起筆，開始寫手記的第三頁，但內心對偷聽感到愧疚。

在愧疚的同時，更後悔剛才應該繼續聽下去，不過，這種後悔很快就失去了意義。不到五分鐘後，橋場警部再度來到我房間。

「我剛才問了妳媽媽關於妳的情況，但還是搞不清楚是怎麼回事，所以決定直接問妳本人。如果妳不想回答，可以用搖頭告訴我。」

他說了這番開場白後問：

「到底是什麼讓妳感到害怕，聽說醫生曾經說，只要瞭解妳內心的害怕，就可以改善目前的症狀。」

「黑暗。」

漫長的猶豫後，我筆記本上寫下了這兩個字。原本打算無論警部問什麼，都不再回答，他繼續問：「妳說的黑暗是指怎樣的黑暗？」我沒有回答，警部主動問我：「是地下室保險箱的黑暗嗎？」

我沒有回答。我拚命阻止保險箱這個字眼侵入我的腦海……嘴唇、手和肩膀微微發抖，好像身體深處發生了地震。我拚命搖頭……不想回答任何話，也不想思考任何事。

警部察覺了我的變化，伸手輕輕放在我的肩膀上。

「我不會再問了，妳不必擔心……但是，聽到妳說『關在牢籠裡』這句話時，我覺得妳小時候可能曾經被關在某個黑暗狹小的地方，就想到會不會是妳爸爸在家裡某個地方藏了一大筆錢……我仍然在懷疑妳爸爸，所以我剛才問妳媽媽『這個家裡有沒有保險箱？』她說在地下室，就帶我去參觀了一下。」

警部搖了搖頭。

「可惜保險箱裡什麼都沒有，我的直覺失靈了……但地下室除了生鏽的舊保險箱以外，沒有其他東西，妳媽媽說已經好幾年沒有人去過地下室……至少保險箱內有一層薄薄的灰塵，留下了不久之前，還有東西放在裡面的痕跡，有一排排好像紙鈔大小的長方形痕跡……」

我全身的顫抖停止了，綁架案的事和警部的聲音再度安慰了我。

保險箱的黑暗。

那個保險箱的黑暗封閉了我的心……那個保險箱以前藏了很多錢，有一天，我不小心闖入地下室，發現了比我矮小的身體大好幾倍的保險箱，我走進保險箱。因為保險箱的門開著，裡面的紙鈔好像建築工地的紅磚牆，堆了將近半座牆那麼高，可能令幼小的我也產生了好奇心……之所以說「可能」，是因為我的記憶已經模糊，我只記得地下室突然響起腳步聲，重重的鐵門一下子關上。然後，眼前突然一片黑暗……除了黑暗以外一無所有的漆黑。

我不記得被關在裡面多久，也不記得誰救了我。之後沒有人提起這件事。爸爸一定對我說：「忘了這件事。」之後就絕口不提……幼小的我忠實地遵守這句話，拚命告訴自己：「忘了吧。」不久之後，我就變得像某種特殊的喪失記憶者，失去了那份記憶，也不再害怕黑暗，但也同時失去了聲音……彷彿我在那份黑暗中不斷大喊大叫，已用盡了一輩子的聲音。

稍微長大一點後，我猜想那是爸爸靠不正當手段賺的黑錢，為了擔心我洩漏這個秘密，拜託了像惡魔般的醫生，偷偷幫我做了特別的手術，讓我從此無法發出聲音。後來，直到此時此刻之前，我都把這件事忘得一乾二淨……相隔十幾年再度想起的那份黑暗宛如地震般，震撼了我的身體將近三十秒，和警部的聲音一起消失了。

「好了，不談黑暗的事了。」

警部說，他似乎看到我平靜下來，終於鬆了一口氣。「妳爸爸很可能在這棟房子裡藏了無法公開的錢，妳對這件事知道多少？」

「但蘭怎麼會知道呢？她會對我家下手，代表她知道爸爸藏了黑錢，不是嗎？」

我把問題寫在筆記本上。

「她應該徹底調查了妳爸爸周遭的情況，去年的綁架案中，她也是從縣議員身邊的人下手……」

警部突然停頓了一下。「不，她可能只調查到一半。」

「什麼意思？」

「在去年圭太綁架案中，綁匪在贖款金額上吞吞吐吐，但在最後關頭獅子大開口，那是在試探牙醫師到底有沒有身懷鉅款。在和縣議員交涉時，也用了這種試探的方式。我終於知道了……黑錢或是非法利益這種東西很難明確掌握正確的金額，綁匪是說出贖款金額時，根據對方的反應決定成敗。一定是這樣的。所以，這次也可能一開始就提出驚人的鉅額贖款。」

警部一口氣說完這段話，又說：「總之，等七點的電話就可以見分曉了。」

他又問我：「康美，妳有什麼看法？妳媽媽知道這個家裡藏了黑錢的事嗎……剛才在地下室的保險箱內看到鈔票的痕跡時，她不停地搖頭，好像難以相信。」

「不知道，你懷疑她嗎？」

「妳是問我懷疑她是不是綁匪嗎？」

我點點頭，警部也用力點頭。

「當然，不光是這樣，我甚至曾經懷疑真樹就是蘭。」

「怎麼可能？」

我在心裡叫了起來。我第一次看到真樹，就特別討厭她。今天，那個女人終於說出了真心話，但其實更早之前，我就聽到了她的心聲。只因為她是「光輝」的媽媽，所以我只好接納她……

「真樹不可能是蘭。」

我用力搖頭，這麼告訴警部。

警部點了點頭說：

「不光是真樹，我也曾經懷疑那個叫里美的幫傭，還有妳……」

警部緩緩抬起眼睛看著我，我靜靜回望著他。

「妳很有可能是蘭，根據去年的綁架案中，被蘭挑選為共犯的年輕人的證詞……」

我打斷了他的話，用潦草的字問他：「川田嗎？他的本名叫沼田。」

「妳對那起綁架案那麼瞭解，或許是因為妳就是蘭本人……我曾經這麼想。聽真樹說，妳從前年六月開始到暑假的八月期間，說要去補習班上課，每個週末都會去東京……」

我不停地搖頭，一次又一次……嘴角帶著微笑。我一眼就看出警部並不是認真的。在他提到「真樹」時，聲音中透露的輕蔑……我一下子就捕捉到了，我發現警部也很討厭「那個女人」，因而對他產生了親近感。

即使沒有說出口，直覺敏銳的警部也對一切了然於心，他知道我在很多事上都不信任真樹，也知道我去東京是為了跟蹤她……

警部笑著說：「妳可以認為我在開玩笑，因為妳們三個人都不可能是蘭。我們根本不知道蘭長什麼樣子，也不知道她幾歲，她可以扮成每個人，每個人也可以扮成她……為了謹慎起見，只能先懷疑每個人。」

「蘭是更優秀的女人，比那個女人優秀太多了……也比我更優秀，她絕對很聰明，足以和你較量。」

我在筆記本上寫道。

「不，現在我仍然輸給她。不過，如果要比智慧，在這起事件中還有一個比她更厲害的人。」

我看著警部，警部點了點頭。

「康美，妳比她更聰明。妳是不是已經瞭解這起綁架案的真相？而且，巧妙地隱瞞了這一點。」

我默然不語地注視著警部。

「只有綁匪才知道這起謎團重重的綁架案的真相，所以我懷疑妳是綁匪，請妳記錄下這一切……」

警部拿起我的筆記本翻閱著。

「妳記錄的內容完全符合我的期待，果然很聰明。可不可以請妳繼續記錄……在光輝平安回家後，我要先離開仙台一趟，但妳要繼續記錄綁架案的始末，然後再寄給我。」

警部說完，從內側口袋的皮夾裡拿出名片，放在我的筆記本上，然後問我：「怎麼了？」

「沒有。」

我像是在向男朋友撒嬌般搖了搖頭，他名片上「橋場有一」的名字令我有點驚訝……正確地說，是對「有一」這個名字感到驚訝。因為我隱約覺得他的名字就叫警部，可見他整個人都散發出刑警的感覺。

警部把筆記本還給我，迅速環視了房間，拿起他手邊的文學全集的其中一冊說：「對了，『蘭』也熱愛文學。」

他自言自語地嘟噥道，翻了幾頁，又瞥了我一眼。

妳果然知道真相……

我覺得他的眼神在這麼說。警部微微傾斜的視線讓他的臉看起來很寂寞。我覺得這種帶著疲勞的陰影比微笑更適合警部的臉，我也用同樣帶著危險的眼神回望著他。

「知道真相的是你吧？」

不知道警部有沒有接收到我用眼神傳達的這個訊息？

「七點的時候，可不可以請妳下去客廳？」

警部又看了一眼手錶，說完後就走出了房間，但走到門口時，又環視了房間內不計其數的書。雖然他只是不經意地看，但那就是警部的回答……我有這種感覺。

警部果然知道真相，至少他知道爸爸把錢藏在哪裡。

我也一樣。

因為我不是蘭，所以不知道這起綁架案為什麼會成為去年那起案子的翻版，只有一件事……我瞭解不少真相，就是爸爸不法所得的事。

我不知道爸爸到底藏了幾億，不知道正確的數字，也不知道爸爸是靠什麼不法手段賺了那麼多錢，但我知道以前藏在地下室保險箱裡的錢最近轉移到哪裡了。只有我和爸爸……因為，我偶然得知爸爸在找藏不法所得的地方，我主動告訴爸爸：「有一個好地方。」

那一次，我剛好聽到爸爸和秘書在討論該把錢轉移到哪裡。

可能是怕被即將嫁入這個家的真樹發現。

我真的不知道那些錢是哪裡來的……但我曾經聽說爸爸工廠大量生產的點心是用免費的麵粉、黃豆和雞蛋做的，據我的猜測，可能是從地下管道拿到了麵粉工廠丟棄的過期麵粉和破掉不能用的雞蛋……問題在於靠這些非法材料賺到的非法收入必須找一個地方藏起來，我偷偷告訴爸爸：「可以把我的房間改建成圖書室，書和鈔票都是紙，只要裝上封面，看起來就像是書。如果是大開本的書，一本書裡就可以藏兩千萬，只要混在很多書裡，絕對不會被人發現。」

我小時候不慎被爸爸關進了保險箱，爸爸因此對我心生愧疚，再加上被我知道秘密的愧疚，他只能接受我的建議……不對，是因為爸爸也覺得這個主意很棒，所以我房間的牆壁立刻被書佔滿了。

爸爸以為我很愛書，所以才會想到這個方法，在橋場警部提到「保險箱的黑暗」，挖掘出我內心的可怕記憶之前，我也一直這麼認為……但我現在終於知道，我不是想讓自己的房間變成圖書室，而是想要把它變成保險箱……即使我假裝忘記，卻仍然揮之不去，無法逃離如影隨形的黑暗，最後只好選擇放棄，自己回到保險箱內，親手鎖上保險箱的門。

不同於以前，這次是我親手鎖上了門。

當我接受那片黑暗後，黑暗不再造成我的痛苦，相反地，它溫柔地包覆了以前的傷痛……警部應該也沒有察覺到這一點吧，但他已經發現這個房間成為爸爸藏錢的保險箱了。

而且，那個聰明的警部絕對知道另一件事。蘭為什麼會知道我家有這些不法所得……是誰告訴了蘭這件事。

當然就是我。

去年，我在東京街頭巧遇了那起綁架案，成為名叫蘭的罪犯的狂熱粉絲。全國有很多她的忠實粉絲，在網路上成立了她的粉絲俱樂部，我曾經在上面留言：「我是仙台某點心公司的獨生女，我爸爸有數億不法所得，家裡也有一個和圭太年紀相仿的弟弟，不知道可不可以對我家下手？」

我並不是直接告訴蘭，我當然不可能知道蘭在哪裡，但這次綁架案發生，橋場警部出現時，我明確地感受到蘭應該看到了我的留言，調查了有可能發生這種情況的點心公司，實現了我的夢想……警部來到我家，得知家中有我這個和普通女生不太一樣的女兒時，可能就懷疑是我用某種方法通知蘭，說我們家裡藏了非法所得。所以他才會要求我寫下這些紀錄……我原想用寫下這些紀錄欺騙警部，沒想到警部略勝一籌。一開始我假裝什麼都不知道，但在警部的巧妙引導下，我不知不覺開始寫出真相。

現在光輝已經平安回家，綁架案也落幕了。蘭順利拿走了三億圓，我的夢想也成真了，所以才會把真相一五一十地寫出來。

接下來就是從七點的電話到最後的情況紀錄……蘭和她的同夥當著警方和我們全家人的面，搶走贖款的情況。

雖然最初是受警部之託開始寫這份紀錄，但如今綁架案已經落幕，這份筆記已經派不上用場，我當然也不打算寄去警視廳。我只是記錄下我這輩子最大的紀念日……不是為了別人，而是為了自己持續記錄。

不過，七點時打給綁匪的電話也不值得一寫，因為真樹和綁匪之間的談話，與圭太事件時七點的那通電話內容幾乎相同。

真樹按照警部的事先吩咐，向綁匪提出兩千萬的贖款金額，綁匪說：「太多了，只要一半就夠了。」

同時，指定在翌日十二點半交付贖款……而且，交付贖款的方式也一樣奇怪——當小孩子回到母親身邊時，立刻把裝了贖款的皮包放在原地後離開。

唯一的不同，就是綁匪指示用普通的黑色行李箱裝贖款，以及交付贖款的地點是青葉城遺址。

「最好在人多的地方交付贖款，這樣刑警很容易偽裝成觀光客監視。嗯，青葉城有一個伊達政宗騎在馬上的銅像，當孩子回到妳身邊時，就把行李箱放在銅像的正下方。」

綁匪在電話中這麼說。

「伊達政宗的銅像下方？」

電話掛斷後，警部偏著頭，重複了綁匪的話。

「那一帶的確有很多人，綁匪也很容易混在人群中……但綁匪的話前後矛盾。當小孩子順利回到母親身邊後，再把贖款放在那裡不是很奇怪嗎？綁匪通常都是要求先付贖款再放人吧。」

縣警的一名刑警（我記得他姓櫻木，人如其名，他氣色真的很紅潤）自言自語地說，然後問橋場警部：「去年的綁架案中，綁匪也說了同樣自相矛盾的話吧？」

「對，但在去年的綁架案中，在交付贖款之前，他們就已經從皮包裡拿走了一千萬，所以並不算是自相矛盾。但是，我不認為綁匪這次也會使用相同的手法……蘭曾經大放厥詞，說這次要在警察的監視下搶走贖款，我認為這是在向我挑戰……」

說到這裡，警部似乎突然想到了什麼，一臉訝異地再度小聲重複：「伊達政宗的銅像下？」

警部此時發現了綁匪話中的另一個矛盾之處，但我早就發現了。因為七點那通電話時，我又站在窗邊看著庭院內的雪……我和警部在窗戶玻璃中視線交會，我指著窗外，動了動嘴唇，無聲地對他說：「雪。」警部點了點頭，似乎聽到了我無聲的話。

「天氣預報說，這場雪要下到明天傍晚，所以明天青葉城不會有遊客……如果因為這場雪導致遊客稀少，綁匪就無法接近銅像……」

警部自言自語地說，縣警的刑警說：「綁匪會不會不在仙台？」

「對，蘭可能不在仙台。電話中的男人只是按照蘭的指示說話，也許他們還沒有發現，明天的青葉城很不適合成為交付贖款的地點。」

電話鈴聲淹沒了橋場警部的聲音。

「是綁匪打來的。」

負責監控電話的刑警叫了起來。

警部對真樹說：

「綁匪應該打電話來更改地點，妳答應他的要求。」

說完，向負責監控電話的刑警示意。高槻刑警……我記得他叫這個名字。我到那個時候，才終於知道哪一位刑警叫什麼名字，不過，當時我並沒有時間看高槻刑警的臉。電話接通了，房間內響起綁匪的聲音……警部驚訝地看了我一眼，但我比警部更加驚訝。

「剛才那通電話的內容有誤，由我來訂正。」

電話中傳來一個女人的聲音……是蘭，我立刻深信就是她。

雖然只聽到聲音，但她好像喉嚨受傷般的沙啞聲音完全符合我的想像。那個聲音混合了夜晚的味道和早晨清澈的光……是充滿魅力的聲音。

女王蜂終於粉墨登場了。

「等到明天，這場大雪會癱瘓仙台的交通，所以就在今天速戰速決吧。一小時後，嗯，八點半，請妳來車站的新幹線剪票口。呃，請妳帶上三億圓和妳自己的手機就好。」

「三億圓？妳剛才說三億嗎？好像和剛才那通電話說的不一樣，剛才說一千萬就夠了……」

「既然時間和地點改了，贖款金額也順便改了。」

「但這麼多錢，沒辦法馬上準備……」

真樹看著爸爸的臉，爸爸臉色大變，拚命搖頭。

「別擔心。」電話中那個聲音說。她似乎露出了微笑，符合我想像的知性、透明、冰塊般冰冷的聲音突然變得柔和起來，「妳家現在有超過三億的現金，妳應該也知道吧？如果妳不知道，不妨問妳先生。因為我猜想妳先生和妳一樣，也覺得光輝的性命很重要，所以一定會老實告訴妳。」

真樹再度看著爸爸，爸爸比剛才更用力搖頭。一次又一次地搖頭，臉色越來越蒼白。我沒再透過玻璃，而是直接看著客廳內的情況。爸爸在將近三十秒內搖了十幾次頭，真樹的雙眼始終緊盯著爸爸的臉。

真樹終於移開視線，對著電話說：「好，我會照做。」

爸爸慌忙伸手想要捂住真樹的嘴，但已經來不及了。蘭輕鬆地說了聲：「再見。」隨即掛上電話。

「不關我的事，我不知道哪裡有那麼多錢，誰有三億這麼多錢……」

爸爸的呻吟突然停止了。

「當然有……就在這棟房子裡。」

這個聲音響徹整個客廳。一個字、一個字地，從生鏽的嘴唇擠出扭曲的聲音。房間內所有人一時之間沒有意識到那是我的聲音……連我自己也不知道。

深藏在身體深處多年的聲音雖然生了鏽，但仍然保留了當時幼稚的可憐楚楚，聽起來像是陌生的小孩子發出的聲音。

爸爸用眼神制止我：「不要再說了。」我無視爸爸的制止，想要衝出客廳。爸爸可能察覺我要回自己的房間……去爸爸心愛的保險箱，他跳了起來，擋住了我的身體。我想要用自己的身體撞開爸爸的身體，爸爸下意識地舉起了手，準備打我耳光。

臉頰感受到一陣風……當我閃過這個念頭時，警部抓住了爸爸的手。

「不要激動。」

低沉的聲音在我和爸爸之間響起。警部平靜的聲音好像為我的身體穿上了鐵盔甲。

「警方無意追查這個家裡為什麼會有這麼多錢，但果真有的話，請你立刻準備。沒有時間了，而且，綁匪現在開口說要三億，也許會像去年一樣，只拿走一千萬……而且只是暫時拿走一下，不必擔心。警方除了會保護光輝，也會保護這些錢。」

「我也知道你們父女兩人藏了一大筆錢……既然這樣，我和光輝也有權利使用。拜託你，趕快拿出來吧。」

雖然爸爸仍然搖著頭，但最後拗不過真樹這番話。

真樹心虛地瞥了我一眼，我立刻意識到她來我房間內翻箱倒篋，是為了看我的日記和筆記上哪裡寫了藏錢的地方……想像著她沒有察覺我的房間正是藏錢之處，卻拚命看我筆記的樣子，我就忍不住想要放聲大笑。

我沒有生氣。我最討厭這個女人了，不是因為我和她沒有血緣關係。自從這個女人一踏進我家，我連親生爸爸也一起討厭了。我不覺得是爸爸把這個女人帶回家，而是這個女人擅自把男人帶進我們家裡。

沒錯，自從爸爸和這個女人再婚後，他在我心目中就變成了一個普通男人。

在寫這份手記時，為了方便起見，我暫且仍然叫他「爸爸」。

「要找個行李箱。」

那個「爸爸」說完後站了起來。

他的身體好像突然變矮小了，好像短短幾秒鐘之內就蒼老了好幾歲，但我對他沒有絲毫的憐憫。

「但家裡的行李箱都是名牌。」

真樹制止了正準備和秘書一起離開客廳的爸爸。

這對拜金夫妻買的所有東西都是有著大標誌的名牌。

家裡根本沒有綁匪指定的普通黑色行李箱。

「只要是黑色的，即使是名牌也無所謂吧。綁匪應該不會在意這種無關緊要的事。」

爸爸看著警部，似乎想要徵求他的同意，但警部用力搖頭。

「還是按照綁匪的要求去做，對綁匪來說，一定有特別的意義。」

「到底是什麼意義？警方的戒心太強了，對綁匪來說，只有行李箱裡的三億圓才有意義……不至於注意行李箱的問題吧。」

「不，還是按照綁匪指定的要求去做……在去年的綁架案中，綁匪指定了紅色塑膠皮的皮包，皮包的顏色有特殊的意義。我認為這次綁匪指定的『黑色普通行李箱』，也一定象徵了某種意義。」

「如果綁匪會注重這種細節，為什麼沒有和去年一樣，指定用紅色的皮包？警部，你剛才不是說，綁匪打算完全抄襲去年的綁架案嗎？」

爸爸心浮氣躁地說。

「我也不是很清楚，只覺得只指定和去年不同的皮包，其中一定有重大的意義……」

警部說到這裡，好像突然想起了什麼。

「最近這個家裡有沒有收到裝在普通黑色行李箱裡的東西？我剛才忘記說了，在去年的綁架案中，綁匪事先送了紅色皮包到被害人家裡。」

但爸爸和真樹，還有傭人和我都紛紛搖頭。

「所以，又多了一個和去年綁架案的『不同之處』。」

爸爸語帶挖苦地說。

「警部先生，真的是去年那起綁架案的綁匪所為嗎？我一直認為是有人模仿那起綁架案，讓人以為是去年的綁匪所為。警方……警部先生，你是不是上了綁匪的當？如果綁匪不是『蘭』，這三億圓中，可能不會有一分錢回到我手上……這樣的話，我怎麼可能輕易拿出三億圓？」

事到如今，爸爸似乎仍然捨不得拿出三億圓的鉅款，用輕蔑的眼神看著橋場警部，最後甚至口出狂言，對他說：「警部先生，這次的綁架案該不會是你自導自演吧？」

警部面不改色，微微收回視線保持距離，靜靜地看著侮辱自己的男人，只問了一句：

「為了什麼目的？」

「恐怕不是為了錢，而是試圖挽回在去年的綁架案中喪失的名譽，聽說你們至今仍然沒有逮捕到綁匪集團的任何人。」

「對，」警部坦誠地點頭，「我來仙台也是為了這個目的，但只有抓到綁匪集團的成員才能為我挽回名譽，如果我是綁匪，當然就沒辦法抓到人，又怎麼挽回名譽呢？」

「所以，是為了錢嗎？」

真樹尖聲打斷了爸爸的話。

「別為這種無聊的事爭執了，趕快去準備錢，沒時間了。」

她在說話時，一雙眼睛宛如禿鷹發現了獵物般閃閃發亮。

「這個行李箱不行嗎？桌子下面那個黑色的……」

一名刑警從放電話器材的桌子下拿出一個黑色普通行李箱，那是之前用來裝錄音器材的箱子。

「這個應該沒問題吧？下面也有輪子，搬起來很方便。」

刑警看著警部問。

「這個應該夠用，只要把錢裝進去就好。」

警部用冷漠的視線看向爸爸。

「拜託，快動起來吧。讓光輝可以早一秒回到我們身邊。」

真樹抓著爸爸的雙手，搖晃著爸爸的身體，爸爸似乎終於下定了決心……不，應該說是放棄了掙扎。他用力甩開真樹的手，帶著秘書一起走出客廳。

在走廊上待命的年輕刑警打算同行，爸爸拒絕說：「我們自己來就好。」然後，和秘書兩個人一起走向二樓。十五分鐘後，爸爸和秘書兩個人拎著分裝在好幾個紙袋的三億圓下了樓，把一綑綑一百萬圓的錢裝在鋪了白布的空行李箱內。雖然時間倉卒，但他們還是從紙袋內把錢一綑一綑拿出來，放進行李箱。

我站在不遠處看著這一切。因為所有人都穿著深色衣服，再加上打開的行李箱就像黑色墓碑，我不禁陷入一種錯覺，以為自己在參加殯葬儀式。曾經堆滿我房間的這些錢就像是這個家的生命，所以現在也的確可以稱為是這個家的葬禮。大家一起埋葬三億圓，送去死亡的世界……

三百綑一百萬圓剛好裝滿行李箱，在客廳所有人的守護下鎖好了。爸爸、秘書和一名刑警一起把錢送去門口，放在停在門口的車上。停在門口的三輛車中，爸爸、真樹和縣警的警部坐在最前面的賓士車上，橋場警部和我坐在第二輛普通車上。

我要求警部帶我同行，不過警部原本就打算帶我去。第三輛好像是縣警的車子，其他刑警坐在車上……其中一人在上車前向橋場警部報告：「已經派了三十名便服刑警到車站，在新幹線剪票口周圍監視。」

雪漸漸變小，在第一輛車準備出發時……前方駛來一輛計程車，在家門口停了下來，一個身穿黃色大衣的女人沒有撐傘就下了車，走到賓士車旁。真樹打開後車座的車窗。我坐在第二輛車上，一眼就認出了那個女人，從皮包裡拿出筆，拿上衣口袋裡的筆記本，在上面寫了「幼稚園的老師」幾個字。

橋場警部打開窗戶，聽著真樹和老師的對話。老師特地把光輝忘在幼稚園的帽子送過來。

「請妳對光輝說，請他明天戴上這頂帽子，快快樂樂來上學。他已經睡了嗎？如果他還沒睡，我想看看他。」

「妳說誰？光輝還沒有回家，現在要去確認他是否平安，妳不要再給我們添麻煩了，全都是妳的錯。」

聽到真樹歇斯底里的聲音，老師差一點哭出來。「怎麼會這樣？不是說，光輝被親戚帶走了，已經平安無事……綁架的事是爸爸和媽媽搞錯了……傍晚的時候，警方有打電話到幼稚園，就說……」

「妳說這麼離譜的謊，難道想推卸責任嗎……？」

橋場警部叫了一聲：「老師。」打斷了真樹尖叫聲。

「真的是警方打來的電話嗎？」警部發問後，不等對方回答就說：「沒關係，等一下我會再請警方和妳聯絡，總之我們正在趕時間。」

雪只稍微停了一下，當三輛車子駛向車站時，再度下起大雪……白色風暴撲向擋風玻璃。警部自言自語地說：「那不是警方，而是綁匪打的，但為什麼要打電話去幼稚園？」然後，他終於注意到雪下得很大，擔心地問正在開車的年輕刑警：「沒問題嗎？八點半能到嗎……這麼大的雪，沿途應該都塞車吧。」

這時，我發現一件事。

警部在綁匪最後一次打電話來之後，都沒有看過手錶。隨時看手錶確認時間的警部在分秒必爭的此刻，居然完全不看手錶，實在太不自然了。這起綁架案之前都完全模仿去年的案子，卻在最後關頭擺脫了去年綁架案的影子，也許是警部因為眼前意想不到的變化感到心慌意亂……

我發現自己在為警部擔心，也有點慌亂。我暗中支持蘭，當初在網站的留言成為這起綁架案的起點，所以無論如何都希望蘭的計畫成功……但是，一旦蘭成功，就意味著警部的失敗。相反地，如果希望警部破案立功，就等於希望蘭失敗。

去年，我認識「蘭」這位完美罪犯的那天，也是我從保險箱脫困後第一次在心裡認同他人的日子。去年一起去東京考大學的男朋友無法打開我的心房一公分……所以，只有蘭一個人進入了我的黑暗房間。這對我來說是重大的事，連我自己都不由得感到驚訝……現在，我又為了可以說是蘭的敵人的警部更加敞開了心房，而且是在我見到他短短數個小時後，就發生了如此震撼的大事。

自從迷失了真正的父親後，我就在夢中不斷追求理想的父親形象，也許是因為警部和這種形象無限接近。他好像從我的夢境中走了出來，今天下午突然出現在我的面前凝視我、瞭解我眼神訴說的一切，也接納我的一切。

所以，我很自然地打開了房間的門鎖，打開房門，他也毫不畏懼房間內瀰漫的黑暗，靜靜走了進來。

唯一的問題是，我的房間內已經另外住了一個女人，那個女人是他的敵人……當我回過神時，發現兩隻完美的野獸已經在房間的黑暗中展開殊死搏鬥，既然無法雙贏，我不知道該支持誰。

紛飛的大雪令我思緒混亂。

混亂之餘，我甚至希望這起綁架案不是由蘭本尊策劃的，而是有人假冒蘭的名義所為，那我就可以專心支持警部。

然而，這個想法令我產生新的不安。

如果綁匪不是蘭，綁架案的發展可能會和去年的不同，小孩子的性命……光輝的性命可能就會不保。目前的發展已經和去年的綁架案出現了不同。

交付贖款的時間分秒逼近，比起我要支持哪一方，這個問題更加意義重大。

沙漏中沙子的流動速度加快，在我內心變成不安的粒子，漸漸累積，又黑又重。

光輝的性命真的沒問題嗎？

「案情的發展和去年的綁架案不同，光輝真的能安全回家嗎？」

警部看了我潦草的字後回答：「不必擔心，並沒有和去年的綁架案不同……只是去年同時進行的兩起綁架案合而為一了……蘭已經確信妳父親藏了不法所得，不需要同時再進行另一起綁架案了。在七點的那通電話之前，案情和圭太綁架案相同，現在只是轉而進入了長野縣議員的兒子沼田實綁架案的階段。對了，沼田實也是在大雪中的高崎車站回到父親的身邊。」

警部用略帶焦躁的口吻一口氣說完，立刻對正在開車的縣警刑警說：「這次也可能選在新幹線的月台，光輝可能會從抵達仙台車站的新幹線下車，你和總部聯絡，請他們部署警力時也要考慮到這種情況。」

然而，警部猜錯了。接下來的二十分鐘內，警方被綁匪耍得團團轉……至少我是這麼認為的。

我開始代替警部注意時間。我用手機傳簡訊給自己，留下時間的紀錄。

比方說，「塞車8：21」就是八點二十一分，在距離車站一百公尺處陷入車陣的意思。除了司機以外，所有人都下了車，冒著大風雪衝向車站。雖然行李箱有輪子，但爸爸似乎費了九牛二虎之力，才終於抵達綁匪指定的剪票口。爸爸不顧形象地彎著腰，皺起被貪念所扭曲的臉趕路，簡直就像童話故事中，那個剪了麻雀舌頭的老婆婆。

終於趕到了剪票口，但還來不及休息，真樹的手機就響了。

車站的時鐘剛好指向八點半。

「車站前有一棟新建的大樓叫『仙台之光』，妳應該知道那棟大樓吧？因為妳常去那裡購物。妳搭電扶梯到二樓，就可以看到那棟大樓最出名的花塔。小孩子就在那裡……妳兒子就在那裡。見到妳兒子後，立刻帶著他搭電扶梯回到一樓，之後就悉聽尊便。啊，在搭電扶梯之前，記得把行李箱放在妳兒子站的位置。就這樣，即使妳兒子回到了妳身邊，也不要為重逢感動落淚，記得馬上下樓。」

打電話來的不是蘭，而是第一次打電話的那個男人……不過，大家在之後才知道這通電話的內容。

由於大雪的關係，新幹線癱瘓了，剪票口擠了一堆人。真樹在人群的噪音中，捂著耳朵簡短地回答：「好，好……我知道，好……好。」

她一掛上電話，立刻喊著那棟大樓的名字，一個人跑了起來。

爸爸緊追在後……拖行李箱的樣子好像在拖家中飼養的狗。橋場警部和幾名刑警也追了上去……不，有數十人？

有不少人都前往相同的方向，我不知道誰是便衣刑警。來到車站的中央廣場後，再度在雪中奔跑，快要過馬路時，橋場警部和縣警的警部叫住一個看起來像上班族的男人……那個男人用力點頭，立刻露出嚴肅的神情，拿出了手機。他似乎在向其他刑警發出指示。雪隨著風一起襲來，我跑不快，橋場警部趕著路，不時回頭關心我。

八點三十九分，我終於趕到了那棟大樓。

一進大樓，立刻看到了大廳，正前方分別是上樓和下樓的電扶梯。

真樹和爸爸正站上了上樓的電扶梯，即使和他們之間隔了一段距離，我仍然感受到自己身體變得僵硬。爸爸把行李箱放在上一級階梯上，彎著腰，用力握住把手……真樹看著上方，爸爸緊張地左顧右盼。

或許是因為二樓以上是餐飲街，已經這麼晚了，電扶梯上仍然有不少人……我不知道該不該去二樓，但橋場警部輕輕摟著我的肩，帶我走向電扶梯。

這時，我才發現警部戴著白手套。高級的蠶絲手套比雪更白，讓我想起以前看過的繪本中的王子……夜晚在城堡舉行的舞會上，王子向灰姑娘伸出的手。我和灰姑娘一樣，一直在等待那隻純白、溫暖柔軟的手伸向自己……在綁架案的結局就在數公尺前、在數秒後的那個瞬間，王子的手終於伸向我了，卻無法消除我的不安。

光輝，我心愛的弟弟真的會活著等在電扶梯上方嗎？

綁匪集團當然知道警部和我們在一起，但警部、其他刑警和爸爸、行李箱拉開了足夠的距離，偽裝成客人。

警部似乎和我偽裝成父女或是年齡差距很大的情侶，電扶梯緩緩移動，這種上升的感覺讓身體產生了一種奇妙的騰空感覺，我有點想嘔吐……我的臉色蒼白，警部似乎察覺到我的反應，安慰我：「別擔心。」

然後，他突然取下他的手錶。

「妳可以把這個放在口袋裡，握在手心。這是護身符，我的護身符。遇到像類似這次令人緊張的案子，我就會不停地看，所以別人都在背後叫我『秒針男』……」

說著，他把手錶塞進我穿著的格子大衣口袋裡。那支錶應該很昂貴，我全身都可以感受到沉重的分量。

手錶的重量讓我站穩了，但那也是時間濃縮的重量。

爸爸他們已經到了二樓。

「光輝！」

真樹發出像是慘叫般的聲音。

「媽媽！」

接著傳來光輝的聲音。

光輝的聲音很有精神。我們也立刻走下電扶梯，看到光輝在他母親的懷抱中微笑著。蹲在地上的母親頭髮凌亂，快要哭出來了，但光輝立刻發現了我，向我揮手。我費力站直了鬆一口氣後差點癱軟的身體，也向他輕輕揮了揮手。

五、六公尺高的花塔俯視著相擁的母子。薔薇、百合、嘉德麗雅蘭花……土耳其桔梗、喇叭水仙，各式各樣的花密密麻麻地圍繞著圓柱狀的塔。雖然全都是人造花，但無數光線從花朵的縫隙中溢出，宛如一個不屬於這個世界的巨大生命在那裡誕生了。

神明借花現身，守護著這起事件……我甚至有這種感覺，但這種感覺只持續了幾秒鐘。

八點四十四分。

光輝順利回到母親身邊，回到了我的身邊，數秒鐘後，母親想起了綁匪的電話，用力握著光輝的手腕站了起來，站上下樓的電扶梯。下樓之前，光輝向站在不遠處的我揮了揮手。

「好開心喔，玩了很多遊戲。」

他不知道在對他母親說，還是在對我說，然後就下了樓。我站在欄杆旁，看到他們母子到了一樓，跟著一名刑警走出大樓。不知道是去剛才載我們到車站附近的車子，還是上了警用車……光輝踉踉蹌蹌地跟著刑警和他母親離去的樣子，不像是重獲自由，反倒像是遭到了綁架，我的不安仍然無法消除。

我和警部、三個男人（其中兩個是剛才在我家的刑警），還有爸爸和行李箱仍然留在原地。那裡是一個露台，大家都約在花塔下見面，但這個時間，花塔下只有六個人……

「就放在那裡。」

橋場警部在幾公尺之外小聲地對爸爸說，但爸爸用力搖頭。

「我兒子已經順利回家了，沒必要把這個交給綁匪。」

爸爸蹲在地上，緊緊抱著行李箱。

「別擔心，這裡沒有其他人，不會有人靠近……把行李箱放在光輝剛才站的地方。綁匪把光輝送了回來……所以，你要按照綁匪的指示做。」

橋場警部的話沒有說到最後，因為下一秒，響起了空氣顫動的聲音。

「蜜蜂？」

警部忍不住嘟噥道，我也這麼想。和去年的渋谷一樣，蜜蜂再度出現了……但那只是一眨眼的工夫。從花塔發出的放射狀光線同時消失，傳來好像火藥爆炸的聲音。聲音並不是很大，即使是炸彈，也只是甩砲程度而已。花塔變暗後，並沒有蜜蜂飛出來，而是冒出一縷白煙……煙霧又細又淡，隨後是兩、三秒純然安靜的空白，接著花瓣開始紛紛飄落。

「危險！」一名刑警低聲叫道。

我呆立在那裡，橋場警部拉著我的手臂，離開花塔數步。爸爸也想拉著行李箱逃離，但行李箱太重了，他立刻放棄，一個人逃到電扶梯旁。

大家都以為是炸彈，但等了一分鐘，也沒有發生任何狀況。原本打算搭電扶梯下樓的十幾個客人被刑警攔住了，包括相關人員在內，將近二十個人遠遠地看著行李箱……

「沒事了，你們可以離開了。」

那些客人下樓時，紛紛苦笑著問：「剛才是怎麼回事？」「好誇張，是警察嗎？」後方的餐飲街完全沒有發生任何變化。

八點四十七分。

幾名刑警保持警戒，慢慢走向行李箱。爸爸、警部和我也跟在他們身後。

爸爸大大嘆了一口氣。

「我們回去吧，只是惡作劇……和警部說的那個叫蘭的女人毫無關係，只是惟恐天下不亂的變態。」

「不，」警部說：「還沒有引起騷動，騷動的只有我們。從去年那起綁架案來看，蘭喜歡把事情鬧大，她不可能就這樣結束，再等一下。」

「警部，你太拘泥於去年的事了。」

爸爸不以為然地用眼角瞥著警部，伸手拿行李箱，但剎那間，他一臉錯愕，然後嘀咕說：「好奇怪，重量和剛才不一樣。」

同時，他蹲下身體，想要打開行李箱的鎖，但可能太慌張了，開了兩、三次……橋場警部推開他的手，自己打開了鎖。

一打開行李箱，立刻飄來一陣甜蜜的香氣。強烈的花香彷彿會讓鼻子瞬間融化……行李箱內裝滿了花。爸爸好像在看魔術秀的觀眾，大叫一聲：「啊！」雙手伸進箱子裡。他從裡面抓出一綑百萬鈔票，露出鬆了一口氣的表情……但同時叫了一聲：「好痛！」有什麼東西從花裡飛了出來。蜜蜂……一隻蜜蜂在爸爸的頭上盤旋後，消失在假花的花塔中。

「是蘭。」

警部嘀咕道，但不知道是在說裝滿行李箱的蘭花，還是指綁匪「蘭」。

行李箱內裝滿了嘉德麗雅蘭花、蝴蝶蘭、蕙蘭等五彩繽紛的蘭花……但只是表面而已。橋場警部撥開那些花，下面的紙鈔整齊地排列，但原本在蘭花佔據位置的那些錢不見了。

「少了一億圓……」

警部把手伸進行李箱摸索後，說原本五千萬一層、總共有六層的錢現在只剩下四層。

「怎麼可能……」

爸爸發出悲痛的聲音，在行李箱內一個勁地摸來摸去。「不要動，綁匪可能留下了痕跡。」縣警的警部說完，關上了行李箱，立刻用手機向總部聯絡：「請派鑑識人員和支援警力，發生了奇怪的狀況……一億圓不翼而飛。」雖然很小聲，但或許看到橋場警部犯錯感到幸災樂禍，他的聲音聽起來格外有精神。

圍觀的人越聚越多，兩名警部、爸爸和我帶著行李箱一起搭電扶梯下樓，把現場交給三名刑警處理。

站在電扶梯上，爸爸壓低嗓門，不停地說：「坐上車後，我一直握著行李箱。」

雖然剛才曾經有將近一分鐘離開了爸爸的手，但在那段時間內，沒有人靠近行李箱。

「這麼說，是在出門之前，錢被裝進箱子後的幾分鐘內動手的，有誰靠近箱子？」

縣警的警部問。

「不，在放錢之前，花已經……」橋場警部說到一半，搖了搖頭，「那個溫室是不是種了很多蘭花？綁匪剪下了那裡的蘭花。」

爸爸想要反駁。

「總之，先回家裡，再找鑑識課的人，檢查行李箱上是否留下了指紋。」

橋場警部說。另一名警部說：

「不，還是先去縣警總部，也要請醫師為光輝檢查一下身體……要準備開放媒體報導。」

他說話時，嘴唇微微顫抖。我們已經走出大樓，但他不光是因為迎面襲來的寒冷而嘴唇發抖。

最後，決定一起去縣警總部，所有人分批坐上了等候在大樓前方的三輛車中的其中兩輛。兩名警部帶著行李箱一起坐上最前面那輛警用車，我和爸爸，還有真樹和光輝坐上了我家的賓士車。

前面的車子剛駛出不久就立刻停了下來。橋場警部下車，敲了敲我們坐的賓士後車座的車窗。車窗搖下後，警部對我說：「請把剛才的手錶還給我。」

我完全忘記了手錶的事，立刻從大衣口袋拿出來還給他。警部接過手錶，但隨即改變了主意。

「不，還是妳拿著吧。」

然後，他硬把手錶塞到我的手上，雙手緊緊握著我的手，彷彿是怕我的手承受不了寒冷。雪不停地下，他身後的街道只剩下燈光，宛如珠寶箱般閃閃發光。我們在大雪中相互凝視，但只有短短的一、兩秒而已……警部走回前面的車子，車子立刻發動，賓士也緊跟在後。

我端詳著手中的手錶。

「怎麼了？」

聽到坐在一旁的光輝的問話，我才回過神，把手錶放進口袋，摟著光輝的肩膀。正確地說，是藏進口袋裡。因為手錶停了，分針和時針指在兩點五十一分這個毫無意義的時間……這也同時代表了警部在我家時不斷地看手錶的動作毫無意義。

「我好開心，比和姊姊一起玩的時候更開心。」

光輝興奮地說。坐在光輝右側的真樹和坐在副駕駛座上的爸爸面目猙獰地爭執，為消失的一億圓相互推卸責任。因為有一名年輕刑警在開車，所以他們爭吵的聲音比平時克制了很多。

「錢到底是什麼時候不見的？應該不是出門之前，從行李箱上了鎖到拿上車為止，都沒有離開過我的視線。」

「那是什麼時候？」

比起三分之一的錢消失，爸爸似乎更在意剩下的兩億圓被警方帶走這件事。他擔心警方不會輕易歸還自己的不法所得。

我撫摸著精神抖擻地說話的光輝肩膀，在心裡嘀咕：「不是。」

「不是，錢並沒有消失，所有錢都在前面那輛車上，而且變成了五億。」

我注視著隨著雨刷擺動，短暫出現在眼前的前方車輛。

那根本是幼稚……簡直幼稚透頂的魔術。

綁匪指示我們用常見的黑色行李箱裝贖款，是因為綁匪在事先準備了另一個一模一樣的行李箱，裡面放了去年的綁架案中撈到的兩億。在案發當天，趁我們全家不備時剪下溫室裡的花，裝進行李箱……和爸爸從家裡拿出來的那個裝了三億圓的行李箱掉了包。

不，不是爸爸從家裡拿出來的，而是綁匪從家裡拿出來的。我知道是誰把裝了三億圓的行李箱從家裡拿出來……

爸爸坐上車出發時，手上拿的就是只剩下三分之二贖款的行李箱。他在人造花塔的騷動時，手暫時放開了行李箱，當他再度拿起行李箱時，之所以會發現重量和之前不一樣，是因為之前拿的時候，他讓行李箱蓋子那一側靠內側，但在花塔騷動後，他讓行李箱蓋子那一側靠外側拿。箱子裡有三分之一是鮮花，重量不平衡，所以，拿的時候讓放花的那一側靠內或是靠外，會有不一樣的重量感……

即使爸爸沒有察覺行李箱內發生了變化，綁匪也會要求「為了安全起見，最好清點一下箱子裡的錢」，要求爸爸打開行李箱。

距離縣警總部不到一公里，但我們的車子在因為大雪而塞車的青葉大道上才開了不到一百公尺……前方的車子配合雨刷的節奏時隱時現……我注視著起霧的玻璃上隱約出現的人影，暗自思考著。

去年的綁架案發生後，蘭和她的同夥開始尋找下一個被害人，然後從網站上看到我主動要求對我家下手……從這個角度來說，我一開始就是他們的共犯。他們……尤其對他來說，我的確很好掌控，因為我一開始就有了共犯意識。他們徹底調查了我們全家和我的情況，在他們的計畫中，不僅要闖入我家，還要闖入我的心，瞭解非法所得藏匿之處，他在沒有傷害我的情況下，成功做到了這一點。

我不想只用「他」或是「綁匪」來稱呼那個人，我要在這裡寫出那個人的名字，但是，我做不到……

因為他告訴我的「橋場有一」並非他的真名……

對，在他來我家後不久，我就懷疑這個「橋場警部」是冒牌貨了，但那只是我的直覺，我沒有任何證據，所以既然他繼續扮演警部，我也就繼續這麼叫他。

然而，他最後把手錶塞到我手上，向我坦承他並不是橋場警部……那個名牌錶其實是用小孩子的零用錢就可以買到的鍍金假錶，但他頻頻看著分針和時針都靜止不動的手錶，目的只有一個。

就是想要騙我。

綁匪集團知道我對去年的綁架案，和週刊雜誌上大肆報導的「H警部」知之甚詳……在去年的綁架案中大獲成功後，他們有恃無恐，但只對我心存戒心。

只要能夠瞞過我，之後的成功輕而易舉。既然橋場警部是冒牌貨，那幾個說縣警已經成立了搜查總部，不斷用手機和總部聯絡的刑警當然也都是冒牌貨……他們打電話給蘭，他們這些工蜂只是按照女王蜂的劇本背台詞而已。蘭當然希望劇本越完美越好……因此，只要完全複製去年的綁架案，就不必擔心說錯話，那些工蜂也可以順利扮好刑警的角色。

去年的綁架案等於是這次綁架案的預演。

在圭太事件中，那個名叫川田的員工隨時觀察警部和其他刑警的一舉一動，在公仔中裝了錄音機，錄下了他們的談話，為編寫這次綁架案劇本時，提供了極大的參考。一旦發生綁架案時，警方和真正的刑警會如何應對、如何行動……去年的綁架案成為最好的教材。

為了讓橋場警部，正確地說，是為了讓冒牌橋場警部很自然在出現在這起綁架案中，也要盡快讓人知道這是蘭一夥所犯下的第二起綁架案。這次的事件不是綁架案，而是詐騙案。去年的那起綁架案也是這樣，綁架案只是入口而已，綁匪的最大目的，就是從入口進入狀況後，欺騙小孩子的父母，讓他們吐出非法所得。在這起案子中，這些詐騙犯也巧妙地完成了毫不輸給去年的詐騙大戲……如同我在這本筆記上所記錄的。

他們唯一會擔心的狀況，就是被害人聯絡真的警察，因此在綁架案發生的同時，就製造出在「綁架案一發生，警方就主動聯絡被害人」的狀況，輕而易舉地迴避了這個問題。在事發之後，主動聯絡幼稚園，告訴他們「沒事」，也是避免幼稚園向警方報案。

蘭的計畫中最巧妙的地方，就是身為被害人的父親在發現自己受騙上當後，也因為那三億圓是非法所得，無法向警方報案，只能忍氣吞聲。即使知道綁匪的長相，也不可能告訴警方。

蘭和那些工蜂也出色地完成了這起綁架案……在紛飛的大雪中，我注視著在前方車窗中若隱若現的人影，仍然無法確定自己的推理是否正確。因為雖然雪下得很大，但車子仍然駛向縣警總部。

縣警總部大樓即將出現在前方時，開賓士車的男人的手機響了。

「好……好，好……我知道了。」

他用和真刑警一樣的嚴肅聲音回答，向坐在副駕駛座上的爸爸報告：「前面的車子通知我，總部前已經被媒體包圍了，所以你們先回家休息，讓心情平靜一下。」不，他不是報告，只是按照劇本背台詞……這時，我深信自己的推理沒有錯。

「警部他們呢？」爸爸問。

「他們直接去縣警總部，等一下會打電話到你家。」

聽到這句話，我在心裡自言自語：「他才不可能打電話。」這隻工蜂把我們送回家後，也會找藉口立刻消失無蹤。

爸爸好像也察覺到有什麼地方不對勁，不滿地嘀咕著什麼，年輕男人無視爸爸的反應，在路口握著方向盤右轉，和直行的車子分道揚鑣。我已經知道車內的人影是冒牌橋場警部，只是一隻工蜂，所以這一別，就代表了永別。我察覺到這一點，慌忙回頭看，但只看到白雪的潔白。

「姊姊，和我一起打電動的女人好漂亮，比妳對我更好。」

聽到光輝這麼說，我回答：「是喔。」

「嗯。」光輝回答後，驚訝地看著我。

我也沒有馬上意識到自己的嘴巴發出了那麼自然的聲音。

雖然只有兩個字，但那是我親耳聽到的，真正的我的聲音，對我而言如同甘蜜……這起事件到處充斥著冒牌貨，宛如華麗的人造花，卻滴下一滴真正的甘蜜。